Como ser lembrado

Michael Thompson

Como ser lembrado

Tradução: Laura Folgueira

GLOBOLIVROS

Copyright © 2024 by Editora Globo S.A. para a presente edição
Copyright © 2024 by Michael Thompson

Todos os direitos reservados. Nenhuma parte desta edição pode ser utilizada ou reproduzida — em qualquer meio ou forma, seja mecânico ou eletrônico, fotocópia, gravação etc. — nem apropriada ou estocada em sistema de banco de dados sem a expressa autorização da editora.

Texto fixado conforme as regras do Acordo Ortográfico da Língua Portuguesa (Decreto Legislativo nº 54, de 1995)

Título original: *How To Be Remembered*

Editora responsável: Amanda Orlando
Assistente editorial: Isis Batista
Preparação: Theo Cavalcanti
Revisão: Mariana Donner, Clarissa Luz e Luisa Tieppo
Diagramação: João Motta Jr.
Capa: Philip Pascuzzo
Adaptação de capa: Carolinne Oliveira

1ª edição, 2024

CIP-BRASIL. CATALOGAÇÃO NA PUBLICAÇÃO
SINDICATO NACIONAL DOS EDITORES DE LIVROS, RJ

T391c

    Thompson, Michael
    Como ser lembrado / Michael Thompson ; tradução Laura Folgueira. - 1. ed. - Rio de Janeiro : Globo Livros, 2024.
    320 p. ; 23 cm.

    Tradução de: How to be remembered
    ISBN 978-65-5987-168-1

    1. Ficção australiana. I. Folgueira, Laura. II. Título.

23-87413	CDD: 828.993431
	CDU: 82-3(94)

Gabriela Faray Ferreira Lopes - Bibliotecária - CRB-7/6643

Direitos exclusivos de edição em língua portuguesa para o Brasil adquiridos por Editora Globo S.A.
Rua Marquês de Pombal, 25 — 20230-240 — Rio de Janeiro — RJ
www.globolivros.com.br

Para minha mãe e para meu pai, por me incentivarem a escrever, e para Sian, por tornar isso possível.

Prólogo

Tommy nunca havia pretendido passar sua última noite na velha casa suando com três camisetas e quatro cuecas. Mas era porque nunca tivera um plano de verdade antes. Pelo menos, não como aquele.

Ele bem que queria que incluísse um jeito de se manter refrescado. O suor estava acumulado na lombar, e ele sentia o dinheiro já grudando na pele. O resto das notas estava saliente, guardado em maços enfiados em meias, bolsos e no meio das camadas de cueca. Ele riu pensando em como sua aparência deveria estar — uma risadinha sarcástica e silenciosa. Estava sozinho no quarto pequeno, mas as paredes eram finas, e o calor grosso e úmido parecia deixar tudo *mais alto*. Tommy não precisava de ninguém batendo em sua porta por tê-lo ouvido dar risada na calada da noite. Como explicaria aquilo?

Então, continuou em silêncio e esperou o sono chegar. Se funcionasse, poderia ser que conseguisse ficar com o que ganhara, um pagamento por seus ombros doloridos e suas mãos calejadas. E talvez — e esta era a grande questão — conseguisse *encontrá-la*. Tommy sabia que não havia estado nenhuma vez em seus pensamentos desde que ela fora embora. E nem era culpa dela, mas seria infinitamente mais difícil convencê-la de que ela antes o amava.

Tommy espiou pelo quarto escuro, identificando as características daquela que fora sua casa por quase dezessete anos. Não sentiria saudade, decidiu. Não se o plano funcionasse. Teria desaparecido antes do nascer do sol, sem deixar nada para trás. Em algum momento, os outros se arrastariam para fora da cama e seguiriam o dia, sem nem lembrar que ele estivera ali.

Por que lembrariam?

Nunca lembraram antes.

I

Leo Palmer tinha um truque que sempre mostrava em festas, embora até ele soubesse que não era lá um arraso. Era capaz de calcular, em qualquer dia específico, quanto tempo levaria para o ônibus 457 se deslocar do centro da cidade até o ponto em Ingleby, ajustando as variáveis de trânsito, clima e uma série de outras complicações. Conseguia fazer com outras rotas também, mas isso mal interessava a ele próprio, quanto mais aos outros.

Uma vez demonstrara o truque na festa de fim de ano do escritório. Imaginou que um bando de contadores gostaria desse tipo de coisa. Seus colegas não ficaram muito entusiasmados, mas esse era um estado relativamente natural para os contadores. Leo não ligou. Eram os números que o fascinavam. As pessoas ficavam num segundo lugar distante.

Bem, isso não era cem por cento verdade. Havia duas pessoas de quem ele gostava mais do que de um balancete, mais do que do itinerário do 457. A esposa e o filho pequeno estavam no topo desse livro-caixa particular e, no que dependesse de Leo Palmer, era lá que ficariam.

Tudo isso era meio comum, para falar a verdade. Um contador que adorava números era bem normal. Um pai de família que amava a esposa e o filho, também. Aliás, a vida de Leo era bastante comum, e isso, aliás, era a questão: Leo e Elise Palmer eram *medianos*. Eles não faziam nada para serem escolhidos para o que viria. Só aconteceu.

Claro, como qualquer casal normal, eles tinham suas brigas. Haviam tido uma no exato dia em que assinaram o contrato de aluguel do apartamento de um quarto: no térreo, com tijolos gastos e uma entrada de concreto rachado com dentes-de-leão na altura dos joelhos.

— Meu Senhor! Você é muito pão-duro, Leo — comentara Elise ao observar o novo lar. Ela só estava brincando, e o marido revirou os olhos.

— Você sabia disso quando se casou comigo — retrucou, puxando uma das ervas daninhas com as duas mãos. Por fim, ela se soltou, e ele jogou-a para o lado com um sorriso satisfeito. — Não é para sempre. É só seguir O Plano, e vai ficar tudo bem.

— O Plano — repetiu Elise, e sorriu mesmo sem querer.

O Plano (sempre grafado na mente de Elise com letras maiúsculas, de tão importante que era para Leo) tinha sido debatido longa e exaustivamente. O estágio um d'O Plano consistia em cinco anos em Ingleby, duas promoções para Leo, três aumentos de salário, e aí eles se mudariam. O estágio dois era em um lugar completamente diferente: um quintal, dois banheiros, dois carros na garagem, três quartos e alguns filhos para preenchê-los.

O bebezinho que chegou pouco mais de um ano após o início do aluguel nunca tinha ouvido falar d'O Plano e não estava nem aí para o fato de que havia desestabilizado o estágio um. Mas — e esta era a maior surpresa de todas para Elise, até maior do que a gravidez em si — Leonard Palmer recebeu bem a alteração. Afinal, parece que tem gente que nasce para ser pai, e Leo era um desses. Ele revisou alegremente O Plano e incluiu um menino de bochechas redondas e cabelo claro naquele apartamento de um quarto em Ingleby. Ele também cortou dois anos do estágio um — decidido a fazer o berço sair logo da sala de estar e dar um quarto próprio para o ocupante. E o quintal, e todas aquelas outras coisas incluídas em uma família normal. Porque era isto que eles eram: normais.

***

Elise bateu alto na porta da vizinha — mais alto do que teria sido considerado educado, mas a sra. Morrison tinha bem mais de setenta anos e mal conseguia escutar a própria televisão. Mas Elise conseguia, toda noite. Ela não ligava; fazia com que lembrasse da própria avó.

A porta se abriu um pouquinho, e um olho cinza lacrimoso emoldurado por rugas olhou pelo vão.

— Oi, sra. Morrison — disse Elise, alegre, e a porta se abriu por completo.

— Desculpa, minha querida — respondeu a sra. Morrison. — Não sabia que era você. Entre.

Ela trancou a porta atrás de si e baixou o olhar para o menino acomodado confortavelmente no quadril de Elise.

— E você, coisinha preciosa? Está ficando tão grande!

Elise fez uma careta. A dor surda na lombar era prova disso.

A sra. Morrison notou.

— Põe ele no chão, minha querida. Ainda não está andando?

Elise baixou o filho no piso de linóleo limpo.

— Ainda não. Mas tomara que já, já caminhe. No grupo de crianças, só falta ele.

A velha se abaixou na frente do menininho e estendeu a mão como se estivesse jogando sementes invisíveis para os pássaros, tentando chamá-lo para perto dela. Ele não se mexeu, o que não foi nenhuma surpresa. Se não havia se levantado naquelas pernas atarracadas para a mãe e o pai, não faria isso para a vizinha idosa.

A sra. Morrison se endireitou, sacudindo a cabeça.

— Ele vai no tempo dele. Meu Mark só andou com dois anos. Ele não tem nem um, né?

— Quase! É amanhã — disse Elise. — Foi por isso que eu vim. Se você não estiver ocupada, quer ir lá em casa comer bolo de tarde? Lá pelas três? Só se você estiver livre, lógico.

A sra. Morrison sorriu. Ela amava ter uma família como vizinha, especialmente porque se esforçavam para incluí-la. Até eles chegarem, ela sentia que era a última assim — um lembrete teimoso de como as coisas eram antes. O sorriso desapareceu quando ela se lembrou do próprio filho.

Mark também tinha sido uma graça de menino e um homem adorável, e não era culpa dele as coisas terem acabado daquele jeito. Era daqueles amigos. E daquele bairro. Agora, toda vez que ouvia uma batida na porta, ela tinha certeza de que era a polícia trazendo mais más notícias.

— Você continua trancando as portas à noite, minha querida? — perguntou.

— Claro, sra. Morrison.

— Você tinha que ter visto como era há quarenta anos — murmurou a velhinha, quase em tom de desculpas, e Elise não precisava de mais explicações.

A vizinha dizia isso toda vez que se falavam, e ela sabia o que vinha depois. Precisava mudar de assunto antes de aqueles olhos cinza desbotados começarem a lacrimejar.

— Então, amanhã, às três da tarde. Vamos ser só nós três e você. Leo vai até ligar para o trabalho e dizer que está doente.

Isso era muito importante e com certeza não fazia parte da versão original d'O Plano.

A sra. Morrison voltou ao presente.

— O bolo — ela falou. — Seu forno ainda está estragado? Pode usar o meu se quiser.

— Não precisa, eu já fiz — disse Elise. — É só o termostato que está quebrado. As bordas ficaram meio queimadas, mas vai ter bastante cobertura. Ele não vai notar.

O menino aos seus pés estava brincando com um peso de porta como se fosse um foguete. Elise o pegou no colo, e ele acenou com a mãozinha gorducha para a vizinha velhinha e simpática. A sra. Morrison acenou de volta conforme eles saíam, o coração cheio de orgulho de avó adotiva. Ela olhou pela sala e se perguntou o que poderia embrulhar para dar de presente de aniversário para ele.

Não precisava ter se dado o trabalho; a sra. Morrison não iria a chá da tarde algum. Nem Leo ou Elise Palmer, aliás. Não que algum deles soubesse disso.

**

Quando a volta de Leo do trabalho foi anunciada por uma chave deslizando numa fechadura e, depois, na outra, já estava escuro havia muito tempo. Ele entrou na ponta dos pés e desviou silenciosamente dos brinquedos jogados pela entrada. Tinha certeza de que chutar um deles — mesmo um empurrão de leve com o dedão — significaria acordar o garoto que dormia no berço encostado na parede da sala. Leo olhou para o filho, com o dedo firme na boca, um leve subir e descer do peito enquanto sonhava. As barras de metal do berço tinham um brilho opaco sob a luz da porta do quarto à frente.

Elise estava deitada de lado na pequena cama de casal, apoiada em travesseiros com um livro à sua frente. Claro que ela estava lendo; tinha uma montanha de livros na mesa de cabeceira.

— Desculpe o atraso — sussurrou Leo. — Dia importante. Acho que estou ficando resfriado. Não sei se vou conseguir trabalhar amanhã, não. — Ele deu uma piscadela, e a esposa sorriu. — Volto em um segundo. Só quero dar uma olhada no bolo.

Ele foi na ponta dos pés até a geladeira. Uma garrafa de cerveja chacoalhou fazendo barulho quando puxou a porta, e ele segurou a respiração.

Nenhum ruído do berço. Um pequeno milagre.

Leo ficou parado admirando o trabalho manual de Elise. Dois bolos brancos comuns tinham sido transformados em uma reprodução impressionante de *Thomas e seus amigos*, desenho animado favorito do aniversariante. A cobertura azul parecia grossa e deliciosamente doce, embora Leo suspeitasse que estivesse disfarçando algumas bordas queimadas embaixo. Ele sorriu. A culpa seria do termostato. Sempre era.

Ao lado de um vasinho na mesa da sala, ele espiou o presente que havia escolhido. Tinha sido cuidadosamente embrulhado por Elise e estava pronto para ser rasgado e aberto por uma criança animada. Ele olhou com carinho para o cabelo cor de areia e a pele macia e lisa do filho dentro do berço.

— Boa noite, amigão. A gente se vê quando você tiver um ano — sussurrou, tão baixinho que ele mesmo mal conseguiu escutar.

Leo voltou ao quarto, e Elise apagou a luz.

* * *

— Leo!

Ele se mexeu.

Elise deu uma cotovelada no peito dele.

— Leo! — sibilou ela de novo.

— Humm? — murmurou ele, sonolento.

—Acorda! Tem alguém lá fora! —A voz dela estava trêmula de pânico.

Os olhos de Leo se abriram de imediato e ele sentiu uma onda de adrenalina. Ouviu, quase sem se mexer, prestando atenção no que havia perturbado tanto a esposa.

Lá estava.

Um som baixo, quase como uma fungadela.

Então, silêncio.

De novo, um barulho. Desta vez, um ruge-ruge.

Era na sala deles.

Leo sabia que isso talvez acontecesse desde o dia em que se mudaram para lá; um invasor não fazia parte d'O Plano, mas sempre fora uma nota de rodapé, o risco implícito de pagar uma ninharia pelo aluguel. Ele às vezes se perguntava se escolheria luta, fuga ou até a opção três: encolher-se de medo.

Mas não foi uma escolha consciente. Sem pensar, Leo pulou da cama e parou na porta que dava para a sala, ouvindo atentamente.

Respirou fundo, tateou na esquina da parede atrás do interruptor e o ligou. A luz amarela dura encheu o quarto e ele saiu marchando pela porta, depois parou de repente, piscando.

Silêncio.

— Leo? — chamou Elise, trêmula. — Eles ainda estão aí?

O coração dela batia tão forte, que tinha certeza de que Leo (e quem quer que estivesse na sala) ouviria.

Então, por fim, o marido respondeu. A voz dele estava tensa. Confusa, até.

— Vem cá. Rápido.

**

Uma única viatura chegou só oito minutos depois, as luzes estroboscópicas girando enquanto o motorista estacionava sem pressa na frente do quarteirão degradado. O policial James Elliott estava a só duas ruas de distância, mas estava mais do que satisfeito de fazê-los achar que havia ido correndo. "É bom para a imagem", pensou ele, levantando os olhos para o prédio baixo.

Ele riu sem humor ao perceber que já estivera ali antes. Mas só uma vez, havia uns dez anos, no terceiro dia do que ele tinha certeza de que seria uma carreira estelar cheia de medalhas e honras e promoções (até aquele momento, ele estivera errado). Seu supervisor havia estacionado basicamente na mesma vaga e ficado no carro olhando o policial em período de experiência arrastar os pés, nervoso, até a porta de um dos apartamentos do térreo. Sujando o novo recruta do sangue de seu primeiro anúncio de morte. Elliott fez uma careta, lembrando os olhos da velha se enchendo de lágrimas quando anunciou que o filho dela havia morrido dormindo em uma casa próxima. Não contou a ela que o cara havia se engasgado com o próprio vômito nem que ele próprio achava que alguém com 44 anos era velho demais para ainda estar morando num pardieiro com três outros malandros.

Por um momento, Elliott se perguntou se a velhota ainda estava viva e, um segundo depois, teve sua resposta. A porta da sra. Morrison se abriu alguns centímetros enquanto ele subia pelo caminho rachado e cheio de ervas daninhas. Ela havia visto as luzes piscando enquanto ia devagar até o banheiro. (Afinal, eram quase duas da manhã, e uma mulher da idade dela não conseguia se segurar a noite toda.)

— O que você quer? — chamou, ousada, pelo vão, quase desafiando o policial a lhe levar más notícias.

— Mas que merda — murmurou o policial Elliott para si mesmo. "É ela", pensou. — Você que ligou falando da criança? — perguntou ele, e a voz ecoou na noite calma.

Ela olhou para ele sem expressão.

— Tinha uma criança aqui? — perguntou ele.

O mesmo olhar confuso.

— Volta para sua casa — instruiu Elliott.

A sra. Morrison obedeceu. Precisava mesmo ir ao banheiro.

— Terceira idade de merda — disse baixinho o policial e checou seu bloco de anotações.

Ele bateu na porta ao lado do apartamento da sra. Morrison, ainda balançando a cabeça.

A porta foi aberta por um homem alto com cabelo loiro grosso, que se apresentou como Leonard Palmer.

— Foi você que ligou para falar de uma criança desaparecida? — perguntou o policial.

— Bem, é — respondeu Leo. — Mais ou menos.

— Como assim? — irritou-se Elliott, já sem paciência. "Dez segundos", pensou. "Deve ser um novo recorde."

— A gente não perdeu uma criança — falou Leo devagar. — A gente... bem, a gente meio que encontrou uma.

Três vezes Leo e Elise contaram sua história ao policial — uma vez ao lado do berço, depois mais duas sentados na frente dele na mesa de jantar. Elliott fez uma variedade de caretas e rabiscou furiosamente nas três ocasiões.

— Tá — disse Elliott. — E quem quer que tenha deixado o bebê... montou o berço também?

Eles acenaram que sim.

— Enquanto vocês dois dormiam.

Acenaram que sim de novo.

— E o que acordou vocês?

— A gente ouviu ele — explicou Elise, com o rosto pálido e fechado, ainda processando *por que* estavam sendo interrogados na mesa em que ela tomava café da manhã.

— A pessoa que deixou o berço?

— Não — falou ela. — Ele.

Ela apontou para o menininho sentado, com os lençóis emaranhados nas pernas. Ele olhava curioso para as três pessoas reunidas perto de sua cama, como se a comoção o fascinasse.

— E aí vocês chamaram a polícia. Porque o seu bebê acordou. — O policial Elliott suspirou. — *Caralho* — disse, não exatamente baixinho.

Leo abriu a boca para responder, e Elise colocou a mão no braço dele. Leo pausou e se recompôs.

— A gente já disse. Não é nosso bebê. A gente... a gente não tem filho. Ainda.

Ele queria completar que não era naquele estágio d'O Plano, que bebês eram no estágio dois, mas achou que o policial não fosse ligar.

E tinha razão.

O policial James Elliott olhou para os dois de novo, então fez um movimento exagerado ao olhar pela sala, como se estivesse procurando por câmeras escondidas. Algo ali não estava certo.

— É uma piada, né? — Eles balançaram a cabeça. — Tá. O que vocês tomaram?

Elise e Leo se olharam, confusos.

— O que vocês estão usando? — perguntou o oficial. Ele suspirou, sem nem tentar esconder a frustração. — Olha, as pessoas não invadem apartamentos e largam um bebê. Então vou dizer o que eu acho que aconteceu *de verdade*. Vocês dois tiveram um belo dia vai saber fazendo o quê. Aí, acharam uma boa gastar meu tempo com uma ligação às duas da manhã porque *esqueceram* que têm um filho e era para estarem cuidando dele. É isso mesmo?

Mas, mesmo enquanto falava, ele não tinha certeza — não que fosse admitir a eles. Eles não pareciam viciados. Pareciam... caceta, pareciam professores de um passeio escolar, arrancados da cama no meio da noite para mandar as crianças voltarem a dormir; e o ar na sala não tinha cheiro de maconha velha. Tinha cheiro de... — bem, tinha cheiro de lugar onde uma criança vivia. Cheiro de fraldas e talco. E leite.

Uma minúscula dor de cabeça começou a bater como um martelo acima do olho esquerdo dele. O apartamento, por fora, parecia acabado, mas era todo organizadinho: chão limpo, móveis bons, prateleiras e mais prateleiras de livros, fotos penduradas retinhas na parede. (A presença de fotos emolduradas, na verdade, era bem incomum — na metade dos lugares que ele visitava só tinha um ou dois pôsteres, alguma banda de heavy metal maltrapilha cobrindo um buraco aberto na parede por um soco.) A mesa ao lado do berço estava completamente vazia, exceto por um pequeno vaso com um ramalhete de flores brancas e rosa.

— Não estamos *usando* nada — insistiu Leo. — A gente não sabe o que está acontecendo. Eu sei que parece estranho...

— Ah, jura? — interrompeu o policial. — Você acha?

O menininho começou a chorar. Leo e Elise se olharam de novo, mas não se mexeram.

O pequeno martelo batendo dentro do crânio do policial cresceu um pouco.

— Vocês não vão pegar o bebê? — perguntou ele enquanto o garoto urrava. Elliott só queria que o barulho parasse.

Elise se levantou e esticou os braços para dentro do berço, levantando o menino. Ficou lá parada, segurando-o desconfortavelmente debaixo dos braços.

"Que coisa estranha", pensou Elliott. "Até os mais fodidos da cabeça seguram o bebê no quadril."

— Esperem aqui — instruiu ele. — Preciso avisar a delegacia.

Ele voltou dez minutos depois parecendo ter recebido más notícias ou querendo estar em outro lugar. Possivelmente as duas coisas. O menino havia parado de chorar e agora estava sentado no joelho de Elise no sofá, brincando com o cabelo dela, torcendo-o em seus dedos roliços.

— Vocês dois têm emprego? — perguntou Elliott, tentando parecer casual, mas cada vez mais desesperado para confirmar a teoria de que eram viciados comuns.

— Claro que temos — respondeu Elise. — Leo é contador e eu dou aula particular de inglês. De ensino médio. Mas também consigo dar de nível universitário — completou ela, desconfortável, como se quisesse se provar.

— Certo — disse o policial Elliott, desdenhando da resposta dela. Tinha alguma coisa estranha, algo que ele não conseguia identificar direito, e ele estava contando os minutos para que aquilo virasse problema de outra pessoa. — O que vai acontecer é o seguinte. A Assistência Social vai chegar já, já. Vão falar com vocês sobre o seu filho.

— Ele não é nosso...

— Parem. Vocês vão fazer testes de drogas. E eles vão perguntar por que vocês não registraram o nascimento dele.

— Como assim? — perguntou Leo.

— Não tem registro dele morando aqui.

Leo e Elise começaram a protestar, mas Elliott levantou as mãos.

— Olha, acontece. Pelo menos por aqui.

Elise ficou de pé num salto, aparentemente esquecendo que segurava uma criança, e o menino que estava brincando em seu colo escorregou para o chão com uma pancada dolorosa. Ele deu um guincho, um barulho perfurante que fez Elise e Leo se encolherem.

Elise o pegou de novo, e Elliott exclamou alto por cima dos gritos roucos do bebê.

— Não dá para fazer ele ficar quieto? Sei lá, dar um leite ou algo assim?

Leo abriu a geladeira. A garrafa de cerveja chacoalhou. O leite havia acabado; aliás, fora a cerveja na porta, um pacote de queijo e três linguiças num prato, a geladeira estava completamente vazia.

— Deixa pra lá — disse o policial. Ele ouviu uma batida na porta. — Estou saindo fora.

Dois oficiais da Assistência Social se apresentaram; tanto o homem como a mulher usavam ternos, com camisas amarrotadas e sem gravata — o uniforme de funcionários do turno da noite que não estavam esperando ser chamados.

James Elliott informou brevemente na porta o que sabia, apontando para o casal sentado no sofá. Leo agora estava com o menino no colo, com o mesmo olhar confuso e atordoado que a esposa mostrara minutos antes.

"Se um dia eu tiver filhos", pensou Elliott ao sair, "espero que pareça que eu sei o que estou fazendo. Ele não tem nem ideia. Dá uma porra de um brinquedo para o menino brincar, alguma coisa para ele se distrair."

Ele estava na metade do caminho até o carro, a dor latejando na cabeça, quando se tocou. *Não havia* brinquedos. Nem um carrinho, nem um bloco de montar, nem mesmo um ursinho. Nada na sala. "Até drogados têm brinquedos", pensou. Sujos, mas, ainda assim, alguma coisa para a criança morder enquanto mamãe e papai dormem até a ressaca passar sob o olhar vigilante do Led Zeppelin escondendo buracos de punhos que arrebentaram a parede.

Mas, naquela casa, não havia pôsteres, só fotos emolduradas penduradas direitinho.

Fotos da mamãe e do papai, juntos.

Sem bebê.

2

BOLAS DE SUJEIRA.
Pelo menos quatro; grandes bolas fofas de cabelo, poeira e sabe lá Deus o que mais. De onde Michelle estava deitada, era só o que conseguia ver, esses amontoados redondos dispersos no vão sombreado embaixo da cama, quase imperceptíveis no brilho baixo do abajur. Ela fez uma anotação mental de colocar na lista de coisas a limpar, não que isso significasse que de fato seria feito. Tinha questões mais urgentes do que uma infestação de bolas de sujeira; gente demais precisando de sua atenção. Mas não tinha problema. Era para isso que ela estava aqui.

O quadril e o ombro de Michelle doíam, o cobertor que ela estendera no chão do quarto não oferecia alívio da madeira dura embaixo. Aos 42, quase 43, ela era velha demais para dormir no chão. Outra anotação mental que seria ignorada.

Pelo menos, Maisie tinha parado de chorar; os soluços fundos de partir o coração que haviam atraído Michelle ao quarto dela gradualmente tinham diminuído até virar um choramingo suave, depois, enfim, silêncio, enquanto ela caía num sono exausto. Maisie tinha doze anos e era uma residente novinha em folha, carregando mais dor do que uma criança deveria ter de suportar. Algumas noites, atravessava sem acordar; outras, como aquela, não. Michelle desejava que houvesse algo que ela pudesse fazer para ajudar, mais do que a abraçar, segurar a mão dela ou se deitar na cama ao lado no quartinho, esperando até o sono chegar. Mas Maisie havia visto a mãe, destroçada pelo câncer de mama, ter uma partida lenta e dramática, e, sem mais ninguém que cuidasse dela, acabara ali. Levaria tempo. Até lá, Michelle Chaplin tinha jurado preencher o buraco. Ela já havia feito isso antes e suspeitava que as crianças também preenchessem um buraco na vida dela — um buraco que, aos 42 anos, era improvável que fosse preenchido do modo convencional.

Os olhos da menina estariam inchados e vermelhos de manhã, pensou Michelle. Olhou o relógio. "Daqui a algumas horas", corrigiu-se.

Prestou atenção ao som de novo: as respirações brutas e trêmulas tinham parado, e Maisie agora respirava tranquila — inspirando, expirando, inspirando, expirando. Definitivamente adormecida.

Em silêncio, Michelle se levantou e saiu de fininho para o corredor. Seu próprio quarto ficava na outra ponta, e ela foi pé ante pé, passando pelos quartos de seus outros tutelados, decidida a dormir por uma ou duas horas antes de o resto deles acordar.

Ela apagou assim que a cabeça tocou no travesseiro. Se tivesse ficado acordada só mais uns minutinhos, talvez tivesse escutado o carro chegando, os pneus fazendo barulho na longa entrada de cascalho da Leiteria.

O recém-chegado.

O negócio é que a Leiteria não era leiteria coisa nenhuma; nunca tinha sido. Aliás, não havia uma vaca sequer num raio de vinte quilômetros dali. Era só o apelido de uma casa que tinha recebido um nome bem mais pomposo do homem que era seu dono: "Casa Milkwood" — era o que dizia a placa do portão de entrada, um nome que lembrava leite. Antes disso, tinha pertencido às Irmãs de Santa Teresa, durante seus mais ou menos noventa anos como pitoresco posto avançado rural do império católico. A estrutura de pedra e madeira havia começado como convento, os quartos ladeando os longos corredores nos dois andares, com um refeitório e um espaço compartilhado em que prateleiras de livros cobriam as paredes. Mas, quando a demanda diminuiu e chegou pelo arcebispo a ordem de vender, uma placa de "vende-se" foi pregada no chão duro no fim da entrada de carros. O anúncio na vitrine da imobiliária a descrevia como uma "Oportunidade rural única a um passo da cidade. visite hoje!".

E só precisou de uma visita. Declan Driscoll era um homem rico de uma família ainda mais rica, e quatro de seus contadores foram unânimes: um abrigo para crianças era um ótimo investimento, e não tinha como dar errado a um passo da cidade.

Teria de ser um passo bem largo. Leo Palmer — que era bem habilidoso com números — talvez soubesse que levava uma hora e 22 minutos de trem, com exatamente onze paradas entre o terminal urbano e a estação Upper Reach se você pegasse o expresso. Mas Leo Palmer nunca pegou o expresso, nunca desceu na estação Upper Reach e certamente nunca visitou a Casa Milkwood, também conhecida como Leiteria.

Mas o filho dele sim.

O café da manhã estava em andamento quando Michelle Chaplin acordou. O som de crianças conversando e discutindo e rindo subiu pelas escadas e atravessou sua porta fechada.

Sua porta. Havia alguém batendo de leve nela.

— Desculpa acordar você... Sei que Maisie dormiu mal de novo — começou John Llewellyn assim que Michelle abriu. — Mas, quando estiver pronta, pode vir até meu escritório, por favor?

Quinze minutos depois, Michelle se sentou à frente do diretor da Casa Milkwood numa salinha que sempre a lembrava do momento após uma tempestade. Havia papel jogado pela mesa e pelo chão e caindo das gavetas de um gaveteiro. Em cima das gavetas, uma pequena TV com uma antena telescópica dupla, ainda envolta em fitas decorativas natalinas, embora já fosse a primeira semana de janeiro. A luz forte da manhã entrava pela janela atrás de John, recortando a silhueta dele contra uma ampla extensão de grama pontilhada de árvores e, depois disso, uma linha de cerca delimitada por arbustos grossos.

Michelle olhou para John com curiosidade; ela sabia que não havia feito nada de errado, mas não fazia ideia de por que ele queria vê-la tão cedo. Os dois tinham várias coisas em comum. Eram quase da mesma idade. (John era alguns anos mais velho do que Michelle e, graças à falta de exercício desde que começara na Leiteria, aparentava cada um deles.) Ambos eram professores de formação, embora as lições que ensinavam na Casa Milkwood fossem aquelas que, em geral, ficavam a cargo de mamãe e papai. Todo o resto era ensinado na escola de ensino fundamental Upper Reach e, depois disso, na instituição de ensino médio da cidade vizinha.

A terceira coisa que tinham em comum — e provavelmente a mais importante — era que os dois estavam muito apaixonados um pelo outro. Era uma verdade que eles nunca tinham admitido abertamente, e, em vez disso, ficavam em uma espécie de flerte da meia-idade que, num cenário diferente, talvez fosse considerado um cortejo. Se alguma das crianças mais velhas tivesse notado, teria ficado com nojo.

Mas, naquela manhã, não houve flerte. John Llewellyn era um inglês grande de risada fácil e alta. Naquele dia, não. Naquele dia, ele parecia perplexo, preocupado.

— Recebemos mais uma hoje de manhã — disse ele, sem preâmbulos.

— Mais uma o quê? — perguntou Michelle.

A voz dela era suave, quase um sussurro, um dos motivos pelos quais as crianças gostavam dela tão rápido.

— Uma criança — respondeu John, e Michelle Chaplin se inclinou para a frente, franzindo a testa.

— Inesperada? — perguntou ela, e o chefe confirmou.

— A Assistência Social veio cedo, lá pelas cinco. Tentaram alocar o menino numa das famílias de acolhimento da cidade, mas estão lotadas. Eu o coloquei no quarto três. Acho que o pequeno vai dormir a maior parte do dia, coitadinho.

— Pequeno? Pequeno quanto? — Michelle estava com medo da resposta.

John Llewellyn suspirou.

— Acho que um ano, mais ou menos. — Pensou por um momento. — É, uns doze meses.

Ele não tinha como saber que havia acertado — até quase o minuto.

Michelle fechou os olhos. Eles não recebiam muitas crianças tão jovens.

— Qual é a história dele? — quis saber ela.

Uma pasta foi parar no colo de Michelle, que abriu os olhos e virou até a primeira página do formulário da Assistência Social. Era um formulário-padrão, mas ela nunca tinha visto um preenchido daquele jeito.

Nome? Em branco.
Data de nascimento? Em branco.
Histórico médico? Em branco.
Nome da mãe? Em branco.
Nome do pai? Em branco.

Passando os olhos pelas páginas, Michelle achou uma caixa de texto com algumas palavras rabiscadas. Sob o cabeçalho "Circunstâncias recentes", um dos oficiais descreveu que um jovem casal alegava ter achado o menino no apartamento deles. Michelle viu o endereço dos dois e fez uma careta.

— Quer apostar que estavam usando alguma coisa? — disse ela.

— Achei isso também. Eles estão sendo testados. Mas a Assistência Social disse que foi estranho — não havia sinais óbvios de uso de drogas. Talvez esquizofrenia? Não sei... — A voz dele foi sumindo. — Quer um biscoitinho? — perguntou, tirando um pacote da gaveta da escrivaninha. O sotaque de John fazia a oferta parecer muito decorosa, como se o lanchinho fosse ser servido com chá, leite e açúcar. Mas ele sabia que o chocolate estaria amolecido e provavelmente faria uma bagunça completamente indecorosa. O calor do verão deixava tudo mais difícil. Ele se perguntou se um dia se acostumaria com janeiro sendo tão quente; ninguém o alertara disso quando, vários anos atrás, decidira se mudar para outro hemisfério. Não que isso fosse impedi-lo, claro.

Michelle recusou ao ver os biscoitos. "Não no café da manhã", pensou.

John pegou dois, e Michelle sorriu. Ela sabia que ele não conseguiria resistir.

— E, do nada — disse, com a boca cheia de chocolate e migalhas —, a Milkwood está cheia de novo.

John não conseguia chamar de Leiteria; nunca chamara. Embora o apelido tivesse vindo de alguém da sua própria equipe, que dizia que o proprietário estava mamando nas tetas do sistema.

— Meu Deus — dissera o homem, analisando o livro-caixa e de olho no fluxo de financiamento governamental. — Milkwood que nada! Essas crianças são vacas-leiteiras de dinheiro. Driscoll deveria ter chamado de Leiteria — declarara ele, infelizmente sendo ouvido não por uma, mas por duas daquelas vacas-leiteiras de dinheiro.

O funcionário não ficou por muito mais tempo depois disso. O apelido, sim.

— Doze crianças — falou Michelle, mais para si mesma do que para John, mas mesmo assim ele assentiu com a cabeça.

A turma agora ia de um ano até alguns já à beira de virar adultos. Quando fizessem dezoito, seu tempo na Milkwood chegaria ao fim; o financiamento secaria, e eles seriam obrigados a ir embora e se virar no mundo.

É claro, alguns dariam mais trabalho do que outros. O luto de Maisie em algum momento passaria, havia muito tempo para isso — ela só tinha doze anos. Havia Aleks, de nove anos, mas aparentando treze, que tinha terminado o ano anterior com uma enxurrada de cartas enviadas pela escola de ensino fundamental Upper Reach por fazer as outras crianças darem a ele o dinheiro trocado que tinham. Um extorsionário de nove anos.

E Richie. Ela havia esquecido Richie Sharpe. Com três, quase quatro anos, era o residente mais novo (até o recém-chegado) — ainda jovem demais para ir à escola, então passava o dia todo aos cuidados de Michelle.

— Acho que Glenda vai ter de assumir Richie. — John quase leu a mente dela.

— Ah, ele não vai gostar.

— Nenhum deles vai — respondeu ele.

E tinha razão de novo. Glenda Reilly era a terceira pessoa empregada na Casa Milkwood e infelizmente nascera sem compaixão, senso de humor ou carinho por crianças. Como ela foi parar no serviço social e acabou num lar para crianças órfãs, ninguém sabia. Todas as crianças chamavam Michelle de "tia Michelle"; fizeram isso desde o momento em que ela começara a trabalhar lá, e ela amava. Glenda Reilly era "sra. Reilly", embora preferisse que as crianças nem falassem com ela.

— Cadê as coisas do menino novo? — perguntou Michelle.

John deu de ombros.

— Tudo o que veio com ele está no quarto. O berço, o pijama que ele estava usando. E era basicamente só isso, na verdade.

— Tá bem. — Michelle se levantou. — É melhor eu ir — disse ela.

Ela tinha trabalho e começou uma lista de tudo que precisaria encontrar. Roupas, alguns brinquedos. Caramba, até uma escova de dentes. Ela balançou a cabeça enquanto a televisão tremulava atrás dela.

— É a sua dose matinal? — perguntou ela a John, gesticulando com um sorriso para o desenho que passava na tela.

— Desculpa. Coloquei para acalmar o menino antes de ele ir para a cama. Ele estava meio nervoso. Mas você tinha de vê-lo assistindo a *Thomas e seus amigos*. Acho que não piscou nenhuma vez.

Michelle riu tristemente, depois parou na porta.

— Como eu devo chamá-lo? Ele tem nome?

John franziu a testa.

— Não veio com nome. — Ele pensou por um momento, e seus olhos voltaram à TV. — Vamos chamá-lo de Thomas. Não; Tommy. Pelo menos até os pais caírem em si e virem buscá-lo.

Michelle não sabia quanto tempo fazia que ele estava lá parado, observando enquanto ela fuçava em uma sacola de roupas velhas de costas para a porta. Não tinha muita coisa de bebê. "Talvez eu precise dar um pulo na cidade", pensou ela, e se virou.

— O que você está fazendo, tia Michelle? — perguntou Richie inocentemente, e Michelle deu um pulo, assustada.

Havia algo levemente estranho nele. Era fofinho, sim; um cabelo cheio castanho-escuro, quase preto, e olhos azuis profundos que pareciam deslocados em uma criança. Ela teve que se lembrar que o aniversário de quatro anos dele ainda seria dali a mais de um mês. Ele parecia mais velho e falava como se fosse.

— Estou só procurando umas roupas, Richie. Veio um menino novo morar com a gente.

Uma expressão curiosa passou pelo rosto de Richie e desapareceu igualmente rápido. Ele também fora abandonado pouco depois do último aniversário. Outra entrega da Assistência Social, mas, pelo menos, eles sabiam quem eram os pais dele — o pai havia se mandado e a mãe estava cumprindo uma pena de dezoito anos por assalto à mão armada. (Michelle achava que isso era meio exagerado, mas não sabia que a mamãe querida tinha tentado cortar o pescoço do caixa que se recusou a abrir a registradora. Apenas o fato de não saber usar direito uma faca havia garantido a ela dezoito anos em vez de prisão perpétua.)

A questão com Richie era que ele havia se adaptado incomumente rápido, quase como se soubesse que era um lugar melhor para ele. Michelle o achava quase sempre um doce, ainda que só com ela. O resto das crianças o evitava, e ele devolvia o favor. Michelle não sabia por quê. Talvez fossem os olhos; ela com certeza os achava perturbadores. Richie parecia estar só observando, absorvendo tudo, e sabendo. Mas, por outro lado, ele era só um garotinho, pensou ela. E tinha passado por muita coisa.

— Olha, Richie. Vem cá — disse ela, agachando-se e estendendo o braço para ele.

Ele foi sem hesitar.

— O menino novo, Tommy, é só um bebê. Ele vai precisar que você seja um irmão mais velho para ele. Você consegue?

Richie não falou nada.

— Eu vou ter que passar um tempo com ele. Continuo aqui sempre que você precisar de mim, mas, agora, você vai poder se divertir com a sra. Reilly também. — Michelle sabia que soava como uma mentira; ninguém se divertia com Glenda Reilly.

Richie assentiu em silêncio.

Ela o abraçou forte e saiu com ele do depósito, subindo as escadas principais até a sala de convivência, cheia de crianças de várias idades. Michelle não podia ficar; ela tinha que ir até Upper Reach atrás de suprimentos para Tommy antes de ele acordar.

Ela parou no pé da escada e olhou para a porta fechada com um número 3 de latão preso na frente.

Lá dentro, Tommy dormia. Aliás, ele dormiu durante a maior parte de seu aniversário de um ano. Sonhou com a mãe e o pai, que não estavam sonhando com ele. E, quando acordou, ele gritou pelos dois. Mas eles não vieram.

3

TOMMY DEU SEUS PRIMEIROS passos no gramado na frente da Leiteria. Às nove horas, todas as manhãs pelos últimos dois meses, Michelle Chaplin levava seu novo tutelado lá para fora e montava uma área de brincadeira sob a sombra pontilhada de sol de uma árvore grande. Havia ali um balanço, com a ferrugem entrando nas pernas de metal devido aos anos de exposição às intempéries. Ao lado dos balanços, Michelle estendia uma toalha de piquenique xadrez e uma série de brinquedos macios e livrinhos. Estava decidida a fazer por Tommy o que teria feito por seu próprio filho — ou o que os pais do garoto deveriam ter feito por ele. Ele seguia o dedo dela enquanto ela apontava palavras na página, e, quando ele ria ao vê-la fazendo vozes engraçadas para os brinquedos, Michelle percebeu que estava gostando cada vez mais dele. E, portanto, foi com um orgulho quase maternal que ela viu Tommy soltar a perna descascada do balanço e dar um, dois, depois três passos vacilantes pela grama.

— Muito bem, Tommy! — gritou Michelle, e o puxou num abraço de urso. O rosto pálido do garotinho se iluminou com o elogio. — Espera só até a gente contar ao sr. Llewellyn. Ele vai ficar muito orgulhoso de você.

Mais duas tentativas falharam em replicar o mesmo sucesso, mas Michelle sabia que tinha sido um marco. O menino que obstinadamente se recusara a soltar o balanço por dois meses finalmente havia feito isso. Michelle desejou que os pais dele pudessem ver.

A Assistência Social visitou a Casa Milkwood de novo uma semana depois de entregar Tommy. Era o mesmo par, o homem e a mulher, mas dessa vez os dois estavam mais bem-vestidos. Turno diurno. Haviam se reunido com John Llewellyn no escritório dele, cercado por seus arquivos espalhados, e no fim da tarde John transmitira a informação a Michelle.

— A notícia não é boa — disse ele.

Michelle não estava esperando que fosse. Ela nunca havia visto a Assistência Social chegar com boas notícias.

— O casal em cuja casa encontraram Tommy estava limpo. Nada de drogas. Sério, nada mesmo. E o psicólogo que falou com eles considerou que estavam sãos. E tinham empregos decentes também.

— Como isso não é boa notícia? — perguntou Michelle. — Eles podem levar Tommy para casa de novo.

John suspirou.

— Esse é o problema. Não tem prova de que *era* a casa dele. O casal jura que o menino não é deles, e o psicólogo diz que não estão mentindo. Não tem... bem, não tem nenhum registro de ele ter morado ali.

Ele não contou a ela que também não havia registro do nascimento em nenhum dos hospitais locais. Nem com nenhuma das parteiras particulares. Nenhuma menção em lugar algum. Era estranho viver fora do radar — não inédito, mas bem incomum.

— E, sei lá, DNA ou algo do tipo? Eles não começaram a fazer testes para coisas assim? — perguntou Michelle, e John confirmou.

— Começaram e dizem que, em algum momento, vamos precisar levar o menino para tirar sangue na cidade. Coitado, duvido que ele vá gostar muito. Mas me falaram para não esperar nada muito rápido. As amostras têm que ser mandadas para outro país e, mesmo em casos como o nosso, aparentemente a prioridade é bem baixa.

Não era exatamente assim que a Assistência Social havia descrito. Eles tinham dito que havia uma piscina de sangue, sêmen e saliva esperando para ser testada, e Tommy entraria em algum lugar da fila atrás de assassinos, estupradores e testes de paternidade dos quais dependia uma herança. Poderia levar pelo menos um ou dois anos.

— Acho que precisamos aceitar que não é filho deles, Michelle. Ele foi oficialmente listado no registro de crianças desaparecidas, mas como se tivesse sido encontrado. São os pais dele que estão desaparecidos.

— O que isso significa para Tommy? — quis saber Michelle.

— Significa que ele vai realmente ficar aqui. A não ser que seus pais de verdade venham buscá-lo. E consigam explicar por que invadiram outra casa e largaram o bebê lá.

Soava ridículo, e tanto John como Michelle sabiam.

Então, Michelle entendeu, enquanto brincava com Tommy no gramado na frente da Leiteria, que por mais que ela desejasse que os pais pudessem vê-lo dar os primeiros passos, isso não aconteceria.

Mas, em vez disso, outra pessoa viu. Dentro da casa de dois andares, uma das outras crianças estava sentada na beirada da cama, olhando pela janela com grandes olhos azuis. Richie Sharpe, agora com quatro anos, mas que ainda parecia um ou dois anos mais velho, estava tratando uma garganta que doía e arranhava, além de um caso agudo de ciúme. Ele tinha observado de sua janela as outras crianças — menos Tommy — saírem pelo caminho de cascalho e entrarem no ônibus que os levava à cidade. Os mais novos eram deixados na escola de ensino fundamental, e os outros, na estação de trem. Com uma população oficial de apenas 3.600 pessoas, Upper Reach não se qualificava para ter sua própria escola de ensino médio, então os adolescentes do local tinham que pegar o trem em massa até Mortlake, a próxima cidade na linha indo para oeste. Todas as crianças que moravam na Leiteria acabavam estudando em Mortlake quando tinham idade suficiente. Era simplesmente assim que a coisa funcionava. Primeiro, o ensino fundamental em Upper Reach, depois o ensino médio em Mortlake, e, então, bem-vindos ao resto da sua vida, meninos e meninas.

Enquanto as outras crianças saíam, a porta do quarto de Richie foi aberta, e a sra. Reilly entrou carregando uma pequena bandeja. Ela era alta, magra e má. Ele não gostava dela.

— Ouvi dizer que você está doente — disse ela, categórica.

Richie não respondeu. Ele sabia que ela não estava nem aí.

— Abre a boca.

Richie obedeceu, e um termômetro foi enfiado lá dentro. A sra. Reilly inspecionou o instrumento e franziu a testa ao perceber que ele estava falando a verdade. Richie se perguntou o que teria acontecido se estivesse fingindo. Provavelmente um tabefe, concluiu.

— Engula isto — falou ela pegando dois comprimidos da bandeja e os estendendo.

Richie recusou. A tia Michelle nunca o fazia engolir comprimidos; ela sempre lhe dava uma coisa doce e rosa e pegajosa, medida num copinho.

— Quer saber? — disse a sra. Reilly. Não era uma pergunta. — Não estou nem aí se você vai tomar. Por mim, pode jogar pela janela. Não faz diferença nenhuma para mim. De todo jeito, você vai melhorar em uns dias; comprimido nenhum vai mudar isso.

A sra. Reilly saiu do quarto sem falar mais nada, puxando a porta para fechá-la. Richie examinou os comprimidos e tocou um com a ponta da língua. O gosto lhe deu ânsia de vômito, e ele se voltou para a janela bem a tempo de ver a tia Michelle colocando o menino novo — o bebê — de pé perto do balanço. Desta vez, ele caiu na mesma hora, e Richie sorriu. Mas, quando a tia Michelle limpou o joelho de Tommy e o abraçou, o sorriso virou uma carranca.

Richie não se lembrava bem da mãe, então, na cabeça dele, ele a imaginava igualzinha à tia Michelle. Com certeza não era (havia um caixa de uma locadora de vídeo que alegremente confirmaria isso e que o fez no julgamento dela), mas isso não tinha importância para Richie. Ele sabia que não voltaria a ver a mãe por muito tempo — eles tinham explicado isso a ele (com gentileza, claro) quando chegou. Quando fora entregue à Leiteria, tinha sido a tia Michelle a recebê-lo na porta com o outro homem, o sr. Llewellyn. Ela o levara pela mão até um quarto com mesas e cadeiras e lhe dera sorvete. Muito sorvete. Tia Michelle o colocara para dormir naquela noite com um beijo na testa e, na manhã seguinte, estava lá quando ele acordou. Leu histórias e brincou com ele por meses, e, mais ou menos na época em que o martelo foi batido num tribunal a oitenta quilômetros dali, sentenciando a mãezinha querida de Richie a dezoito anos de prisão, o garoto já havia mesclado inteiramente a memória dela com a da amorosa e atenciosa tia Michelle.

Richie engoliu de novo. Sua garganta estava doendo mesmo, e ele queria voltar a dormir. Colocou a cabeça no travesseiro. Quem sabe, quando acordasse, o menino novo tivesse sumido.

Ele não sumiu, mas outra coisa aconteceu enquanto Richie dormia. O ressentimento que ele sentia por ver a tia Michelle *dele* brincando com Tommy embaixo da árvore *dele* no tapetinho *dele* se endureceu e, quando acordou, tinha virado algo novo, a palavra de quatro letras mais forte que o menino de quatro anos conhecia.

— Ódio, ódio, ódio — disse baixinho, testando.

Ele gostou de como soava, embora não fosse pronunciá-la fora daquele quarto, e com certeza não com a sra. Reilly por perto. Eles não podiam falar *ódio*, nem *burro*, nem *idiota*. Mas ele estava sozinho e só falou bem baixinho. Além do mais, era verdade.

Sim, Richie Sharpe decidiu que *odiava* Tommy.

Por alguns meses, a vida foi calma para os residentes da Casa Milkwood. Depois de três dias de cama com seu acesso de amidalite, Richie tinha voltado à supervisão diária da sra. Reilly, a quem algumas das crianças mais velhas chamavam de Smiley Reilly, pela comparação óbvia com a carinha sorridente amarela. Maisie, de doze anos, tinha feito treze e agora dormia a noite toda. Marcus, que, aos catorze e meio, tinha o duvidoso título de ter estado em mais famílias de acolhimento do que qualquer outra criança, havia passado seis semanas inteiras sem ser punido nenhuma vez na Mortlake High. (Não que ele não tivesse feito nada de errado durante aquele período, mas tinha ficado infinitamente melhor em esconder as provas.) Kayla, a residente mais velha, também fizera aniversário, com as dezoito velas no bolo simples de chocolate marcando o fim de seu tempo na Leiteria. Ela havia passado raspando nas provas finais do ano anterior e, desde então, estava procurando emprego. A ajuda chegou, de modo improvável, da sra. Reilly, que conhecia um homem cuja irmã estava saindo do emprego de recepcionista de uma imobiliária em Mortlake. Kayla foi nomeada como substituta (o corretor havia gostado da ideia de ter uma recepcionista de dezoito anos; a mulher dele não ficaria nada feliz, mas não precisava saber) e foi morar com uma amiga da escola. Os funcionários e as crianças de Milkwood se reuniram nos degraus da entrada para se despedir dela — uma tradição da Leiteria. O próprio John Llewellyn levou Kayla de carro até o novo apartamento dela, com todos os pertences da garota em duas sacolas no banco de trás. Ele a deixou lá com a sensação de que aquela ali talvez ficasse bem.

De volta à Leiteria, o pequeno Tommy agora conseguia andar sem ajuda (ainda que lentamente e com muitos joelhos ralados). A poucos meses de fazer dois anos, ele também tinha melhorado seu vocabulário, conseguia dizer o próprio nome e algumas comidas diferentes, além de já falar "colo" quando queria que alguém o pegasse, bem como "mamãe" e "papai". Tanto Michelle Chaplin como John Llewellyn achavam que era um lembrete particularmente cruel das circunstâncias do pequeno. O par — além de estar um apaixonadinho pelo outro — estava extremamente apegado ao menino que acabara à sua porta sem pais, sem posses e sem nome.

— Vocês notaram — disse John a Michelle e Glenda Reilly numa noite — como as coisas andam tranquilas ultimamente? Acho que ter um bebê na casa ajuda. As garotas todas o amam.

Eles estavam comendo em uma mesinha no refeitório. As crianças estavam em duas mesas grandes ao lado deles; a mistura caótica de talheres batendo e gritos de crianças tornava difícil para os adultos se ouvirem.

Michelle assentiu com a cabeça e sentiu uma onda de afeto ao ver John olhando as crianças com carinho. De vez em quando, Michelle se perguntava se aquela amizade poderia um dia evoluir para algo mais e concluiu que provavelmente isso aconteceria. Mas não seria como nos filmes: não teria aquilo de ficar se escondendo depois de escurecer, nenhum grande gesto ou declaração de amor. Os dois eram… bem, *tímidos* demais, ela achava, e respeitavam o trabalho quase demais para fazer algo do tipo. Não, Michelle tinha um palpite de que, se fosse para ser — e ela acreditava demais no destino —, eles iriam só se aproximar cada vez mais até naturalmente chegarem à conclusão de que não deveriam mais se separar.

Tedioso, talvez, mas a perspectiva a enchia de um calor que achava muito satisfatório. Ela não tinha pressa alguma.

— É, acho que você tem razão — respondeu Michelle, mas Glenda Reilly só deu uma risadinha de desprezo pelo nariz. Tratava os colegas com a mesma consideração que dispensava aos tutelados. Na cabeça de Glenda, esses dois eram zelosos demais, e, além disso, ela vira seus olhares acanhados e suas xícaras de chá silenciosas. Para ser franca (e a sra. Reilly era sempre muito franca), pensar neles juntos lhe dava náuseas.

— Glenda, é sério — insistiu John. — Olha só para eles.

Ele apontou para o outro lado da sala, onde o menininho estava sentado em seu cadeirão. Maisie estava supervisionando o jantar, limpando a boca de Tommy diligentemente e garantindo que ele comesse todo o mingau. Algumas outras crianças ajudavam, debruçando-se na mesa quando ele derrubava a colher ou dando conselhos não solicitados a Maisie, que ela devidamente ignorava.

Vozes elevadas na mesa mais perto dos adultos quebraram o barulho usual do refeitório. Marcus, que estava indo tão bem na escola ultimamente, estava gritando com Charlie, um garoto dois anos mais velho, porque havia se ofendido com alguma coisa.

— Falei cedo demais.

John sacudiu a cabeça e se levantou para separar os dois. Não notou Richie Sharpe sentado a duas cadeiras de Marcus. Apesar do tumulto, Richie mal havia piscado. Continuava olhando fixamente para o cadeirão do outro lado da sala e para a pequena multidão de jovens cuidando de seu ocupante.

Marcus e Charlie — os brigões do jantar — passaram o resto da noite de castigo. Alguns dos outros foram fazer a lição no quarto, enquanto o resto se reunia na sala de convivência, lendo ou jogando um dos jogos de tabuleiro velhos que ficavam empilhados numa estante num canto. Três crianças, lideradas por Maisie, estavam muito envolvidas numa partida de Banco Imobiliário, porque era o único jogo que ainda tinha todas as peças.

As crianças menores foram levadas para a cama assim que os pratos do jantar foram tirados. Tia Michelle levou Tommy e deu um banho nele antes de vesti-lo com um pijama de manga curta, contente pelos dias mais longos e noites mais quentes da primavera. Enquanto Tommy era colocado em seu berço lá embaixo e recebia um beijo de boa-noite, no andar de cima Richie era escoltado ao quarto pela sra. Reilly, concentrada no fato de que era quinta-feira e só faltava uma noite para ela ter o fim de semana de folga. Ela observou Richie desatenta enquanto ele colocava o pijama, depois apagou a luz e saiu do quarto. A porta ficou entreaberta, e um fino feixe de luz do corredor atravessava a escuridão. Richie — que não tinha nem chegado à cama antes de a sra. Reilly apertar o interruptor — se empoleirou na beirada do colchão. Pensou em como detestava a mulher que havia acabado de sair pela porta. Olhou para a cama e a mesa de cabeceira feitas com a mesma madeira. Observou o armário que continha seus poucos pertences — um sortimento de livros ilustrados das prateleiras da sala de convivência, alguns lápis de cor e uma gaveta cheia de roupas que eram quase todas de segunda mão, vindas dos residentes mais velhos. Olhou de novo para a porta e pensou no menino no berço lá embaixo, o menino que tinha pegado a tia Michelle para si. O menino que tinha roubado a única pessoa que tornava aquele local um lar para Richie.

Ódio, ódio, ódio.

Richie deslizou da cama e caminhou até a porta. Lá, parou e ficou ouvindo. Conseguia escutar vozes vindo lá da sala de convivência pelo patamar da escada, uma discussão bem-humorada sobre dinheiro devido, e outra voz mandando os jogadores de Banco Imobiliário calarem a boca porque ela estava tentando ler. Richie foi tateando pela parede, passou pela sala de convivência e chegou à escada. Desceu, parando de novo no último degrau para ouvir. Tudo quieto. Ele espiou o refeitório pelo canto da porta. Tia Michelle estava lá, sentada ao lado do sr. Llewellyn. Música fluía suavemente de um rádio numa mesinha lateral, e os dois tinham xícaras de chá à sua frente e estavam concentrados conversando. Não havia nem sinal da sra. Reilly. Isso o deixou feliz. Ele foi na ponta dos pés até o corredor e parou na frente de uma porta, que tinha um número 3 pequeno de metal.

Richie tentou a maçaneta, e a porta se abriu. As portas na Leiteria nunca ficavam trancadas — aliás, só os adultos tinham trancas nas portas (ninguém mais tinha nada que valesse a pena roubar). O quarto tinha a mesma disposição do dele lá em cima, mas, em vez de uma cama de solteiro, havia um berço com barras de latão. Richie sorriu de leve para si mesmo. Quando a luz do corredor encheu o quarto, o habitante do berço se sentou e sorriu para o invasor. Richie foi até o berço e se apoiou nele, descansando o queixo na barra transversal superior. Estava frente a frente com Tommy.

Ele ficou lá parado, olhando o bebê, sem saber o que fazer em seguida. Richie Sharpe ainda não tinha completado cinco anos, era o segundo residente mais jovem da Casa Milkwood, praticamente um bebê também. Não tinha um plano; só queria ver seu rival.

Richie descansou a mão na barra do canto do berço e, de repente, a barra transversal em que ele estava se apoiando caiu. Sem perceber, havia batido na trave que liberava a lateral do berço, e todo aquele lado se abriu. Richie segurou a respiração com o barulho metálico. Sabia que estaria encrencado e só torcia para ser achado pela tia Michelle, não pela sra. Reilly. Ficou paralisado, esperando passos no corredor e uma sombra na porta. Mas ninguém apareceu. Ele expirou.

Tommy, que continuava sorrindo para ele, estendeu os dedos gorduchos para tocar o rosto de Richie.

Richie se afastou.

— Não encosta em mim — sibilou.

— Colo — pediu o menininho.

Isso irritou Richie ainda mais. Antes de perceber o que estava fazendo, pegou o bebê pelas axilas e o puxou para baixo, quase não aguentando o peso enquanto Tommy meio deslizava, meio caía do berço. Pegando-o pela mão, Richie saiu com Tommy do quarto pelo corredor, o pequeno mantendo com dificuldade o ritmo com suas pernas curtas e instáveis. Richie levou o dedo aos lábios — será que o menino sabia o que isso significava? — enquanto passavam pelo refeitório. Os dois adultos continuavam lá dentro, absortos em sua conversa, e não levantaram o olhar.

Os garotos estavam no hall de entrada, depois na porta da frente. Ainda não estava trancada — era a última coisa que John Llewellyn fazia toda noite antes de ir se deitar —, e a porta de madeira sólida só soltou um leve rangido ao abrir com suas dobradiças enferrujadas. Tommy levantou a cabeça para olhar o garoto mais velho enquanto era arrastado, tropeçando, pelos degraus da frente até a entrada de veículos. À direita deles, estava a grande árvore familiar aos dois pelo tempo passado com tia Michelle e, à frente, a entrada descia uma pequena ladeira antes de virar na estrada. Richie, por sua vez, virou à esquerda, e os dois caminharam pela lateral do prédio, passaram pelos velhos galpões onde os funcionários deixavam os carros e foram até o quintal. Uma fileira de árvores marcava o limite da propriedade, e uma cerca de arame tinha sido erguida para evitar que as crianças fossem para o denso matagal que ficava do outro lado.

Tommy parou de andar. Ele não gostava de ir lá fora sem a tia Michelle e especialmente não gostava de estar ali à noite. Tentou se sacudir para se soltar de Richie, mas a mão do menino era quase duas vezes maior que a dele.

Richie se agachou para ficar na altura de Tommy.

— O que foi? — perguntou.

Tommy não falou nada, mas uma única lágrima gorda apareceu no canto do olho dele e rolou pela bochecha.

— Eu só quero mostrar uma coisa pra você — disse Richie a ele.

Richie se levantou e, ainda segurando a mão de Tommy, continuou caminhando em direção às árvores. O bebê seguiu, relutante — estava com medo e não queria ficar sozinho. Eles chegaram à cerca, e o menino mais velho de cabelo escuro e olhos azuis profundos parou. Richie colocou o pé no arame de baixo e levantou a faixa de cima, como tinha visto algumas crianças mais velhas fazerem para poder sair de fininho com facilidade. Deixou o buraco grande o suficiente para Tommy passar, mas o pequeno ficou lá parado, teimoso e com medo.

— Vem, Tommy — chamou Richie. — A tia Michelle que mandou.

Com a menção de sua pessoa favorita, Tommy deu um passo hesitante à frente. Era tão pequeno, que nem precisava se abaixar para passar pelo buraco. Richie se abaixou e passou atrás dele, aí pegou de novo a mão de

Tommy e o levou pelas árvores até o matagal, com galhos arranhando seus braços expostos enquanto afastava pequenos ramos.

Depois de alguns minutos, ele parou. Ainda não tinha um plano; estava sendo impelido apenas por um instinto frio e cruel. Olhando ao redor, ele só viu árvores em três lados e a casa atrás dele, à distância. A lua estava quase cheia, e, agora que estavam longe das luzes da Leiteria, Richie via sua própria sombra à luz do luar, que vinha filtrada pelas folhas. As sombras à frente eram bem mais pesadas, porque a copa grossa das árvores bloqueava qualquer sinal das estrelas lá em cima. Richie não sabia o que estava fazendo, mas sabia de uma coisa: ele não queria ir mais longe. Também era um pequeno garoto e ainda tinha um respeito saudável pela escuridão.

Ele se virou para Tommy e viu que um fluxo contínuo de lágrimas escorria pelo rosto do menino. O nariz dele estava todo cheio de meleca, e Richie não gostou disso.

— Fica aqui — falou para Tommy. — Vou chamar a tia Michelle.

Tommy olhou para Richie através dos cílios molhados. Ele não entendeu, mas, de novo, reconheceu o nome da tia Michelle.

Richie soltou a mão de Tommy e virou-se de volta para a Leiteria. Em um instante, tinha desaparecido, lançando-se em meio às árvores, passando por baixo da cerca de arame e correndo o mais rápido que podia para a segurança das luzes da casa, com medo de que *algo* fosse pegá-lo na escuridão antes de ele conseguir chegar.

Na escada da frente, desacelerou. Iria mesmo buscar tia Michelle? Fazer isso significaria assumir ter levado Tommy lá para fora — e teria de explicar por que havia feito isso, o que seria difícil, porque ele mesmo não sabia. E ainda pior era pensar em tia Michelle saindo correndo para procurar o menino e Richie sendo deixado com a sra. Reilly para levá-lo de volta para a cama.

Até ali, a maioria de suas decisões tinha sido tomada só por instinto (um instinto desagradável, que vinha de um lugar não natural para um garoto de quatro anos e meio), mas aquela foi deliberada. Richie subiu na ponta dos pés e entrou sem ninguém ver. Arriscando espiar o refeitório, conseguiu ver o sr. Llewellyn ainda sentado numa cadeira de costas para a porta. Tia Michelle não estava à vista. Quando chegou ao topo da escada, ouviu o jogo de Banco Imobiliário ainda rolando em volume máximo; a discussão sobre dinheiro devido havia sido resolvida e Maisie estava perto da vitória. Richie só tinha ido lá fora por uns minutos; para ele, pareceram horas. Ele foi de fininho, descalço, pelo corredor, certo de que seria pego a qualquer momento.

Mas não foi, e logo Richie estava em seu quarto, fechando a porta o mais baixinho que conseguia. Respirando com dificuldade, ele se deitou na cama e esperou. Não sabia o que viria primeiro — o sono ou a descoberta do problema que criara lá fora.

Ao mesmo tempo em que Richie estava subindo de volta na cama, o pequeno Tommy, ainda com menos de dois anos, foi tomado pelo tipo especial de terror que só os bebês conhecem. Em um minuto, estava aconchegado em seu berço e, no outro, havia um menino em seu quarto. Agora, estava lá fora e sozinho. Estava muito escuro, o que já era assustador o bastante quando o outro menino estava junto, mas, agora que estava sozinho, aquilo se transformou em algo verdadeiramente assustador. Tommy ficou completamente imóvel, cercado por árvores altíssimas com galhos que balançavam suavemente ao vento. As sombras projetadas por esses galhos no chão pareciam mãos gigantes com garras iradas que arranhavam.

Tommy gritou, um uivo agudo de puro medo.

Dentro da casa, os três adultos ouviram o grito. Todos juntos identificaram como algo alimentado pelo horror, do tipo experimentado quando uma criança pequena acorda de um pesadelo e não consegue separar sonho de realidade, mas ninguém conseguia saber de onde vinha. Michelle, que terminara uma xícara de chá com John e agora estava na cozinha ajudando a cozinheira a arrumar, foi direto para o quarto onde dormia a criança mais nova. Abrindo a porta com tudo, ela viu assustada que Tommy não estava lá.

— O Tommy sumiu! — gritou ela desesperadamente e começou a revistar o andar de baixo. Lá em cima, a sra. Reilly chegou a área comum. No refeitório, John Llewellyn se levantou num salto, derramando o resto do chá, e correu direto para a porta da frente. Abrindo um armário no hall de entrada, pegou uma lanterna que mantinha para emergências e desceu os degraus da frente num pulo só.

Ele começou a correr pela entrada de carros, preocupado que Tommy talvez tivesse ido até a estrada. Não era exatamente uma via principal, mas mesmo assim muitos carros a usavam (e em alta velocidade, além do mais). John já estava quase na metade do caminho quando ouviu um segundo grito, parecido com o primeiro, mas não tão alto. Estava vindo de trás dele, do outro lado da casa. John se virou abruptamente e começou a voltar por onde tinha vindo. Engolindo o ar, com o peito arfando, ao correr ele se arrependeu por ter se descuidado tanto, e não conseguia cobrir cem metros sem grunhir e gemer.

Contornando a casa, desacelerou ao chegar ao quintal e ficou escutando. Ali, um soluço suave vinha do poço além da cerca. Acendeu a lanterna, e o feixe brincou pela grama e foi até as árvores. John não conseguia ver nada, só vegetação rasteira. Quando chegou à cerca com seus dois fios de arame, colocou o pé no de baixo e puxou o de cima — tinha visto alguns de seus estudantes mais velhos fazerem isso quando achavam que ele não estava olhando. Abaixando-se, passou o corpo largo apertado pelo buraco, depois se endireitou de novo e saiu correndo para a mata nativa densa, ignorando a dor no peito enquanto abria caminho entre os troncos de árvore e arbustos, seguindo o barulho da criança chorando baixinho à sua frente.

— Está tudo bem, Tommy, estou chegando — gritou, embora ainda não conseguisse ver o menino.

Contornando uma árvore, quase colidiu com o bebê, que estava piscando por causa da luz forte. Tommy continuava parado no lugar onde havia sido abandonado, como se enraizado ao chão pelo medo. John o pegou no colo e o apertou forte. Tommy aconchegou a cabeça no ombro do homem, e os choramingos viraram uivos enquanto o alívio o dominava. John o ninou, tentando recuperar o fôlego, até os gritos do menino gradualmente pararem. Enquanto carregava Tommy passando pelas árvores, ele se lembrou da manhã em que o garoto chegara à Casa Milkwood; John o levara exatamente assim ao seu escritório. Naquele curto tempo, ele havia crescido bastante.

Michelle, que tinha visto o brilho da lanterna de John de uma das janelas do quarto, estava esperando os dois na cerca. John passou Tommy para ela por cima do arame antes de se abaixar para ele mesmo passar. Quando começou a se levantar do outro lado, ele de repente caiu para frente. Michelle já estava com dificuldade de segurar o peso de Tommy, mas estendeu um braço para pegar John. Chegou um segundo tarde demais, e ele bateu com força no chão, com o rosto raspando na superfície seca e irregular.

— John! Você está bem? — A voz de Michelle, normalmente tão suave e gentil, estava aguda por causa da preocupação.

John não respondeu.

Ele não se mexeu.

O funeral de John Llewellyn ocorreu cinco dias mais tarde; ele foi enterrado com três artérias bloqueadas e um coração que não conseguira suportar o esforço da corrida para achar Tommy.

Tia Michelle saiu da cidade antes mesmo de o velório começar. Estava entorpecida desde a noite do acontecido. Na manhã seguinte, olhando-se no espelho, com o rosto pálido e crispado, ela decidiu ficar e ser forte. "Pelas crianças", disse a si mesma. Mas, cada vez que via Tommy, ou Maisie, ou Marcus, ou qualquer um dos outros, começava a tremer. E, embora tentasse esconder, a emoção se espalhava como um vírus, com uma criança caindo em prantos, depois outra, e Michelle sabia que precisava se afastar. "Pelas crianças", e também por si mesma. Só por um tempinho.

— Vou visitar minha irmã... Só preciso clarear as ideias — disse à sra. Reilly, que não estava nem aí. Ela estava focada na chegada iminente de Declan Driscoll, proprietário da Casa Milkwood. Supostamente para guiar a casa em meio ao caos, Declan Driscoll estava lá, na verdade, para proteger seu investimento.

Seis semanas se passaram com a Leiteria envolvida numa névoa de confusão e luto, cercada por uma saraivada de estranhos. Em meio a todo o caos, ninguém percebeu que estava chegando o segundo aniversário de Tommy, que era também o primeiro aniversário de sua chegada à Casa Milkwood. Tommy também não sabia, claro, quando na véspera foi colocado na cama por um dos funcionários temporários que substituía tia Michelle.

Vendo a velha casa de fora na noite em que Tommy fez dois anos, seria de se pensar que nada particularmente incomum estivesse acontecendo. A casa estava exatamente como sempre estivera por muitos anos, desde os dias como convento até sua segunda vida, como casa de acolhimento com um nome chique que só adultos usavam, com tinta descascando visível apenas à luz pálida do luar. Tudo parecia muito normal, mas, lá dentro, quando o relógio bateu meia-noite, algo completamente anormal aconteceu. Enquanto os residentes dormiam, qualquer conhecimento, qualquer memória, qualquer consciência de um menininho foram apagados da mente deles, e todas as evidências de sua própria existência — de arquivos policiais a formulários de teste de DNA — foram aniquiladas.

E, assim, na manhã de seu segundo aniversário, quando a maioria das outras crianças receberia uma chuva de presentes e atenção, Tommy mais uma vez virou um estranho para todos que o haviam conhecido.

4

Para um garoto cuja própria existência era definida pelo incomum, os anos imediatamente posteriores à morte de John Llewellyn, o homem que o acolhera, foram surpreendentemente descomplicados. No fim das contas, o maior aliado de Tommy era a própria burocracia — uma rede monstruosa de departamentos governamentais e funcionários públicos que reduzia crianças a cargo do Estado a nomes e números numa página. No caso de Tommy, essa página era apagada quando o calendário virava de 4 para 5 de janeiro.

A cena da manhã seguinte se desenrolava exatamente do mesmo jeito a cada ano, e, quando ficou um pouco mais velho, Tommy percebeu que era capaz de prever com precisão assustadora como ela aconteceria. Tommy, primeiro bebê, depois garoto, depois adolescente desengonçado, acordaria em seu quarto, agora sem nada, que na noite anterior continha algumas posses: um livro ilustrado puído talvez, ou, conforme ele crescia, um caderno e algumas canetas numa mochila de segunda mão, um ou dois pôsteres na parede. As paredes estariam vazias, e esses pertences, desaparecidos — para onde, Tommy não fazia ideia.

Quando saía de seu quarto, qualquer membro da equipe que o visse passava por um processo que nunca mudava.

"Ué", diriam. Esse era o primeiro estágio e começava sempre assim. Mas, passada a surpresa, eles em geral falavam com voz suave, como se receassem assustá-lo ou fazê-lo correr para a porta. (Só Glenda Reilly se recusava a abaixar a voz. Ela provavelmente *queria* que ele fugisse.) "Como você se chama?", invariavelmente perguntariam. Nesse ponto, estariam supondo (razoavelmente, dado o propósito do lugar) que ele havia sido deixado na porta durante a noite.

Em segundo, vinha a raiva — uma ligação para a Assistência Social reclamando de recém-chegados largados sem aviso, documento ou referências.

Em terceiro lugar — e era aqui que a burocracia ajudava —, vinha a aceitação. Aceitação de que, depois de meia dúzia de ligações para vários escritórios da rede de acolhimento infantil, ninguém sabia nada de fato. E, apesar de assistentes sociais prometerem analisar o assunto e descobrir de onde tinha vindo o garoto, Tommy sabia que ficaria.

A única exceção a essa rotina havia sido a manhã do aniversário de dois anos de Tommy. Ninguém fez ligação nenhuma naquele dia, porque, com John Llewellyn morto e Michelle Chaplin longe, a equipe da casa era composta majoritariamente por funcionários temporários que não tinham ideia de quem deveria ou não deveria estar lá. Mas a ordem voltou quando Michelle enfim retornou — ela sempre planejara voltar depois de lidar com a morte de John Llewellyn. Afinal, a Casa Milkwood era seu lar, e seus tutelados eram seus filhos, mesmo que o homem que ela amara de todo o coração já não estivesse ali. Ela ainda passava tempo demais imaginando como deveriam ter sido os momentos finais dele — caindo na entrada de carros enquanto fechava o portão da frente. Desejara estar com ele quando aconteceu para ajudá-lo ou segurar sua mão para que não morresse sozinho.

Era assim que Michelle se lembrava daquela noite, roubada da memória horrível demais de John Llewellyn caído de cara na terra na cerca dos fundos enquanto Tommy uivava, confuso, em seus braços. Ela *estava* lá quando John morreu, mas qualquer conforto que pudesse tirar disso era um dano colateral no apagamento do pequeno Tommy.

Sua volta à casa era fonte de grande alívio tanto para Tommy como para Richie — não que eles tenham debatido o assunto. Richie não debatia nada com ninguém, e quanto a Tommy — bem, ele era tão pequeno, que logo esqueceu por que não gostava de Richie. Só o que sobrava era uma sensação desagradável sempre que via o outro menino, o retrogosto amargo de um medo infantil.

Em seu primeiro dia de volta, tia Michelle reuniu todas as crianças na sala de convivência com uma notícia muito boa.

— Bom dia, pessoal — disse baixinho. Seus olhos ainda pareciam meio vidrados, embora ela não chorasse havia pelo menos um dia. — É muito bom ver vocês novamente. Se bem que ainda não conheci todo mundo — completou, sorrindo para Tommy, que não fazia ideia do que estava acontecendo (afinal, tinha só dois anos). — Agora que John... o sr. Llewellyn... não está mais com a gente, vou administrar a Casa Milkwood.

Tommy não sabia na hora, mas foi a melhor coisa que poderia ter acontecido com um menininho de dois anos cujos pais haviam esquecido que ele existia. Isso significava que seria tia Michelle quem garantiria que Tommy tivesse tudo de que precisava a cada ano, quando ele recomeçava do zero. Ela vasculharia caixas de roupas largadas para trás, xingando baixinho, e em geral gastaria seu próprio dinheiro para complementar o que estivesse faltando.

Isso significa que foi Michelle Chaplin quem acompanhou Tommy em seu primeiro dia na escola de ensino fundamental Upper Reach, segurando a mãozinha dele com força enquanto atravessavam o portão e Tommy diminuía o passo conforme se aproximavam da sala.

— Está tudo bem, Tommy — reassegurou ela. — Vou estar aqui para buscar você quando o sinal tocar à tarde. Você vai se divertir muito, eu garanto.

E também significa que foi para tia Michelle que a escola ligou quando percebeu que o formulário de matrícula estava incompleto.

— Ele não pode vir à escola sem sobrenome — disse a secretária, direta. — Como a gente vai arquivar os formulários dele?

Michelle Chaplin — que estava comendo um biscoito de chocolate em sua mesa no escritório da Leiteria quando o telefone tocou — hesitou.

— Está bem — respondeu ela, olhando as migalhas em seu prato e as folhas de chá no fundo da xícara. Talvez, se a ligação tivesse chegado em outro momento, ela pudesse ter escolhido outra coisa. Mas, *naquele momento*, pareceu a decisão certa. Além do mais, embora ela só conhecesse Tommy havia algumas semanas, já percebia que era um garoto esperto. Se algum menino de cinco anos fosse capaz de soletrar aquele nome, seria ele. — Llewellyn — disse, e sentiu um pequeno arrepio de tristeza passar por ela. Mas, por algum motivo, pensou que John não se importaria. Suspeitava que ele teria gostado muito do jovem Tommy.

Assim, nos anos subsequentes, depois de emergir de seu quarto estéril na manhã de seu aniversário, ele se apresentava como Tommy Llewellyn aos amigos que o haviam esquecido da noite para o dia, sem nunca notar de verdade a faísca de dor nos olhos de tia Michelle ao ouvir aquele nome pela primeira vez.

Tommy era um garoto que fazia amizade fácil, o que era uma sorte, já que ele precisava refazê-las todo dia 5 de janeiro. No início, tentava convencer as outras crianças de que o conheciam — afinal, sabia quem *elas* eram, então por que estavam olhando para ele com tanta estranheza? Mas a cada ano recebia as mesmas expressões vazias e, aos dez, percebeu que era capaz de evitar algumas horas de olhares desconfortáveis e sussurros sobre o novo garoto esquisitão se só se apresentasse e se esforçasse para voltar a se encaixar. Ele ainda tinha perguntas — muitas perguntas, a maioria girando em torno de *por quê* —, mas tia Michelle não conseguira ajudá-lo (aliás, ela não entendera bem o que Tommy estava perguntando). Então, apesar de tudo ser muito estranho, ele só tentava seguir a vida.

Porém, ao fazer catorze anos, algo extremamente comum aconteceu com Tommy. É claro, dadas suas circunstâncias relativamente únicas, até o comum seria problemático.

Tommy Llewellyn se apaixonou.

Na maioria do dias na Leiteria, ele era o primeiro a chegar no café da manhã. Tinha sido assim desde que se lembrava; ele gostava do silêncio do refeitório antes de ser invadido pelo pequeno batalhão de crianças com quem morava. Naquela manhã de quarta em particular, Tommy se sentou a uma das mesas, com cadeiras vazias ao lado, duas fatias de torrada e um livro à sua frente. Havia, na sala de convivência do andar de cima, estantes cheias de livros ilustrados para crianças pequenas e romances para quem conseguia ler sozinho. Tommy havia muito passara dos primeiros aos segundos e logo havia lido tudo o que estava à disposição. Mas, de vez em quando, tia Michelle trazia uma nova fornada de livros usados que ela comprava num sebo em Mortlake. O que Tommy havia apoiado no pote de pasta de amendoim era uma nova aquisição, e estava tão envolvido que não percebeu que tinha companhia. Foi só ao ouvir uma colher cair e alguém xingar baixinho que ele levantou os olhos.

Carey Price tinha dezessete anos, e Tommy achou que era a pessoa mais bonita que ele já tinha visto. Não era tão mais novo do que ela — só três anos, não que estivesse contando —, mas, comparado a Carey, sentia que ainda deveria estar lendo os livros ilustrados. Carey Price era especial. Tinha cabelo comprido cor de mel e uma pele sedosa que parecia muito macia.

Suspirou ao se sentar à frente de Tommy, que notou, agitado, que ela já estava pronta para a escola. (Era, concluíra ele no início do ano, o ponto alto de ir à Mortlake High: a saia do uniforme da escola acabava uns quatro ou cinco centímetros acima do joelho.) Tommy ficou decepcionado de ver que ela havia colocado um cardigã por cima da blusa branca da escola, escondendo o corpo que ele passava tempo demais imaginando (afinal, tinha catorze anos). Mas essa não era sua coisa favorita em relação a Carey, não exatamente. Não, Tommy gostava do fato de que ela era *legal*.

— Oi, Carey — disse tímido, as bochechas ficando um ou dois tons mais rosados. Elas faziam isso quase toda vez que ele falava com Carey nos seis meses desde a chegada dela à Leiteria, mesmo depois de se tornarem amigos. A admiração fazia isso com os meninos. Tommy desejava que não fizesse.

— Oi, Tommy — respondeu ela, levantando os olhos da tigela de cereal. Os pedaços crocantes de flocos de arroz crepitavam suavemente no silêncio do refeitório. Parecia o som de uma lareira minúscula acesa.

— Você está bem? — perguntou ele. Os olhos dela estavam avermelhados e inchados.

— Estou. Vai fazer um calorão. Não esquece a garrafinha de água.

Ela estava de novo olhando o cereal, como se estivesse fascinada pelo som.

— Tem certeza? — insistiu Tommy. — Parece que você andou chorando.

Carey sorriu com a falta de tato.

— Estou bem, sim — repetiu ela. — É que... — Olhou ao redor para ver se estavam sozinhos. Pela porta da cozinha, conseguia ver Lee, um homem de rosto gentil com cabelo grisalho raspado, debruçado na frente da geladeira, planejando as refeições do dia. Lee alimentava cada um deles já havia anos, tendo se tornado uma peça fixa da Leiteria tanto quanto tia Michelle. Também era surdo de um ouvido (algo pelo que, na hora das refeições, ele era secretamente grato). — Sério, Tommy. Estou bem. — Ela mudou de assunto. — Adivinha quem eu vi ontem depois da escola. Maxy!

— Não acredito! — respondeu Tommy.

Max Cooper era um dos recém-graduados da Casa Milkwood; ele não voltava para visitar desde seu aniversário de dezoito anos, alguns meses atrás.

— Pois é. Ele está ajudando a construir casas e até comprou uma caminhonete. Diz que talvez dê uma passada...

Conforme Carey continuava sua atualização, Tommy viu sua mente vagando do que ela estava falando para o que estava usando, e depois para se ela um dia se interessaria por alguém como ele. Talvez se o achasse engraçado, ou charmoso, ou algo do tipo. Ele se perguntou de repente como seria beijar Carey Price e percebeu, horrorizado, que estava corando outra vez. Tommy torceu para ela não notar. Naquele momento, concentrando-se em sua torrada e tentando ignorar o ardor nas bochechas, parecia impossível ser *charmoso*. Ele aceitaria ser até ligeiramente cativante, mas ainda duvidava de que seria suficiente; os garotos se jogavam aos pés de Carey para ficar perto dela na Mortlake High School. Ele os vira entre as aulas, se aproximando na esperança de uma conversa. Todos os caras do último ano faziam isso, menos um — Richie Sharpe. O cabelo escuro dele era agora bem mais grosso e cacheado, e, de uma forma estranha, suas feições haviam mudado para combinar com seus olhos, que ainda tinham um azul profundo, mas já não pareciam velhos demais para o rosto. Ele tinha ombros amplos, era alto e atraía garotas que nem um ímã. Mas Richie ignorava a atenção e escolhia, em vez disso, passar a maior parte do tempo na biblioteca. Na Leiteria, ele mal saía do quarto. Richie era inteligente — até brilhante — e parecia mais confortável em meio aos livros do que com outros jovens. Tommy não ligava; Richie sempre o deixara desconfortável.

Mas, mesmo sem Richie como concorrente, Tommy não tinha chances com Carey. Pelo menos por enquanto. Ele mesmo era alto, resultado de um estirão de crescimento, mas todo desproporcional. Era uma fase estranha; seis meses antes, ele era um menino e, daqui a seis meses, seria um homem, mas, enquanto isso, estava preso no meio, bem onde não queria estar.

Tommy sabia que isso não tinha muita importância de qualquer forma; não adiantava nada ter sonhos com Carey Price, especialmente do tipo que deixava suas bochechas vermelhas. Para começo de conversa, as possibilidades estavam contra alguém como ele — jovem demais, esquisito demais. E, embora seus livros favoritos das estantes na sala de convivência fossem cheios de heróis desafiando as probabilidades para resgatar a garota — derrotando dragões e valentões e todo tipo de coisa —, Tommy sabia que havia um obstáculo impossível de superar: o fato extraordinário de que tudo em sua vida tinha data de validade. Essa percepção se acomodou amargamente em seu estômago, bem ali no refeitório junto à lindíssima e muito doce Carey.

Quando chegasse 5 de janeiro, ela não teria ideia de quem ele era.

Carey puxou a barra da saia quando o alarme tocou e desejou, pela centésima vez naquele dia, que fosse um pouco mais longa. Uns quatro ou cinco centímetros estaria bom. Uma calça seria melhor.

— Oi, Carey — disse uma voz no corredor atrás dela. Carey se virou. Estudantes passavam dos dois lados.

— Ah. Oi, Cam — disse ela.

Cameron Black era um garoto bacana. Tinham aula de geografia juntos. E talvez também de economia? Ela não lembrava. Tudo ultimamente andava tão... confuso.

— Como foi seu fim de semana? — perguntou Cam, desconfortável, ao começar a andar ao lado dela. Era quarta-feira, bem além do ponto em que alguém perguntava sobre o fim de semana.

O coração de Carey ficou pesado. Ela já tinha ouvido aquele tipo de conversa-fiada. Era prelúdio para outra pergunta, que Carey não queria que ele fizesse.

— Foi bom, obrigada — respondeu ela, tentando deixar a voz leve e delicada. "Seja simpática", disse a si mesma. — E o seu?

— Hein? Ah, foi bom. Ei, hum, Carey? — Ah, não. Lá vem. — Quer almoçar comigo? Tipo hoje?

Ela agora estava andando rápido, só querendo entrar na sala, onde ninguém tinha permissão de falar a não ser que o sr. McGregor fizesse uma pergunta. Não que isso impedisse Rose e Amanda e Steph. De repente, ela desacelerou. Melhor aqui com Cam do que lá com eles. Pelo menos, Cam era simpático. E nunca mugira para ela.

— Hum... — Ela hesitou, e Cam arregalou os olhos. A testa dele era brilhosa, e seu queixo, coberto de pelos grossos e esparsos que ele estava desesperadamente tentando modelar numa barbicha. — Desculpa, Cam, não posso hoje. Mas quem sabe outro dia. Vamos, a gente vai se atrasar.

Carey Price não tinha intenção de almoçar com Cameron Black nem com nenhum dos garotos da escola. *Almoçar* era exatamente o que parecia — sentar-se juntos para comer sanduíches trazidos de casa. Mas, em Mortlake High, era o equivalente a pendurar uma placa neon gigante em cima da cabeça dos dois dizendo que agora estavam saindo. E Carey não queria sair com nenhum desses garotos. As outras meninas já a detestavam o suficiente. Ela só queria voltar para casa, para a Leiteria, onde as pessoas a deixavam em paz.

De todos os garotos, porém, Cameron provavelmente era o mais legal, e, se as coisas tivessem sido diferentes, talvez ela pudesse ter saído com ele. "Se as coisas tivessem sido diferentes", pensou outra vez, e seus lábios tremularam de ansiedade. Que coisas, exatamente? Se a mãe dela — a mulher mais forte, mais incrível, mais linda que já vivera — não tivesse morrido? "Ninguém deveria *morrer* de gripe". Carey dissera isso ao médico no hospital, e ele havia *dado de ombros*. "Dado de ombros! Que caralho!" Ela quis dar um tapa na cara dele, um soco naqueles dentes idiotamente brancos, mas seu padrasto a havia abraçado e tirado dali, e então ela chorou por uma semana.

"Se as coisas tivessem sido diferentes." Talvez se o padrasto não tivesse ficado... bem, estranho depois disso. Bem quando ela precisava dele, né? Ele, claro, também estava de luto — o psicólogo da escola tinha explicado isso a Carey, e ela entendia, não era uma idiota. Mas ele começou a olhá-la de um jeito esquisito. Nunca encostara nela, claro. A mudança era só em seus olhos. Ele a olhava como... como se a odiasse. Como se tivesse tirado um prêmio de consolação numa rifa depois de perder o primeiro lugar — que morreu de gripe. E o prêmio de consolação era uma garota que não era *dele*, que o fazia lembrar o que ele perdera; uma garota com quem ele agora estava meio que *preso*.

Aquele olhar. Era como se ela o enojasse.

Ela odiava a sensação dos olhos dele rastreando pelo corpo dela quando ela entrava na sala, olhando suas pernas com... era repulsa? Ele que fosse se foder. Ela passou a usar calça e cardigã, e fez isso com grande satisfação, mesmo quando estava calor. Nada para ver aqui, seu babaca.

Mas ainda chorava à noite.

"Se as coisas tivessem sido diferentes." A única coisa que ela não teria mudado era a forma como ele morrera, preso embaixo de uma empilhadeira carregando um palete de ração de cachorro enlatada no armazém. Parecia certo mesmo. O jornal local fez uma reportagem sobre a tragédia que era a mãe e o padrasto de Carey morrerem com menos de um ano de diferença. Ela disse à repórter que sua mãe era uma santa, e o padrasto, um merda. Eles não usaram as aspas.

Ainda tinha a reportagem em seu quarto na Leiteria, onde era uma das poucas órfãs oficiais. A maioria das outras crianças tinha um dos pais na cadeia, ou a mãe havia ido embora, ou o pai nunca se dera o trabalho de aparecer, nem nos aniversários, nem no Natal, nunca. Mas seu pai biológico havia morrido logo antes de ela nascer, então Carey era, para valer, uma órfã genuína. Que loucura.

Ah, e o nome do padrasto era Cameron também. Outro motivo para ela não poder sair com o garoto parado ao seu lado em frente à sala, olhando-a com olhos que continham apenas esperança. Esperança e hormônios.

— Tá bom — disse Cam, quando ela deu o fora.

E ele entrou na sala, onde o sr. McGregor já estava descrevendo as características de um delta de rio. Carey entrou atrás e pegou a última carteira que sobrava, na frente de duas garotas cujos olhos se apertaram quando ela se sentou.

— Ei, Carey? — sussurrou uma delas suavemente, tão suavemente que o sr. McGregor nem se virou.

Carey ignorou a garota, mas esperou o que viria.

Um barulho tão baixinho, que poderia ter sido só uma respiração. Mas não era.

— *Muuuuuu.*

— A pior parte foi que achei que pôr embaixo da torneira talvez limpasse. Não, pelo jeito água não tira manteiga. Quem saberia dessa porra? Eu precisei voltar para a aula com essa mancha meio amarela nos shorts. Mas não é só isso: adivinha o que a sra. Cox disse quando me viu?

— O quê? — perguntou Tommy. Sua barriga já doía de rir. Era um efeito colateral bem comum de ser amigo de Sean Barker.

— Ela me disse que parecia que eu havia tido um acidente. Como se eu fosse um bebezinho de merda e tivesse me mijado!

Sean bateu na mesa do refeitório da Leiteria e gargalhou. Tommy se juntou a ele, e até Carey sorriu. Mais na ponta da mesa, Richie Sharpe estava sozinho, franzindo a testa.

Aos dezesseis anos, Sean tinha quase a mesma idade de Carey, mas tinha praticamente a mesma esperança de Tommy de ser qualquer coisa além de amigo dela. Tommy gostava dele, e Carey também. Ele havia chegado dois anos antes, após a morte da avó. Ela o criara desde bebê (Sean nunca mencionava os pais, então Tommy nunca perguntava), e, quando seus pulmões cheios de alcatrão acabaram falhando durante um inverno particularmente gelado, ele acabara na Leiteria. Tommy imaginou que a avó de Sean tinha sido uma ótima cozinheira, porque, dois anos depois do seu falecimento, Sean continuava carregando a evidência de ter comido muito bem. Adicionando a isso um caso moderado de acne adolescente, Tommy entendia por que Sean reclamava de não ter sorte com as garotas da escola.

Carey se levantou. Ela ainda estava usando o cardigã cinza largo que colocara de manhã, e Tommy notou que ela não havia terminado o jantar.

— É melhor eu ir — anunciou ela. — Ainda tenho que escrever uma redação inteira hoje.

— Tchau, Carey — falou Tommy, e Sean fez uma saudação exagerada.

— *Tchau, Carey* — repetiu Sean num falsete quando ela se foi, e Tommy lhe deu um soquinho no braço. — Meu Deus, Tommy. Por que não pede logo a menina em casamento?

Tommy o socou novamente, um pouco mais forte.

— Não é nada disso! — insistiu ele. Suas bochechas carmim sugeriam que era.

Tommy também não demorou a voltar ao seu quarto depois de Carey ir embora; tinha lição para fazer. Mas ele não se importava de ficar sentado à mesinha de madeira, com os livros didáticos abertos à sua frente. Gostava de matemática — havia algo nela que o acalmava. Tudo simplesmente fazia sentido. E ler para a escola não era exatamente uma tarefa chata, dado o quanto ele amava livros. Tommy era, aliás, a mistura perfeita de seus pais, que felizmente não sabiam que seu filho outrora amado, e agora esquecido, estava a cerca de cem quilômetros de distância em um lar adotivo. Além do mais, Leo e Elise tinham dois filhos e moravam num apartamento ótimo (metade de um duplex com piscina compartilhada), e Leo agora era auditor sênior e Elise dava aulas na universidade quatro dias por semana. Sim, os Palmer estavam seguindo O Plano de Leo e tinham mesmo uma bela vida, e não podiam ser culpados pela ausência de Tommy nela. Não era culpa deles.

Em outro lugar da Casa Milkwood havia uma mesa similar, também com anotações de estudo espalhadas, mas o ar desse quarto estava pesado de preocupação. Uma dor meio entorpecida tinha começado acima da sobrancelha esquerda de Carey. A noite estava quente, como o dia havia sido, e ela tinha suado com o cardigã. Ele agora estava jogado ao lado da porta, e ela olhava sem foco para as páginas em branco à sua frente. A redação que tinha de escrever ainda não estava escrita. Em vez disso, o barulhinho sussurrante que as garotas tinham feito na sala de aula se repetia de novo e de novo e de novo em sua cabeça.

"A Leiteria", pensou ela. "Por que tem que ser chamada de Leiteria?"

Carey Price era inteligente. Sabia que era inteligente. Mas, no momento, parecia que seus sonhos de faculdade de direito e um emprego que pagasse *um bom dinheiro* que teria orgulhado sua mãe estavam muito distantes. Impossivelmente distantes e encolhendo segundo a segundo, como se ela os visse se afastando numa estrada. Observava impotente, presa num carro com os pneus rodando, incluindo um banco traseiro lotado de garotas que sussurravam, riam dissimuladamente e tinham decidido que a odiavam no minuto em que ela pisou na escola.

Carey apagou a luz e subiu na cama, as páginas ainda em branco e aquele mugido sussurrado ecoando em seus ouvidos.

Em seu próprio quarto lá embaixo, Tommy estava afundado em um romance, lendo mais algumas páginas antes de dormir. Carey aparecia em sua mente de vez em quando, mas ele estava alheio à angústia dela. Tinha visto o cardigã cinza que era quente demais para um dia de sol e o prato de comida remexido, mas não comido. Mas ela usava aquele cardigã todos os dias e talvez só estivesse sem fome. Por que significaria qualquer coisa além disso? Afinal, ele era só um garoto de catorze anos.

Tommy ainda estava a alguns meses da tela em branco que passaria a considerar sua Reinicialização (sempre com R maiúsculo). Mas a vida dele estava prestes a mudar — e o impacto duraria para muito além de seu décimo quinto aniversário.

5

Fazia muito tempo que Tommy sabia que havia algo diferente nele. Era bem óbvio, na verdade — mesmo quando tinha cinco ou seis anos. Os olhares que as outras crianças lhe davam quando ele insistia que eram amigos, bem, doíam. Uma vez, tarde da noite, dois dias após seu aniversário de oito anos, ele perguntara sobre aquilo à tia Michelle. Ela estava perdida em pensamentos olhando uma xícara de chá, sozinha no refeitório, e deu um pulo quando Tommy apareceu ao seu lado. (Ela amava crianças, mas nunca se acostumaria com a capacidade de elas chegarem de fininho e surpreenderem os adultos.) Algo estava corroendo o menino novo, então passou um braço pelas costas dele e esperou que ele falasse.

— Por que eles não se lembram de mim? — falou Tommy com a voz baixa.
— Quem, meu amor? — perguntou Michelle.
— Os outros — ele disse e caiu em prantos.

Michelle o apertou forte, com o coração partido. O corpo dele tremia enquanto ele se permitia ser abraçado, parado descalço com um pijama de verão velho e desbotado. Torceu para estar errada, mas via um mar de alertas vermelhos — negligência, abuso, maus-tratos — que ajudavam a pintar uma imagem de onde Tommy viera só dois dias antes. (Ela *estava* errada — Tommy jamais fora abusado, negligenciado ou maltratado e não havia chegado dois dias antes, mas como ela saberia?)

Naquela noite, tia Michelle não conseguiu responder a nenhuma das perguntas lacrimosas de Tommy, mas ele se sentiu melhor só de estar com ela e desabafar. Tinha tantas perguntas — das grandes —, mas, mesmo aos oito anos, via que não receberia nenhuma resposta na Casa Milkwood.

Aquelas perguntas grandes voltaram a Tommy muitas vezes durante sua infância na Leiteria, mas ele contava com algumas coisas a seu favor. Não tinha defesa nenhuma, algo que outras crianças conseguiriam sentir, então não demorava muito depois da Reinicialização para ser aceito de volta no grupo. Ele também (o que era talvez meio incomum) gostava dos desafios dos deveres escolares, o que significava que passava mais tempo pensando em matemática, redação e geografia e menos tempo chafurdando nas peculiaridades de sua própria situação. E, quando tinha catorze anos, o ano em que tudo mudou, ele também tinha outras coisas importantes na cabeça. Carey, por exemplo.

Com o fim do ano se aproximando, Tommy finalmente começou a se preocupar com ela.

Carey estava enrolando o cabelo em torno dos dedos, parada na frente de uma estante na sala de convivência. Ela não sabia o que estava procurando; simplesmente não conseguia mais ficar olhando para seus livros didáticos. O baque surdo na cabeça não aliviava havia seis semanas. Mais um segundo daqueles livros, daqueles simulados, das redações sem fim e talvez ela surtasse.

Para Tommy, a gota d'água foi o cabelo oleoso e embaraçado dela.

— Carey? — disse, hesitante. Tinha levantado os olhos para ela no segundo em que ela entrara na sala de convivência. Estavam sozinhos, o que já não parecia acontecer com tanta frequência; Carey raramente saía do quarto. — Você... você está bem?

Ela acenou que sim.

— Estou, Tommy.

Forçou um sorriso no rosto. Pareceu mórbido contra o tom acinzentado da pele dela.

— Tem certeza?

Tommy odiava o quanto ele parecia novo. Como uma criança buscando conforto de um adulto. É claro que Carey diria que estava bem. Adultos nunca incomodavam crianças com seus problemas.

Mas, para sua surpresa, Carey se jogou no sofá ao seu lado, o ar escapando dos pulmões com um sopro audível. Ela já estava de pijama: manga comprida, calça comprida. Tommy observou o cabelo murcho e as manchas escuras sob os olhos, e percebeu, sobressaltado, que não conseguia lembrar a última vez em que a vira *rir*.

Ela gemeu.

— Só quero que acabe.

— Quer que o quê acabe? — perguntou Tommy. Ele acabara de notar que Carey parecia diferente; ainda estava tentando entender a causa.

— Tudo! As provas, o ano todo. A escola. Tudo. Daqui a um ano, eu não vou estar mais aqui. Talvez esteja estudando direito. — "Improvável", pensou ela. — Talvez esteja em Paris ou Nova York ou, sei lá, Budapeste ou algo assim. Do outro lado do mundo. Em algum lugar bem longe.

Ela ficou olhando uma nódoa de tinta descascando na parede como se visse do outro lado, até o horizonte, buscando aquele lugar bem longe. Um lugar longe da escola e daquelas garotas muito, muito idiotas. Longe de sua antiga casa, eternamente manchada em sua memória pela crueldade de um homem que deveria ter cuidado dela. Carey começou a chorar em silêncio, tremendo.

Tommy a olhou horrorizado. Paralisado. Então, fez o que tia Michelle havia feito com ele. Colocou um braço ao redor dela.

Após um ou dois minutos, o tremor passou e Carey se levantou abruptamente.

— Tommy, por favor, não conta pra ninguém. Promete? Estou estressada, só isso. São as provas, elas estão acabando comigo.

Tommy assentiu, ainda perplexo. "Ele estava há pouco sentado no sofá abraçando Carey Price."

— Obrigada, Tommy. — Ela suspirou, o tipo de suspiro longo e agitado que vem depois de um choro. Aí, olhou para ele. — Você é um bom amigo.

Ela se abaixou e o abraçou, e, então, se foi. De volta ao quarto e aos livros e à preparação para as provas que eram dali a apenas uma semana e se aproximavam muito, muito rápido.

Tommy repassou mentalmente a conversa, esquecendo o livro em seu colo. Queria dizer a Sean que Carey o abraçara, que ele passara alguns minutos com o braço ao redor do corpo dela. Queria contar à tia Michelle que Carey não estava bem, que estava sofrendo e a pressão estava deixando seu cabelo cor de mel todo pegajoso e amarelando sua pele macia e sem manchas.

Mas ele tinha prometido a Carey que não contaria.

Isso quase acabaria sendo o maior erro da vida dele.

Carey Price desapareceu dois dias antes da primeira prova. Não era um desaparecimento no sentido convencional. Não fez uma mala, deixou bilhete, pegou carona para algum lugar nem se perdeu na mata densa que cercava três lados da Leiteria. Ela só não estava onde deveria estar — e só Tommy notou.

Onde ela deveria estar era o trem depois da escola, indo de Mortlake a Upper Reach, depois no ônibus de volta para a Leiteria. Tommy e Sean em geral se sentavam juntos, mas Carey sempre achava um assento por perto, usando o tempo para estudar mais, ainda na órbita segura dos amigos.

Seu banco de sempre estava vazio.

— Carey não está aqui — observou Tommy.

Sean deu de ombros.

— Ela está estressada, cara. Dá um tempo pra ela. Deve estar sentada com amigos da escola.

Mas Tommy balançou a cabeça. Ele e Sean *eram* os amigos dela. Ela não tinha mais ninguém. Havia algo errado.

Sean abriu um sorriso.

— Cara, ela deve estar com outro. Com aquele tal de... Jay ou algo assim. Certeza que ele também pega o trem. Mas você é quem sabe.

Tommy disparou, correndo pelos vagões, com um nó de ansiedade no estômago dobrando de tamanho a cada passo. Algum instinto lhe disse que Carey não estava só viajando de volta a Upper Reach com o último carinha a ter uma queda por ela.

Ele chegou ao último vagão do trem.

Nada de Carey.

Tommy se virou para pedir ajuda à pessoa mais próxima e quase deu meia-volta. Era Richie Sharpe. Ele decidiu perguntar mesmo assim; era por Carey.

— Richie — disse —, você viu Carey?

Richie olhou Tommy sem piscar. Ele deu de ombros. A expressão em seu rosto era de um desinteresse quase felino.

Dois bancos atrás de Richie, havia outra residente da Leiteria: Nicole Pratt, uma menina de treze anos de cabelo castanho-acinzentado e uma voz sempre alguns decibéis alta demais. Tommy falou com ela, então:

— Nicole, não consigo encontrar a Carey. Você viu ela por aí?

— Eu não — respondeu Nicole, num volume que considerava aceitável para um vagão de trem. Ainda era alto demais. — A última vez foi no almoço. Vi ela falando com umas meninas. Por que você quer saber? — Nicole levantou uma sobrancelha sugestivamente.

Tommy a ignorou, tentando desesperadamente descobrir onde Carey poderia estar. Talvez ela tivesse saído mais cedo da escola e ido para casa; era a única resposta que fazia sentido.

Enfim, o trem chegou a Upper Reach, e as crianças da Leiteria foram para o ônibus. Ainda nada de Carey, e, enquanto o velho ônibus saía rugindo da cidade, deixando outras crianças no caminho, Tommy quase podia sentir o tempo desacelerando. Ele precisava chegar em casa. Precisava checar o quarto de Carey e garantir que ela estivesse bem. Precisava contar à tia Michelle. Ela saberia o que fazer.

Quando o ônibus parou na frente da placa de metal que dizia "Casa Milkwood", Tommy já estava na porta como um velocista esperando a pistola disparar. Seus pés mal fizeram som enquanto ele voava pela entrada de cascalho, os outros observando de trás, curiosos. Tommy só desacelerou ao se aproximar dos degraus da entrada da casa.

Aí, ele parou.

Tinha algo diferente, algo que ele mal notara em sua corrida desembestada pela entrada — mas que, agora, o atraiu como um outdoor gritando para ele parar e olhar.

Na lateral da casa grande, meio nos fundos, havia um conjunto de galpões — um amplo e aberto, para estacionar o maquinário protegido das intempéries, e duas estruturas de latão menores com portas fechadas para o exterior. O galpão de maquinário não era mais usado (e já havia muitos anos), então a equipe estacionava os carros lá. Nos dois galpões menores, havia ferramentas para cuidar do terreno: ancinhos, pás, herbicida para as ervas daninhas — embora a única coisa que visse a luz do dia fosse o cortador de grama, usado a cada poucas semanas por alguma criança azarada e sempre sob coação.

Todo dia, quando Tommy chegava em casa, a cena era igual. Os galpões estavam lá, silenciosos, proibidos para todos exceto para a equipe, devido a cobras e aranhas e venenos e ferramentas afiadas. Era uma regra que todo mundo respeitava — não havia motivo para não respeitar —, e, como resultado, os galpões eram basicamente ignorados.

Mas, naquele dia, algo havia mudado. Tommy quase não percebera, mas então voltou atrás para observar as estruturas. Os carros estavam todos lá — o Camry branco empoeirado da tia Michelle, o *hatch* da sra. Reilly, um pequeno SUV para a funcionária mais recente, srta. Ellmore, que não parecia muito mais velha do que algumas das crianças mais antigas na Leiteria. Uma velha moto Yamaha usada aos finais de semana por Lee, o cozinheiro, completava a coleção. Todos presentes e contabilizados.

Não, havia algo diferente em um dos outros galpões. A porta do maior dos dois, em geral bem fechada, estava levemente entreaberta. E, saindo da escuridão de lá de dentro, havia um minúsculo fragmento azul-neon, claro e artificial contra os tons sóbrios do quintal.

Era o mesmo tom de azul da mochila em que Carey carregava os livros da escola.

Tommy saiu correndo pela grama marrom e estaladiça, entrando com tudo pela porta e quase tropeçando na mochila de Carey, abandonada na entrada. Ele piscou, os olhos se ajustando à luz fraca depois do brilho do sol vespertino lá fora. Em uma parede do galpão longo e sem janelas havia uma bancada de trabalho, com velhas ferramentas se levantando da poeira como ilhas. À direita de Tommy, havia um cortador de grama — velho o bastante para ser classificado como *vintage* — e, ao lado, sacos de fertilizante, muitos bem fora da data de validade. Nas paredes, estavam pendurados mangueiras e carretéis de arame de vários comprimentos e grossuras, e, numa prateleira bem alta, um rol de garrafas plásticas com tampas à prova de criança — pesticidas, herbicidas e coisas assim. Mas Tommy ignorou tudo isso, porque, no canto extremo do galpão, de costas para ele, estava Carey.

— Carey! — soltou ele.

Sobressaltada, ela se virou.

— Tommy? O que você está fazendo aqui? — A voz dela parecia exigir esforço para sair.

— Estava procurando você — respondeu.

O galpão tinha um cheiro estranho, ele notou. Havia uma mescla desagradável de produtos químicos, gasolina e mais alguma coisa.

— Que sorte que achei — completou. — Estava prestes a mandar a tia Michelle chamar a polícia. Como você voltou para casa?

Ela não respondeu.

— Carey?

— Entra na casa, Tommy — disse Carey. — Por favor... só entra.

De repente, Tommy percebeu que Carey estava chorando. Em meio à escuridão do galpão, conseguia ver lágrimas escorrendo pelas bochechas dela.

— O que foi?

De novo, ele estremeceu com o quão jovem soava. O quão ingênuo. Naquele instante, desejou ser mais velho.

— Tommy, por favor — repetiu Carey, com a voz falhando. — Você precisa ir.

— Por quê? — quis saber Tommy, confuso. Ele deu um passo na direção de Carey, que mudou de posição de leve, como que para esconder algo na bancada atrás de si. — Carey, o que está acontecendo?

Ela não respondeu e, em vez disso, sacudiu de levinho a cabeça, alertando-o para não chegar mais perto.

O alívio que Tommy sentiu ao encontrá-la se foi. Em vez disso, uma sensação de enjoo se acomodou na boca do estômago dele, a noção de que aquilo era demais para ele. Procurou a mão de Carey, mas ela a puxou.

— Por favor, Tommy. Me deixa.

As palavras dela foram sussurradas, mas seu tom — a determinação triste, quase cansada em sua voz — fez Tommy gelar, e ele soube num piscar de olhos que Carey estava correndo perigo. Tinha algo errado; algo horrível e sério e "ah, merda, merda, merda, merda, merda". Num pânico impulsionado pelo medo, Tommy deu um salto à frente e agarrou o punho de Carey, puxando-a para si. Ela ofereceu pouca resistência e ele olhou horrorizado para a bancada atrás dela, para o que ela estivera tentando esconder.

Um medidor sujo, do tipo usado para pegar fertilizante de um saco de lona, estava na bancada ao lado de uma garrafa de plástico rígido. O rótulo da garrafa estava grosso de fuligem, e Tommy mal conseguia discernir o nome do veneno para ervas daninhas. Mas, mesmo no escuro do galpão, as etiquetas amarelas de alerta eram claras, quase como se alguém tivesse limpado essa parte. Só para garantir.

A garrafa estava sem tampa.

— Não consigo mais. As provas. E as... caralho, como eu odeio elas.

Carey olhou para trás de Tommy, para nada em particular. O galpão estava em silêncio, mas, antes de Tommy explodir porta adentro, o ar grosso e empoeirado estivera cheio do espectro de uma dezena de garotas idiotas, mugidos ecoando pelas paredes de lata e ricocheteando para lá e para cá, para cima e para baixo, até parecer que havia centenas, milhares de vacas gordas, em pânico, apertadas em um espaço pequeno demais para conter todas. Carey puxou de novo a saia sem pensar. Só conseguia ouvir os mugidos. Só conseguia *sentir* o olhar de um homem morto fixo em suas coxas. O nojo.

— *Elas* que se fodam.

Tommy continuou olhando a bancada. O medidor estava pela metade e ele viu que um pouco do produto químico tinha derramado, acumulando-se na madeira cheia de pó. Os gases invadiram as narinas dele, rastejando como vermes dentro de sua boca. Ele queria vomitar.

— Carey? — perguntou, hesitando apesar do temor que crescia. — O que você fez?

Ele queria que tia Michelle estivesse lá. Ela saberia o que dizer.

Carey o ignorou. Estava murmurando para si enquanto limpava o nariz na manga e seus olhos estavam distantes.

— Carey! — repetiu, quase gritando, tentando quebrar a névoa dela. Mas a voz dele falhou e, de repente, ficou furioso. Furioso consigo por ser jovem demais, furioso com Carey por ter feito isto — o que quer que *isto* fosse.

— O que você fez? — exigiu ele, esganiçado.

Carey o olhou bem nos olhos. A expressão distante havia desaparecido.

— Eu vomitei. Tudo. Acho que fiquei com medo.

E Tommy percebeu o que era o outro cheiro, o odor que se misturara aos produtos químicos e à gasolina e ao abafamento do galpão fechado. Vômito. Olhou para baixo; havia gotas salpicadas nos sapatos de Carey.

— Com medo de que vá doer, sabe?

Tommy não sabia.

— Eu não quero que doa. Mas já cansei.

Lá estava de novo o tom de resignação cansada.

Tommy engoliu em seco.

— A gente pode entrar, por favor? A tia Michelle vai saber o que fazer ou...

Tommy havia começado a andar de ré, não para se afastar de Carey, mas para correr em busca de ajuda. Ou talvez para ficar parado na porta e gritar o mais alto possível para alguém *mais velho* vir e tirar Carey do galpão. Do lugar onde ela estava tentando... Tommy não gostava nem de pensar. Tentando se machucar.

Carey estava olhando para o chão. Murmurando.

— Ou eu posso ir atrás dela — disse Tommy — e você fica aqui e me espera voltar e aí...

Ele havia chegado à porta aberta, por onde a poeira flutuava num feixe de luz do sol, acomodando-se depois de Tommy entrar. Já estava com a mão na parede tosca de lata, aquecida pelo sol escaldante do lado de fora.

Então, aconteceu.

Achando que ele havia ido embora, Carey se virou para a bancada e pegou o medidor de plástico, imundo de anos de mãos medindo herbicidas e outros venenos; todas aquelas mãos tomando o cuidado de não derramar nem uma gota. Carey o levou aos lábios.

No instante seguinte, o medidor estava voando pelo ar. Tommy tinha coberto a distância entre eles mais rápido do que imaginava possível e dado um golpe insano e desesperado no medidor. O conteúdo caiu em cima dos dois e o objeto ricocheteou no chão, batendo uma, duas vezes, depois parando de lado. Um fio de veneno para ervas daninhas caiu no chão empoeirado, mas Carey não tentou salvá-lo. Em vez disso, ficaram os dois ali parados, cobertos de produto químico, que pingava e fedia. Tommy tremia conforme a adrenalina o percorria, então os braços de Carey estavam ao redor dele e a cabeça dela, em seu ombro, o corpo subindo e descendo com grandes soluços violentos. Tommy não sabia o que fazer, então só a abraçou.

Três anos antes, um garoto chamado Nick — que tinha um conhecimento enciclopédico sobre a maioria dos veículos e era especializado em serviços de emergência — disse a Tommy algo sobre ambulâncias. Nick falou que dava para julgar a gravidade de uma emergência médica não só pela velocidade com que a ambulância transportava o paciente ao hospital, mas pela combinação de luzes e sirenes. Se o veículo saía com luzes piscando e tudo apitando, aí você sabia que o paciente estava correndo risco sério. Nick havia compartilhado essa pérola com Tommy enquanto viam uma ambulância passar rasgando pela estrada em frente à Leiteria: alta velocidade, luzes, sirenes — pacote completo.

— Sem dúvida, vai morrer — declarara Nick com confiança.

Tommy achou que era bom sinal a ambulância que levava Carey ter saído de forma tranquila da entrada de carros e nem mesmo ter ligado as luzes e a sirene. "Sem sirene, sem pressa", pensou Tommy parado nos degraus da Leiteria com Sean, mais algumas crianças e a sra. Reilly.

Tia Michelle foi com Carey ao hospital — no fim das contas, ela não havia vomitado tudo e era preciso limpar o resto —, e, na manhã seguinte, as duas conversaram longamente sobre o que acontecera no galpão. Carey tinha certeza absoluta de que Tommy Llewellyn — o Tommy desengonçado, esquisitão, de catorze anos — havia salvado a vida dela.

Tia Michelle olhou com tristeza aquele farrapo de pessoa enfraquecida na cama do hospital. Tinha cometido um erro terrível; ela vira os punhos magrelos e as bochechas encovadas, mas supusera que fosse a pressão das provas do último ano. Provas que o resto da turma dela agora estaria fazendo enquanto Carey estava no hospital.

— O que eu faço agora? — Carey dizia. Era um refrão familiar; ela fizera a mesma pergunta várias vezes por hora no hospital e duas vezes na ambulância.

— Talvez você possa repetir o último ano — sugeriu Michelle gentilmente. — Você provavelmente receberia créditos por...

Carey já estava acenando que não com a cabeça. Ela não voltaria para a Mortlake High. O ano seguinte seria exatamente igual; apelidos e palavras cruéis tinham um jeito de sobreviver bem depois de as pessoas que os inventaram terem ido embora. Sentiu o desespero familiar a dominá-la de novo e olhou pela janela para não chorar. Se estivesse olhando para tia Michelle, talvez tivesse visto uma ideia faiscar nos olhos da mulher.

Quatro dias depois, Carey Price voltou à Leiteria. Tommy estava sentado em sua cama com um livro nas mãos e, quando Carey bateu na porta bem aberta, ele disse "oi" meio rápido demais para demonstrar tranquilidade. Ele se xingou, mas Carey se sentou na ponta do colchão dele, e seu coração começou a bater um pouco mais rápido. Tommy sabia que só fazia alguns dias, mas podia ter jurado que a vida voltara ao cabelo dela, e os olhos de Carey já não estavam contornados pelas sombras negras da insônia.

Ela falou olhando para o chão:

— Obrigada, Tommy — disse. Depois, levantou os olhos para ele. — Pelo que você fez.

Tommy procurou desesperadamente algo para dizer que fosse sensível, engraçado e cerca de três anos mais velho do que ele. Falhou e teve de se contentar com um aceno de cabeça.

Carey continuou:

— Tenho notícias. Boas notícias — completou ela rápido, como se Tommy talvez fosse achar que anunciaria algo terrível. — Tia Michelle talvez me dê um emprego. É na cidade, não é chique nem nada, mas é um emprego.

Explicou que iria trabalhar como assistente administrativa em uma seguradora (desde que a entrevista fosse boa, óbvio) e, embora não fosse exatamente o que ela queria ser, tinha certeza de que poderia ver o departamento jurídico em ação e talvez, quem sabe, conseguisse achar uma maneira de fazer faculdade. As palavras saíram às pressas, e logo ela ficou de pé de novo.

Carey deu um beijo na bochecha de Tommy e saiu do quarto.

Tommy olhou a figura que partia, esquelética e devastada, mas ainda tão adorável, então caiu de costas na cama com um sorrisão. Estava apaixonado.

Talvez fosse porque Carey estava na Leiteria havia menos de um ano. Se tivesse chegado mais cedo, Tommy ainda seria criança e ela talvez se tornasse mais como uma irmã mais velha. Mas, quando Carey ficou órfã, Tommy já havia começado a fazer a barba, sua voz tinha mudado e, quando ele a viu pela primeira vez, nem suas bochechas coradas foram capazes de fazê-lo desviar o olhar.

Talvez fosse algo mais sério: talvez fosse o trauma do que acontecera no galpão, forjando um laço entre eles (embora um laço que logo seria de mão única).

Ou talvez, no fim, fosse só porque ela era *legal*.

Qualquer que fosse a razão, Tommy Llewellyn estava completa, irrevogável, eternamente apaixonado por Carey Price. Quatro semanas depois, ela o esqueceria, como todo mundo, mas ele continuaria a amando.

Muita crueldade aguardava Tommy na vida. Mas com certeza nada seria mais cruel do que isso.

6

No instante em que acordou, ele se deu conta de que dia era com uma força que tirou seu fôlego.

Era 5 de janeiro. A Reinicialização.

Na noite anterior, ele ficara parado na porta de Carey, escutando-a falar animada sobre seu novo emprego e sua nova casa.

— A tia Michelle diz que são ótimos. Eu não conheci ninguém, mas, se ela diz que são ótimos, com certeza são. Mas, meu Deus, Tommy, estou meio nervosa de começar a trabalhar. O que será que eu visto?

Tommy estivera só curtindo o som da voz dela, feliz e otimista; não estava esperando que ela fizesse uma pergunta que exigiria resposta.

— Hum... — Ele franziu a testa. — Talvez uma... uma saia e...

Carey riu.

— Brincadeira! Eu me viro. Ei, você vai me visitar? Você pode pegar o trem; com certeza tia Michelle não se importaria.

Talvez ela aceitasse isso se lembrasse quem ele era depois daquela noite. E era por isso que Tommy estava parado na porta de Carey. Estava tentando lembrar exatamente como era quando ela falava com ele como amiga. Quando o olhava como alguém que ela conhecia, em quem confiava, alguém com quem ela havia passado por uma *coisa* que nenhum dos dois discutia.

Ele queria lembrar tudo, porque, em poucas horas, a tela estaria em branco. Da próxima vez que Carey falasse com Tommy, seria como um estranho, e ele simplesmente não sabia se iria aguentar.

Tommy ficou deitado na cama, sem querer abrir os olhos. Fazer isso significaria que era real, que tinha acontecido de novo. Ele queria manter a esperança o máximo que conseguisse, como se tentasse manter viva a memória moribunda de um sonho feliz.

Por fim, ele se levantou e abriu o armário para se vestir. Vazio, como todo ano. Seus livros não estavam lá, nem a mochila da escola. Só tinha o pijama que estava usando. Como sempre.

Significava, claro, que Carey o teria esquecido.

Frustrado, abriu a porta com tudo e foi direto falar com tia Michelle. Ela se assustou e deu um passo para trás.

— Quem é você? — A voz dela era suave, mas cheia de suspeita. — Aquele quarto está vazio.

— Eu... me desculpa. Não quis assustar você — respondeu Tommy. Geralmente não era assim. Geralmente ele estava mais calmo. Mais preparado. — Meu nome é Tommy Llewellyn. Me deixaram aqui durante a noite — (agora estava voltando) — e a Assistência Social me mandou entrar sozinho, que eles resolveriam tudo hoje. — (De volta ao roteiro, tim-tim por tim-tim.)

Michelle o olhou com ceticismo, sem saber direito o que achar desse garoto magrelo estranho com cabelo cor de areia, ainda desgrenhado de sono.

— Certo — disse ela. — Vou precisar fazer umas ligações. — Pareceu hesitar, e Tommy pensou tê-la visto repetir seu nome para si mesma. "Llewellyn." Ela sacudiu a cabeça. — Por que você não passa por ali, vai para o refeitório e toma café da manhã, que eu já vou?

Tommy concordou. Ele sabia como a coisa iria se desenrolar. Tia Michelle estava prestes a se emaranhar numa teia de ligações e departamentos governamentais e mensagens não respondidas.

Tommy entrou no refeitório, pronto para se reapresentar, mas, ao mesmo tempo, torcendo para Carey não estar lá. Ele não estava preparado para esse encontro, ainda não — e continuava alimentando a esperança de que, talvez, desta vez fosse diferente. Depois de tudo o que eles haviam compartilhado naquela tarde no galpão, não poderia haver uma chance de que ela se lembrasse dele? Tommy continuava agarrado a esse fiapo de esperança como um homem que se afoga agarrado a um bote salva-vidas, mas o fiapo não era real.

 Sean, outro garoto chamado Phil e uma das crianças que chegaram por último — Chelsea, que tinha uns nove, dez anos — estavam no refeitório, e Tommy estendeu a mão.

 — Oi, pessoal. Eu sou o Tommy.

 Sean foi o primeiro a responder.

 — Prazer, Tommy. Estes são Phil e Chelsea. Eles não são importantes, mas eu sou meio que um figurão por aqui.

 — É, você é uma figura mesmo — interveio Phil, batendo na barriga de Sean com o dorso da mão.

 — Vai se foder, Phil — disse Sean, rindo. — Enfim, Tommy, estou aqui para ajudar. Se quiser dicas sobre garotas ou quem evitar ou algo assim, é comigo mesmo.

 Tommy sorriu. Já havia passado por esse processo duas vezes com Sean, e cada vez via por que era tão fácil começar uma amizade. Tommy se sentou com eles e se serviu de uma tigela de cereal enquanto Sean o atualizava sobre todo mundo da casa. Tommy já sabia de tudo, mas deixou Sean continuar.

 — A primeira coisa que você vai notar em Nicole é a voz dela. É também a última coisa que você vai notar, porque perfura a porra do seu ouvido até entrar no seu cérebro, e aí você morre.

 Todos riram da descrição de Sean; era alarmantemente precisa.

 — E tem Carey — continuou Sean. — Ela está prestes a fazer dezoito. Linda, mas comprometida.

 Tommy derrubou a colher a meio caminho da boca. Cereal e leite respingaram na camisa do pijama, e Sean o olhou de um jeito interrogativo.

 — Desculpa — gaguejou Tommy. — Minha mão escorregou.

 — Cuidado, raio de sol — disse Sean. — Não vai estragar seu melhor pijama. Enfim, espera só até você ver Carey. — Ele fingiu morder o nó do dedo, parando só quando Chelsea o chutou por baixo da mesa.

— Para de ser nojento, Sean — falou a menina. — E ela não tem namorado. É proibido.

Sean levantou as mãos como se pedindo desculpa.

— É, tá. Tecnicamente, ela não é comprometida, mas todo mundo sabe que está caidinha por alguém. Não por mim, caso você esteja se perguntando. É, eu também fico surpreso. Mas você não vai ter muito tempo com ela; ela vai embora hoje de tarde. Conseguiu um emprego. Já, já vai estar montada na grana.

Tommy havia sido excluído da vida de Carey; ele esperava isso. Mas não esperava que outra pessoa tivesse sido *incluída*.

Estava terminando o café da manhã quando tia Michelle foi procurá-lo. Estivera ao telefone com a Assistência Social, e eles não tinham informação nenhuma sobre quem deixara Tommy durante a noite, então ela havia deixado recados em todos os escritórios regionais. (Até aqui, pensou Tommy, estavam seguindo o roteiro sem a menor variação.) Enquanto isso, ele podia ficar — ela não iria rejeitá-lo sendo que ele não tinha outro lar para onde ir.

Tommy murmurou seu agradecimento.

— E, Tommy — chamou tia Michelle enquanto ele saía do refeitório —, coloquei umas roupas e coisinhas no seu quarto. Tem uns livros também. Acho que pode considerar que aqui é a sua casa, pelo menos até sabermos onde fica sua casa de verdade.

E era por isso que ele amava tia Michelle depois de cada uma das Reinicializações.

Tommy tecnicamente só encontrou Carey dois minutos antes de ela ir embora da Leiteria, e foi exatamente tão doloroso quanto ele imaginou que seria. Todos os residentes se reuniram nos degraus da entrada para se despedir dela, formando um semicírculo ao lado do carro de tia Michelle. (O velho Camry branco era a carona de Carey à estação, onde ela pegaria o trem expresso das 14h40 até a cidade.) Carey passou por todo o grupo, batendo nas palmas das mãos dos meninos mais novos, enquanto Nicole,

Sean e até Lee, o cozinheiro, recebiam um abraço. Quando foi a vez de Tommy, Carey hesitou, depois estendeu a mão.

Quando ele a segurou — a mesma mão que tremera ao segurar um medidor plástico de glifosato apenas algumas semanas antes —, Tommy olhou nos olhos dela, esperando ver alguma faísca de reconhecimento. Em vez disso, viu uma garota doce, gentil e linda que não tinha ideia de quem ele era, e ele quis chorar.

— Oi e tchau, eu acho! — disse ela alegre. — Eu sou a Carey. Acho que você vai gostar daqui.

— Obrigado. Eu sou o Tommy — falou baixinho, mas ela já havia ido, passando para a próxima pessoa.

Sean cochichou alto no ouvido de Tommy:

— Ei, cara, viu o que eu tinha falado? Maravilhosa.

Deu uma piscadinha para Tommy, que só o olhou de volta, perplexo.

Por fim, Carey chegou à última pessoa do grupo. Richie Sharpe apertou os olhos para o sol da tarde, parecendo querer estar em outro lugar. Tommy sentiu o cotovelo de Sean em suas costas e escutou de novo o cochicho:

— Olha esse aí. Meio chato eles fazerem isso na frente de todo mundo, né?

Tommy ficou confuso. Viu Carey abraçar Richie forte; Richie mal pareceu retribuir. Mas, quando Carey se afastou, ela se virou e deu um beijo suave na bochecha de Richie, igualzinho como havia feito com Tommy na cama dele, quando ainda se lembrava de quem ele era. O beijo demorou apenas meio segundo mais ou menos, mas o suficiente para transmitir uma mensagem.

Agora era Tommy quem estava cochichando:

— O que foi isso? — perguntou a Sean, tentando soar desencanado.

— Esse é o Richie. Ele não sai muito do quarto, mas já faz um tempo que Carey está a fim dele. Aconteceu alguma coisa no galpão há algumas semanas, não sei exatamente o quê. Ouvi dizer que ela tentou se matar. Ficou no hospital uns dias, mas, quando voltou, não parava de falar de Richie e de como ele tinha salvado a vida dela. — Sean sacudiu a cabeça. — Richie é bem esquisito. Todas as garotas da escola amam o cara, mas ele está pouco se fodendo. Carey está perdendo tempo com ele, se quer saber minha opinião. Ela precisa de alguém que saiba o que está fazendo. Eu daria minha bola esquerda para trocar de lugar com ele. Você não? — Sorriu, mas Tommy não viu. Tinha parado de escutar quando Sean mencionou o galpão.

Ao mesmo tempo em que Carey se sentava no banco do passageiro do Camry, acenando pela janela como se estivesse numa turnê real, Tommy subiu os degraus de volta para a velha casa. Foi para seu quarto, fechou a porta, se jogou na cama e chorou. Não só porque Carey o havia esquecido, nem porque ela amava outro, nem porque esse outro era Richie — que não poderia ligar menos para o que aconteceu com Carey no dia em que ela tentou se machucar. Ele estava chorando porque era simplesmente... injusto. Era pior do que isso, mas não conseguia pôr em palavras. Eram a vida *dele*, os relacionamentos *dele*, as experiências *dele* — e ele nunca poderia tê-los como seus, para o bem ou para o mal.

Quando Michelle Chaplin voltou da estação, foi em busca do recém-chegado. Não tinha muito a dizer a ele — só que alguns escritórios regionais haviam retornado suas ligações e, não, não tinham ouvido falar de Tommy Llewellyn e, não, não tinham deixado ninguém lá sem avisar, mas, sim, às vezes acontecia, e, ei, pelo menos ele tinha um teto sobre a cabeça, certo? Ela, por sua vez, tinha algumas perguntas, mas, quando o viu sentado com a cabeça nas mãos, o momento não pareceu propício para um interrogatório. Em vez disso, ela se sentou ao lado dele e colocou o braço ao seu redor. Ele nem se mexeu.

Tia Michelle, que agora estava com cinquenta e poucos anos, mas se apegava aos quarenta com a ajuda da coloração L'Oréal, havia visto muita coisa em seu tempo na Casa Milkwood. Adicionando seus anos no sistema de escolas públicas, era difícil se surpreender. (Uma vez, ela vira uma garota fincar um lápis de cor na bochecha da própria amiga no meio de uma sala de aula lotada. Não conseguia se lembrar do motivo da briga, mas lembrava que o lápis era azul-bebê. Estranho.) Imaginava que esse garoto fosse como tantos outros com quem ela lidava; frágil e correndo o risco de se quebrar bem ao meio, quase sem aviso. Sim, as perguntas podiam esperar. Por enquanto, o menino só precisava de um abraço.

Eles ficaram sentados juntos por quase meia hora sem dizer uma palavra. Aí, de repente, Tommy se levantou.

— Desculpa — disse. — É que... aconteceu muita coisa em pouco tempo. Acho que meio que me afetou.

— Não tem problema — respondeu tia Michelle com a voz suave. — Tommy, precisamos falar de algumas coisas, mas você parece exausto. Que tal tirar uma soneca? A gente conversa mais tarde.

Tommy concordou docilmente conforme ela saía do quarto. Mas ele não se deitou. Em vez disso, ficou parado na janela olhando a entrada de carros, o lugar onde vira Carey pela última vez antes de ela sair para começar uma nova vida. Uma vida em que sua única memória de Tommy Llewellyn era de um adolescente estranho e magricela que a encontrara pela primeira vez bem quando ela estava indo embora para sempre da Leiteria. E até essa memória desapareceria na próxima Reinicialização.

Uma massa de raiva e autopiedade começou a rolar e rodopiar dentro da cabeça dele.

Ele sabia que tinha algo diferente em si, algo singularmente... errado. Jovens normais não acordavam a cada ano como estranhos em sua própria vida, toda a sua existência apagada do planeta, da mesma forma que ele chegava na sala de aula toda manhã e via que a lição havia sido apagada da lousa. Mas não era exatamente assim, pensou — pelo menos, os alunos lembravam o que estava na lousa no dia anterior. Quando ele passava pela Reinicialização, era como se nunca tivesse existido e os buracos que deixara na vida dos outros tivessem sido ou cobertos com papel de parede, ou cuidadosamente preenchidos por outras pessoas.

"É claro que seria Richie a preencher a lacuna", pensou ele, ressentido. "Tem que ser o bicho do mato sem amigos mesmo. Sem amarras, menos pontas soltas."

Tommy caiu na cama e a última coisa que viu antes de fechar os olhos foi a parede vazia de seu quarto — o mesmo quarto que ele ocupava desde que tinha um ano de idade. Estava tão desocupado e estéril quanto no dia de sua chegada.

7

Se alguém — talvez olhando lá de cima, porque na Terra ninguém poderia fazê-lo — fosse comparar o Tommy Llewellyn de catorze anos com a nova versão de quinze, teria notado algumas diferenças. Eram mais do que só mudanças físicas, como seu corpo magrelo se enchendo (enfim). Não, tinha alguma outra coisa. O garoto sério parecia um pouco menos sério. O garoto que sempre fizera a lição a tempo agora nem se dava o trabalho de fazer. Ele simplesmente não parecia ligar.

Tommy começou o novo ano letivo como uma pessoa diferente. Seus ombros estavam encurvados e havia uma apatia nele que, se alguém se lembrasse do garoto do ano anterior, o teria levado a ser chamado na sala da diretora para descobrirem o que mudou. Drogas? Improvável; ele era da Milkwood, onde ficavam bem de olho. Garotas? Possivelmente. Ou talvez fosse só o último grito da puberdade, tornando-o irritadiço e temperamental. Mas ninguém notou, então ninguém perguntou, e Tommy começou a perder o rumo.

O único ponto alto para Tommy fora a partida de Richie Sharpe. Richie ainda não tinha exatamente dezoito anos (seu aniversário sempre fora observado em meados de fevereiro — Richie não gostava de comemorações), mas ele se mudara mais cedo e sem aviso prévio. Aliás, Tommy só percebeu que o menino havia ido embora quinze dias depois. Curioso, ele perguntara a Nicole (a que tinha a voz de broca) se ela sabia para onde Richie tinha ido. O quarto de Nicole ficava ao lado do de Richie, então ela era o mais perto que a Leiteria tinha de uma especialista no garoto.

— Ele foi fazer faculdade, porque é um puta nerd — explicou Nicole prestativamente. — Não que ele tenha me dito nada. Eu vivi ao lado dele, sei lá, oito anos ou algo do tipo, e acho que ele deve ter me falado um total de dez palavras. Algumas das garotas da escola achavam que ele era gato.

Ela fez uma careta que deixou Tommy sem qualquer dúvida da sua opinião.

Tudo isso havia sido projetado no volume regular de Nicole, mas aí, de repente — e incomumente —, ela abaixou a voz. Chamou Tommy para se aproximar.

— Ouvi falar que ele foi embora todo nervosinho. Brigou com a tia Michelle porque ela não quis deixar ele voltar para o Natal nem nada.

Tommy sorriu com um pouco de indulgência demais.

— Não, é sério — insistiu Nicole. — Eu mesma escutei. Ele foi muito merda. Disse que só queria um lugar silencioso para estudar, mas acho que ele está apaixonado por ela. Que cara sinistro.

Ela soltou uma risada curta, e Tommy deu um sorrisinho. Se Nicole tivesse razão (uma chance, no máximo, de cinquenta por cento), Richie teria ficado arrasado com a rejeição. Não era à toa que ele tinha ido embora às pressas. "Acho bom", pensou ele, o que era muito incomum para o velho Tommy. Mas o velho Tommy havia perdido Carey na Reinicialização, e Richie tinha se apresentado para preencher o buraco com forma de Tommy. Richie pode até ter sido um substituto involuntário, mas pelo menos era um rosto para Tommy odiar.

Havia momentos em que o velho Tommy aparecia. Em uma manhã no meio do ano, uma professora de inglês chamada Julie Lewis entrou na sala de funcionários da Mortlake High antes de o sino tocar carregando quatro folhas de papel. O conto foi a última coisa que ela leu antes de apagar as luzes na noite anterior, e então ficou olhando para o teto por uma ou duas horas. Ela colocou as páginas na frente de outro professor.

— Larry, leia isto para mim, por favor. Me diga o que acha.

Larry fez o que ela mandou.

— É muito bom. Excelente, aliás. Quem escreveu? — perguntou ele, procurando um nome no papel, sem encontrar.

Julie contou.

— Tommy Llewellyn — repetiu Larry, tentando identificar o nome, embora tivesse dado aula a Tommy no ano anterior. — Não consigo saber quem é. É novo?

— É — respondeu Julie. — O garoto escreve bem mesmo. É de longe o melhor que vejo há um tempo. Provavelmente desde... como era o nome dela? Lauren alguma coisa. Taylor? O que ela anda fazendo, você chutaria?

Larry deu de ombros.

— Mesmo assim — continuou Julie —, ele vai tirar C.

— Meu Deus, Julie, quanto rigor! — exclamou Larry. — O que ele fez?

— Só entregou o dever ontem. Era para três semanas atrás.

Mas, depois do almoço, Larry notou quatro fotocópias das folhas presas no mural de avisos dos professores, com um post-it cor-de-rosa dizendo LEIAM ISTO!!!! preso na frente. As páginas tinham meia dúzia de furos de tachinha — claramente, seus colegas haviam feito o que o post-it instruía.

Ao mesmo tempo em que a cópia de seu trabalho estava sendo passada na sala dos professores, Tommy recebeu o original de volta com um grande C vermelho e virou para a última página. Em letras vermelhas caprichadas, a professora havia escrito: "*Ótima ideia, escrita maravilhosa, mas* ATRASADO, ATRASADO, ATRASADO". Ele jogou para o lado. Era só um conto de merda que havia inventado sobre uma garota que talvez tivesse alguma semelhança com Carey. E de que importava ele tirar C, ou A, ou até F? Tudo seria apagado em 5 de janeiro, mesmo.

A mudança no comportamento de Tommy talvez não fosse notada também na Casa Milkwood (já que ninguém sabia como era seu comportamento antes), mas seu fraco desempenho escolar em geral acabou no radar da tia Michelle. Ela ainda estava tentando descobrir o que achava do menino que chegara de forma tão misteriosa no meio deles e desejava

— com mais frequência do que gostava de admitir — poder se sentar com John Llewellyn, com um pacote de biscoitos de chocolate aberto no meio deles, e, juntos, entenderem o que fazer com o jovem que por acaso tinha o mesmo sobrenome que ele. Em vez disso, ela observou o boletim de meio de ano de Tommy. Teria sido um belo estudo de caso sobre o declínio de um aluno modelo comparar aquele boletim com o do ano anterior, mas, claro, quando Michelle Chaplin viu a lista de notas de Tommy (inglês: B-; Matemática: C; História: C; Educação Física: F), ela não tinha como saber como eram improváveis — e o quanto ele precisava da ajuda dela.

Tommy bateu na porta da tia Michelle sem saber por que tinha sido convocado, mas não especialmente preocupado.

— Entre, Tommy.

Ele viu que ela estava com o boletim aberto na mesa. "Ah", pensou. "É isso." Era o único papel à vista — todo o resto estava no lugar, ou arquivado nos armários na lateral da sala ou arrumadinhos nas gavetas da escrivaninha. Michelle abriu uma dessas gavetas.

— Biscoito? — ofereceu, mostrando a Tommy o canto de um pacote como se oferecesse um contrabando.

John Llewellyn podia estar morto (e os biscoitos talvez tivessem contribuído para isso), mas, de certa forma, ele continuava ali.

Tommy recusou, e Michelle fechou a gaveta.

— Tommy, você está bem? — Ela esperou uma resposta, mas não recebeu. — Você chegou aqui há, o que, uns cinco, seis meses. Mal vejo você fora do seu quarto, você não fica com os outros, *ainda* não me contou onde morava antes de chegar em Milkwood. Eu... eu... — Ela estava olhando ao redor, procurando a coisa certa a dizer. Algo que pudesse alcançar o garoto quieto e mal-humorado sentado à sua frente.

Ela fechou o boletim e o deslizou para o lado da mesa.

— Deixa isso pra lá. Tommy, o que está acontecendo?

Uma urgência quase avassaladora borbulhou dentro de Tommy e, por um momento, ele quis contar *tudo* a ela. Que ela o conhecia no ano passado, e no ano anterior, e no anterior. Queria contar-lhe sobre Carey, sobre como a amava, embora fosse só um garoto e ela estivesse trabalhando em outro lugar, sendo adulta e vivendo uma vida de adulta. Ele queria contar que não havia sido Richie a salvar Carey. Queria lhe perguntar por quê. Por que isso acontecia com ele? Mas ela não havia conseguido responder da última vez; não tinha nem entendido a pergunta. Então, ele não falou nada.

Mais tarde, no refeitório, Tommy perguntou se Sean já tinha sido chamado alguma vez na sala de tia Michelle.

O menino mais velho deu uma risada de desdém.

— Toda vez que recebo um boletim. E algumas outras vezes também. — Ele sorriu com a lembrança. — Quantos você pegou?

Tommy olhou confuso para Sean.

— Biscoitos. Ela não deu os de chocolate pra você?

Tommy acenou que sim.

— O truque é perguntar para ela sobre caminhos de carreira. Ela vai ficar um tempo falando. Quanto mais obscuro o emprego sobre o qual você perguntar, mais tempo você terá. Uma vez, eu perguntei para ela sobre ser pesquisador de baleias. Comi o pacote todinho.

Agora foi a vez de Tommy dar uma risadinha pelo nariz, aí Sean começou a rir, o que se transformou numa risada alta com som de buzina, e logo os dois estavam com lágrimas rolando pelas bochechas.

Tommy pensou em como sentiria saudade de Sean quando o menino mais velho se mudasse no ano que vem. Eles tinham conseguido ficar amigos depois de cada Reinicialização, e Tommy sentiria falta da habilidade de Sean de encontrar graça, bem, em praticamente tudo.

Sean, por outro lado, nem se lembraria de Tommy.

Como Michelle, Julie Lewis, na Mortlake High, ficou intrigada com Tommy Llewellyn. Era setembro e ela já lhe dera castigos em quatro ocasiões separadas por uma série de infrações: duas vezes por não entregar a lição a tempo, uma vez por atrapalhar a aula e uma vez, a infração mais séria, por matar aula. Para ser justo, Tommy *pretendia* ir à aula de inglês, mas, em vez disso, se vira pegando o trem de volta a Upper Reach com um amigo chamado Caleb, um recém-chegado à escola naquele ano que acabara sendo seu amigo de forma automática, já que todo mundo já estava comprometido.

A maioria dos outros professores tinha dado Tommy como causa perdida ("uma das crianças *perturbadas* da Milkwood" era o que o diretor dizia), mas a sra. Lewis não achava que fosse exatamente isso. Ele escrevia muito bem e não era nenhum tonto em matemática, mas era tão desconcentrado, que ela ficava brava de ver seu talento desperdiçado. Um debate na sala dos professores, um dia, foi na direção de descobrir se ele se beneficiaria da suspensão; um intervalo de duas semanas da escola para aprender um pouco de disciplina, talvez. A sra. Lewis argumentou veementemente contra, apontando para as folhas de papel ainda presas no mural de cortiça. No fim, ela vencera, mas não foi recompensada com nenhuma mudança no comportamento de Tommy. Finalmente, ela lhe pedira para ficar depois de tocar o sinal do almoço.

— Tommy — disse ela, uma vez que o resto da sala tinha ido embora —, o que está acontecendo com você?

— Nada, sra. Lewis — respondeu Tommy. — Estou bem.

— Papo furado — retrucou a professora, e Tommy se encolheu. "Que bom", pensou ela. "Te peguei." — Você é melhor do que isso. Eu vi o que você escreveu, sei o que você pode fazer. Então, por que você se recusa?

— Eu só... não estou a fim, professora — respondeu Tommy.

Era verdade, e os dois sabiam.

— Bom, Tommy, deixa eu dar um conselho pra você. — A voz da sra. Lewis estava tensa de frustração. — As decisões que você toma hoje podem afetar o resto da sua vida. Se você escolher não se esforçar e só navegar de qualquer jeito porque *não está a fim*, bem, você que sabe. Mas eu acho que isso é burrice. Você é capaz de mais do que isso, Tommy. Não desperdice. A gente... bem, a gente não recebe muitas segundas chances na vida.

"Você está errada", pensou ele. "Eu só tenho segundas chances."

Depois do sermão da sra. Lewis, Tommy encontrou Caleb em frente à biblioteca comendo um sanduíche de pasta de amendoim. Caleb trazia a mesma coisa para almoçar todo dia desde que eles tinham se conhecido — uma vez, confessara que era porque tinha de fazer seu próprio sanduíche de manhã e era preguiçoso demais para mudar. Caleb não era exatamente o que a sra. Lewis chamaria de boa influência, mas também não era o oposto — na verdade, ficava bem contente de deixar o amigo tomar as decisões e o seguira por vontade própria quando mataram aula algumas semanas antes. Desde que o pai dele não o pegasse, claro — o pai era meio antiquado, incluindo o cinto de couro com fivela grande que usava para disciplinar o filho se achasse que o crime pedia. Caleb queria lembrar ao pai que não estavam mais nos anos 1950, mas não era tão burro assim, então só dizia isso mentalmente enquanto cerrava os dentes.

— O que ela queria? — perguntou Caleb enquanto Tommy se sentava ao lado dele e abria seu próprio almoço, um sanduíche produzido por Lee naquela manhã.

— O de sempre — respondeu Tommy. — Acha que estou folgando.

— E está?

— Provavelmente. — Tommy riu. — Não posso mais faltar aula por um tempo. Ela acha que a escola queria me suspender da última vez, e, se matarmos de novo, vou ficar em casa por duas semanas.

Tommy não iria admitir a Caleb — nem a mais ninguém —, mas estava secretamente contente de obedecer ao ultimato da Mortlake High. Em algum lugar bem lá no fundo, o velho Tommy estava dormente. E, se tivesse sido mandado para casa por quinze dias, a decepção no rosto de tia Michelle poderia muito bem ter destruído o que sobrava dele.

Mas, quando o novo ano chegou, a mudança na atitude de Tommy estava basicamente cimentada. A ausência de objetivos agora era acompanhada por um traço sólido de amargura. Por semanas, ele vinha lidando com as questões de *por que* e *como* — questões que pareciam maiores e mais sombrias quanto mais tempo ele passava sozinho no quarto.

Ele estava deitado na cama, olhando um livro, mas sem ler de fato, quando um grão de ideia brotou. O Tommy Llewellyn de doze meses antes nunca teria pensado nisso. Mas o Tommy Llewellyn que estava de saco cheio do mundo, sim. Se sua tela ficava em branco em 5 de janeiro, quem ligava para o que ele fazia no dia 4 de janeiro — ou no dia 3 de janeiro, aliás? Uma excitação boba o atravessou quando ele percebeu o que isso significava.

Uma batida quebrou o silêncio.

— Vamos, cara. — Era Sean. — A gente vai sair.

Tommy se sentou na cama.

— Como assim "sair"? Não vou sair, está calor demais.

E estava mesmo — o sol vespertino estava batendo forte, e nem a velha árvore gigante no meio do gramado da frente oferecia qualquer alívio.

— Não, cara, não aqui. A gente vai na piscina. — Tinha uma piscina pública em Upper Reach. — Pega a sunga.

Tommy desceu da cama e vasculhou sua gaveta. Ele não tinha roupa de banho, mas uns shorts usados serviriam. "Eu sou o quê, o quinto a usar isto aqui? Sexto? Aleks, Maxy, Phil. Quem mais?" Tommy continuou a chamada ao colocar os shorts e encontrar Sean no corredor.

— Onde você conseguiu dinheiro para pagar a entrada na piscina?

Sean não respondeu a Tommy, mas, em vez disso, piscou para ele. Tommy imaginou que ele tivesse roubado ou ganhado numa aposta; de todo jeito, sabia que era melhor deixar para lá.

Os dois saíram.

— Mais alguém vem? — perguntou Tommy.

Sean balançou a cabeça.

— Mais ninguém. Só tenho cinco paus, dá só para nós dois.

Tommy saiu pela entrada de carros, já sentindo o sol batendo na nuca, e se perguntou se ir à piscina valia a caminhada até a cidade naquele calor. Ele se virou para perguntar a Sean, mas o amigo já não estava ao lado dele.

Sean continuava parado ao pé das escadas da casa, com algo balançando na mão. Era o molho de chaves de um Toyota Camry branco empoeirado estacionado no galpão de maquinário na lateral da velha casa.

Tommy se sentou no banco de passageiro; Sean se acomodou atrás do volante. Ele ainda tinha um pouco de barriga, e foi preciso fazer alguns ajustes no banco antes de Sean se declarar confortável e pronto para dirigir. Ele deu ré, e o Camry saiu de fininho pelo caminho de cascalho.

— Como diabos você convenceu a tia Michelle a emprestar pra você o carro dela? — perguntou Tommy.

— Ah, bom — respondeu Sean. — Acho que, se eu pedisse, ela não iria se importar. O importante é que ela não está precisando agora, e vamos voltar antes de ela notar que sumiu.

— Você roubou o carro dela?

— Fala sério, Tommy. Não seja assim, cara. Está calor e a gente precisa se refrescar. Além do mais, fiz uma ronda e todo mundo está tirando uma soneca. Vai ficar tudo bem.

Eles dirigiram em silêncio por um minuto, e ocorreu a Tommy que Sean não tinha carteira de motorista. Ninguém fazia aula de direção na Leiteria.

"Meu Deus", pensou ele. "Estamos roubando um carro. E Sean nunca dirigiu antes."

— Sean?

— Oi, cara?

— Você está tramando alguma coisa? — Ele olhou para Sean, que olhava diretamente para a estrada à frente deles através do para-brisa.

— Eu, hum, é só que, bem, está calor pra caramba — respondeu Sean.

Mas Tommy notou as bochechas dele — agora completamente sem acne, mas ainda com as leves cicatrizes — ficarem meio cor-de-rosa.

— Você vai encontrar alguém, né? — questionou Tommy.

— Tá bom! — disse Sean, abrindo um sorriso. — É, vou encontrar alguém. O nome dela é Hannah. Estou achando que vai rolar um boquete.

Tommy riu e sacudiu a cabeça. As expectativas de Sean e a realidade eram muitas vezes extremamente diferentes.

Eles estacionaram em frente à piscina pública e pagaram no pequeno quiosque ao lado da catraca da entrada. Sean olhou a multidão. A piscina estava cheia de jovens de toda a cidade, pulando, jogando água, empurrando-se embaixo da água e se divertindo. O cheiro de filtro solar e cloro pairavam pesados no ar, e Tommy via alguns dos nadadores piscando furiosamente por causa dos produtos químicos. Sean continuou sua busca, focando o trecho de grama que ia do cimento que cercava a piscina até a cerca do perímetro. Árvores se espalhavam para a grama, e cada centímetro de sombra disponível estava cheio de adolescentes com roupa de banho deitados em toalhas.

— Olha ela lá — Sean disse e se virou para Tommy. — Me encontra lá atrás. Daqui a umas duas horas, pode ser? Me deseja sorte.

Ele saiu dando uma corridinha, o corpo largo quicando um pouco a cada passo. Tommy viu, desacreditado, ele se aproximar de uma garota bonita de biquíni que estava apoiada com os cotovelos numa toalha. Ela sorriu para Sean, que se jogou na grama ao lado dela.

Tommy tirou a camiseta e entrou na piscina. Suspirou aliviado ao boiar na água fria, perguntando-se o que é que iria fazer nas próximas duas horas enquanto Sean tentava o seu melhor com Hannah. Até que alguém subiu à superfície ao lado dele e fez um *mu* alto.

— Não achei que fossem deixar você sair da Leiteria — comentou Caleb, e Tommy revirou os olhos.

Os dois ficaram ali um pouco brincando na água antes de — inspirados por Sean — saírem da piscina e se aproximarem de um grupo de garotas conversando num círculo fechado lá perto. A dispensa foi ágil e bruta.

— Quer sair daqui? — perguntou Tommy a Caleb, com a dor da rejeição ardendo.

Caleb deu de ombros. Só precisava voltar para casa à noite. Os dois giraram de volta a catraca e subiram a rua. Era fim de tarde, e a maioria das lojas já havia fechado. O mercadinho (que na verdade era mais uma loja de conveniência grande) ainda estava aberto, mas a farmácia e a loja de ferramentas, que também funcionava como correio de Upper Reach (uma combinação curiosa, mas os proprietários tinham de ganhar seu dinheirinho de algum jeito), estavam fechadas. Fora o carro ocasional que buscava crianças na piscina, as ruas estavam desertas, e os dois garotos caminhavam sem propósito.

Eles chegaram ao hotel Royal, único pub da cidade, com uma grande varanda que contornava o prédio. Era para os adultos de Upper Reach o que a piscina era para os jovens — o único lugar para se estar num dia em que o mercúrio cutucava a ponta mais alta do termômetro, por causa da cerveja gelada direto da torneira e de ventiladores de teto industriais que só tinham uma velocidade: rápida. A varanda em si estava sendo escorada por meia dúzia de clientes embriagados que haviam passado a maior parte do dia lá e tinham uma fileira de copos vazios como prova. Eles ignoraram Tommy e Caleb quando os meninos passaram.

— Já entrou lá? — perguntou Tommy a Caleb.

— Eu não. E você?

— Também não. Quer tentar?

Caleb não queria; o pai e o cinto de couro passaram por sua cabeça. Mas Tommy já estava subindo os degraus. Os homens apoiados numa mesa alta na varanda os observaram. Um deles apoiou o copo na mesa.

— Ah, vão se foder — chamou ele, e os outros riram. As palavras saíram pelo lado da boca. O velho havia entornado um monte de cerveja, e falar exigia mais esforço do que realmente conseguia fazer, mas ele era meio exibido. — Vão se foder — falou lentamente de novo ao pegar a bebida. — Seus merdinhas.

Mais risadas, e Tommy corou.

Ele voltou a descer os degraus, com Caleb bem perto, e qualquer esperança de ver o interior do hotel Royal esmagada. Eles dobraram a esquina correndo, fora da visão dos beberrões.

— É, foi uma péssima decisão — comentou Caleb.

Tommy não respondeu.

Anexado à lateral do Royal, havia um *drive-thru* de bebidas, do tipo em que pessoas ocupadas demais para sair do carro podiam parar na entrada, pedir sua caixa de cerveja e recebê-la em mãos. Tommy estava se perguntando quantas pessoas em Upper Reach seriam realmente ocupadas demais para descer do carro quando foi tomado por um impulso repentino. O atendente da loja de bebidas havia voltado a entrar no pub, e Tommy correu pela entrada até a pequena alcova onde ficava a caixa registradora. As prateleiras eram lotadas de vinho e destilados. Sem pensar, Tommy pegou a garrafa mais próxima e voou de volta para onde Caleb estava, assistindo boquiaberto.

— Vai! — sibilou Tommy, e os dois correram rua afora, para longe do pub e da loja, distanciando-se da piscina e do resto das lojas e dobrando uma esquina.

Eles pararam, quase dobrados ao meio enquanto recuperavam o fôlego no calor seco e escaldante.

— Quer um drinque? — perguntou Tommy, levantando a garrafa que tinha pegado.

— Que diabos, Tommy? — falou Caleb. — E se meu pai descobrir?

— Anda, vamos apenas provar — insistiu Tommy. — Eu também nunca fiz isso.

E era verdade. Até aquela tarde, ele também nunca havia roubado. Não tinha importância — em alguns dias, todos os seus pecados seriam perdoados.

Os garotos chegaram a um parquinho. Tommy se sentou ao pé do escorregador, mas deu um pulo quando o metal arranhou suas coxas. Em vez disso, sentou-se na faixa fina de sombra embaixo do escorregador, com Caleb agachado ao seu lado, e, juntos, examinaram de perto a garrafa.

— Johnnie Walker *Red Label Blended* Scotch Whisky — leu Tommy em voz alta.

A bebida era de uma cor forte de mel. Ele girou a tampa, e o selo se abriu com um estalo.

Tommy levou a garrafa aos lábios e tomou um gole. Se achava que o escorregador havia queimado suas pernas, não era nada em comparação ao fogo em sua garganta. Tossindo, estendeu a garrafa a Caleb.

— Sua vez — ofegou. — Facinho, facinho. — Recuperando-se, ele sorriu.

Caleb pegou a garrafa, relutante, e bebeu. Começou a tossir também antes de a tosse virar risada. Ele devolveu a garrafa a Tommy. O sol se abaixou mais e logo metade da garrafa tinha acabado, com os dois garotos passando para lá e para cá, cada vez tossindo menos até estarem bebendo como se fizessem aquilo havia anos.

— Meu Deus! — exclamou Tommy de repente, levantando-se. Sua cabeça bateu dolorosamente na parte de baixo do escorregador de metal, mas ele mal notou. — Eu preciso encontrar o Sean.

Ele saiu do parque a toda a velocidade, deixando Caleb para trás com a garrafa. Caleb a virou de lado, vendo o resto do destilado ser absorvido pela terra seca.

Tommy acelerou rua afora. Sua cabeça girava e seu estômago se revirava a cada passo.

"Sean vai ficar tão puto", pensou. "Ei, será que ele ganhou aquele boquete?"

A mente dele ia de um pensamento para o próximo com um solavanco.

"Minha Nossa Senhora, que calor."

Ele quase conseguia ouvir o uísque se agitando no estômago.

"Tomara que a tia Michelle não perceba."

Splash, splash, splash.

"É melhor não passar perto do Royal."

Splash, splash, splash.

"Melhor atravessar aqui."

O carro o atingiu no meio da rua; bem onde nenhum dos dois deveria estar.

Tommy ricocheteou na perua cor de ferrugem e ficou deitado de costas no asfalto pelando.

O motorista apertou os olhos pelo para-brisa.

— Que porra foi essa? — perguntou ele pelo lado da boca, depois deu de ombros. Era por isso que tinha ido embora da sessão no Royal. Estava começando a imaginar coisas. "Alucidando", ou vai saber como caralhos chamava.

Ele mal sentiu o segundo solavanco ao sair dirigindo devagar, e certamente não escutou as costelas se rachando. Em vez disso, seguiu cuidadosamente pelo meio da rua, a linha que achava que o levaria para casa.

Acordaria na manhã seguinte com uma ressaca nojenta monstruosa e policiais à sua porta perguntando sobre um garoto atropelado. No dia seguinte, tanto o bêbado como os policiais só se lembrariam da perua cor de ferrugem colidindo com um poste.

8

Embora Sean Barker se considerasse especialista em muita coisa, boa parte das informações que ele trocava era na verdade fofoca, quase todas sem comprovação. Como a vez em que ele relatou sem fôlego que Carlie Ellmore, a jovem assistente social que entrara para a equipe antes mesmo de Sean chegar à Leiteria, estava tendo um caso com a garota que trabalhava na farmácia em Upper Reach. Ele não deu nenhuma evidência para sustentar a informação, mas declarou com tanta convicção, que o boato foi aceito como fato. Não era verdade (Carlie Ellmore, na verdade, estava saindo com o *dono* da farmácia, que lhe garantira que seu casamento estava praticamente acabado), mas Sean tinha um jeito de apresentar boatos como notícias reluzentes.

Fazia sentido, então, Michelle Chaplin não ter certeza de em quais partes da ligação em pânico de Sean acreditar.

— Fique calmo, Sean — disse ela, paciente. — Onde você está?

Algumas crianças perto da porta da sala dela ficaram em silêncio. Parecia interessante.

— No Royal. Eles disseram que eu podia ligar pra você. Você precisa vir.

As crianças em frente à porta se aproximaram quando o tom normalmente baixo de Michelle se elevou alguns decibéis.

— O que você está fazendo no...

— Tommy foi atropelado. Por um carro. Na rua.

Sean estava ofegante; ele estivera parado nas catracas, observando, esperando. Estava muito atrasado e seria pego *com certeza*. De repente, Tommy apareceu voando pela esquina e, bem, Sean tinha bastante certeza de ter acabado de ver o amigo morrer.

O resto dos acontecimentos daquela noite pareceu passar num borrão para Michelle. Primeiro, ela procurou as chaves do carro, que, naquele momento, estavam no bolso de Sean, que andava ansioso de lá para cá entre o hotel Royal e Tommy Llewellyn, deitado bem no meio da rua principal de Upper Reach. Então ela pegou emprestado o carro da sra. Ellmore e dirigiu para a cidade muito mais rápido do que já dirigira antes.

A ambulância levou quase uma hora para chegar; 57 minutos excruciantes nos quais Michelle ficou sentada ao lado de Tommy esperando, sem nunca tirar os olhos do constante subir e descer do peito dele. Os paramédicos pediram desculpas explicando que só havia um veículo para atender Upper Reach, Mortlake e mais duas outras cidades próximas naquela tarde, e eles haviam ficado presos no hospital deixando uma idosa que tivera um ataque cardíaco por causa do calor.

— Não sobreviveu — disseram a Michelle.

Era uma informação que ela não precisava saber.

Michelle foi com Tommy na ambulância para o hospital Mortlake, o pronto-socorro mais próximo. Lá, ele foi estabilizado e teve seus ferimentos avaliados. Havia os óbvios que qualquer um conseguia ver, como o nariz quebrado e os hematomas em metade do corpo. Mas havia também outros — oito costelas quebradas, o baço danificado, um tímpano perfurado. A mulher que o atendera explicou que o baço provavelmente precisaria de cirurgia.

— O resto vai curar sozinho. O nariz talvez não fique reto, mas, bem, ele vai parecer durão.

Michelle não sorriu.

— Vamos ficar de olho nele hoje à noite, mas ele vai ter que ir para um hospital maior para operar amanhã — continuou a atendente. — Não conseguimos fazer esse tipo de coisa aqui.

Então, foi assim que Tommy se viu sendo levado de maca para a cirurgia na tarde de 4 de janeiro, véspera de seu aniversário de dezesseis anos, na mesma cidade em que passara o primeiro ano de vida. Em linha reta, ele estava a só uns vinte quilômetros de onde seus pais seguiam a vida, completamente alheios ao fato de que o filho estava prestes a ser aberto com um bisturi.

O anestésico correu pelas veias onde apenas 24 horas antes havia Johnnie Walker. O único benefício do coma induzido em que o mantiveram durante a transferência de ambulância e, depois, durante a operação, foi que ele nunca sentiu sua primeira ressaca. Michelle não podia ir com ele — precisava restaurar alguma ordem à Casa Milkwood —, mas havia segurado a mão de um Tommy inconsciente e prometido que viria de carro visitá-lo no dia seguinte, e que traria Sean e talvez seu amigo Caleb, da escola.

Infelizmente para Tommy, à meia-noite e um, tia Michelle esquecera sua promessa solene.

Não tinha ninguém da Leiteria à beira da sua cama quando ele acordou na manhã seguinte.

— Quem é o garoto no leito 14C? — perguntou uma das enfermeiras da ala pediátrica. — Acho que ele está acordando, mas não consigo achar a documentação dele.

A supervisora do turno checou suas anotações e xingou baixinho.

— Meu Jesus Cristinho, quantas vezes já repassei isso? Ressuscitar. Medicar. Anotar. Nessa ordem. Dois de três não é suficiente. — Mas até ela tinha de admitir que as pilhas de documentação eram meio avassaladoras. — Ah, vai, Amy. Você checou a pulseirinha dele?

A enfermeira voltou ao leito do paciente e levantou seu punho, girando a etiqueta para ler o nome dele.

— Llewellyn, Thomas. Quinze anos.

A supervisora voltou à estação de enfermagem e folheou os registros antes de digitar o nome do menino no computador. Não estava esperando que aparecesse nada — o computador era novo, e transferir os registros para o sistema era só uma das tarefas de uma lista dolorosamente longa —, mas ficou surpresa de não encontrar nada também nas cópias físicas. Ela anotou um lembrete de ligar para o supervisor da noite no fim do dia, quando ele acordasse.

Tommy piscou e gemeu. A enfermeira, uma mulher loira de quase trinta anos, o olhou. Ela baixou a mão dele para a cama.

— Calminho. Não se mexa tanto. — Ela falava com um leve sotaque irlandês.

— Onde eu estou? — questionou Tommy. Seus dois olhos estavam rodeados por hematomas roxo-escuro, e o nariz, cheio de gaze.

A enfermeira sorriu, reconfortando-o. Desorientação não era incomum em pacientes no pós-operatório.

— Você está no hospital.

— Cadê o Sean? — murmurou Tommy.

— Desculpa... Quem?

— Sean. Era para eu encontrar ele.

— Desculpa, não sei quem é esse. Mas com certeza já, já você vai receber visita.

Amy não tinha certeza disso, mas jovens sempre recebiam visita mais cedo ou mais tarde. Ela não tinha como saber que Tommy era diferente da maioria dos jovens.

Tommy voltou a fechar os olhos e se deitar perfeitamente imóvel, avaliando de onde estava vindo a dor. Tudo doía, da cabeça (por que seu ouvido estava apitando?) ao pescoço e à barriga. Até respirar fazia seu peito queimar, como se ele estivesse enterrado em brasas. Ele gemeu de novo. Aí, teve um pensamento: quanto tempo tinha passado apagado? Sem abrir os olhos, falou com a enfermeira, torcendo para ela estar lá.

— Que dia é hoje?

— É terça-feira — veio a resposta naquele sotaque gentil e calmante. — Agora, fica paradinho.

— Não, a data. Qual é a data?

— É — Amy pausou para checar o relógio — dia 5 de janeiro.

Tommy se afundou mais no travesseiro. A Reinicialização já devia ter acontecido. Mas com certeza a equipe médica saberia por que ele estava lá. Não sabia.

— Isto é meio embaraçoso, para a gente, não para você, mas não consigo encontrar seu arquivo no momento, então não tenho cem por cento de certeza do que você operou. Sei que foi no abdome, na sua barriga, e umas outras coisas também, pelo jeito. — Amy gesticulou para o rosto dele, embora os olhos de Tommy estivessem fechados.

Ela estava esperando o garoto parecer surpreso ao saber que suas informações tinham sumido, ou talvez bravo. Em vez disso, ele só respirou fundo. Exausto, provavelmente.

— Desculpa, Thomas. Vai aparecer. E, quando aparecer, vou lhe explicar sua recuperação e você vai voltar para casa rapidinho.

Os olhos de Tommy se abriram de repente.

— Como você sabe meu nome?

Um monitor apitou quando seus batimentos cardíacos aceleraram. Ele se sentia meio grogue, como se seu cérebro tivesse sido sacudido até virar papinha, mas a enfermeira usando o nome dele o havia atravessado direto. Era 5 de janeiro, sua Reinicialização — e mesmo assim ela sabia quem ele era. Talvez tivesse superado sua maldição. Ou algo a tivesse quebrado. Tinha uma vaga lembrança de um carro, e então dor: uma sensação de esmagamento e aperto. Talvez tivesse sido isso.

Mas, se havia um jeito de garantir que ele fosse lembrado, não era ser achatado por um velho boca-suja que tinha tomado catorze cervejas.

— Está na sua pulseira — disse a enfermeira jovem e bonita. — Colocaram quando você foi admitido.

Naquele momento, a pura lógica — a decepção — quase acabou com Tommy Llewellyn. A pulseira estava nele no momento de sua Reinicialização, então não tinha sido afetada, como o pijama que ele usava para dormir. Mas todo o resto — tudo o que havia ficado na Leiteria — teria desaparecido.

Ele teria chorado, mas estava cansado demais para lágrimas. Em vez disso, caiu num sono profundo e sonhou que estava sendo perseguido por algo que não conseguia ver, algo escuro e desagradável e incessante. Toda vez que encontrava um lugar em que achava que era seguro se esconder, era encontrado e precisava fugir de novo, procurando algo quente e calmo e leve. Correu e correu e correu, até por fim desistir e a coisa o pegar. Aí, os sonhos acabaram.

Quando Tommy acordou de novo, o sol ainda estava entrando pelas aberturas das cortinas. Havia três outros leitos em sua ala, mas tinha dado sorte e ficado ao lado da janela. A luz forte o fez piscar, e ele fez uma careta esperando a dor o assolar. Seu peito ainda queimava a cada respiração, mas notou, com algum alívio, que seu ouvido e seu nariz haviam se acomodado em uma dor surda.

— Bom dia, Thomas. — A enfermeira loira saiu de trás de uma seção fechada por uma cortina, onde Tommy supunha haver outro paciente. — Como você está?

Ele tentou responder, mas só saiu um ruído de algo raspando.

— Você dormiu por quase 24 horas! — Amy colocou um canudo num copo de água e o levou à boca de Tommy. — Aumentamos sua morfina enquanto você estava apagado. Deve ter ajudado com a dor. Mas suas costelas ainda devem estar doendo.

Tommy sentiu a água suavizar o deserto árido que eram sua boca e sua garganta.

— Obrigado — respondeu. — E é Tommy, não Thomas.

— Ah, tudo bem — respondeu Amy.

Ela hesitou, como se tivesse algo mais a dizer, mas não conseguisse se convencer a fazer isso.

— O que foi? — perguntou Tommy. Sua voz parecia pequena.

— Você é nosso homem misterioso, Tommy Llewellyn. Está fazendo minha supervisora arrancar os cabelos, porque ela não consegue achar os papéis da sua admissão nem seu relatório cirúrgico em canto algum. Tivemos de fazer novos exames de imagem, e eu tive que começar um prontuário novo para você. — Ela apontou para uma prancheta na ponta da cama dele. — Seria engraçado se não fosse sério: a equipe da noite achou que você tivesse chegado durante nosso turno, sendo que você *obviamente* chegou durante o deles. A pior parte é acharem que é culpa nossa, mas eu tenho certeza de que lembraria se você tivesse sido trazido enquanto eu estava de plantão.

Tommy sorriu por dentro. "Não iria, não", pensou.

— Enfim — continuou Amy —, acho que você vai ficar aqui por mais umas semanas enquanto seus pontos cicatrizam. Depois, vai para casa. Que é...

— Em Upper Reach — respondeu Tommy. Sua voz estava começando a voltar.

— Upper Reach — repetiu Amy. — Nunca fui. Parece adorável. — Ela sorriu para Tommy. — Posso fazer mais alguma coisa para você?

Ele acenou que sim. Poderia, mas ele não sabia bem como fazer o pedido. Queria saber como poderia voltar à Leiteria, como poderia fazer tia Michelle buscá-lo e levá-lo para casa, para o quarto número três naquela casa velha que rangia. Mas tia Michelle nem sabia que ele existia.

— O que é, Tommy? — perguntou Amy.

Havia mais uma dezena de pacientes para ela cuidar em três alas, e Amy precisava continuar andando. Mas tinha um fraco por aquele garoto e, se pudesse trazer um chocolate, ou uns livros, ou algo para facilitar um pouco a recuperação dele, bem, iria tentar.

— Nada — disse Tommy e fechou os olhos.

Na manhã seguinte, Tommy teve uma surpresa desagradável ao ver que a enfermeira agora era uma senhora de cinquenta e poucos anos, com um rosto sério e fechado e nenhum senso de humor. Ela lembrava a sra. Reilly. Ele estremeceu de pensar num mundo com duas Smiley Reilly; uma era mais do que suficiente. Enquanto a enfermeira mais velha trocava os curativos da cicatriz cirúrgica de Tommy, perguntou onde estava Amy.

Ela revirou os olhos. Amy era popular com os pacientes homens jovens.

— De folga — foi a resposta abrupta. — Sobrou eu.

Não teve Amy também no dia seguinte e, dessa vez, Tommy não perguntou por ela. A enfermeira mais velha — Janette, segundo o crachá preso no bolso da camisa — não estava a fim de conversa enquanto manobrava para sentar Tommy na cama. E Tommy também não, aliás — com as costelas quebradas apertadas uma contra a outra, tentou não gritar de dor. Mas sentar lhe dava um ponto de vista melhor, e ele agora conseguia enxergar mais claramente o resto da ala. Dos três leitos, um estava com as cortinas fechadas e os outros dois eram ocupados por crianças bem mais novas do que ele. Aquelas crianças não eram como ele: tinham familiares sentados ao lado da cama, conversando baixinho. Tommy estava sozinho, apenas com a TV presa no teto como companhia.

Ele estava tentando achar algo para assistir no início da manhã seguinte — tinha quase decorado a programação da TV e sabia que estava meio que numa zona morta antes de os programas bons começarem às sete — quando Amy apareceu ao lado de sua cama.

— Bom dia, Tommy — disse ela alegre.

Tommy suspirou de alívio.

— Por que isso? — perguntou ela, sorrindo.

— Dois dias com Janette — respondeu ele. — Ela é meio... dura.

Amy riu enquanto checava os pontos de Tommy.

— Você está cicatrizando bem — disse. — Pelo jeito, vai voltar rapidinho para Upper Reach. — Ela começou a se afastar, depois virou-se de volta. — Ah, é: você tem uma visita.

Ela fez um aceno para alguém no corredor e deu um joinha.

O coração de Tommy ficou mais leve. Uma visita. Tia Michelle!

Não era.

— Desculpa, não queria assustar você — disse a mulher que se aproximou da cama. Ela tinha quarenta e poucos anos e usava o cabelo castanho-escuro preso em um coque apertado. — Meu nome é Sonia. Sonia Williams. Sou assistente social do hospital. Você deve ser... — ela consultou sua pasta — Tommy.

Tommy confirmou.

— Se importa de conversarmos rapidinho? Preciso fazer umas perguntas para você. Nada para se preocupar; todas, na verdade, são padrão quando recebemos alguém nas suas circunstâncias.

"O que quer que isso queira dizer", pensou Tommy. Ele gesticulou para a cadeira ao lado da cama, e Sonia se sentou e abriu a pasta que continha um bloco e alguns registros hospitalares.

— Se a qualquer momento você estiver com dor demais, só me avisa e podemos terminar mais tarde.

— Não. Estou bem. Manda. — Tommy estava querendo acabar logo com aquilo.

— Tudo bem. Primeiro, a óbvia, né? O que aconteceu com você, Tommy?

— Como assim, o que aconteceu comigo?

Ele sabia exatamente o que ela queria dizer, mas precisava de um momento para organizar os pensamentos. Tinha sido atropelado, mas não havia uma única pessoa no mundo que pudesse confirmar sua história. Nem o motorista, cuja consciência havia sido apagada.

— Por que você está aqui? Você fez cirurgia, teve ossos quebrados, ferimentos significativos no rosto. Como aconteceu?

— Não sei. Acho que caí — mentiu ele.

"AUTOMUTILAÇÃO", rabiscou Sonia no bloco.

— Olha, Tommy, não é incomum pessoas que sofreram trauma severo não se lembrarem do incidente que o causou. Mas você consegue me dizer alguma coisa sobre como se sentia logo antes? — Ela pausou. — Você estava deprimido?

— Quê? Não! — respondeu Tommy. "Longe disso", pensou: ele estava bem tonto de Johnnie Walker. — Eu não causei isso a mim mesmo, se é o que você pensa. Acho que devo ter tropeçado em alguma coisa.

Sonia escreveu mais, assentindo de leve com a cabeça.

— E quem estava junto quando aconteceu? Sua mãe? Seu pai?

Tommy riu, e Sonia pareceu confusa.

— Eu não reconheceria minha mãe e meu pai nem se eles estivessem sentados bem do seu lado.

A preocupação nos olhos de Sonia se aprofundou, e Tommy percebeu tarde demais que havia se enfiado num buraco. Seria preciso muitas outras informações para a assistente social o deixar em paz. Ele suspirou dramaticamente — só para causar efeito —, aí começou a inventar uma história.

— Eu nunca conheci minha mãe; ela morreu quando eu era bebê. Da última vez em que fiquei sabendo, meu pai ainda estava vivo, mas me deixou com a irmã dele quando eu tinha três anos. As coisas lá foram bem, até ela ficar com câncer e morrer também. Que azar, né?

Sonia concordou, mas não disse nada.

— Fiquei num lar de acolhimento com meu primo por um ou dois anos, mas não era para mim, entende o que quero dizer? Desde então, moro na rua, já deve fazer uns três anos.

Tommy achou que soava bem. Sonia não saberia que Tommy tinha só roubado a história de vida de Phil, um dos garotos da Leiteria. Ela estava com uma expressão estranha, uma mescla de descrença e empatia, enquanto anotava rápido, tentando acompanhar.

— Obrigada, Tommy. Em que rua você estava dormindo quando se machucou?

"Ah, merda", pensou Tommy. Ele não sabia o nome de nenhuma rua da cidade.

— Não sei dizer, desculpa. — Deu de ombros. — Eu me mudava bastante.

A expressão de Sonia mudou em favor da descrença.

— Certo, olha só meu problema — disse ela. — Não posso aprovar sua alta se você for voltar para a rua; o Estado não vai permitir. E como você só tem quinze anos...

— Eu tenho dezesseis agora — interrompeu Tommy.

— Desculpa, dezesseis... você precisa de um guardião. Então, a não ser que tenha outro familiar a quem possamos contatar, acho que você vai ter que ir para uma casa de acolhimento. Não por muito tempo — completou ela, às pressas. — Só até fazer dezoito.

Tommy viu uma oportunidade se abrir diante dele, ampla e convidativa. Valia tentar.

— Bem... tem um lugar para onde eu sei que uns colegas foram antes. Acho que é tipo uma casa de acolhimento, meio fora da cidade. Será que eu posso ir para lá?

Ele torceu para soar casual ao dar o nome, que ela anotou.

Sonia se levantou pedindo para Tommy descansar, prometendo procurar a Casa Milkwood.

Tommy pegou no sono e, quando acordou, uma bandeja de almoço — com algo que ele não conseguia identificar direito em cima de um montinho de arroz empelotado cheio de amido — estava numa mesinha lateral. Tommy decidiu que era mais seguro deixar lá mesmo.

— Quanto disso foi inventado?

Tommy levantou os olhos. As cortinas em torno da cama em frente à dele, que até então tinham ficado fechadas o tempo todo em que Tommy passara na ala, agora estavam abertas. Um garoto mais ou menos da idade dele o encarava.

Tommy sabia que sua aparência não estava grande coisa, mas o outro menino estava pior. Bem pior. Sua pele tinha uma cor amarela doentia, e até o branco dos olhos parecia gema de ovo desbotada.

— Oi — disse Tommy, e se apresentou.

— Eu sou o Josh — disse o outro.

— Por que você está internado?

— Fígado zoado — respondeu Josh. — Torcendo para conseguir um novo, mas não está muito promissor. Alguém tem que bater as botas para eu receber. — Ele olhou Tommy de cima a baixo. — Como está o *seu* fígado? Já tem alguém de olho?

Os dois riram. Foi bom: descontraído e fácil. Josh mudou o apoio do corpo nos travesseiros, levantando-se um pouco. Ele abaixou a voz em tom de conspiração, o suficiente para os outros dois habitantes do quarto não conseguirem ouvir.

— Quanto daquilo foi inventado? — perguntou ele de novo. — A história com a assistente social...

O sorriso desapareceu do rosto de Tommy. Ele começou a negar que havia mentido, depois parou. Algo lhe disse que podia confiar naquele garoto. Talvez não com tudo — ninguém acreditaria na Reinicialização, e ele não queria acabar trancado numa ala psiquiátrica por mais onze meses até esquecerem por que ele estava lá —, mas com certeza contar algumas coisas para Josh não teria problema. "Jovens não deduram outros jovens", pensou ele. "Especialmente quando parecem prestes a morrer."

— A maioria — admitiu ele.

Josh soltou uma risada pelo nariz.

— Foi o que eu achei. Você realmente caiu? Deve ter sido uma queda e tanto.

— Não — disse Tommy. — Fui atropelado. Eu estava... estava meio bêbado, na real.

— E o que você falou para ela sobre morar na rua? Quero entender direito: sua mãe morreu e seu pai se mandou e sua tia também morreu. Alguma coisa era verdade?

Tommy sorriu para ele.

— Nada.

Josh caiu na gargalhada e bateu palmas.

— Brilhante! O mais importante são os detalhes. Você é um verdadeiro artista na hora de falar merda. Onde você mora de verdade?

— É meio complicado — disse Tommy. — Mas o que eu falei sobre a casa de acolhimento é pura verdade. Tive alguns amigos que foram para lá e quero entrar.

— Justo — falou Josh. — Porra, cara, minha história é bem... opa, desculpa. — Um dos pais do outro lado do quarto estava olhando bravo para os dois. — Minha história é bem tediosa comparada com a sua.

— Sério?

— Não tem nada de mais, na verdade. Há uns anos, comecei a ficar doente, entrando e saindo do hospital o tempo todo. Acharam que eu tivesse câncer ou algo assim, mas acabou sendo meu fígado.

— Qual o problema dele? — perguntou Tommy.

— Só não funciona direito. Enfim, estou tomando uma porrada de remédios, mas não está melhorando, então agora tenho que ficar aqui até conseguir um transplante. Na sexta vai fazer cinco semanas. Minha mãe e meu pai me visitam de vez em quando, se bem que não ao mesmo tempo: meu pai de manhã, e minha mãe de tarde. Seria de imaginar que ter um filho no hospital seria suficiente para unir a pessoas, mas pelo jeito nada faz esses dois se darem bem.

— Por que a cortina vive fechada?

— Confia em mim, Tommy: tem coisa que eles têm que fazer aqui que você não vai querer ver. Pode me agradecer depois. Além do mais, assim eu tenho um tempo a sós a mais com a enfermeira gata.

— Janette? É toda sua — disse Tommy.

Josh riu de novo e fechou os olhos. Parecia cansado. Tommy sentiu uma pontada de culpa. Estava enfiado até o pescoço em autopiedade desde que acordou da cirurgia, mas pelo menos iria embora logo. Tommy queria saber mais de Josh, da escola e dos amigos dele. Ele abriu a boca para perguntar quando ouviu um ronco leve e percebeu que suas perguntas teriam de esperar.

— Faz parte do processo de recuperação, você tem que participar — insistiu Amy, posicionando a cadeira de rodas na frente de um cavalete.

— Josh não está sendo obrigado — argumentou Tommy.

— Bem... — A enfermeira hesitou. — A situação de Josh é um pouco diferente. Ele...

— Está se recusando — completou Tommy. — Ele me contou.

Josh tinha tentado alertá-lo.

— Esta ala é de crianças — dissera. — Eles vão obrigar você a fazer coisas com os outros assim que estiver bem o suficiente.

— Tá bom — respondeu Tommy. Não parecia tão ruim. — Que tipo de coisa?

Josh deu de ombros.

— Sei lá eu. Nunca fiz. Não sou criança, sabe? Só fico aqui e durmo. Ou leio. — Ele deu um tapinha numa pilha de revistas ao lado da cama; Tommy via a capa de uma, uma motocicleta de trilha azul enlameada levantando jatos de terra e pedras. — Eu nem curto motos, mas meu pai fica trazendo. Às vezes, traz destas também.

Josh olhou ao redor, então, satisfeito por nenhum dos pais do outro lado do quarto estar olhando, puxou uma revista do fundo da pilha e a levantou. Uma mulher de cabelos molhados fazia biquinho para Tommy de dentro de uma piscina, com as mãos cobrindo os seios nus.

— Tenho certeza de que ele lê antes de me dar, mas eu tento não pensar nisso. — Josh sorriu.

Foi só a persistência de Amy — e o olhar de súplica que ela lhe deu — que convenceu Tommy a sair da cama para a cadeira.

— Aonde a gente vai? — perguntou ele.

— À sala de brinquedos — respondeu ela, e Tommy ouviu Josh dar uma risadinha pelo nariz atrás da cortina.

E, assim, ele se viu apoiado na frente de um cavalete na sala de brinquedos com uma bandeja de tintas que pareciam aguadas e um pincel grosso. Um mural colorido se estendia por todas as quatro paredes — a selva virava uma praia que virava um cume de montanha e depois outra praia.

Tommy olhou a garota ao seu lado.

— O que é pra gente pintar? — perguntou.

— O que a gente quiser — respondeu a menina, e colocou uma mancha de tinta vermelha no meio do papel. — Como você se chama? — perguntou ela. Parecia ter uns doze ou treze anos; Tommy não tinha certeza, porque ela não tinha um fio de cabelo. Nem sobrancelhas, nem cílios, nada. Só pele branca e lisa onde deveria haver pelos.

— Tommy — respondeu ele.

O nome dela era June, e Tommy tinha razão: ela tinha doze anos.

— O dia de pintar é bem bom — disse. — Mas a gente também faz um montão de outras coisas. Vem uma moça com um monte de instrumentos e a gente pode tocar. Se estiver sol, fazemos umas coisas com água no pátio.

Um borrão verde se juntou ao vermelho, depois um pouco de azul.

A pintura de Tommy foi pendurada para secar ao lado da de June, em uma fileira de meia dúzia de cenas. A de June era de longe a melhor.

Amy foi buscar Tommy e outra enfermeira levou June de volta ao quarto dela, mas não antes de a garota arrancar dele a promessa de que iria vê-lo no dia seguinte.

— É dia de música! — declarou ela alto, e algumas outras crianças bateram palmas.

— Tá bom, dia de música — concordou Tommy.

E, assim, Tommy voltou à sala de brinquedos no dia seguinte — mais de bom grado desta vez — e esperou enquanto as outras crianças e os adolescentes eram trazidos. Havia um garoto alto que parecia perfeitamente saudável, exceto pelo acesso com soro no braço. Outra garota alguns anos mais nova do que June estava com os dois braços e uma perna amarrados numa roupa que parecia tão apertada, que era como se ela estivesse sendo esmagada. Chegaram mais alguns, então Amy voltou com outra cadeira de rodas.

— Eu *consigo* andar — falou Josh, de braços cruzados.

— Eu sei, eu sei. Mas não achei que fosse realmente chegar até aqui a não ser que eu mesma trouxesse você.

Ela o estacionou ao lado de Tommy.

— Acabaram minhas revistas — disse Josh.

Era mentira, mas Tommy só assentiu. Apresentou o amigo a June, e June contou a eles quem eram todos os outros, e nada mais foi dito sobre a aparição repentina de Josh na sala de brinquedos. Até o fato de que Tommy e Josh eram mais velhos que o resto parecia ser ignorado. Fora da sala de brinquedos, fora do hospital, uma diferença tão grande para jovens dessa idade teria parecido uma vida. Mas ali não.

Tanto Tommy como Josh terminaram com pandeiros e em minutos estavam batendo-os nos braços das cadeiras de rodas, a pura agressão do ato ajudando Josh a esconder o fato de que estava se divertindo de verdade. Isso estimulou o garoto com o triângulo e a garota com uma bateria, e de repente toda a sala irrompeu numa explosão ensurdecedora. A voluntária que tinha distribuído os instrumentos ficou lá parada impotente, perguntando-se exatamente como havia perdido o controle de uma sala cheia de crianças doentes e tristes, todas agora sorrindo e dando risada como se tivessem esquecido onde estavam.

— Como está se sentindo hoje, Tommy? — perguntou-lhe Sonia Williams. A assistente social se sentou ao lado da cama dele e abriu a pasta outra vez.

— Me diz, você teve alguma revelação sobre o que aconteceu?

Tommy balançou a cabeça.

— Ainda acho que foi uma queda. Faz sentido. Devo ter tomado umas doses. — Pelo menos essa parte era verdade.

Sonia rabiscou algo em suas anotações do caso e disse:

— Tenho boas notícias. Fiz uma ligação ontem à tarde para a chefe da casa de acolhimento que você mencionou. Ela disse que eles têm um quarto livre no momento e estão preparados para receber você quando se recuperar.

Tommy ficou imediatamente mais bem-humorado. Se suas costelas ainda não estivessem se juntando, e seu ouvido não continuasse vazando fluido, ele teria abraçado Sonia.

— Está fazendo sua fisioterapia? Ótimo. Bom, continue e, com um pouco de sorte, você vai estar em Upper Reach antes de perder muita coisa na escola.

Assim que Sonia foi embora, Amy chegou.

— Por que você parece tão feliz? — perguntou. — Perdi alguma coisa?

Seus olhos passaram desconfiados entre Tommy e Josh, como se ela tivesse chegado no fim de uma piada.

— Só uma notícia boa — disse Tommy a ela. — Tenho uma casa para ir.

Na cama à sua frente, ele viu Josh fazendo um gesto não particularmente sutil para Amy. Tommy sufocou uma risada.

— Estou muito feliz por você, Tommy — disse Amy enquanto aferia a pressão dele. — Vou sentir saudade quando você for embora.

Tommy ficou corado, e Josh explodiu em gargalhada. Nem tentou segurar, e Amy levantou os olhos, confusa.

— Ignora — falou Tommy. — Ele é só um idiota. — Mas Tommy começou a rir também.

Amy aferiu a temperatura dele e checou o pulso, depois saiu do quarto sacudindo a cabeça para os adolescentes e seu senso de humor idiota. Ela não queria admitir que estava meio lisonjeada.

Tommy acordou na manhã seguinte e viu um homem passando agachado por baixo da cortina de Josh, com uma revista embaixo do braço. A cortina foi aberta e Tommy viu uma versão adulta de Josh. Ele tinha o mesmo cabelo castanho-escuro, com um corte meio espetado, e o mesmo nariz longo. Mas sua pele era de uma cor mais natural (o que não era surpreendente) e ele tinha uma barba curta e bem-feita.

— Pai, esse é meu amigo Tommy — apresentou Josh.

— Bom dia, Tommy. Pode me chamar de Dave — disse o pai de Josh.
— Eu apertaria sua mão, mas não tenho certeza do que está quebrado aí.
— Ele sorriu ao se voltar para o filho. — Desculpa, não posso ficar muito. Tenho mais umas tarefas antes do trabalho.

— Então eu sou só uma das suas tarefas. Boa, pai — falou Josh, indignado.

Tommy não sabia se ele estava brincando. Achava que não.

Dave suspirou.

— Você entendeu o que eu quis dizer. Não posso só ficar aqui o dia todo.

— Meu pai tem um bar — explicou Josh a Tommy. — Abre a partir do horário de almoço até tarde, então ele só vem de manhã. É por isso que minha mãe vem de tarde. Não tem como colocar um perto do outro, né, pai? Pode ser que me mate de vez. — Colocou a língua para fora e fingiu morrer.

Dave ignorou o show e começou a folhear a revista que tinha trazido para Josh.

Amy apareceu na ponta da ala, onde parou para falar baixinho com a mãe de um dos outros pacientes. Debruçou-se sobre a cama do menininho para trocar o curativo da perna dele, e Tommy ouviu as duas rindo de algo que ele disse. Depois, ela foi até Tommy, ainda sorrindo.

— É uma criança engraçada, aquela — comentou. — Como você está hoje, Tommy?

Tommy respondeu com sinceridade — seu peito doía mais do que o normal e ele meio que esperava conseguir uns analgésicos a mais. Quando Amy se debruçou para ver os pontos, ele viu Dave baixar um pouco a revista para observá-la.

— Seu pai tem um emprego bacana — disse Tommy a Josh depois que o pai dele foi embora.

— Tem mesmo — respondeu Josh. — Você tem que ver o bar. É sensacional. Bem escuro, eles tocam música boa e tem até umas máquinas antigas de pinball. Na real, não fica longe, é bem na rua Hunt. A gente devia marcar uma fuga. Levar todo mundo num passeio.

Tommy riu.

— Oito crianças e adolescentes entram em um bar. — Ele se interrompeu. — Ei, por que seu pai não fica aqui com você? Ou sua mãe?

Os pais das outras crianças na ala pareciam estar lá o tempo todo.

Josh fez uma careta.

— Antes eles ficavam um pouco. Bem, minha mãe ficava. Mas acho que eles só presumem que eu vá ficar aqui por muito tempo, então é melhor continuarem trabalhando e tudo o mais. Além disso, não sou mais criança. Minha mãe passa o máximo de tempo que consegue aqui, mas com meu pai é diferente, sabe? Entra e sai em uns minutos. Antes era todo dia, agora, algumas vezes por semana. Acho que, se Amy não trabalhasse aqui, ele nem viria mais.

Notando a reação de Tommy, Josh riu.

— Você viu, né? É, ele é um tarado. Deve ser por isso que minha mãe terminou com ele. Deve ter achado o estoque disto aqui — disse apontando para as revistas em sua cama. Tommy sabia que ele não estava falando de motos sujas.

Durante a semana seguinte, algumas crianças tiveram alta, outras novas chegaram e Tommy ficava cada vez mais perto de voltar para Upper Reach e a Leiteria. O zumbido em seu ouvido havia parado e ele já não tinha medo de espirrar e do espasmo violento de dor vindo de suas costelas e seu nariz quebrado. Aparentemente seu baço também estava se recuperando, embora ele tivesse que acreditar na palavra dos médicos. Mas provavelmente a mudança mais profunda era que ele já não precisava ser levado por Amy, Janette ou uma das outras enfermeiras para as atividades do dia na cadeira de rodas. Conseguia andar. A sensação era boa.

— Acho que já, já você sai daqui, Tommy — comentou Josh com ele. — Qual você vai escolher?

Estavam no pátio perto da ala pediátrica: um espaço de concreto sem graça com uma vela de barco cinza e lisa esticada para fazer sombra. Alguém havia decidido que plantar um jardim seria uma boa atividade de grupo e animaria um pouco o lugar. Floreiras tinham sido dispostas em frente a uma parede e agora estavam cheias de terra, esperando.

Tommy apontou um vasinho numa bandeja.
— O cacto — disse.
June franziu a testa.
— Por quê? — perguntou ela. — Não é muito bonito.
Tommy deu de ombros.
— Sei lá. Eu gosto.
— É porque você é meio espinhoso? — sussurrou Josh.
Tommy riu.
— Provavelmente.

Uma a uma, as crianças escolheram uma planta; algumas escolheram duas. Pequenos ásteres brancos, uma fúcsia cujo rótulo prometia que se destacaria em qualquer jardim, algumas marias-sem-vergonha laranja e alegres. Tommy ajudou um dos meninos mais novos a cavar um buraco, segurou uma planta enquanto a criança salpicava terra em cima, a maior parte para fora do buraco. Por fim, Tommy apertou a terra em torno de seu próprio cacto, escondidinho no canto. Quando acabaram, todos deram um passo atrás por um momento para admirar o arranjo desordenado.

— Ficou maravilhoso, pessoal! — Amy declarou e começou a levar todos de volta para seus leitos.

Sonia Williams estava esperando por Tommy na ala.

— Amanhã é o dia, Tommy — disse. — A chefe da Casa Milkwood... o que ela é, diretora? Vai pegar você às oito.

— Ela mesma vem? — Tommy sentiu um calor brilhante com a perspectiva de revê-la. Era um estranho para tia Michelle, mas mesmo assim ela estava fazendo de tudo por ele.

Sonia confirmou com a cabeça.

— Ela não queria que você viajasse de trem. Não com seus ferimentos.

Naquela noite, o humor de Tommy ficou numa gangorra entre animação por ir para casa com tia Michelle e tristeza por abandonar Josh. Não que ele tenha confessado ao amigo. Em vez disso, falaram do que vinha *depois* do hospital, cada um percebendo que a vida adulta estava muito próxima. Logo talvez tivessem de tomar decisões.

— Não ando pensando muito nisso — disse Tommy. Ele andava ocupado demais perdendo o rumo para pensar no futuro. — Quando eu era criança, queria escrever. Talvez ser repórter ou algo assim. O que você acha? Consegue me imaginar na televisão?

Ele sorriu para o amigo. O nariz torto por causa da fratura e o leve hematoma ao redor dos olhos ainda lhe davam um visual ligeiramente demoníaco.

— E você?

Josh fez uma careta.

— Eu só queria sair daqui e não voltar. — Ele engoliu e, ao falar de novo, sua voz estava diferente. — Você sabe que talvez eu morra aqui, né?

Era um território novo para os dois. Eles tinham discutido todo tipo de coisa: a escola de Josh, os amigos dele, por que ele decidira morar com a mãe, até como ela ameaçara dar o cachorro dele, que não parava de mijar embaixo da mesa da cozinha. Mas Josh nunca tinha falado sobre morrer.

— Imaginei — respondeu Tommy, desconfortável. — Mas... não vai acontecer, né?

— Pode acontecer. Se eu não receber um fígado, estou bem fodido. Mas olha só: a médica mesma nunca me disse isso. Eu ouvi ela falar um dia para minha mãe. Fala sério. Eu não sou criança. Se vou morrer, pelo menos me fala. Tem coisas que quero fazer antes.

— Tipo o quê?

— Cara, eu tenho dezesseis anos. O que *você* acha? Minha mãe fala que não tem por que ter pressa, mas é fácil para ela dizer.

Tommy não sabia como responder, estava abalado por ouvir Josh dizer que poderia morrer de verdade. (Em semanas? Meses? Quanto tempo ele tinha? Tommy não sabia e não tinha certeza se deveria perguntar.) Mas, com o choque, havia outra coisa, algo inesperado: algo que se parecia um pouco com vergonha. Vergonha por ter deixado o velho Tommy dormente por tanto tempo e permitido que o novo Tommy perdesse o rumo.

Josh continuava falando.

— É, tem umas outras coisas também, fora conseguir uma namorada. Meu pai diz que posso trabalhar com ele um tempo quando eu fizer dezoito, então com certeza vou fazer isso. Aprender o negócio. Mas se eu pudesse fazer qualquer coisa? Teria meu próprio lugar. Tipo o do meu pai, mas melhor. Meu próprio bar, ganhar meu próprio dinheiro. E não ser um babaca por isso. — Ele parou. — Ei, a gente devia fazer isso juntos: de parceiros de leitos de hospital a sócios. Que história.

Tommy gostou daquilo. Ninguém jamais o incluíra em planos para o futuro antes, exceto Carey daquela vez, convidando-o a visitá-la depois que ela se mudasse. Nos minutos seguintes, eles debateram ideias cada vez mais extravagantes para o bar, de uma seção VIP fechada para todos os amigos a um cardápio separado para cachorros — afinal, quem gostaria de sair para beber sem seu cachorro?

— Mas sério, Tommy, a gente devia fazer isso. Caramba, a gente ia se divertir, não ia? Tocar um bar com seu melhor amigo. Quando você tiver liberdade condicional daquele lugar pra onde vai, me procura.

"Me procura."

Era uma frase batida, claro. Mas, naquele instante, Tommy estava passando por um tipo diferente de reinicialização. O Tommy sem rumo nem objetivo tinha ido embora, banido para onde quer que fossem seus pertences a cada 5 de janeiro. E o garoto naquele lugar — o Tommy original — se agarrou àquela frase e a guardou.

— Condicional? Eu não vou para a prisão, seu idiota — respondeu Tommy, e os dois riram alto até o pai de uma das outras crianças da ala fazer "shiu" para eles.

Josh fez uma careta.

— Mas primeiro é melhor eu consertar este fígado. Desisti de pegar o seu, aliás. A não ser que eu sufoque você hoje à noite. Não durma, Tommy.

Tommy riu pelo nariz, o que lhe rendeu outro "shiu".

— Desculpa — cochichou Tommy. Mas ele ainda conseguia ouvir Josh do outro lado do quarto escuro, rindo no travesseiro que nem uma criancinha.

Às 7h55 da manhã, Tommy estava esperando tia Michelle ao lado da cama usando uma camisa, calças e sapatos que Amy encontrara no cesto de doações do hospital.

Josh ainda não havia se mexido, e sua cortina tinha passado a noite fechada. Tommy não queria acordar o amigo, mas tampouco queria ir embora sem se despedir. Por fim, enfiou a cabeça, tímido, entre as cortinas.

Josh não estava. Toda a cama dele tinha sumido.

— Ele está em cirurgia — disse uma voz atrás de Tommy.

Ele se virou.

— Chegou um fígado — contou Amy. — Aconteceu tudo às pressas; é sempre assim. Teve um acidente de carro não muito longe daqui e o homem era perfeitamente compatível com Josh. Ele já está há algumas horas no centro cirúrgico. Depois, vai para a UTI se recuperar.

Tommy ficou lá sorrindo para ela. Josh iria receber seu fígado. Tommy tinha tantas perguntas para Amy, mas, em vez de fazê-las, só sorriu. De repente, ouviu passos se aproximando pela ala.

Pareceu estranho apertar a mão de tia Michelle e se apresentar. Tinha feito isso tantas vezes antes, mas desta vez parecia diferente. Quando Tommy subiu no velho Camry, olhou para trás, para o grande monolito cinza que tinha sido sua casa por semanas. Tentou imaginar onde, no labirinto de alas, corredores e centros cirúrgicos, estaria o amigo.

Por algum motivo, ele sabia que Josh Saunders ficaria bem.

Quais eram as palavras que ele tinha usado na noite passada?

"Me procura", dissera Josh.

"Tá bom, então", decidiu Tommy. "Vou procurar."

9

Tommy mudava de uma estação de rádio para outra, esperando um aceno de tia Michelle a cada vez antes de apertar o botão. Finalmente, ela sorriu para uma música — uma coisa antiga; uma coisa que Tommy achava que talvez tivesse ouvido antes, mas não conseguia identificar onde — e se recostou no banco. Duas horas e pouquinho no carro com alguém que ele conhecia e amava, mas que não o conhecia nem o amava de volta — era desconfortável de um jeito gostoso. Até ligar o rádio, boa parte do trajeto havia sido passada no que Tommy teria descrito como "silêncio confortável".

Conforme se aproximavam da Leiteria, tia Michelle começou a contar a Tommy sobre os outros residentes, crianças e jovens que ela esperava que ele conhecesse e até passasse a considerar sua família. Ela chegou ao fim da lista e ele percebeu que ela não havia mencionado Sean.

Tendo feito dezoito anos enquanto Tommy estava deitado numa cama de hospital, Sean Barker havia ido embora, e o impacto na casa era quase tangível. A Leiteria parecia um pouco mais silenciosa, um pouco menos divertida. Mas Tommy precisava esperar uma das outras crianças mencionar Sean antes de poder casualmente perguntar para onde ele havia ido.

— É, ele conseguiu um emprego vendendo carros em Mortlake.

— Ele não está *vendendo* carros. É estagiário. Não vão deixar o *Sean* falar de verdade com os clientes. Não tem como. — Era Nicole, agora com quinze anos e um pouco menos atarracada, mas possivelmente falando mais alto do que antes. Pulmões maiores, supunha Tommy.

— Ainda estou chocada de ele não ter sido expulso pela tia Michelle. — Nicole pausou para criar suspense. — Ele roubou o carro dela — contou ela a Tommy de forma dramática.

— Sério? — respondeu, esperando que ela continuasse.

— Sério. Fugiu para ir à piscina faz umas semanas. Ouvi falar que foi ver uma *garota*.

"Aham", pensou Tommy. "Foi mesmo."

— Ele saiu por, tipo, três horas. O problema é que, quando Sean não está aqui, a galera meio que nota. Ele fala bem alto. — Ela pareceu não perceber a ironia do comentário. — Tia Michelle estava esperando quando ele voltou. "Pego no pulo!"

Enquanto Tommy ficava lá escutando Nicole, ele se maravilhava com a simplicidade. Havia duas pessoas no Camry quando ele foi até Upper Reach em 3 de janeiro, mas, agora que a história era contada, só tinha uma. Assim, do nada, o universo o varrera da narrativa na Reinicialização dois dias depois. Nada complicado demais, nenhuma história prévia — só o suficiente para apagá-lo.

Isso o teria incomodado alguns meses antes. Aliás, teria mais do que incomodado — teria alimentado o colapso de Tommy Llewellyn, descendo numa espiral e batendo na pergunta irrespondível: "Por que eu?" E, claro, a pergunta ainda pairava, mas ele ficava empurrando-a para baixo. Até que era fácil.

"Me procura."

Tommy voltou à Mortlake High com mais dois anos de pena. De novo, se alguém se lembrasse dele, a mudança *de volta* ao velho Tommy teria sido notável. Mas ninguém se lembrava do garoto mal-humorado e sem rumo do ano passado nem do garoto doce e gentil do anterior. Ele era só o menino novo vindo da Leiteria.

A diferença certamente não foi notada pela sra. Julie Lewis, a professora que tanto tentara endireitar Tommy. Mas ela também tinha outras coisas na cabeça. No almoço, havia relido um conto preso no mural de cortiça da sala dos professores de inglês e não conseguia parar de pensar nele. Aliás, tinha ido discretamente por uns minutos até o banheiro feminino, torcendo para nenhum de seus colegas notar a mancha de rímel nos olhos. Toda vez, ela ficava abalada. Fez 25 cópias do conto e as entregou à turma de inglês depois do almoço.

— Isso foi escrito por um ex-aluno — disse ela. Era uma mentirinha. Ninguém no corpo docente de inglês tinha muita certeza de *quem* havia escrito (não havia nome no trabalho, e Julie achava que deveria estar lá fazia anos, antes de o grupo atual de professores chegar), mas todos concordavam que era um conto excelente. — Leiam, e aí poderemos discutir em grupo.

Tommy olhou a primeira frase e a reconheceu num instante. Ficou boquiaberto.

A sra. Lewis quis saber o que ele achava do real significado da história. Tommy improvisou uma resposta; ele sabia exatamente sobre o que era. Era sobre ele e Carey e amor e angústia e tudo isso — mas ele só conseguia pensar: "como?". Como esse conto havia sobrevivido quando todos os outros traços de sua existência foram apagados?

Ele percebeu que a sra. Lewis estava falando do autor do conto e voltou a prestar atenção.

— Então, se vocês estiverem se referindo a ele na redação, vão ter que usar *Anônimo* como autor — ela estava dizendo.

Ele não tinha colocado seu nome no conto. E havia imprimido as páginas na impressora velha e ruim da Leiteria, que estava sempre com pouca tinta — "É", pensou ele, "parece que poderia ter sido impresso anos atrás" —, então não tinha caligrafia para conectar aquilo a ele. Significava tão pouco para Tommy, e essa fotocópia era tão distante dele, tão afastada do original, com sua nota C marcada em vermelho, e tão completamente *anônima*, que a Reinicialização não deve ter percebido.

A aula terminou, mas Tommy continuou olhando as páginas. Ele não tinha bem certeza do que estava olhando, mas suspeitava que fosse uma brecha.

Uma forma de enganar a Reinicialização.

Durante as seis semanas seguintes, Tommy não pensou em quase mais nada. A cada noite, ele se deitava na cama pensando nas coisas que poderia deixar para trás, escondidas; coisas tão obscuras, que talvez passassem pela pequena rachadura que havia descoberto. Mas era mais difícil do que ele pensara de início. Todos os objetos que lhe ocorriam eram ou diretamente ligados a ele — como seus livros didáticos, com TOMMY LLEWELLYN impresso bonitinho na capa interna — ou muito importantes. Isso quase garantia que seriam apagados.

Conforme Tommy se aproximava de seu 17º aniversário, ele sentia a frustração crescendo. Ali estava uma oportunidade de testar uma teoria — enganar a Reinicialização para conseguir ficar com alguma coisa —, mas, toda vez que achava que tinha encontrado um jeito, percebia que não iria funcionar.

Estojo da escola? Tinha o nome. Carta para si mesmo? Importante demais. Boletim? De jeito nenhum — não com frases do tipo "Tommy tem uma habilidade natural com números." Esse negócio tinha um bilhete só de ida no trem expresso para a Reinicialização.

Na véspera de seu aniversário, estava vasculhando seus pertences, preparando-se para o truque de desaparecimento que aconteceria mais tarde naquela noite. Livros didáticos, um boné, as roupas que ele acumulara desde que voltara à Leiteria.

Uma pulseira de hospital.

Tia Michelle tinha cortado do punho dele ao levá-lo para seu quarto, e Tommy jogara na gaveta. Agora, revirando-a nas mãos, ele se lembrava de Amy chamando-o de Thomas e de como ficara arrasado ao saber que ela tinha lido na pulseira. Mas algo naquela pequena tira de plástico e nas letras minúsculas impressas nela o fez pensar.

Ele arrancou uma página de um de seus livros — o ato parecia errado, tão violento, mas o livro iria embora em algumas horas mesmo — e rabiscou algumas palavras. Aí, enfiou no bolso do pijama, subiu na cama e fechou os olhos.

Ainda estava lá na manhã seguinte.

Tommy puxou a página do bolso e a alisou em cima do lençol. Lá, em meio às equações do livro, estavam as palavras que ele escrevera:

ESPERO QUE ISTO SOBREVIVA.

Tinha sobrevivido. Ele começara com uma brecha e, agora, tinha duas. E essa era grande.

Assim como o pijama, assim como a pulseira do hospital, aquele pedacinho de papel tinha ficado nele durante a Reinicialização. Uma ideia se plantou no cérebro de Tommy. Daria algum trabalho — muito trabalho —, mas ele tinha um ano até testá-la.

Um ano. O relógio estava correndo tanto no seu tempo na Mortlake High como em seus dias na Leiteria.

Josh estava em algum lugar. Carey também. Ele se perguntou como Josh se recuperara da cirurgia, se estava de volta à escola e se ainda planejava aprender as coisas no bar com o pai. Perguntou-se se Carey teria achado uma forma de fazer faculdade. Perguntou-se — claro — se ela tinha namorado.

Os dois estavam em algum lugar, e ele iria se juntar a eles.

"Me procura."

O pensamento o sustentou enquanto o ano seguia galopante, e a semente de sua ideia germinou e cresceu mais um pouco. Adicionou detalhes e fez pesquisas, e, logo, ela havia florescido e virado um plano completo. Então, aparentemente sem aviso prévio, suas provas finais na Mortlake High chegaram. Agora, eram mais uma formalidade — quase uma distração do que ele iria fazer depois —, mas ele mergulhou de cabeça no desafio, em parte para provar a si mesmo que conseguiria ter sucesso. Tinha herdado as habilidades dos dois pais e, embora pensasse em fazer faculdade — de jornalismo, ou finanças, ou até os dois —, sabia que qualquer aceitação de uma universidade seria apagada no dia 5 de janeiro, entregue a algum outro jovem que provavelmente nem merecia tanto. Ele esmagou a amargura.

"Mantenha-se no plano."

Com as provas finalizadas, era hora de o trabalho real começar. De repente, ele tinha um prazo — seis semanas até sua Reinicialização, o que não teria problema se ele pretendesse só sair andando e recomeçar *no mundo*.

Mas desta vez, quando a Reinicialização lhe tirasse tudo, ele estaria pronto.

Tommy bateu na porta do escritório bem quando o sol apareceu no canto inferior da janela.

— Bom dia, Tommy. Você acordou cedo — comentou Michelle de trás da escrivaninha. Ela gostava desse horário do dia; era sua chance de cuidar da burocracia da Casa Milkwood. Tinha tanta papelada. Tantos formulários. Chacoalhou a cabeça sem acreditar. — Como eu posso ajudar?

— Preciso ganhar algum dinheiro — disse ele, direto. — Faltam seis semanas para eu fazer dezoito anos, e preciso de dinheiro para me mudar para a cidade. Para poder comer — acrescentou desnecessariamente.

Michelle Chaplin se recostou na cadeira e olhou o jovem à sua frente. Tommy Llewellyn era um bom menino. "Llewellyn", ela repetiu para si mesma, quase distraída, e, por um momento brevíssimo, pensou que conseguia sentir a presença *dele*. No escritório *dele*. Imaginou que John gostaria de Tommy.

— Você não precisa ir imediatamente depois de fazer dezoito anos, Tommy — disse ela. — Legalmente, não é para você ficar — "porque não tem financiamento", pensou —, mas claro que pode passar umas semanas como hóspede. Até um ou dois meses.

Era uma cortesia que ela não oferecera a Richie Sharpe.

Tommy sorriu; ele meio que esperava isso.

— Muito obrigado, mas, de toda forma, não vou ficar muito mais tempo e preciso mesmo ganhar um dinheiro para me estabelecer. — Ele pausou. — Eu tenho uma proposta para você.

Delineou seu plano, e Michelle escutou, assentindo de leve e fazendo perguntas ocasionais. Ela sorriu ao perceber o quanto Tommy havia pesquisado, mas nem ela tinha ideia de quantos livros e revistas da biblioteca ele guardava embaixo da cama. No fim da conversa, eles apertaram a mão para fechar o negócio.

Tommy começou a trabalhar naquele mesmo dia, após uma viagem a Mortlake para pegar suprimentos com a srta. Ellmore. Depois de arrastar uma escada do velho galpão (aquele lugar lhe dava arrepios; era um lembrete constante do dia em que ele tinha encontrado Carey lá dentro), sua primeira tarefa foi lixar as paredes externas da Casa Milkwood. Os braços e os ombros de Tommy ardiam enquanto ele arrancava a tinta que já estava descascando quando ele chegou ali ainda bebê.

Ao acordar na manhã seguinte, ele sentiu os ombros duros; os livros não o tinham alertado sobre isso. Mas, às sete, ele estava de volta à escada, raspando e lixando.

Continuou fazendo isso dia após dia, e, uma semana depois, a velha casa enorme estava nua no meio do gramado. Tommy se afastou para admirar seu trabalho, mas por pouco tempo; minutos depois, estava carregando duas latas grandes de tinta até a parede leste. O relógio batia alto no ouvido de Tommy: ele tinha que continuar. Tinha muito a fazer, e o prazo era imutável.

Em mais uma semana, a casa tinha duas demãos de tinta e, uma semana depois, brilhava com paredes brancas e uma borda verde. Tommy a transformara de instituição de última parada para crianças sem opção em... bem, em um lar que elas poderiam amar.

Tommy voltou sua atenção ao jardim e caiu na gargalhada ao se lembrar do plantio caótico no pátio do hospital quase dois anos antes. Mas, depois de meia dúzia de idas com a srta. Ellmore até um viveiro em Mortlake, ele criara floreiras onde antes havia ervas daninhas altas e exuberantes.

— Na primavera que vem — disse ele a tia Michelle —, vai tudo florescer de uma vez e você vai ter um amontoado de cor ao redor da casa.

Bem, é o que a moça do viveiro me disse. Se ela estiver errada, fale com ela, porque eu não vou estar aqui para consertar!

Tia Michelle sorriu, então franziu a testa ao ver um cacto minúsculo encaixado entre as peônias.

Depois, Tommy atacou as árvores perto da fronteira dos fundos com tesouras de jardinagem e uma serra, cortando galhos que ameaçavam cair e esmagar a cerca fina de arame. Ali, não havia arrepios, não como no velho galpão de armazenamento. Claro, era pequeno demais na época para se lembrar de Richie levando-o pelos arbustos grossos; pequeno demais para se lembrar de que pular essa cerca para resgatar Tommy da escuridão fora o último ato de John Llewellyn, que morrera na terra bem ao lado.

Finalmente, nos dias antes do Natal e do Ano-Novo, transferiu seus esforços para o interior da casa, lixando portas e móveis e repintando cadeiras.

Em 2 de janeiro, tinha terminado. Ele havia feito o trabalho e sabia que tia Michelle cumpriria sua parte do acordo. Só torcia para seu plano funcionar.

O dia seguinte, 3 de janeiro, era dia de pagamento. Ao meio-dia, com o sol bem no meio do céu e dando tudo de si para chamuscar a nova tinta até ela sair das paredes da Leiteria, Tommy bateu de novo na porta de tia Michelle. A mulher que tinha passado tantas manhãs esquecidas com Tommy num tapete sob uma árvore no quintal gesticulou para o jovem se sentar. Ele a olhou e percebeu pela primeira vez como ela mudara ao longo dos anos. Estava à beira dos sessenta e agora mostrava com orgulho sua experiência. Seu cabelo loiro tingido estava cedendo vitória aos grisalhos, e seu rosto tinha mais rugas, saindo a partir do canto dos olhos de forma que dava para notar. Elas mais aumentavam sua gentileza, sua suavidade, do que a envelheciam.

— Você fez um trabalho maravilhoso, Tommy — disse tia Michelle, invadindo os pensamentos dele. — Quando eu saio agora, parece que estou em um lugar diferente.

— É, bom, já era mais do que hora. — Tommy sorriu. — Pelo que me disseram — completou.

Tia Michelle abriu uma gaveta da escrivaninha e puxou uma caixa compacta de metal preto. Pegou seu chaveiro do bolso e inseriu a menor chave.

— Concordamos em cem dólares por dia, certo? — disse ela.

Tommy confirmou.

— E o dia do Natal foi seu único dia de folga?

Ele confirmou de novo.

Ela puxou um bolo de notas de cinquenta dólares da caixa e começou a contar, pegando mais dinheiro do que Tommy já tinha visto em um lugar só.

Por fim, parou e passou um elástico em torno da pilha de notas antes de colocar o bolo todo num envelope branco grosso.

— Tem 3.500 dólares aqui, Tommy — disse ela, mas não lhe passou o envelope. — Você tem certeza? Por favor, me deixa fazer um cheque. Não gosto de pensar em você carregando tanto dinheiro.

— Não, obrigado — respondeu ele. — Por mais estranho que pareça, vai ser mais seguro se eu levar em dinheiro.

Tia Michelle o olhou com curiosidade.

— Bem, toma muito cuidado. Agora, me diz: você faz dezoito anos em, o que, dois dias? Tem certeza de que não consigo convencer você a ficar mais um tempinho? Pelo menos fica até ter alguma coisa alinhada.

Tommy balançou a cabeça.

— Obrigado, mas não. Vou embora no meu aniversário, senão só vou estar adiando o inevitável. Ainda não tenho todos os detalhes, mas tenho uma ideia razoável de para onde eu vou.

— Posso pelo menos levar você até a estação, então? A gente garante que todo mundo esteja lá na frente para se despedir em grande estilo.

— Sim, seria ótimo. Obrigado, tia M. — disse ele. "É, com certeza seria ótimo", pensou, mas, em 5 de janeiro, ninguém se despediria lá na frente — nem saberiam quem ele era.

Tommy estava tão nervoso, que mal tocou no café da manhã. Tinha desenvolvido um apetite monstruoso de tanto trabalho físico, então ver uma tigela de cereal ficando cada vez mais molenga enquanto ele a cutucava causou estranhamento.

— O que foi, Tommy? — perguntou uma garota sentada um pouco mais longe na mesa. — Preocupado com envelhecer amanhã?

Tommy riu tenso e negou com a cabeça.

— Nada, só estou pensando em umas coisas — disse e voltou ao quarto. De debaixo do colchão, ele puxou o envelope branco que tia Michelle lhe dera no dia anterior. Ele já havia checado se estava lá uma dezena de vezes. Torcia para ser só o começo de algo — dinheiro chama dinheiro e tudo o mais. Mas, primeiro, tinha que conseguir ficar com aquilo durante a noite.

Pensou em seu plano, mas havia um limite de quantas vezes conseguia repassar os passos antes de sua mente começar a divagar. Como ele poderia se despedir das pessoas de quem teria saudade, que tinham estado lá ao seu lado por tantos anos, quando elas só o conheciam havia doze meses? O cheiro da tinta ainda pairava no ar, e lhe ocorreu que talvez seu trabalho fosse seu jeito de se despedir, seu agradecimento à tia Michelle e às crianças e adolescentes com quem morava. Talvez até algo para as crianças que viessem depois dele, cada uma num momento difícil e solitário. Ele imaginou a Assistência Social parando em uma casa que parecia orgulhosa de existir: quartos claros e novinhos, jardins lotados de flores. "Sim", pensou, aceitava isso como seu presente de despedida, mesmo que ninguém soubesse que tinha sido dado por ele. Talvez fosse como o conto escrito na escola; ele não tinha assinado seu nome nem nada nas paredes recém-pintadas. Eram só tinta e terra e flores — nada que realmente ligasse aquilo a ele. Talvez a Reinicialização escolhesse o caminho de menor resistência e só apagasse a memória de Tommy fazendo aquilo, e *não* o substituísse por outra pessoa. Ele gostaria disso. Um pequeno legado borrado passando pela brecha.

Conforme as sombras se alongavam e os corredores da Leiteria ficavam escuros, ele enfim se sentiu relaxar. Havia passado por isso já tantas vezes e não poderia fazer mais nada. No jantar, ficou quieto, curtindo a risada dos amigos, comendo o que, para ele, seria a última refeição em seu lar de infância. Enquanto as outras crianças voltavam ao quarto ou subiam para a sala de convivência, ele se viu sozinho com tia Michelle.

— Tudo pronto para amanhã, Tommy? — perguntou ela enquanto tirava alguns pratos deixados para trás.

— Acho que sim — respondeu ele. "Certamente quero que, neste ponto, esteja."

— Pensei de a gente sair às nove; tem um trem às nove e meia que vai deixar você na cidade com bastante tempo para chegar à casa do seu amigo.

Tommy tinha dito a ela que iria ficar com um colega, o que não era verdade, porque ninguém que o conhecesse hoje ainda o conheceria no dia seguinte. Ele não podia afirmar exatamente onde dormiria — mas tinha uma ideia.

— Acho ótimo — disse Tommy.

— Vamos sentir sua falta por aqui, Tommy — comentou tia Michelle. — Acho que você foi bom para este lugar. E não só pelo trabalho que fez. — Ela gesticulou vagamente para as paredes ao seu redor. — Algumas das crianças o admiram, sabe. Sei que parece meio estranho, mas eu que queria que a gente tivesse achado você antes. Eu teria gostado de mais alguns anos de Tommy Llewellyn aqui.

Tommy não falou nada. Em vez disso, deu um passo na direção de tia Michelle e a abraçou.

Ela de início ficou surpresa, depois o abraçou também.

— Você está bem, Tommy? — perguntou preocupada.

— Sim. É que... vai ser triste ir embora, sabe?

Tommy desejou poder contar tudo à tia Michelle: lembrá-la de como eles tinham lido livros e brincado no gramado quando ele era pequeno demais para ir à escola; de como ela havia dormido no quarto dele quando ele tivera terror noturno aos quatro anos. Ele queria lhe agradecer por pegá-lo no colo quando ele caiu nos degraus dois dias depois de fazer sete anos e por estar lá quando Carey foi levada na ambulância. Tommy queria perguntar o nome da música que estava tocando no rádio no dia em que ela o buscara no hospital, aceitando-o mais uma vez como o garoto novo. Mas ele não podia, ela não acreditaria nele, e isso estragaria seus últimos momentos juntos. Então, com aquele abraço e um tapinha reconfortante de tia Michelle no braço dele, Tommy foi embora.

Ele precisava acertar a próxima parte, ou seria tudo em vão.

Do armário, puxou um monte de roupas — todas de segunda mão do ano anterior: uma camiseta azul de manga comprida que tinha sido doada de volta à Leiteria por um ex-pupilo; um bom par de jeans; uma camisa polo; uma camiseta cinza-claro (a única sem buracos); quatro cuecas; dois pares de meias; seus sapatos mais confortáveis (uma escolha fácil, já que ele só tinha dois pares). Tommy vestiu tudo, depois se olhou refletido na janela do quarto. Ficou surpreso pelo que viu: iluminado pelo abajur de sua mesa, parecia mais velho. Estava pronto para ir embora.

Uma gota de suor correu por sua lombar.

Puxou o envelope do esconderijo e, depois de uma contagem rápida (ainda estava tudo ali), começou a enfiar notas nas roupas. Dobrou bolinhos nos bolsos dos jeans, colocou alguns entre as camadas de cueca e, então, guardou algumas notas nas meias. Eram quase nove da noite; faltava pouco para apagarem as luzes. O passo final foi pegar sua mochila, a que usara durante todo o último ano de escola. Ele passou um braço firme pela alça e se deitou na cama, deixando a mochila para o lado. Tommy riu baixinho consigo mesmo. Se alguém o visse agora, bem, boa sorte para explicar isso.

Seus pensamentos voltaram àquela pulseira de hospital e ao pedaço de papel que ele arrancara do livro. Fazia sentido — todo ano, quando ele acordava em 5 de janeiro, as únicas coisas que ele ainda possuía eram as roupas que estava usando e os lençóis em que dormia. Todo o resto tinha desaparecido, e suas conquistas ou fracassos eram creditados a outras pessoas por algum poder inexplicado no universo. Fazia sentido — ou pelo menos Tommy torcia para fazer — que, se ele dormisse com mais do que só o pijama e segurasse bem forte aquilo que queria manter, ainda estaria tudo lá de manhã. Quanto ao dinheiro, bem, tinha funcionado para uma página de livro. Era uma aposta arriscada, sabia, mas havia recebido cartas ruins todos os anos desde seu nascimento. Era hora de, pelo menos uma vez, as cartas saírem a seu favor.

O ar no quarto parecia grosso e pesado, e o suor em suas costas grudava as camadas de roupa à pele. Tommy ficou deitado imóvel, os olhos se ajustando ao brilho leve da lua lá fora enquanto olhava o cômodo. Ele não sentiria saudade, pensou. Era simples e sem graça, e facilmente se apagavam dali quaisquer traços dele.

Então, fechou os olhos, e o sono o dominou.

Quando Tommy acordou, ainda era cedo. O céu para o leste estava começando a clarear, a tinta preta da noite se suavizando num cinza pré-amanhecer. Ele ficou deitado por um momento, brevemente sem perceber a importância da manhã. De repente, percebeu, e um pico agudo de adrenalina passou por seu corpo, instantaneamente o acordando por completo e fazendo seu coração acelerar. Em segundos, o calor ficou quase avassalador; as gotas de suor que haviam ficado presas às costas da camiseta na noite anterior tinham recebido a companhia de mais várias outras, e suas roupas estavam ensopadas. *Suas roupas!*

Tommy sentiu seu braço: uma manga de algodão e, embaixo dela, mais tecido. Ele se sentou com dificuldade por causa das camadas.

Seu coração se acelerou de novo quando ele se lembrou do dinheiro. As roupas eram úteis, mas, se o dinheiro não tivesse atravessado com ele, sua nova vida seria infinitamente mais difícil. Ele enfiou a mão no bolso e sentiu um bolo de notas. Tommy caiu de costas na cama, exultante.

Não tinha só confirmado a segunda brecha, havia passado por ela com uma porcaria de um caminhão.

"Eu vou dar conta", pensou.

Cinco minutos depois, todo o dinheiro estava espalhado em cima do colchão — exatos 3.500 dólares. Ele o empilhou de novo e ficou lá de cueca, curtindo o alívio do ar na pele. Não poderia ficar muito tempo, sabia; pela janela, o céu estava ficando mais claro, e o nascer do sol não demoraria. Tommy se vestiu de novo com uma única camada de roupas, maravilhando-se com a gama de opções e escolhas que ele jamais tivera na manhã após a Reinicialização, depois foi atrás da mochila.

Tinha desaparecido.

Ele puxou o lençol, aí caiu de joelhos e olhou embaixo da cama. Nada. Tommy se esforçou para lembrar. A mochila deve ter caído de seu braço em algum momento durante o sono e, se não estivesse em contato com ela quando a Reinicialização bateu, ela teria desaparecido com o resto de seus pertences — sumido, sido apagada, realocada, o que seja. Não importava onde ela estava agora; Tommy não a tinha. Era um revés, claro, mas pequeno, e ele enfiou o resto das roupas dentro de uma camiseta e a amarrou numa bola. Riu baixinho. Ele só precisava adicionar um pau e iria realmente ficar caricato.

Com o dinheiro amarrado numa meia e enfiado bem no fundo do bolso, Tommy deu uma última olhada em seu quarto — uma versão mais nua daquele em que tinha ido dormir. Os corredores estavam em silêncio enquanto ele saía de fininho, carregando sua camiseta cheia de roupas em uma mão e os sapatos na outra. Tommy se ajoelhou embaixo da árvore grande do gramado da frente para colocar os sapatos e, quando voltou a se levantar, olhou para a casa velha enorme onde tinha passado os últimos dezessete anos. Todas as janelas estavam escuras, e a Leiteria estava silenciosa e tranquila. Quando o primeiro raio de sol começou a iluminar as paredes e os jardins, ele admirou o trabalho que havia feito. Parte dele estava curiosa para saber como a revitalização do prédio seria explicada agora que ele tinha sido esquecido — se é que haveria uma explicação. (No fim, tia Michelle supôs que o trabalho tivesse sido combinado pelo proprietário da Milkwood, Declan Driscoll, enquanto ela estava de férias. Declan Driscoll não sabia nada do assunto e não estava nem aí. Quanto às crianças, bem, achavam que tivesse sido feito antes de elas chegarem à Leiteria, ou enquanto estavam na escola, ou simplesmente quando não estavam prestando atenção. Mas o engraçado é que o cheiro da tinta ainda estava muito fresco.)

Tommy saiu pelo caminho de carros. Precisava ir embora antes que alguém o visse. Um homem estranho parado no terreno de um lar de crianças com 3.500 dólares no bolso? Com certeza seria preso por invasão, e esse certamente não era seu plano para 5 de janeiro. Ainda havia muito a fazer.

10

O TREM CHEGOU AO TERMINAL da cidade às nove em ponto, lotado de passageiros e um jovem nervoso de olhos arregalados. Tommy sentia como se todos estivessem olhando para ele, carregando uma trouxa de roupas embrulhadas em uma camiseta, então ficou parado até que a plataforma ficasse vazia. Depois, respirou fundo e seguiu as placas até a saída, dando em uma rua da cidade, bem no meio de uma onda de pessoas atrasadas para o trabalho. Seus sentidos ficaram sobrecarregados: o rugido constante dos motores e o zumbido das conversas, pontuados pelas buzinas dos carros e o tom urgente e insistente dos semáforos anunciando que era seguro atravessar. O ar era uma mistura potente de fumaça de escapamento e bacon: alguns homens e mulheres esperavam impacientemente na janela de uma cafeteria e, quando recebiam o café, juntavam-se à multidão de pessoas na calçada. O cheiro do quiosque fez Tommy pensar na Leiteria. O refeitório já deveria estar vazio; seus amigos já teriam tomado o café da manhã havia algumas horas, sem prestar atenção na cadeira vazia onde Tommy geralmente se sentava. Por que prestariam? No que lhes dizia respeito, a cadeira também estivera vazia no dia anterior.

Tommy entrou na fila do balcão da cafeteria e imitou o homem à sua frente, entregando seu dinheiro em troca de um sanduíche com bacon e ovos. Ele se perguntou quanto tempo o maço de dinheiro em seu bolso duraria.

A multidão de passageiros diminuiu enquanto ele comia (ele os imaginava chegando sem fôlego ao trabalho, pedindo desculpas pelo atraso e culpando o trem, um acidente ou as crianças) e logo conseguiu andar sem ser empurrado. A primeira coisa de que precisava era um lugar para ficar. Para seguir seu plano, teria que colocar a mão no bolso outra vez.

A única vez em que havia estado na cidade desde bebê tinha sido aos quinze anos, e completara dezesseis inconsciente em uma enfermaria de hospital. Ele se lembrava de ter olhado para os arranha-céus enquanto tia Michelle dirigia no trânsito matinal, imaginando o que havia lá dentro. Agora lia as placas impressas nas janelas da frente ou gravadas em relevo ao lado das portas de vidro giratórias: escritório de advocacia, banco, outro banco, seguradora. Ele ficou parado em frente ao último prédio e olhou para cima. Carey Price havia saído da Leiteria para trabalhar em uma seguradora, e, por um momento, ele se perguntou se ela estaria lá em cima, sentada a uma mesa, digitando, recebendo telefonemas, fazendo algo *importante*. Naquele exato momento, ela poderia estar olhando para a cidade, sem saber que Tommy estava na rua lá embaixo. Sem saber quem era Tommy.

De alguma forma, ele iria mudar isso.

Em meio às torres de aço e vidro, havia prédios menores e mais simples, com lojas no térreo e apenas meia dúzia de andares acima. As lojas tinham placas penduradas na calçada, suspensas nos toldos, e Tommy ficou hipnotizado. Ele contou onze lojas de roupas em um quarteirão e três lojas que vendiam souvenirs com desconto, com vitrines cheias de camisetas, bichos de pelúcia e bijuterias brilhando atrás do vidro.

Então, encontrou a placa que procurava, e um jovem casal que estava saindo segurou a porta para ele. Uma mulher de trinta e poucos anos estava sentada em um banco atrás de um balcão.

— Bom dia — disse ela a Tommy.

Ele não respondeu de imediato. Cada centímetro da parede atrás dela estava coberto de avisos, colados uns sobre os outros de modo que só dava para ver a camada externa. O mais proeminente dizia PROIBIDO FUMAR,

embora alguém tivesse usado uma caneta hidrográfica para acrescentar NA ÁREA INTERNA. Outros eram uma mistura de escritos à mão e impressos:
> OS HÓSPEDES SÃO RESPONSÁVEIS POR SEUS PRÓPRIOS OBJETOS DE VALOR.
> PAGAMENTO ADIANTADO. SEM REEMBOLSO.
> PESSOAL, SEJA BACANA! SILÊNCIO DEPOIS DA MEIA-NOITE! (Esta era escrita à mão.)

Secadores de cabelo também estavam disponíveis por uma pequena taxa, além de ingressos com desconto para atrações locais. Tommy ficou olhando, lendo placa após placa, antes de perceber que a mulher continuava olhando para ele, esperando.

— Ah. Desculpa — disse ele. — Queria um quarto, por favor.

Ela sorriu com indulgência.

— A gente não aluga quarto, só cama.

— Ah — repetiu Tommy, corando. — Uma cama, então, por favor.

A mulher abriu uma pasta à sua frente e pegou uma caneta. Usava pulseiras de miçanga que chacoalhavam quando ela se mexia, e seu nariz tinha um piercing de argola dourado.

— Quanto tempo você quer ficar? — perguntou, com a caneta posicionada.

Tommy pensou no assunto. Não sabia direito.

— Vamos dizer seis semanas para começar — decidiu — e, se precisar, eu estendo.

A mulher atrás do balcão rabiscou na pasta.

— Como você se chama?

Enquanto ele soletrava *Llewellyn* — "dois Ls e depois mais dois" —, um pensamento lhe ocorreu. Ele estava recomeçando. Poderia ser Elvis Presley ou o Pato Donald — ou basicamente qualquer um. Ele poderia ter dito qualquer coisa a ela, mas não disse. Ele *era* Tommy. Não estava tentando fugir nem se esconder. Pelo contrário, aliás. Ele não estava escondendo; estava encontrando.

— Está com o passaporte aí? — perguntou ela.

Tommy balançou a cabeça.

— Carteira de motorista.

Não de novo.

— Alguma identidade?

Tommy deu de ombros.

— Desculpa — disse ele. — Não tenho passaporte ainda e não posso dirigir. Mas tenho dinheiro — completou esperançoso.

A mulher levantou a sobrancelha, e Tommy achou que ela estava prestes a mandá-lo pastar. Mas, então, ele a viu escrever um número na coluna "passaporte" de sua folha e fechar a pasta.

— Quinze por noite, e você tem que pagar o primeiro mês agora. E tem mais vinte pela... ah... dispensa de identificação.

Ela abriu um sorriso para ele.

Tommy entregou o dinheiro, contando mentalmente quanto ainda tinha, e viu os vinte a mais desaparecerem no bolso do jeans apertado dela.

— Bem-vindo ao Sunrise Backpackers — disse, sorrindo largamente e apontando a porta à direita. — Suba pelas escadas, pegue qualquer cama vazia no primeiro quarto à esquerda. O banheiro fica no fim do corredor à direita. Tenha uma ótima estada, Tommy.

Tommy pegou sua trouxa e seguiu as instruções até o quarto que ela indicara, seu lar pelo menos pelas próximas seis semanas.

O cheiro o deixou momentaneamente sem fôlego. O ar estava parado e pastoso com o aroma de roupas sujas e pés sujos, mesclado a corpos suando inúmeras cervejas em noites pegajosas de verão. Havia quatro conjuntos de beliches, com dois alinhados de ponta a ponta encostados em cada uma das paredes mais longas. No outro canto, uma grade de segurança escondia a única janela, que estava — por algum motivo inexplicável — completamente fechada. No teto, um único ventilador girava preguiçoso, como se soubesse que qualquer tentativa de mover o ar pelo quarto era inútil.

Tommy contou um, dois, três, quatro dos colchões cobertos de roupas e bolsas. Um beliche de baixo mais perto da janela parecia livre, e Tommy começou a desfazer sua mochila improvisada.

— Caceta, cara. Você está com a grana curta ou o quê? — perguntou uma voz atrás dele.

Um jovem, talvez no início dos vinte anos, estava deitado no beliche de cima à frente dele; Tommy havia erroneamente achado que a forma imóvel fosse uma pilha de roupas. Ele estava usando uma camiseta velha e desleixada, seu cabelo cor de palha estava espetado em vários ângulos, e ele parecia não se barbear por pelo menos algumas semanas.

— Achei que *eu* fosse pão-duro. Pelo menos tenho uma mochila para enfiar minhas coisas.

Tommy sorriu enquanto o jovem descia do beliche e estendia a mão.

— Stuart. Mas pode me chamar de Stu — disse. Falava com um sotaque britânico pesado, mas algo nele parecia vagamente familiar.

— Tommy — respondeu ele. — De onde você é, Stu?

— Liverpool — contou o garoto, e Tommy percebeu: tinha escutado o mesmo sotaque saindo do minúsculo alto-falante da televisão velha na sala de convivência da Leiteria. Toda tarde até os cinco anos, ele tinha assistido a *Thomas e seus amigos* na tela bruxuleante, e apenas algumas palavras de Stu já o haviam levado direto para lá.

Stu estava a fim de conversa.

— Cinco noites por semana, eu estoquei prateleiras para economizar para a viagem. Sopa é o pior. Derrubei uma lata no meu dedo do pé, olha só. — Ele estendeu um pé. — Acho que quebrei. Viu? Não está muito bom, né?

Tommy fez uma careta.

— Ah, vai, não está tão ruim! — disse Stu, fingindo ofensa. — Só meio torto.

— Não! — respondeu Tommy, as bochechas corando de leve. — Eu só... não sei como você dorme aqui. O cheiro... é tipo... — Tentou identificar. — Sean, um amigo meu, *nunca* abria a janela do quarto dele. Teve cheiro de pé por três anos direto. Isso abre? — Ele gesticulou para a janela encardida ao lado dos beliches.

Stu balançou a cabeça.

— Trancada. Talvez emperrada? Vai saber. Mas todo mundo tenta na primeira noite. Se quer meu conselho, o truque é beber cerveja suficiente para não notar o cheiro.

Tommy analisou de perto a fechadura enquanto Stu continuava falando. Ele tinha passado pelo trabalho num supermercado de Liverpool e agora estava descrevendo seu voo em classe econômica numa gloriosa alta definição.

— E ela simplesmente ficou me trazendo cerveja! Eu fiquei tipo: é para eu dar gorjeta ou o quê?

— Consegui! — exclamou Tommy, e arrancou algo do trinco da janela. Ele mostrou a Stu. — O ferrolho soltou — disse, e deslizou a janela sem esforço para cima.

O ar quente entrou com tudo; não estava muito mais fresco do que o quarto em si, mas não tinha cheiro de camisetas e cuecas suadas.

— Ei, Tommy, sabe o que isso significa? A gente tem que comemorar — disse Stu. — Quantos anos você tem?

— Dezoito. — Tommy hesitou. — Faço hoje, na real.

— Sério? Olha só! Você conseguiu abrir a janela *e* é seu aniversário! Pelo jeito vamos entornar hoje.

Tommy riu, um pouco desconfortável, e concordou em encontrar Stu no hostel mais tarde. Mas, antes, ele tinha algumas coisas para fazer.

Depois de empilhar suas roupas na ponta da cama e pentear o cabelo, Tommy saiu às ruas novamente. Dessa vez, caminhou com determinação, segurando um mapa da cidade que havia pegado em um expositor no saguão do hostel. Ele sabia que parecia um turista, e até um observador casual teria notado que sua mão livre ia ao bolso regularmente, como se estivesse verificando se algo ainda estava lá. Esse bolso continha 3.500 dólares menos o custo da passagem de trem, do café da manhã e da hospedagem. Ele ficava preocupado carregando tanto dinheiro por aí, mas achou que ficava mais seguro no bolso do que escondido debaixo do colchão. Stu é que não ficaria de olho; ele havia caído no sono assim que Tommy saiu do hostel, tendo declarado sua intenção de passar o dia dormindo para curar a ressaca das cervejas da noite anterior antes de recomeçar com Tommy naquela noite.

Tommy marcava as placas das ruas em seu mapa à medida que se aproximava cada vez mais de seu destino. Finalmente, ele a viu: rua Hunt. Era mais silenciosa do que as vias principais. Os prédios em si eram mais modestos, com quatro ou cinco andares, e os pisos térreos pareciam, em sua maioria, destinados a restaurantes e cafés, com mesas e cadeiras espalhadas do lado de fora. Havia pouco tráfego, mas as calçadas já estavam lotadas de comensais barulhentos — uma mistura de turistas e funcionários de escritório — espremidos em torno de pequenas mesas.

O cheiro de comida fez o estômago de Tommy roncar, e ele olhou para os pratos com fome. "Mais tarde", disse a si mesmo.

A rua Hunt era longa, e ele andou nove quarteirões, perdendo a esperança à medida que avançava, antes de ver algo promissor. Enquanto a maioria dos outros lugares pelos quais ele havia passado tinha janelas grandes para deixar o sol entrar, esse estabelecimento era construído para a escuridão, com painéis grossos de ambos os lados das portas para impedir a entrada de luz. Tommy tentou olhar lá dentro. Não conseguia ver muito além da entrada — mas, de alguma forma, sabia que era o lugar certo. Ele se endireitou, respirou fundo e entrou, tentando parecer mais confiante do que se sentia. Mas toda a confiança se esvaiu quando tropeçou, vítima da iluminação fraca e do meio degrau que levava ao interior do bar.

— Está bem aí, cara?

De repente, havia um homem ao seu lado, que tinha saído voando de trás do balcão para ajudar Tommy a se levantar.

— Estou, sim — respondeu Tommy.

O homem estendeu a mão mesmo assim, e Tommy a segurou. Reconheceu instantaneamente o barman com seu cabelo castanho espetado, nariz longo e barba bem-feita. Da última vez que Tommy o vira, Dave estava visitando o filho no hospital.

— Tem certeza? — perguntou Dave.

Tommy acenou que sim.

— Só não vi aquele degrau.

— Ele pega uma galera de surpresa. Por isso que eu coloquei a placa.

Dave apontou para a parede. Um pedaço de papel do tamanho de um post-it estava preso ali, escrito em minúsculas letras de forma: CUIDADO COM O DEGRAU.

Tommy riu. Olhou o bar que Josh tinha descrito com tanta clareza, absorvendo os detalhes enquanto seus olhos se ajustavam. Era longo, entocado até o fundo do prédio. Um balcão de madeira corria em frente a uma parede, e o resto do espaço era ocupado por uma fileira de cabines com sofás de couro na parede oposta e mesinhas de madeira espalhadas no meio.

A iluminação era baixa — Tommy tinha aprendido do jeito mais duro —, com abajures antigos nas cabines dando uma cara de *speakeasy*, o tipo de bar secreto que ele tinha visto em filmes. Indo ao encontro da atmosfera de velho mundo, havia um trio de jogos de fliperama nos fundos do bar — duas máquinas de pinball e um Pac-Man vintage, incluindo joystick, todos com luzes piscando e uma música metálica. Mas também tinha um leve aroma de drinques derramados e uísque mediano, o tipo de cheiro que encorajava a pessoa a ficar por ali, porque as coisas podiam ficar bem à vontade.

— Vem, senta por um segundo para ter certeza de que está bem. — Dave levou Tommy a uma banqueta no bar. — Veio encontrar alguém?

— Bem, na verdade — disse Tommy (plenamente consciente de tudo o que dependia daquele momento) —, vim encontrar você, acho.

— Eu? — O pai de Josh pareceu surpreso.

— Você é o gerente, né?

De repente, Tommy se sentiu inseguro.

— Sim, cara, sou eu. Dave. Dave Saunders.

— Tommy Llewellyn.

— Prazer, Tommy Llewellyn — disse Dave. — Agora, como posso ajudar você?

— Eu queria um emprego. Qualquer emprego, sério. Não tenho muita experiência fazendo drinques, mas quero aprender. E não me importo de fazer nada. Lavar copos, passar pano no chão, o que for.

Tommy estava falando rápido; rápido demais, percebeu, para parecer descolado e confiante. Bem, tarde demais.

Dave sorriu. Gostava daquele garoto. Além do mais, jovens sem experiência eram baratos.

— Por que aqui? — perguntou ele. — Tem vários outros lugares nesta rua onde teria bem mais movimento. Você está só indo em todos os negócios com seu currículo?

Tommy negou enfaticamente.

— De jeito nenhum. Só vim aqui. E não tenho currículo. Um amigo me falou desse lugar há alguns anos. Ele queria trabalhar aqui. Acho que nunca esqueci.

Por um momento, Dave pareceu curioso, e Tommy esperou que ele perguntasse quem tinha falado tão bem do bar. Mas, em vez disso, fez uma pergunta diferente.

— Você por acaso já tem dezoito, Tommy?

— Claro que tenho — respondeu Tommy, preocupado de ter exagerado. — Bem, por pouco. Faço hoje, na verdade, sr. Saunders — completou ele respeitosamente.

— Nesse caso, parabéns. Mas não começa com essa parada de "senhor". Eu fico me sentindo velho. Pode me chamar de Dave. — Ele acariciou a barba enquanto pensava. — Vamos fazer assim, Tommy. Que tal voltar amanhã, digamos, cinco da tarde? Sexta é nosso dia mais cheio, e vai ser bom ter um par extra de mãos. Eu testo você pagando metade do valor. Se você for bem, entra na escala.

Tommy sentiu o sorriso se espalhando pelo rosto.

— Mas você não vai ficar atrás do bar — completou Dave. — Vai recolher e lavar copos. Se não tiver problema com isso, nos vemos amanhã.

— Problema nenhum. Está ótimo. Valeu, Dave.

Tommy estava pisando com cuidado para não tropeçar na porta quando ouviu Dave chamar.

— Ei, Tommy. Quem foi?

— Quem foi o quê? — perguntou Tommy.

— Quem foi que falou do The Hole? Que queria trabalhar aqui?

Tommy parou.

— Só um garoto que conheci há uns anos. Não consigo lembrar o nome dele.

Tommy lembrava perfeitamente, mas Josh não lembraria o *dele*. Não, se Tommy tinha qualquer chance de restaurar uma amizade com Josh, então precisava ficar na dele. Por enquanto.

Dave deu de ombros.

— Deixa para lá, então. Tá bom, nos vemos amanhã às cinco. Não atrasa.

Tommy sorriu.

— Não vou decepcionar você — prometeu.

Tommy fez algumas outras paradas no caminho para casa. A primeira foi em uma pequena loja cujo nome estava anunciado com tinta arranhada na vitrine. Lá dentro, as roupas não estavam expostas em prateleiras, mas em grandes caixas de arame com o preço rabiscado em uma placa ao lado. Um senhor idoso com sobrancelhas grossas e volumosas e uma pochete para guardar dinheiro acenou para Tommy quando ele entrou. Tommy escolheu meia dúzia de camisetas — tentando chegar o mais próximo possível da camiseta justa que Dave estava usando no bar — e depois algumas calças para combinar.

Com as economias ainda mais esgotadas, sua segunda parada foi em um supermercado, onde comprou escova e pasta de dente e um aparelho de barbear. Ao fazer isso, ouviu seu estômago gritar em protesto. Cercado por latas de sopa e pacotes de macarrão, Tommy percebeu que se alimentar não era tão simples quanto visitar o refeitório para ver o que havia sido preparado. Ele precisaria de mantimentos e precisaria fazer alguma coisa com eles. Pela primeira vez, Tommy se perguntou se não teria dado um passo maior do que a perna. Havia aprendido sozinho a lixar e pintar uma casa inteira, a consertar móveis e a plantar um jardim, mas a ideia de uma cozinha cheia de ingredientes crus esperando para serem transformados em algo comestível era quase demais. "É bem a minha cara", pensou Tommy — era capaz de encontrar brechas em algo extraordinário como a Reinicialização, só para ser derrotado por coisas cotidianas que a mãe e o pai poderiam ter lhe ensinado.

Quinze minutos depois, Tommy caminhava pela rua carregado de sacolas plásticas de compras. Seus braços estavam queimando, e as alças tinham formado fendas vermelhas profundas em seus dedos quando ele chegou ao Sunrise Backpackers. Carregou as compras até a cozinha e preparou dois sanduíches grandes antes de depositar as sacolas em um canto vazio de uma prateleira. Quase como uma reflexão tardia, amarrou as alças das sacolas em um nó — um impedimento lamentavelmente insuficiente para outros hóspedes.

Tommy voltou para o quarto com seu prato esperando encontrar Stu ou outra pessoa com quem conversar, mas o dormitório estava deserto. Ele se sentou sozinho em seu beliche e comeu, o colchão fino revestido por plástico rangia sob o lençol gasto. Ao olhar em volta para sua nova casa, pensou no quanto sua vida havia mudado em apenas algumas horas, e uma onda de exaustão o invadiu. Sozinho e de estômago cheio, não havia nada que o impedisse de cochilar enquanto o sol da tarde entrava pela pequena janela.

Vozes animadas ecoaram pelo quarto, e Tommy se sentou em um sobressalto, por pouco não batendo a cabeça no beliche acima. O pedaço estreito de céu visível pela janela estava quase completamente escuro, e as luzes do teto — dois tubos fluorescentes, um em cada canto do cômodo — se acenderam quando Stu trouxe um grupo para dentro do dormitório.

— Aniversariante! Você acordou! — gritou Stu. Ele já estava com uma cerveja.

— É, desculpa, não sei se vocês queriam usar o quarto — disse Tommy, tímido.

— Para mim não incomodou em nada, cara. Só achei que você estava recarregando para a noite. — Ele sorriu, e Tommy sentiu um leve cintilar de alarme em relação ao que o aguardava. — Você já conheceu mais alguém?

Tommy fez que não com a cabeça. Olhando atrás de Stu, viu outro cara mais ou menos da mesma idade e duas garotas.

— Este é o Pete. Sim, nós dois somos da Inglaterra, não, não estamos viajando juntos, e sim, ele desaparece quando é a vez dele de pagar uma rodada.

Pete revirou os olhos e mandou Stu se foder.

Stu deu de ombros.

— Só estou falando a verdade, Petey — disse e se virou para as duas garotas atrás. — Esta é a Katerina e esta é a Alex. Ao contrário de mim e Pete, elas *estão* viajando juntas.

Tommy apertou a mão primeiro de Alex, depois de Katerina. Estavam usando roupas quase idênticas — regatinhas e shorts que mostravam as pernas longas e macias —, mas as similaridades terminavam aí. O cabelo castanho-escuro de Alex era cortado curto, e sua pele tinha um tom avermelhado sugerindo que o sol não tinha sido amigo dela recentemente. O cabelo de Katerina era mais claro e estava preso para trás num rabo de cavalo comprido. Ela tinha conseguido um bronzeado dourado e, quando sorriu para Tommy, seus dentes eram de um branco brilhante.

— Oi — disse Tommy, meio tímido. — De onde vocês são?

— Da Alemanha. De Munique — respondeu Katerina. Seu sotaque era pesado, mas ela falava com clareza e confiança. — Foi você que consertou a janela?

Ele confirmou, e ela levantou uma sobrancelha, impressionada.

— É seu primeiro dia e você já salvou a nossa vida — comentou, dramática.

Tommy corou e procurou o que dizer. Qualquer coisa para desviar a atenção de suas bochechas vermelhas.

— Stu, adivinha? Consegui um emprego hoje.

— Então, espera aí. Você conseguiu um emprego, é seu aniversário *e* você abriu a janela. Põe uma roupa. Vamos comemorar. A gente espera você lá fora.

Tommy colocou rapidamente uma camiseta nova, uma de suas compras do cesto de promoções, e olhou seu reflexo. (Era, na verdade, a primeira vez na vida que ele ligava para a aparência de seu cabelo.) Colocou a mão no bolso de novo, distraído. Com a certeza de que o dinheiro estava seguro, Tommy foi se juntar aos novos colegas de quarto.

O chão do bar estava grudento e, se o lugar estivesse silencioso, Tommy conseguiria ouvir seus sapatos se soltando do carpete com um *tssss* a cada passo. Mas o lugar não estava silencioso, com gente se divertindo apertadinha e um baixo contínuo pulsando de alto-falantes escondidos no teto. E Tommy provavelmente não teria notado de qualquer forma — estava bem a caminho de um estado que só havia experimentado uma vez antes, embaixo do escorregador em Upper Reach. Só que ele agora era mais velho, com mais peso corporal para absorver a bebida que escoava por sua corrente sanguínea. Depois de seis ou sete cervejas — além de dois shots de algo que não conseguia pronunciar —, ele estava de bom humor. Chegou a ficar decepcionado quando Pete se debruçou na mesa em que estavam reunidos e sugeriu que era hora de voltar.

— Ah, vai, gente! Ainda é cedo! — gritou Tommy para Pete por cima da música.

— Não, Tommy — respondeu Pete. — Depois de oito noites direto, estou morto. Mas a gente sai amanhã de novo. A noite de sexta sempre é a melhor.

— Eu tomo mais uma com você, Tommy — falou Katerina, piscando para Pete. — Vocês podem voltar, a gente se vê lá já, já.

Ela colocou a boca na orelha de Alex e falou com ela. De início, Alex pareceu confusa, depois deu de ombros e se levantou de seu banquinho. Alex, Pete e Stu abriram caminho pela multidão.

— Fica aqui — disse Katerina. — Vou comprar uma coisa especial de aniversário pra você.

Ela voltou minutos depois com duas taças de um licor amarronzado com uma camada grossa de creme em cima.

— Espresso martíni, é meu favorito — explicou com um sorriso. — Feliz aniversário, Tommy.

Eles bateram as taças. A bebida de Tommy escorreu pela lateral e se acumulou numa poça na mesa.

Tommy perguntou a Katerina sobre a viagem dela e sua vida em seu país. O sotaque dela, combinado com a música alta, tornava as respostas quase indecifráveis, mas ele assentia e sorria enquanto ela falava. Gostava da forma como o cabelo dela se mexia para cima e para baixo no rabo de cavalo enquanto Katerina falava, e ela gesticulava loucamente para argumentar com clareza. Tomava um gole entre cada pergunta, e logo as taças estavam vazias.

— Vem, Tommy, hora de ir embora — decidiu Katerina, e Tommy a seguiu, obediente, para a rua. O silêncio do ar noturno lá fora zumbiu em seus ouvidos; de repente, se sentiu zonzo e se viu correndo pela rua em Upper Reach, cheio de álcool roubado, atravessando a rua e aí — bem, nada depois disso. Só dor.

Mas, conforme caminhavam pela calçada, a memória desapareceu, a cidade estava mais calma à noite, mas com trânsito e pedestres o suficiente para parecer animada. Tommy não conseguia evitar a comparação com as noites na Leiteria, onde o único barulho era a explosão ocasional de uma espingarda quando os proprietários de uma fazenda lá perto caçavam coelhos. Ele quis compartilhar a observação com Katerina, mas, mesmo com suas inibições diminuídas, não queria que ela o visse como um garoto tímido do interior, perdido na cidade grande.

Tommy e Katerina caminhavam lado a lado, de vez em quando parando para deixar outras pessoas passarem.

— Qual é a da Alex? — perguntou Tommy, direto. — Tenho a sensação de que ela não gosta muito de mim.

— Não, não, não é isso. — Katerina riu. — Ela não fala inglês muito bem, então acho que só não sabe o que dizer.

— Bem, o *seu* inglês é perfeito — comentou Tommy.

Katerina estendeu a mão e segurou a dele, e um arrepio subiu pelo braço de Tommy. Eles continuaram pela calçada e, quando chegaram ao hostel, ele abriu a porta para ela.

O quarto deles já estava escuro, e eles conseguiam ouvir a respiração rítmica dos três colegas dormindo a sono solto. Pete roncava baixinho, e Tommy e Katerina seguraram uma risada quando o nariz dele soltou um assovio. Katerina jogou a bolsa na cama perto da porta, mas não parou. Em vez disso, levou Tommy até o beliche dele do outro lado do cômodo.

— Senta, Tommy — ordenou ela, cochichando. — Você está bêbado.

— Você também — respondeu Tommy, mas fez o que ela mandou.

Quando ele se abaixou no colchão, a parte de trás de sua cabeça bateu forte na estrutura da cama de cima.

— Você está bem? — perguntou Katerina, preocupada.

Tommy acenou que sim. Na verdade, sentia-se meio zonzo, mas não tinha certeza se era a batida na cabeça, as bebidas ou o fato de que uma garota bonita estava colocando-o na cama.

Katerina se sentou ao lado dele.

— Tem certeza? — sussurrou ela, com o rosto perto do dele.

Ele assentiu de novo, mudo, e de repente os lábios de Katerina estavam nos dele. Ela o beijou, mordendo sua boca suavemente, e ele pressionou o corpo contra o dela.

"Meu Deus do céu", pensou ele. "O que é para eu fazer agora?"

— Deita — falou ela baixinho, como se estivesse lendo a mente dele.

— Eu volto em um minuto.

Tommy seguiu as instruções docilmente e se deitou no travesseiro enquanto via a silhueta de Katerina indo na ponta dos pés até a porta. Ele fechou os olhos e se viu desejando não ter bebido tanto para poder se lembrar de tudo com mais clareza no dia seguinte.

Katerina estava parada impaciente no corredor lá fora, esperando sua vez no banheiro compartilhado. Enfim, o ocupante — um homem alto e loiro — destrancou a porta e saiu, dando um meio sorriso de desculpas ao passar por Katerina. Ela foi envolvida pelo fedor de ácido estomacal e fez uma careta; Tommy não era a única pessoa do hostel que tinha bebido um pouco demais naquela noite.

Logo ela estava caminhando de volta para o quarto, perguntando-se em que estado estaria Tommy quando ela chegasse. Fechou a porta atrás de si e ouviu com atenção; nenhum barulho exceto o assovio suave do nariz de Pete, então ela passou de fininho pela própria cama e foi até o beliche onde Tommy estava deitado. Sentou-se de volta na beirada do colchão e se abaixou para beijá-lo de novo, esperando uma reação entusiasmada.

Em vez disso, não houve reação nenhuma.

Tommy estava dormindo profundamente.

Tommy olhou a parte inferior do beliche acima dele e se esforçou para lembrar onde estava. Sua língua parecia grossa e seca, e ele tentou engolir sem sucesso, querendo se livrar do gosto de leite azedo na boca. Ficou deitado imóvel, tentando lembrar os acontecimentos da noite anterior. Lembrou-se de Katerina pegando a mão dele enquanto caminhavam de volta e sorriu ao pensar nela o beijando: seu primeiro beijo de verdade. Mas ele não tinha certeza do que acontecera depois disso. Com certeza tinha rolado alguma coisa — o beijo era sem dúvida cheio de promessa —, mas tinha dado branco. Ele teria que perguntar para ela.

Tommy se sentou e bateu a cabeça outra vez. O mesmo impacto na noite anterior mal o incomodara; agora, parecia que tinha girado a alça de um torno que apertava suas têmporas. Fez uma careta.

— Bom dia — disse Stu do beliche em frente. Estava sentado de pernas cruzadas, lendo um livro. Ele deu um sorriso malicioso para Tommy. — O que vocês dois fizeram ontem à noite?

Tommy sorriu com modéstia — em parte porque não sabia a resposta — e olhou o quarto para ver se Katerina ainda estava dormindo. Ela não estava em seu beliche, nem Alex no dela acima. Aliás, as roupas e mochilas das garotas tinham sumido, e as camas também estavam sem lençol — ele via o vinil marrom do colchão.

— Cadê as garotas? — perguntou Tommy a Stu, tentando parecer que não ligava.

— Saíram cedo, umas seis — disse ele.

— Como assim? — perguntou Tommy. — Katerina me disse que elas tinham mais umas semanas aqui. Por que elas foram embora?

Stu deu de ombros.

— Nem ideia, cara. Não me falaram nada, eu só vi as duas indo. Imaginei que deviam ter recebido uma oferta melhor. Talvez uma carona para algum lugar. Acontece. — Tommy deve ter parecido desanimado, porque Stu completou: — Ânimo aí, cara. Ela não partiu seu coração; vocês só se conheciam fazia algumas horas.

— É, acho que sim — concordou Tommy. — Umas boas horas.

— É, a noite foi divertida — disse Stu, fechando o livro. — Como está sua cabeça hoje?

— Já esteve melhor — admitiu Tommy.

— Vai comer uma torrada — aconselhou Stu. — E água. Café, se você beber. Você vai se sentir bem melhor, pode acreditar. Tenho um pouco de experiência. E se troca também. Pelo jeito, você derrubou a bebida ontem.

Tommy baixou os olhos; ainda estava com a roupa que havia usado no bar.

Ele colocou uma camiseta limpa e, enquanto tirava a calça, lembrou-se do maço de dinheiro — precisava transferi-lo para os shorts.

Ele procurou no bolso. Vazio. Tentou o outro, mas não havia nada exceto um porta-copos de papelão rasgado do bar.

Depois de dois minutos de procura frenética, durante os quais ele virou o colchão e olhou todas as roupas que tinha, Tommy chegou à mesma conclusão à que se antecipara no começo. Seu dinheiro — cada dólar — tinha sumido. E ele suspeitava que tivesse ido embora em torno das seis daquela manhã.

11

Tommy esperou o trânsito dar uma brecha e atravessou o cruzamento. Era uma longa caminhada até o The Hole, e ele não poderia se atrasar para seu primeiro dia.

Estava bem de aparência, pensou. Melhor do que se sentia. Definitivamente parecia empregável. Estava usando uma camiseta quase idêntica à que vira em Dave no dia anterior (era mais adequada à idade de Tommy do que à de Dave) e tinha penteado o cabelo e feito a barba. Era a melhor aparência que poderia ter com um nariz torto e a sombra de uma ressaca.

Por fora, Tommy podia parecer calmo, embora um pouco nervoso antes de seu primeiro turno, mas por dentro estava com raiva — não apenas de Katerina, mas de si mesmo. Era ele quem tinha bebido demais. Ele quem pensara que Katerina estava interessada nele, e não apenas no maço de dinheiro do qual ele havia tirado notas quando era sua vez de pagar. E era ele quem fora ingênuo o suficiente para guardar o dinheiro no bolso e perder tudo no primeiro dia de sua vida adulta. Contou à mulher da recepção — Bridget —, que chamou a polícia para Tommy e ele registrou um boletim de ocorrência, mas até ele percebeu o quanto parecia idiota quando acabavam todas as suas desculpas.

— Fui para o bar com 3 mil dólares no bolso, fiquei bêbado, voltei com uma garota e desmaiei.

A policial não tinha sido particularmente compreensiva.

— Tá. Você está em um dormitório coletivo. Não tem tranca na porta. Como você sabe que foi ela que pegou?

— Bem… não tenho certeza. Mas com certeza sumiu.

Tommy suspeitava que o relatório não havia saído do caderno da policial. Especialmente quando ela lhe pediu uma identificação e ele não conseguiu fornecer nada, nem mesmo um cartão de biblioteca. Teria que resolver isso.

Sua dor de cabeça havia passado várias horas antes, afastada por um analgésico de Pete, mas o comprimido não ajudou nada a aliviar seu nervosismo quando ele se aproximou do The Hole. Ao entrar (atento ao degrau), viu que provavelmente já tinha uma dúzia ou mais de clientes lá — a maioria, gente no final do expediente, e pelo menos uma mesa de três pessoas que ele suspeitava terem vindo para tomar um drinque depois do almoço e resolvido ficar.

Dave estava atrás do balcão e acenou com a cabeça quando viu Tommy.

— Você chegou cedo. Bom começo — disse. — Vou mostrar o local pra você, mas tem que ser rápido. O horário de pico já, já começa.

O tour foi realmente breve e consistiu em Dave apontar a área do balcão, com garrafas de destilados alinhadas contra o espelho no fundo do bar, como uma paisagem urbana alcoólica, os jogos de fliperama ("O *Twilight Zone* está dando pau outra vez. Vem um técnico na segunda-feira para consertar, mas os clientes não se importam. Eles esperam que quebre. Faz parte da experiência") e, finalmente, a cozinha. Foi-lhe dito que era ali que passaria a maior parte do tempo.

— A cada quinze minutos, dê uma volta no bar, dos fundos para a frente, e recolha os copos. Cuidado para não deixar cair. Um ou dois não faz mal, acidentes acontecem, mas, se quebrar mais do que isso, você vai pagar. Depois de levar de volta para a cozinha, pode jogar os copos de cerveja, estes sim, na lavadora, mas só ligue quando ela estiver cheia. Tudo o que não for copo de cerveja, ou seja, taças de drinque, pratos, o que for, você lava à mão. Entendeu?

Tommy assentiu com a cabeça.

— Ótimo. Alguma pergunta?

"Sim", pensou Tommy. "Cadê o Josh?"

— Não — respondeu ele.

— Muito bem. Você deve ter visto a Renee limpando as mesas... — Tommy certamente tinha visto Renee, uma mulher loira e bonita de trinta e poucos anos. — Ela também vai servir, e tudo o que ela disser é o que vale. Jamie está cuidando da comida. — Dave apontou para uma jovem asiática do outro lado da cozinha, que acenou para Tommy. — Nós só servimos queijo, azeitonas e coisas assim. Os drinques saem muito a partir das oito, então vai ter outro barman nessa hora. Boa sorte.

Dave voltou correndo para o bar, e Tommy ficou sozinho em frente a uma máquina de lavar louça comercial e duas pias vazias. Respirou fundo e saiu em busca de algo para lavar.

Duas horas depois, as pontas de seus dedos estavam enrugadas por causa da água com sabão e suas pernas doíam de tanto ficar parado no mesmo lugar. Mas Tommy estava se divertindo. Ele gostava especialmente de saber que estava ganhando dinheiro aos poucos; havia um buraco em seu bolso que precisava preencher. Ele e Jamie haviam se falado poucas vezes, com a jovem simpática mandando prato após prato de lanches, mas ela parecia legal e não pressionou Tommy para obter mais informações sobre sua origem. (Na verdade, ela já estava satisfeita por Tommy não ter tentado dar em cima dela. O último lavador só tinha esperado meia hora antes de perguntar se ela tinha uma regra de não transar com colegas. Ela havia reclamado com Dave, mas ele apenas sorrira, dizendo que ela deveria se sentir lisonjeada.)

Tommy se inclinou na frente de um cliente para pegar copos de uma mesa, acrescentando-os à pilha em sua mão. Não se importava de ficar na cozinha, mas já preferia o salão principal. Lá, podia ver os clientes, até rir com eles, e ouvi-los falar de trabalho, dinheiro, sexo e todo tipo de coisa que nunca havia encontrado em Upper Reach.

Ele estava deslocando levemente o peso dos copos, uma torre precária serpenteando da mão esquerda até o ombro, quando uma gargalhada explodiu na mesa atrás dele. Assustado, Tommy se virou e viu os dois primeiros copos deslizarem da pilha. Eles voaram em um arco perfeito e se espatifaram, um após o outro, no chão de concreto polido, o barulho cortando o zumbido do bar como um tiro. Houve um momento de silêncio e, em seguida, as conversas por toda a sala escura foram retomadas de onde haviam parado. Tommy carregou o resto dos copos até o balcão, onde Dave lhe passou uma vassoura.

— É o seu limite, cara — disse ele.

Tommy sentiu seu rosto queimar até a ponta das orelhas. Agachado ao lado dos copos quebrados, examinou os danos — cacos espalhados por todos os lados como estilhaços de uma explosão. Tommy começou a varrer, o leve tilintar do vidro quebrado quase inaudível em meio à conversa. Ele estava secretamente aliviado por estar agachado — pelo menos ninguém poderia vê-lo ali. Mas aí um par de sapatos apareceu ao seu lado.

— Você deve ser o funcionário novo — disse uma voz. — Não liga para o Dave. Isso acontece com todos nós.

Tommy olhou para cima e viu uma versão mais jovem e barbeada do gerente do bar em pé acima dele.

"Josh."

Tommy se levantou e apertou a mão de Josh com entusiasmo demais, da forma como velhos amigos se cumprimentariam.

Josh pareceu achar engraçado.

— Qual é o seu nome, funcionário novo? — perguntou.

— Tommy.

Tommy lembrou a si mesmo que, até onde Josh sabia, estava conhecendo Tommy pela primeira vez. O encontro deles no hospital tinha ocorrido duas Reinicializações atrás; ele não era nem mesmo uma lembrança distante para Josh. Era um estranho.

— Prazer, Tommy. Josh. E, sim, antes que você pergunte, Dave é meu pai. Nepotismo em sua melhor forma.

Josh sorriu.

Tommy olhou atentamente para o amigo. O tom amarelo doentio havia desaparecido, substituído por uma aparência normal e saudável.

— É melhor você varrer isso antes que alguém pise — falou Josh, apontando para a pilha de vidro quebrado. — Se você fizer a gente ser processado no seu primeiro dia, aí *sim* ele vai surtar.

Tommy se agachou de novo, mas não estava concentrado na bagunça. "Me procura", Josh havia dito. Bem, Tommy o havia encontrado e agora eles estavam trabalhando juntos no mesmo lugar sobre o qual haviam conversado tantas vezes no hospital. É claro que Josh não sabia de fato quem ele era naquele momento, mas, para Tommy, isso era um detalhe sem importância. Ele suspeitava que algumas pessoas eram destinadas a serem amigas.

Tommy também trabalhou na noite seguinte e, na outra semana, seus turnos aumentaram para três. Trinta dias se passaram e Dave o colocou em tempo integral, em grande parte devido ao fato de que a contagem de copos quebrados de Tommy havia parado em dois.

— Ele é rápido, cuidadoso e simpático com os clientes — disse Dave ao filho enquanto limpavam o bar na hora de fechar. — Por mim, ele pode fazer todos os turnos que quiser.

— Ele poderia até substituir a Renee, né? — respondeu Josh, dando uma cotovelada nas costelas do pai.

O relacionamento entre Dave e a garçonete loira era o segredo mais mal guardado da rua. Josh não ligava, exceto quando pegava Dave observando Renee se debruçar para limpar uma mesa. "Nenhum filho deveria ter que ver o pai comendo uma mulher com os olhos daquele jeito em público", pensou ele. Ainda assim, pelo menos isso significava que ele estava concentrando sua atenção em uma pessoa só, em vez de dar em cima de todas as garotas que entravam ali. Josh só queria que o pai tivesse se concentrado assim na sua mãe.

— Anda logo e limpa as banquetas para podermos fechar. Você pode ser da família, mas mesmo assim eu posso te demitir — ameaçou Dave enquanto contava as notas, colocando o dinheiro em envelopes. — E vou ficar com isto também.

— Pai, por favor! Não estamos nos anos 1980. Você pode pagar direto nas nossas contas.

Dave decidiu que Josh estava começando a parecer Renee, que insistia que receber dinheiro em um envelope do homem com quem ela estava saindo a fazia se sentir suja. Mas era assim que ele sempre fizera. Além disso, não contabilizava oficialmente parte dos salários, o que deixava os proprietários felizes e, por sua vez, mantinha Dave — e os outros — empregados.

Os últimos clientes haviam saído dez minutos antes — um grupo de mais ou menos seis beberrões, que tinham celebrado tanto, que esqueceram o que estavam celebrando.

— Estamos de pé para amanhã, cara? — Josh perguntou quando Tommy saiu da cozinha.

— Sim, com certeza — respondeu Tommy. Os dois iriam se encontrar para beber no dia de folga. A sugestão havia sido de Josh, e Tommy comemorou em silêncio.

Com o salário da semana guardado no bolso, Tommy voltou para o hostel, onde o cheiro de viajantes sujos não o incomodava mais e ele era apenas mais um da turma. A semana que se seguiu ao início de suas atividades no The Hole havia sido uma semana de fome para ele, preso entre o roubo de suas economias e seu primeiro salário. No quarto dia, havia esgotado seus suprimentos na cozinha do hostel e, nos dois seguintes, perdera alguns quilos por pura fome. Stu o ajudara, compartilhando um pouco de comida, e os dois se tornaram bons amigos. Mas, por fim, Stu também arrumou suas coisas e partiu, quando conseguiu uma passagem com desconto e um assento na janela de um ônibus da Greyhound rumo ao norte. "Pelo menos ele não foi embora sem se despedir", pensou Tommy, "e não levou nada que não fosse dele."

Depois de receber o primeiro envelope de Dave, Tommy se sentou com um pedaço de papel e um lápis que pegara no bar. Ele poderia comprar um pão por um dólar e meio na padaria a dois quarteirões dali, o que daria para dois dias. A cozinha do hostel tinha pacotinhos de biscoitos — tão secos, que Tommy quase podia senti-los sugando a umidade de sua língua —, além de saquinhos de chá e sachês de café instantâneo amargo. Era um estilo de vida pior que o de um miserável, mas ele precisava economizar um pouco. Não tinha vindo para a cidade para ficar morando em um hostel. Para Tommy, aquilo era um meio para atingir um fim.

Ele tinha planos.

Já havia descoberto uma, depois duas brechas na Reinicialização, e encontrado Josh. Agora só precisava rastrear Carey e encontrar uma maneira de ser lembrado.

Tranquilo.

12

O Sunrise Backpackers tinha mais do que algumas semelhanças com a Leiteria. Tommy tinha que compartilhar um banheiro, por exemplo, e todos jantavam juntos em mesas compridas. Havia também uma sala de convivência, que abrigava alguns sofás macios e surrados (embora esses sofás tivessem um cheiro muito pior do que os da Leiteria, e Tommy preferia não pensar no motivo), além de um pequeno aparelho de tv que raramente era ligado. O cômodo também tinha uma fileira de poltronas azuis revestidas de vinil alinhadas contra uma parede, e, apesar de serem extremamente desconfortáveis, Tommy percebeu que, na maior parte do tempo, havia um punhado de hóspedes do hostel descansando nelas.

    Era estranho ser o único local em uma mistura internacional. A sala era uma combinação confusa de conversas em inglês com sotaque ou em italiano, alemão, francês ou sei lá mais o quê. Com exceção dos sofás, a nuvem de mau cheiro que se instalava nos dormitórios era menos intensa ali, graças às janelas maiores e ao fato de que não era permitido dormir na sala de convivência. Era, de longe, o cômodo favorito de Tommy no prédio. Ele conheceu alguns viajantes incríveis — um deles dizia ser golfista profissional expulso do circuito europeu por trapacear. Tommy presumiu que ele estava exagerando, mas um sussurro de vergonha na voz do homem sugeriu o contrário. Mas não era por isso que ele gostava da sala.

Não, Tommy era atraído para a sala de convivência do Sunrise Backpackers por causa dos dois computadores, um par de Hewlett-Packards robustos. Na parede acima deles havia uma placa detalhando o sistema de reservas e o custo (um e cinquenta por hora). Ele havia rabiscado seu nome na folha de reserva ao lado de uma vaga para as onze horas da manhã. Poderia dormir até tarde depois do turno da noite e — talvez o mais importante — teria um pouco de privacidade. Se não estivessem dormindo de ressaca, os demais hóspedes do hostel geralmente aproveitavam o menor vislumbre de sol para ir à praia, voltando ao final do dia com um brilho rosado na pele não acostumada.

Às onze em ponto, Tommy sentou-se de frente para a tela. Na noite anterior, ele havia se deitado na cama e imaginado como aquilo iria funcionar. Ele se imaginou pesquisando sua — o quê? Doença? Maldição? — e encontrando um especialista em algum lugar, com um doutorado no tipo de coisa bizarra que Tommy havia herdado ao nascer. Sonhava com um telefonema de longa distância com um acadêmico que estava encantado por encontrar outro caso para apoiar sua pesquisa e que poderia explicar por que, como e o que fazer para impedir isso. Mas era só um sonho. A realidade era uma tela em branco de um computador.

Tommy abriu um mecanismo de busca. Seus dedos pairaram sobre o teclado, sem saber o que digitar. Ele sempre havia considerado aquilo sua Reinicialização, mas era apenas um apelido para algo que ele não conseguia explicar. Supunha que muitas outras pessoas haviam se sentado àquela mesma máquina e pesquisado sintomas que também não conseguiam explicar. Mas a maioria deles provavelmente poderia ser atribuída a uma combinação de bebida, drogas e sexo.

"Aposto que ninguém pesquisou isto antes", pensou Tommy e digitou: "Por que as pessoas ficam se esquecendo de mim?"

O computador zumbia à medida que a conexão com a internet começava a trabalhar. Finalmente, percorreu os resultados da pesquisa, com o coração apertado enquanto lia. Todas as páginas prometiam ajuda, mas nenhuma oferecia o que ele precisava: PRIMEIRAS IMPRESSÕES CONTAM; COMO SE TORNAR MAIS INTERESSANTE OU ARGUMENTOS DE VENDA PARA SE DESTACAR

NA MULTIDÃO. Tinha até um site de relacionamentos que *garantia* encontros memoráveis.

Ele balançou a cabeça e digitou: "Perda de memória todo ano".

Os resultados da pesquisa voltaram mais rápido, como se sua primeira tentativa tivesse preparado a conexão. Ao ler a página, Tommy soube que estava no caminho errado. Ele tinha certeza de que não sofria de demência ou Alzheimer, embora agora conhecesse os sintomas a serem observados. Ele tentou mais uma vez, com a frustração aumentando à medida que digitava. O primeiro resultado foi um site de jogos on-line com um jogo da memória, e ele saiu do navegador, abandonando a sala de convivência após apenas doze minutos de sua reserva de uma hora. Tommy sabia que estava perdendo seu tempo. O que ele estava procurando simplesmente não estava lá. Não tinha dificuldades para se destacar na multidão ou para se lembrar de onde trabalhava. Não, seu problema era que, uma vez por ano, o mundo inteiro se esquecia de quem ele era. E é claro que os sites de medicina para leigos e de autoajuda não resolveriam o problema.

Ele tinha mais uma ideia, mas primeiro havia um pequeno obstáculo a ser superado.

Nas quartas à noite, o bar fechava às dez, a não ser que houvesse um grupo grande querendo continuar. Dave descrevia essa como uma escolha óbvia. Se uma turminha de executivos pedisse para ver a carta de uísque, ninguém da equipe iria embora até eles terem provado tudo o que o The Hole tinha para oferecer.

— Continua servindo até o Amex aparecer — Dave disse uma vez à sua equipe, e umas três horas depois uma mão trêmula estava assinando uma conta de quase 1.500 paus de uísques escoceses e japoneses.

Mas isso acontecera havia alguns anos, bem antes de Tommy, e naquela quarta-feira em particular não havia um grupo assim. Só duas mesas estavam ocupadas — um casal jovem num encontro, tomando martínis (os dois odiavam o gosto, mas não queriam admitir), e três amigos que tinham tomado três gins-tônicas e comido duas tigelinhas de azeitonas, ficando sem assunto depois da primeira rodada. Em noites tranquilas assim, Tommy era promovido e podia servir — um nome chique para passar pano nas mesas —, enquanto Josh assumia os deveres principais de barman do pai, que, de todo modo, se considerava mais um supervisor.

— Ei, Josh — disse Tommy, com a voz suave e em tom de conspiração. — Pode me ajudar com uma coisa?

— Claro, cara. O que foi?

— Preciso arrumar uma identidade.

— Como assim, falsa? — Josh olhou com curiosidade para Tommy. — Você já não tem dezoito anos?

— Tenho, sim, mas não tenho nenhuma prova disso. Longa história.

Josh não estava muito surpreso. Tommy lhe contara que vinha de um lar de acolhimento e não conhecia os pais.

— Não tenho certidão de nascimento, nem carteira de motorista, nem nada. Não tenho nem conta bancária — explicou Tommy.

— Quem não tem conta bancária? — perguntou Josh, incrédulo. — Eu tenho desde os cinco anos. A gente precisou abrir uma no jardim da infância.

— Sério. Nunca tive. — Era uma meia-verdade: tinham aberto uma para ele no ensino fundamental, igual a Josh. Mas, ao contrário dele, a conta de Tommy havia desaparecido no universo. — Só preciso de alguém que possa me fornecer uma carteira de motorista ou um passaporte, algo assim. Não é ilegal de verdade se eu tiver mais de dezoito, é?

— Você não pode tirar uma oficial? Com certeza eles vivem recebendo pedidos de gente que não tem certidão de nascimento, crianças de rua e coisas assim.

— Já tentei. Não consigo.

Ele precisava de alguém que o conhecesse havia uma década para atestar sua identidade. Também podia apresentar uma carta assinada de sua escola, mas, considerando que havia deixado de existir aos olhos da sra. Lewis e de todo mundo em Mortlake High, era um beco sem saída.

— Então, para que você precisa disso? — perguntou Josh. — Com certeza não é para entrar em lugares que nem este. Eu não pediria sua identidade se estivesse na porta.

Ele olhou para Tommy, avaliando-o, e decidiu que daria uns vinte e poucos anos para ele. Algo no cabelo cor de areia e no nariz torto o fazia parecer mais velho. Ele devia ter sido popular no ensino médio, pensou Josh — todo mundo precisa de alguém que pareça mais velho para comprar cerveja e cigarro.

— Bem, não ri. — Tommy hesitou. — Quero tirar uns livros na biblioteca e não posso fazer isso sem identidade.

Josh riu, sim. Agarrou a barriga e jogou a cabeça para trás, gargalhando. Era a mesma risada que Tommy o ouvira sufocar com um travesseiro em sua cama de hospital.

— Sério? — perguntou Josh depois de recuperar o fôlego.

Tommy assentiu com a cabeça enquanto Dave vinha da cozinha, atraído pela comoção.

— O que está rolando? — quis saber Dave. — Vocês não são pagos para bater papo. Tommy, vai substituir Jamie se tiver terminado aqui. Ela pode ir embora mais cedo; é mais cara que você.

Tommy se virou na direção da cozinha, e Dave desapareceu no estoque dos fundos.

— Tommy? — disse Josh em voz baixa.

Tommy se virou.

— Eu conheço alguém que pode ajudar. Mas vai custar caro. Duzentos. Tudo bem?

Ele assentiu.

— Beleza. Traz amanhã, tá? E uma foto três por quatro.

— Valeu, Josh — sussurrou Tommy.

Ele chegou na tarde seguinte com quatro notas de cinquenta dólares dobradas em seu bolso, junto com duas fotos três por quatro. Pagou pelas fotos numa loja de câmeras e tentou não pensar em como a coisa toda estava ficando cara. Tommy ficou pairando perto do balcão, esperando uma chance de passar o dinheiro e as fotos para Josh, mas a oportunidade não apareceu: Dave estava por ali, era noite dos estudantes e o The Hole estava lotado. Ninguém bebia mais do que universitários comprando dois por um.

Nessas noites, Tommy preferia estar no salão perto de pessoas da sua idade e não conseguia deixar de pensar que, se as circunstâncias tivessem sido diferentes, ele talvez fosse uma delas, morando numa república estudantil em vez de num albergue e saindo para tomar drinques baratos no The Hole em vez de passando um pano nos drinques baratos que eram derrubados. Havia também uma pequena parte dele que se perguntava o que faria se visse Carey Price na multidão, só mais uma das muitas garotas bonitas de vestido curto com cabelo alisado, arrumadas para sair.

Ele ficou procurando, mas nada de Carey Price.

Perto da meia-noite, quando os últimos estudantes foram embora em busca de uma pista de dança, Tommy finalmente conseguiu dar a Josh o dinheiro e as fotos. Josh colocou o dinheiro no bolso, mas parou para rir das fotos.

— Que foi? — perguntou Tommy.

— Você parece que está puto! — respondeu Josh. — Perfeito para uma identidade. — Ele disse a Tommy que passaria para o amigo e, com um pouco de sorte, teriam uma carteira de motorista com o nome de Tommy em uma semana. — E ele vai colocar uma data de validade bem longa, tá. Deve dar pelo menos para os próximos cinco anos. Só me faz um favor e não usa para dirigir de verdade.

A semana passou devagar para Tommy; a cada noite, ele olhava com esperança para Josh, e a cada noite Josh sacudia a cabeça.

— Nunca vi alguém tão impaciente para ir à biblioteca — disse ele a Tommy. — O que deixou você tão agitado? Uma bibliotecária? — Ele deu uma piscadela.

Tommy balançou a cabeça.

— Nada — disse. — Só quero fazer umas pesquisas.

Ele torceu para Josh deixar por isso mesmo.

Josh não deixou.

— Pesquisa? Sobre o quê?

Se, naquele momento, tivessem lhe perguntado sobre o futuro — que acabou sendo bem mais significativo do que Tommy e Josh percebiam na hora —, Tommy talvez se perguntasse se havia algo maior guiando sua resposta. Talvez o legado de um homem chamado Leonard Palmer (o pai que era capaz de lembrar grandes somas e o cronograma do ônibus metropolitano, mas esqueceu o próprio filho). Ou talvez Tommy estivesse pensando sob pressão, unindo os pontos: da conversa nas camas do hospital sobre abrir o próprio bar à pilha de dinheiro que ele estava tentando juntar exatamente para isso. Talvez tenha visto a oportunidade de plantar uma semente e aproveitado.

Ou talvez ele só tenha dito a primeira coisa que lhe passou na cabeça.

— Nada de mais, na real — falou, enfim. — Só umas coisas de negócios.

Josh pareceu pensativo.

— Eu não sabia que você curtia negócios — respondeu ele. — Como que a gente nunca falou disso antes?

"A gente falou — no hospital. E eu encontrei você, e aqui estamos", Tommy queria dizer. Mas, em vez disso, deu de ombros.

— Posso um dia trocar umas ideias com você? — perguntou Josh. — Eu tenho planos, sabe. Seria bom uma opinião de alguém que vive com a cara enfiada nos livros.

Tommy não tinha certeza se Josh estava zoando com a cara dele. Olhou o amigo; não havia sinal de sorriso no rosto de Josh.

— Lógico — disse Tommy.

"Meu Deus", pensou ele. "Como raios isso aconteceu?"

Quase como se fosse predestinado.

Na noite seguinte, Josh chegou de fininho atrás de Tommy, que estava com o braço enfiado até o cotovelo na pia enorme, e colocou algo no bolso dele.

— Está bacana — sussurrou Josh —, mas só olha quando chegar em casa.

Então, foi só quando estava se aproximando da porta do Sunrise Backpackers que Tommy deu uma olhada no que era sua primeiríssima identidade oficial (sem contar uma certidão de nascimento que seus pais tinham recebido no seu primeiro ano da vida e que desaparecera quando o apartamento minúsculo fora limpo da existência do menino). Longe do pedaço de papelão que ele temia que fosse ser, parecia legítimo — quando segurou à luz de um poste, conseguiu ver até marcas d'água que talvez convencessem um olhar conhecedor.

Josh nunca revelaria que seu fornecedor na verdade passava os dias emitindo carteiras de motorista legítimas a jovens que haviam passado na prova de direção. Ele nunca revelaria que esse humilde servidor público complementava seu salário de 40 mil dólares por ano num emprego administrativo com um favor ocasional pago em dinheiro vivo. E ele certamente nunca revelaria que na verdade esse amigo era primeiro amigo do pai dele e ajudava Dave havia anos — tanto tempo, aliás, que a Harley-Davidson em sua garagem havia sido paga em dinheiro, cortesia do gerente do The Hole. Então, quando Tommy olhou a carteira de motorista sob a luz branca estéril do poste de rua e viu marcas d'água falsas que talvez enganassem um olhar crítico, estava vendo na verdade marcas d'água genuínas que convenceriam os policiais num piscar de olhos. Tommy não tinha gastado dinheiro à toa.

Tommy Llewellyn: um. Universo: zero.

Tommy supunha que Josh tinha razão de rir dele por comprar uma identidade para tirar livros na biblioteca. A maioria dos jovens usaria para entrar em bares e boates, ou até para sair do país — em vez disso, Tommy estava parado em frente à biblioteca municipal. Com seus monstruosos blocos de arenito e enormes janelas em arco, devia ter sido impressionante um século e meio atrás. Mas agora, cercada por torres que se erguiam no céu, parecia tristemente deslocada, como um velho num canto de uma boate.

O interior lembrava uma biblioteca de filme — paredes de livros, mesas com abajures e um pequeno batalhão de bibliotecárias que pareciam capazes de mandar a própria mãe falar mais baixo se respirasse alto demais. A única coisa que faltava eram as escadas altas de rodinhas apoiadas nas estantes. Tommy imaginou que talvez fosse uma licença poética dos produtores de Hollywood — a biblioteca de sua escola em Mortlake também não tinha, nem a biblioteca municipal de Upper Reach, então, contando o prédio em que ele estava no momento, era zero de três.

No terceiro andar, ele se viu em frente a uma fileira de textos médicos e livros de referência. O primeiro estava coberto com uma fina camada de poeira, e ele espirrou. Empoeirado ou não, o livro não ajudou nada, e foi igual com a meia dúzia seguinte. Logo, Tommy sentiu o mesmo desespero sorrateiro que experimentara sentado na frente do computador na sala de convivência do Sunrise Backpackers. Consultou a lista de opções que tinha imprimido do catálogo da biblioteca. Só faltava um título — um volume pesado na prateleira bem à sua frente. Ele puxou, abriu no sumário e começou a ler.

Duas horas depois, Tommy levantou os olhos sobressaltado. Se não fosse embora imediatamente, iria se atrasar para o trabalho. Pegou o livro e estava correndo para a mesa de empréstimos perto da porta principal quando se lembrou de Josh.

"Merda." Tommy voltou à seção de não ficção e pegou o primeiro livro que viu sobre negócios, uma introdução aos conceitos do marketing. Teria que servir.

Quando entregou sua nova identidade à atendente e pediu para ela fazer sua inscrição, foi tomado por um sentimento desconhecido. Ali estava uma bibliotecária — coque apertado, óculos e batidas quase impossivelmente silenciosas no teclado do computador, saída direto de um filme, mesmo que não tivessem aquelas escadas para alcançar as prateleiras de cima — digitando as informações de sua identidade com cara de oficial. Seu arquivo no computador desapareceria de novo em alguns meses, mas era bom saber que, pelo menos por agora, ele existia de verdade.

Tommy agradeceu à bibliotecária (que quebrou o estereótipo dando-lhe um sorriso amigável, quase de paquera) e saiu galopando porta afora com os dois livros embaixo do braço.

Uma jovem que compartilhava o dormitório no hostel observou curiosa enquanto Tommy jogava os livros na cama, vestia-se para o trabalho e desaparecia de novo antes mesmo de ela conseguir dar oi. Correndo para o The Hole, a mente dele estava acelerada. Ficou completamente absorto no livro e, mesmo agora, à luz forte do sol da tarde, estava arrepiado pelo que descobrira.

No início, Tommy sentiu uma adrenalina ao ler sobre como um homem morto podia ser condenado e ter todos os rastros de sua vida removidos. Tudo bem que isso acontecia por ordem dos antigos imperadores romanos quando alguém os irritava; a ideia de que qualquer menção a uma pessoa pudesse ser apagada dos livros de história era o mais perto que ele já chegara

Como ser lembrado 161

de descrever sua própria situação. Mas, conforme continuava lendo, não conseguia fazer a peça do quebra-cabeça se encaixar direito. Duvidava que seu legado tivesse sido condenado — para começo de conversa, ele não estava morto ainda e, além do mais, o pior crime que já cometera foi roubar uma garrafa de uísque da loja *drive-thru* de bebidas em Upper Reach e ficar bêbado embaixo de um escorregador escaldante. Não era bem o tipo de coisa que faria alguém ser apagado da história.

E, fora isso, havia acontecido com ele todo ano desde criança. Que pecados horríveis poderia ter cometido como recém-nascido que levariam a esse tipo de vingança? Não importava como girasse a peça do quebra-cabeça em sua mente, ela não encaixava.

Esperando impacientemente um sinal se abrir na rua Hunt, ele decidiu que deveria ser outra coisa. E, quando chegou ao The Hole (dois minutos adiantado, tá?), Tommy havia concluído que a resposta ao seu dilema não estava no livro que ele pegara da biblioteca municipal e deixara no dormitório do hostel.

Esguichou detergente na pia e ficou olhando enquanto as bolhas cresciam na superfície da água fervente e rodopiante. Furou-as com o dedo, olhando-as estourarem, e lhe ocorreu que talvez não existisse resposta alguma. Embora algo no capítulo que ele havia lido ainda o incomodasse: a parte que realmente o deixara arrepiado. Parecia tão injusto. A vítima morta não tinha como retaliar, preservar seu legado. Mas, pensou Tommy ao fechar as torneiras, era aí que ele tinha uma vantagem.

Todo ano, em 5 de janeiro, as memórias sobre ele desapareciam.

Sabia como iria acontecer, sabia quando iria acontecer e sabia que continuaria vivo depois. Podia não saber *por quê*, mas talvez não precisasse.

Ele já tinha achado algumas brechas. Poderia achar outra.

Tommy Llewellyn, lavador de pratos, seria lembrado.

13

O LIVRO PESADO SOBRE MEMÓRIA que Tommy havia levado da biblioteca municipal continuou na ponta da cama por duas semanas, sem que ele abrisse e sem chamar a atenção de ladrões de livros. Em vez disso, começou a ler o outro livro que tinha pegado a caminho da saída para um curso intensivo sobre os princípios dos negócios. No capítulo quatro, estava totalmente envolvido. No fim de quinze dias, devolveu os dois livros à biblioteca — um sem nem abrir e o outro lido do começo ao fim. Duas vezes. Pegou mais quatro emprestados.

Tommy Llewellyn já morava no hostel Sunrise Backpackers havia quase dez meses e tinha ganhado a reputação de ser duas coisas: o inquilino mais antigo e o mais sem graça. Enquanto os outros riam, conversavam e se pegavam em churrascos feitos para as pessoas se conhecerem (linguiças e vinho de barril à vontade por apenas cinco dólares por pessoa), Tommy ficava no sofá da sala de convivência (o aroma peculiar das almofadas não o incomodava mais) ou deitado em sua cama, lendo. Quanto mais ele lia, mais se sentia atraído por um mundo de vendas e publicidade, de longas horas e trabalho árduo, de equipes e planilhas. (Caso se lembrasse do filho, Leo Palmer teria ficado muito orgulhoso.) Os livros estavam repletos de exemplos de pequenas empresas que se transformaram em impérios.

Tommy estava trabalhando cinco noites por semana no The Hole. O bar fechava aos domingos e às segundas-feiras, dando a todos os funcionários um fim de semana prolongado, e, nessas noites, Tommy — que agora estava acostumado a ir para a cama nas primeiras horas da madrugada — ficava acordado, com o nariz enfiado em um livro, estudando como um aluno que se prepara para uma prova no dia seguinte. De fato, nas manhãs de terça-feira, Tommy sentia que havia absorvido tanta informação, que poderia passar em qualquer teste que lhe fosse apresentado. Por sorte, então, foi em uma terça-feira, cerca de seis semanas após a primeira visita de Tommy à biblioteca, que Josh marcou de os dois almoçarem.

— Como foi seu fim de semana? — Josh perguntou enquanto eles se sentavam em uma mesa do lado de fora de uma cafeteria a uma quadra do The Hole.

Algumas outras mesas estavam ocupadas; a mais próxima era a de um homem sentado sozinho com uma bituca pendurada no canto da boca. Ele a usou para acender outro cigarro, inalando profundamente antes de deixar a fumaça passar suavemente sobre Tommy e Josh.

— Tranquilo — respondeu Tommy, com o rosto contraído pelo cheiro. — Passei a maior parte do tempo lendo.

— Meu Deus, como você é chato — disse Josh, rindo. — Por que diabos eles ainda não expulsaram você? É ruim para a *vibe* do lugar, sabe como é.

Tommy balançou a cabeça.

— Pensei que já teriam expulsado. — Uma das muitas placas no check-in avisava sobre o limite de três meses de permanência, embora Tommy achasse que era apenas decorativa, assim como a placa sobre as câmeras de segurança. — Mas eu continuo pagando e eles não falam nada. Dinheiro é dinheiro, né. Além disso, não causo muitos problemas.

Ele se lembrou de sua primeira noite e de seu encontro com uma mochileira alemã chamada Katerina. Sempre havia uma exceção à regra.

— Mas, falando sério, o que você está fazendo lá? É só porque é barato? Ou é porque você quer ser o primeiro a encontrar as recém-chegadas que estão procurando alguém para mostrar a cidade para elas? — Josh fez uma voz grave: — "Eu trabalho em um bar, posso arranjar bebidas baratas para vocês". Porra, elas iriam se jogar em cima de você. Até descobrirem que a única coisa que você faz é lavar copos.

Tommy riu.

— Eu não — disse ele. — Cometi esse erro na minha primeira noite. Me custou muito dinheiro. Além disso, tem uma garota...

Ele parou, considerando por um momento contar a Josh sobre Carey, mas descartou a ideia na mesma hora. Viriam perguntas demais. Além do mais, ele pareceria meio bizarro.

— Deixa para lá. E você? Tem alguém?

Josh negou com a cabeça.

— Nada sério. É meio difícil ter uma namorada de verdade trabalhando nesses turnos.

Tommy se perguntou o que seria uma namorada *de verdade* na cabeça de Josh. Ele se lembrou da conversa que tiveram no hospital e da pequena lista de coisas que Josh queria fazer antes de morrer.

— Veja bem, muitas oportunidades — acrescentou Josh. — Você não faz ideia de quantas vezes as garotas perguntaram a que horas eu termino o expediente.

— E, mesmo assim, você não tira proveito disso. Que cavalheiro — provocou Tommy.

— Está brincando? Claro que tiro. Mas não quando estou no trabalho; se meu pai me pegasse com uma cliente, me demitiria com certeza. É um pouco hipócrita, considerando metade das merdas que ele já fez. — Josh suspirou. — Dito isso, ele provavelmente vai me mandar embora de qualquer jeito. Tenho a impressão de que meu pai já está de saco cheio de ter o filho por perto. Principalmente quando eu tenho ideias, sabe?

Tommy se debruçou à frente, desesperado por detalhes, mas teve que esperar, porque uma jovem garçonete surgiu com um bloco de notas para anotar o pedido.

Quando ela saiu, Tommy foi direto ao assunto.

— Continua — ele pediu. — Você disse que tinha ideias. Desembucha.

Josh sorriu. Gostava de deixar Tommy agitado. Às vezes, ele era calmo demais.

— Então. Você sabe que eu adoro trabalhar no bar, certo? — Tommy assentiu com a cabeça. — A escola foi meio ruim. Passei muito tempo no hospital, já contei pra você? Meu fígado era ruim. É por isso que quase não bebo. Enfim, a ideia de trabalhar no The Hole me ajudou a superar a situação. Tem alguma coisa ali, sabe? As máquinas de pinball, não sei. O cheiro do lugar, o quanto é escuro. Acho que tem a ver com o fato de que todos que estão lá *querem* mesmo estar lá. Não é que nem trabalhar em um supermercado ou algo assim. Ninguém *quer* vender mantimentos, e a pessoa que compra papel higiênico, bananas e outras coisas também não quer estar lá. No bar é diferente. As pessoas só vão porque querem estar lá e se divertir. É bom para a alma, eu acho.

Foi excepcionalmente profundo para Josh. Tommy ficou encantado.

— Tenho observado como meu pai faz as coisas. Ele é bom atrás do balcão. Tipo, muito bom. Se você disser o nome de um drinque, ele consegue preparar. De memória, sem instruções nem nada. Mas, enfim, ele me disse que, quando eu saísse do hospital, iria me mostrar o que faz e, pela primeira vez, realmente fez o que prometeu: me ensinou a preparar drinques e me deixou praticar com os clientes. Eu ainda era menor, então, era ilegal, mas ele fez mesmo assim. Provavelmente foi a primeira coisa decente que fez desde que me comprou uma bicicleta e me ensinou a andar. Sim. Quando eu tinha seis anos. Há muito tempo.

Ele fez uma pausa, como se estivesse com dificuldade de saber se deveria continuar.

— Mas vou dizer uma coisa: ele é péssimo em administrar o negócio.

Tommy levantou as sobrancelhas, um pouco surpreso com a avaliação franca.

—Ah, vai, Tommy, não faz isso — disse Josh. — Sem julgamentos, tá? Não é desleal dizer que o bar poderia estar melhor. Pensa em uma sexta-feira à noite. O quanto você diria que é movimentado?

Tommy imaginou suas corridas regulares até o salão para pegar os copos em meio à multidão que ia lá após o trabalho.

— Lotado. Provavelmente só sobram algumas banquetas no bar e uma, talvez duas mesas disponíveis. As pequenas.

— Pois é, isso não é lotado — disse Josh. — Lotado é quando só dá para ficar de pé. Lotado é ter fila na porta para entrar. Lotado é quando as pessoas falam em sair mais cedo do trabalho para ter certeza de que vão conseguir uma mesa. O The Hole *não* fica lotado na sexta-feira à noite, mas deveria, e acho que a culpa de não estar indo melhor é do meu pai.

Josh parou de falar de novo quando os hambúrgueres chegaram à mesa. Olhando para o amigo, Tommy viu que o estresse da conversa estava marcando seu rosto. Josh pegou um fio de cheddar derretido que escorria pela lateral de seu hambúrguer.

— O mais difícil é que tentei falar com meu pai sobre isso. Não seria legal pai e filho administrando um bar juntos?

"Sim", pensou Tommy, lembrando-se da conversa que tinham tido no hospital. "Que nem administrar um bar com seu melhor amigo."

— Eu tenho algumas ideias, e sei que são boas, mas ele não quer ouvir. Bem, não é verdade. Ele ouviu, só não quer fazer nada a respeito delas. Ele me disse isso sem rodeios. Uma frase babaca sobre não consertar algo que não está quebrado. Não sei se é porque ele acha que sou criança ou porque sou filho dele e não quer sair por baixo. Seja o que for, é uma palhaçada.

Ele parou de falar enquanto arrancava o fio de queijo do pão e o colocava na boca.

— Quais são? — Tommy perguntou, curioso.

Ele tinha suas próprias sugestões a fazer. Pegou o hambúrguer e deu uma mordida, depois outra, enquanto esperava que Josh voltasse a falar. Demorou um ou dois minutos — Josh estava concentrado, organizando seus pensamentos. Mas, quando começou a falar, não parou por muito tempo.

Cerca de vinte minutos depois, o hambúrguer de Tommy tinha acabado e seu prato estava limpo, junto com as batatas fritas gordurosas que acompanhavam a refeição. Do outro lado da mesa, o hambúrguer de Josh não havia sido comido, embora a parte superior do pão tivesse sido arrancada do hambúrguer com um tapa — uma vítima da exuberância de Josh. Mas ele não era o único entusiasmado; Tommy havia se envolvido nos planos para o The Hole e contribuído com suas próprias ideias. Entre os dois, eles cobriram desde simples mudanças no cardápio até uma estratégia de marketing que faria com que o The Hole parecesse ser o lugar para se estar, mesmo que não fosse. Ainda.

— Então, o que nós vamos fazer? — perguntou Tommy. Ele nem percebeu que havia dito *nós*. Mas Josh percebeu. — Tudo faz sentido para mim.

— Essa é a pior parte. Sempre que vejo as coisas, chego à mesma resposta. Papai está tapando o sol com a peneira, acha que pode continuar fazendo as coisas que fazia há vinte anos e tudo vai dar certo. Tommy, eu vi a contabilidade. O lugar mal está dando lucro. Acho que... — Josh ficou em silêncio. Tommy esperou. — Acho que talvez as coisas fossem melhores se eu estivesse cuidando do lado comercial.

— Como? — Tommy perguntou. — Se você assumisse o cargo de gerente, seu pai ficaria sem emprego.

— Eu sei disso — esbravejou Josh, e logo em seguida pareceu envergonhado. — Desculpa. É que tudo isso parece uma merda, sabe? Se meu pai fosse demitido por minha causa, tenho certeza de que nunca mais falaria comigo. E que tipo de babaca faz isso com o próprio pai? Mesmo que seja um pai muito ruim, tipo o Dave?

Era uma pergunta que não precisava de resposta, mas, quando Tommy olhou, Josh estava esperando por uma.

— Bom... você já pensou em falar com ele de novo, desta vez mostrando como o bar poderia estar ganhando mais?

— Já tentei isso. O resultado foi o mesmo. Na verdade, foi pior. Ele me acusou de estar tentando prejudicá-lo.

Tommy ficou surpreso ao ver lágrimas de frustração nos olhos do amigo. Josh as enxugou com a palma da mão.

— Bem, então, não sei — disse Tommy, levantando as mãos. — Como você faria para assumir o controle?

— Eu teria que conversar com os proprietários. São três; eles entraram com o dinheiro para o bar há vinte anos e contrataram meu pai para administrar. Eles vão lá de vez em quando; eu mostro pra você da próxima vez. Mas você provavelmente vai conseguir identificar. Três caras velhos que se comportam como se fossem donos da porra toda. — Josh riu da própria piada. — Acho que consigo convencer os três de que minhas ideias são boas. Eles estão no negócio pelo dinheiro. Pode até ter sido por outro motivo quando começaram, mas agora é só um fundo de aposentadoria para eles. Só que não sei o que eles achariam de mandar meu pai embora. Lealdade e coisa e tal. Mas quem sou eu para falar.

Os dois ficaram em silêncio, e Josh finalmente pegou o hambúrguer e deu uma mordida. Gelado. Ele o colocou de volta no prato.

— Tem outra opção, sabe — disse Tommy.

"E a gente já conversou sobre ela *há alguns anos*."

— Ah, é? Qual? — perguntou Josh. Tommy tinha toda a atenção dele.

— Você poderia abrir seu próprio negócio. Trabalhar por conta própria, fazer tudo o que você acha que deveria estar fazendo no The Hole, mas ser seu próprio chefe. Talvez assim você até continue falando com Dave.

Josh balançou a cabeça.

— Cara, eu tenho dezoito anos. Talvez consiga convencer os donos do The Hole a me colocar como gerente. Eles me conhecem e conhecem meu pai. Mas abrir um novo lugar custaria uma fábula e nenhum banco financiaria um adolescente que quer abrir seu próprio bar. Eles provavelmente achariam que eu quero beber os lucros.

— Bem... — disse Tommy lentamente. Era sua chance. — E se você tivesse um sócio?

— Quem? Você?

Tommy confirmou com a cabeça e Josh sorriu. Não havia crueldade no sorriso. Quando muito, havia um toque de tristeza.

— Obrigado, Tommy. Seria divertido. Mas, caso não tenha notado, cara, você tem a mesma idade que eu, e sabe o que é pior do que um jovem de dezoito anos pedindo um empréstimo para um banco? Dois de nós. Não esquece que eu sei quanto você ganha e sei que você dorme em um hostel. Não acho que você tenha uma herança guardada aí para a gente usar, mas me corrige se eu estiver errado. Por favor. Tomara que eu esteja, mas acho que não.

— Quem me dera — respondeu Tommy, e eles riram.

Era uma risada fácil e feliz — o som de dois amigos que se conheciam havia anos, não meses. Tommy olhou para Josh e se maravilhou com a rapidez com que haviam redescoberto a amizade. Como se fosse algo deixado para trás, só esperando para ser retomado.

De repente, viu em sua mente o conto que havia escrito quando era um garoto de quinze anos, irritado e sem rumo — uma história sobre uma garota como Carey. Ele viu as páginas sendo distribuídas na sala de aula. O conto não tinha nome, o autor era desconhecido — mas era *dele*. Franziu a testa, intrigado. Por que tinha pensado nisso agora, tanto tempo depois e a quilômetros de Mortlake High? Na época em que lhe pediram para estudar o texto em sala de aula, aquilo lhe dera muita esperança de que uma parte sua pudesse existir em outro lugar do mundo e sobreviver à Reinicialização. As mudanças na Leiteria — a pintura nova, os jardins — eram outra parte. Ninguém sabia que tinha sido ele, mas o que havia feito continuava vivo depois da Reinicialização.

"Depois da Reinicialização."

Era isso.

Josh iria se esquecer dele novamente em 5 de janeiro. Mas talvez Tommy pudesse trabalhar com seu amigo para deixar alguma coisa. Algumas mudanças, algumas *ideias* que fossem puramente de Tommy. Ideias que Josh carregaria através da Reinicialização. Ideias que escapariam da limpeza, assim como o conto, suficientemente distantes de Tommy para que, quando todo o resto fosse apagado, um pouco dele não fosse notado. E então eles poderiam continuar de onde pararam.

Tommy sentou-se um pouco mais ereto.

— Sim — disse ele —, mas a gente não vai ter para sempre. Dezoito anos, quero dizer. Vamos continuar trabalhando com seu pai. Fazer pequenas mudanças onde der; coisas que ele talvez não perceba ou às quais, mesmo que perceba, não possa se opor. E, nesse meio-tempo, pressionar seu pai a fazer as mudanças maiores. Assim, se daqui a alguns anos nada tiver mudado, vamos saber que fizemos todo o possível antes de tentarmos assumir o controle. E, ao mesmo tempo, nós dois economizamos cada centavo que conseguirmos. Se você não conseguir convencer os proprietários a o apoiarem como chefe, ou se não quiser fazer isso, a gente sai para trabalhar por conta própria com nossas economias somadas ao que o banco der para dois caras de vinte e poucos anos. De qualquer forma, vamos fazer. Só vai levar tempo. E talvez um pouco de paciência.

Quando Tommy terminou de falar, Josh fechou os olhos. Ficou imóvel por tanto tempo, que Tommy se perguntou se teria cochilado. Então, os olhos de Josh se abriram. Ele se levantou e estendeu a mão.

— Acordo fechado — disse Josh. — Ou assumimos o controle do The Hole, ou vamos trabalhar sozinhos. Juntos, quero dizer.

Tommy e Josh apertaram as mãos quando a garçonete reapareceu e pousou a conta na mesa deles.

— Nós deveríamos estar economizando... será que não é melhor largar a conta e fugir?

Josh riu enquanto tiravam a carteira do bolso, cientes de que seria a última vez que gastariam dinheiro em um almoço em uma lanchonete por um bom tempo.

Tommy também riu, mas isso não exigiria muitas mudanças no estilo de vida *dele*.

Eles caminharam o quarteirão de volta ao The Hole para seus turnos — ambos adiantados demais para bater o ponto —, e Tommy pensou no acordo que havia feito com o amigo. O The Hole seria o desafio que eles enfrentariam juntos; a Reinicialização seria só dele.

Com a chegada do verão, o The Hole começou a ter um aumento de fregueses. Mas, mesmo em seus momentos mais movimentados — noites de sexta e sábado —, Tommy percebeu que Josh tinha razão. Havia sempre alguns assentos vazios e, embora o bar fervilhasse com o som das pessoas se divertindo, nunca tinha uma fila na porta esperando para entrar. Mas Tommy e Josh haviam feito um acordo — eles esperariam um pouco, trabalhariam duro e economizariam. Seu pagamento semanal ainda era entregue em mãos por Dave em um envelope branco; era uma das muitas mudanças que Josh queria fazer para trazer o bar para o século XXI, mas, por enquanto, funcionava muito bem para Tommy. Ele economizava quase todos os dólares, guardando o dinheiro em uma caixa de metal em seu armário no hostel — e precisaria do dinheiro em espécie se quisesse mantê-lo durante a Reinicialização.

Quando os primeiros enfeites de Natal foram pendurados nos corredores do Sunrise Backpackers, Tommy voltou a usar os computadores da sala de convivência. Às onze da manhã, na maioria dos domingos, ele podia ser encontrado empoleirado na frente de um Hewlett-Packard antigo, olhando para a tela. Estava fazendo pesquisas. Às vezes, eram para fins profissionais (ele havia pesquisado *screwdriver + drinque*, *Tom Collins + drinque* e oito ou nove outras coisas das quais ele tinha vergonha de admitir que nunca havia ouvido falar), mas, na maioria das vezes, não tinha nenhuma relação com o trabalho.

Ele havia pesquisado o nome Carey Price dezenas de vezes, sempre esperando que algo diferente aparecesse. Não estava atrás de muita coisa: alguma referência a ela em um site que lhe dissesse em que parte da cidade ela morava; se estava trabalhando, estudando ou apenas sobrevivendo. Mas os resultados eram sempre os mesmos — o primeiro era uma página que prometia "O melhor preço em DVDs do Drew Carey Show!" —, e ele se perguntava duas coisas: primeiro, o que estava fazendo de errado; segundo (e muito mais importante), e se ela tivesse se mudado? Se ele não conseguia localizá-la na mesma cidade, que esperança teria caso tivesse ido embora? Tommy sonhava em encontrá-la por acaso na rua, mas, sério, o que ele faria se isso acontecesse? Relacionamentos não eram exatamente sua especialidade, muito menos um relacionamento com a garota que ele amou por anos e que não sabia mais da sua existência.

Felizmente para Tommy, onze horas da manhã de domingo era o horário nobre da ressaca, e a maioria dos viajantes só chegava ali ao meio-dia no mínimo. Isso significava que poucas pessoas estavam por perto para ver seu olhar vazio para um ponto uns três centímetros acima do monitor do computador, imaginando um cenário no qual ele encontraria Carey na rua ou no The Hole. Também significava que ele foi pego completamente desprevenido quando uma garota francesa de repente se sentou ao computador ao lado dele. Em vez de ligar a máquina, ela se virou para Tommy.

— No que você está trabalhando? — ela perguntou em inglês com sotaque forte.

Tommy escondeu seu navegador com um clique, em pânico. A garota era muito bonita, tinha vinte e poucos anos, cabelos castanhos grossos e lábios carnudos, mas Tommy desconfiava de todas as turistas depois de Katerina. Principalmente das bonitas.

— Nada de especial, só uma coisa para o trabalho — mentiu, esperando que ela ficasse entediada com a resposta. Ele se perguntou por que aquela garota não estava dormindo nos dormitórios abafados como todos os outros, suando vodca pelos poros.

— Ah, você tem um emprego aqui? — ela disse, e Tommy xingou a si mesmo. — O que você faz?

— Trabalho em um bar — disse ele enquanto se voltava para a tela.

— Em qual deles? Será que eu conheço? — A garota era insistente. — Já fui em alguns aqui. Mas não ontem à noite. Eu queria ver o nascer do sol hoje de manhã. Foi espetacular.

Sem querer, Tommy gostou da maneira como ela pronunciou "espetacular", com seu sotaque carregado completando as sílabas. Havia algo de sedutor na maneira como a garota falava, e ele queria ouvi-la falar mais. Ele se virou ligeiramente para ela, e isso foi toda a abertura de que ela precisava para fazer mais perguntas.

— Qual é o seu nome? — ela perguntou.

— Tommy.

— E o meu é Clem — disse ela. — Me conta, Tommy, o que você está fazendo de verdade? Você escondeu tudo muito rápido! Está escrevendo para alguém? Uma namorada, será?

— Não, eu não tenho namorada — respondeu Tommy. Ele sentiu sua frequência cardíaca aumentar um pouco.

— Que interessante — disse ela. — Então, se não está escrevendo para sua namorada, o que está fazendo aqui dentro em uma manhã como esta?

Tommy não sabia o que dizer.

— A gente podia ir comer. Você toma café da manhã, certo, Tommy?

— Bem, tomo — respondeu ele, disposto, naquele momento, a trocar quase tudo por um pouco do charme de Josh.

— Então desliga o computador e vem comigo.

Tommy se virou para fechar a janela do navegador. Mas, ao fazer isso, releu a última combinação de termos de pesquisa que havia criado — *Carey Price + advogada + Upper Reach* — e sentiu uma pontada de culpa. Não tinha cabimento, lembrou a si mesmo. Carey não estava esperando por ele; ela nem sabia mais quem ele era. Mesmo assim, balançou a cabeça.

— Desculpa — disse ele. — Eu preciso mesmo terminar isso.

— Ah, vamos, vai — respondeu Clem, inclinando-se sobre ele e pegando o mouse.

Tommy afastou o braço dela.

— Eu disse não, tá?

O rosto de Clem se fechou. Seus lábios carnudos se apertaram em uma linha firme quando ela se levantou.

— Bem, vai se foder, Tommy — falou ela, esforçando-se para enunciar cada palavra com perfeição (embora ele entendesse sem dificuldade o que ela queria dizer), e então saiu.

Tommy se recostou na cadeira. Ele esperava ter feito a escolha certa, mesmo que provavelmente a questionasse por algum tempo.

Fora Katerina, a ladra, que já estava de volta à Alemanha e quase havia esquecido seu encontro com o rapaz rico que ela havia roubado numa noite em um hostel, o encontro um tanto frio com Clem era o mais próximo que Tommy Llewellyn chegara de um romance naquele ano. Ele se via vivendo indiretamente por meio de Josh e suas histórias sobre as várias mulheres que passavam o telefone por cima do balcão do bar do The Hole. No entanto, a vez de Tommy chegaria. Houve várias saídas breves com viajantes que escolhiam um momento melhor do que Clem, mas nada durava mais do que uma ou duas noites de apalpadas desajeitadas em dormitórios enquanto outras pessoas roncavam por perto. Sem exceção, eram casos desanimados, em que Tommy era um participante um tanto resistente e arrependido depois. Mas, embora não soubesse disso enquanto observava uma garota francesa furiosa e envergonhada saindo da sala de convivência do Sunrise Backpackers, sua busca por Carey Price não era necessariamente em vão.

Ele não iria encontrar Carey em um computador.

Mas ele *iria* encontrá-la.

Antes que Carey pudesse voltar com tudo à sua vida, Tommy tinha um problema mais urgente para resolver. O dia 5 de janeiro estava se aproximando rapidamente e ele queria manter seu emprego do outro lado da Reinicialização.

Mas a vantagem de morar a meia hora de caminhada do The Hole era que ele tinha muito tempo para pensar e, enquanto voltava para casa na madrugada de 2 de janeiro, parou em frente a um brechó. Estava fechado, obviamente, com uma tela de segurança abaixada sobre as portas de vidro da frente, mas os manequins ainda apontavam silenciosamente para a vitrine, elegantes em vestidos de segunda mão. Tommy já havia passado pela mesma loja muitas vezes durante o dia, quando estava cheia de gente; era a favorita dos indigentes e dos desempregados, que faziam o possível para se vestir com o dinheiro que tinham. Ele já havia se perguntado algumas vezes se poderia acabar lá também caso não conseguisse encontrar uma maneira de continuar lavando copos no The Hole. Mas, naquela noite, viu seu reflexo na vitrine, iluminado pelo brilho branco da luz do poste de rua. Ele podia se ver lá dentro, vasculhando as prateleiras de doações, e de repente a ficha caiu. Parecia contraintuitivo, mas, para manter seu emprego, talvez tivesse de perdê-lo primeiro.

Tudo o que ele havia aprendido, tudo o que havia descoberto sobre a Reinicialização, estava prestes a ser testado.

14

Na noite em que Tommy completou treze anos, ele preparou uma armadilha. Não era uma armadilha no sentido tradicional — a considerava mais como um experimento. Na escrivaninha de seu quarto na Leiteria, ele fez uma pequena pilha com os pertences que havia acumulado no último ano. Era uma coleção um pouco tristonha. Um par de sapatos, dois livros escolares, três pares de cueca e, em cima da pilha, meia dúzia de folhas de papel. No papel, desenhou algumas figuras, escreveu algumas palavras e até as etiquetou com seu nome — algo que as marcasse como suas.

Depois, deitou-se na cama e ficou observando.

Quanto mais se aproximava da meia-noite, mais Tommy se convencia de que a pilha de coisas iria simplesmente desaparecer diante de seus olhos. Talvez houvesse um *pop*, como a carruagem da Cinderela se transformando em abóbora. Talvez fosse silencioso. Talvez piscasse e ela desaparecesse.

Mas, quando o relógio do saguão de entrada da Leiteria bateu doze horas, os sapatos não se moveram. Os livros, os tênis, o jornal — tudo ainda estava lá.

Tommy saiu da cama e os cutucou, meio que esperando que seu dedo passasse direto, como se cutucasse uma sombra. Os livros deslizaram para o chão com um estrondo, como um canhão na noite, e ele prendeu a respiração. Ninguém se mexeu.

Uma hora depois, Tommy finalmente cochilou, sentindo uma curiosa mistura de decepção (queria ver algo mágico acontecer) e esperança. Esperança de que, por algum motivo, a Reinicialização não fosse acontecer. Que, depois de uma dúzia de anos, o efeito tivesse se esgotado ou algo assim.

É claro que a pilha havia desaparecido quando ele acordou.

Tommy não estava totalmente errado em supor que deveria acontecer à meia-noite. Geralmente acontecia; havia certa organização naquilo. Simplicidade. Mas, por outro lado, não rolaria quando ele estivesse acordado, movimentando-se, conversando com as pessoas, criando caso com alguém. Nessas ocasiões, o universo — ou o que quer que fosse — tinha que improvisar. Esperar que as partes móveis ficassem paradas.

Que estivessem dormindo.

O plano de Tommy para manter seu emprego no The Hole se resumia a um *timing* cuidadoso. *Timing* e algumas outras coisas acontecendo a favor dele.

Embora Tommy fosse, em grande parte, uma criatura de hábitos — ele seguia o mesmo caminho de ida e volta para o trabalho havia quase doze meses, mais uma característica inconscientemente herdada do pai —, ele quebrou sua rotina em 4 de janeiro. Primeiro, ele foi até o armário na ponta da cama e retirou a pequena caixa de metal que estava lá dentro. Era pesada, cheia com cada dólar que ele havia economizado em um ano de trabalho duro e vida frugal. (Tommy podia ser uma criatura de hábitos, mas passara a detestar sua dieta de pão barato, biscoitos de graça e qualquer fruta que estivesse em promoção no mercadinho por onde passava todos os dias.) Havia muito mais dinheiro na sua frente agora do que ele tinha trazido para a cidade um ano atrás.

— Caralho! — exclamou uma voz atrás dele. — Onde você achou *isso*?

Um cara mais ou menos da idade de Tommy estava olhando com os olhos arregalados para o dinheiro.

— Eu não achei — respondeu Tommy, fechando a tampa. — É meu.

— Ei, Amelia. Vem dar uma olhada nisso! Parece a porra de um baú do tesouro.

A namorada do cara apareceu ao lado dele.

— O que é isso? — ela perguntou. — O que tem dentro da caixa?

— Dinheiro. Muito dinheiro. Vários milhares, parece. Ele achou.

— Eu não achei! — Tommy repetiu.

"Meu Deus", pensou ele. "Eu nem saí ainda e já fiz merda." Ele passou pelo casal e se trancou no banheiro.

Dois minutos depois, ele saiu, com a cueca cheia de maços de dinheiro e sua identidade falsa. A lata ficou vazia sobre os azulejos ao lado do vaso sanitário.

Ele estava desconfortável: parecia que estava usando uma sunga cheia de areia, e Tommy trabalharia até as duas da manhã. Ele sabia que a Reinicialização esperaria até que ele dormisse, mas não iria correr riscos — especialmente agora que um garoto de cabelo oleoso e sua namorada sabiam da quantia.

A próxima parada foi a sala de convivência. Dando uma olhada em mais uma placa colada na parede (*Impressão em preto e branco, dez centavos por página, pagar na recepção*), ele imprimiu uma única página com apenas algumas palavras.

— Devo dez centavos — disse ele para ninguém e saiu do hostel.

O turno de Tommy no The Hole só começava às quatro da tarde, mas ele precisava falar com Dave primeiro. Enquanto caminhava, repetindo suas falas e ensaiando a conversa que estava por vir, percebeu que, naquele exato momento, doze meses antes, ainda estava se preparando para sua grande fuga da Leiteria. Naquela época, ele era uma criança. Agora era adulto, com dinheiro no bolso (ou melhor, esfolando sua virilha), com um emprego, um melhor amigo e planos para o futuro. E, se tudo corresse como ele esperava naquela noite, ainda teria a maioria dessas coisas no dia seguinte.

— Você chegou cedo, Tommy — Dave comentou de trás do bar quando ele entrou.

Tommy se aproximou e se encostou no balcão; a madeira manchada brilhava com o polimento diário de Dave.

— Você tem um momento, Dave? — perguntou. De repente, estava nervoso.

— Hum, claro. O que foi?

Dave contornou o bar e se sentou em uma banqueta ao lado de Tommy. Eles estavam sentados nas mesmas banquetas de quando Dave lhe ofereceu o emprego. "É engraçado como essas coisas funcionam", pensou Tommy.

— Sinto muito, Dave, mas tenho que me demitir — disse ele.

Dave olhou para ele com surpresa.

— Como assim? Por quê? Achei que você gostasse do seu trabalho.

— Eu gosto, sério — respondeu Tommy. — Mas vou me mudar para outro estado. Recebi uma oferta. É muito dinheiro.

— Sei lá, Tommy. — Dave esfregou a barba e seus olhos se estreitaram. — Parece meio... qual é a palavra? Ingrato. Você não sabia nada sobre trabalhar em um bar, e eu treinei você. E à minha própria custa, além do mais — acrescentou.

Dave nunca havia ensinado nada a Tommy além de recolher e lavar copos.

— Sinto muito, Dave. E, acredite, sou grato por tudo o que você fez — falou Tommy. — Mas vou ficar por aqui por mais algumas semanas e também ajudo você a encontrar um substituto; fiz um cartaz para grudar na fachada depois do meu turno de hoje.

Dave apenas acenou com a cabeça, pegou o pedaço de papel que Tommy havia imprimido na sala de convivência do hostel e saiu.

Mas, se Tommy achava que mentir para Dave havia sido complicado, a parte mais difícil ainda estava por vir.

— Que porra é essa, Tommy? — Era Josh, com o rosto vermelho na porta da cozinha algumas horas depois. Ele parecia irritado e magoado. — Meu pai acabou de me contar. Quando você ia me falar? Nós temos planos, lembra? A gente apertou as mãos e tudo.

— Eu sei, eu sei — respondeu Tommy, tentando acalmar o amigo. — Me deixa explicar.

— Não, foda-se sua explicação. Eu sei que você tem outro trabalho. Meu pai acha ótimo você trabalhar nas próximas semanas, mas eu disse para ele que era melhor você ir hoje à noite. É a primeira vez que ele realmente segue meu conselho.

— Como assim? — Tommy perguntou, confuso.

— Não faz sentido um *funcionário* ficar aqui se ele quer ir para outro lugar. — Sua ênfase na palavra *funcionário* sinalizou a mudança no relacionamento deles em alto e bom som. Eles não eram mais sócios. — Quando seu turno terminar hoje à noite, você vai embora.

E, com isso, Josh saiu.

Tommy esperava que a situação fosse ruim, mas era muito, muito pior do que ele imaginava. Pela primeira vez, ele realmente ansiava pela Reinicialização, querendo desfazer alguns dos danos que havia infligido.

O resto do turno foi doloroso para Tommy. Todas as vezes em que estava no salão, passando pelos clientes para pegar copos vazios, olhava para o bar para ver se o humor de Josh havia melhorado. A veia na testa dele finalmente tinha parado de pulsar, e o som violento das garrafas sendo batidas no balcão diminuiu. Mas Josh ainda parecia magoado.

Às duas da manhã, Tommy secou as mãos e guardou o último copo. No salão principal do bar, um último grupo estava cantando algo irreconhecível com entusiasmo.

Dave acenou para Tommy e lhe entregou um envelope branco.

— Seu último pagamento — disse ele mal-humorado e voltou a limpar o bar.

Tommy acenou para Renee no fundo da sala e passou por Josh, que o ignorou.

Ele estava quase saindo pela porta quando ouviu o amigo chamá-lo.

— Ei, Tommy. — Os cantos da boca de Josh estavam se contraindo de leve. — Feliz aniversário. Apesar de você *ser* um babaca.

Tommy retribuiu o sorriso e saiu. Ao sair, olhou para trás, para o The Hole, e viu sua placa colada ao lado da porta: CONTRATA-SE. CANDIDATE-SE AQUI. Dave devia ter colado a placa durante a noite. As peças estavam quase todas no lugar.

Em menos de uma hora, Tommy estava de volta ao seu dormitório e vestido com várias camadas de roupas, parecendo um presente mal embrulhado. Abriu a janela ao lado de seu beliche, rezando para entrar um pouco de ar fresco.

Estava calor, ele estava grudento, mas não se importava. Tommy ficaria com suas roupas, com o dinheiro guardado na calça e até com a carteira de motorista que havia colocado no bolso. Ao adormecer, percebeu que estava ficando bom nisso.

Ele acordou com uma brisa morna e suave em seu rosto: a janela ainda estava aberta. Seu trabalho de consertá-la, um ano antes, havia sobrevivido à noite; a Reinicialização não havia decidido quebrar o ferrolho, emperrá-la e apagar todos os vestígios de seus esforços. Fazia sentido. Não estava ligada a ele, ninguém saberia que havia sido ele quem a consertou, e a Reinicialização tinha coisas muito maiores com que se preocupar, como a bagunça que ele havia deixado no The Hole. Resultado? Havia um pequeno pedaço de Tommy Llewellyn para os futuros residentes do Sunrise Backpackers. "De nada", pensou ele, e sorriu.

O jovem do beliche da frente acordou quando Tommy estava tirando a quarta camisa e observou em silêncio enquanto ele tirava três calças. Decidindo que ainda estava bêbado (e provavelmente estava), ele esfregou os olhos, rolou para o lado e voltou a dormir. Tommy percebeu o movimento e foi na ponta dos pés até o banheiro para tirar o dinheiro da cueca.

No andar de baixo, no balcão de check-in, tudo parecia igual ao dia anterior; na verdade, tudo parecia igual a quando ele entrou pela primeira vez, vindo da rua, com o bolso cheio de dinheiro e as roupas enroladas em uma camiseta. Bridget, com seus braceletes, continuava atrás da mesa; Tommy havia se familiarizado muito bem com ela durante o último ano. Talvez ela só gostasse de ter um rosto constante em meio ao fluxo contínuo de viajantes, mas sempre estava disposta a conversar quando Tommy pagava por sua hospedagem. Seu avô era o dono do hostel, e ela estava no comando desde que o gerente anterior havia entregado o aviso-prévio e ido embora uma hora depois ("belo aviso-prévio", Bridget comentara amargamente com Tommy). Ela odiava trocar lençóis e *tinha horror* a limpar vômito, mas já havia trabalhado em escritório antes, e ali ainda era melhor.

Bridget sempre o cumprimentava amigavelmente, mas, quando ele desceu as escadas naquela manhã, seu sorriso habitual foi substituído por uma carranca.

— Não permitimos visitas não pagas. Com quem você estava aqui? — ela perguntou imediatamente.

Conhecendo bem as placas na parede atrás dela, Tommy já estava esperando por isso.

— Desculpa. Conheci alguns dos rapazes no bar ontem à noite e eles disseram que vocês tinham algumas vagas. Eles me deixaram entrar; já era bem tarde.

A expressão desconfiada de Bridget não mudou. Ela já tinha ouvido essa frase de outros viajantes que esperavam conseguir uma noite de hospedagem de graça.

— Estou aqui para pagar pela noite passada — ofereceu Tommy. — E mais um mês se for possível, por favor.

Instantaneamente, os lábios franzidos de Bridget se suavizaram e ela fez um gesto para que ele fosse até o balcão. Desta vez, quando ela pediu a identificação, Tommy apresentou sua carteira de motorista em vez de desembolsar dinheiro para ela ignorar aquilo outra vez. "Esta coisa já está se pagando", pensou Tommy.

Alugou um armário, xingando ao se lembrar da caixa de metal que havia deixado no chão do banheiro. Agora ela teria desaparecido. Mas, se isso fosse a pior coisa a acontecer, ele poderia aceitar.

Tommy sempre achava irônico o fato de o The Hole abrir para o almoço ao meio-dia, considerando que quase não servia comida (item número oito na lista de melhorias dele e de Josh) e que a coisa mais substancial do cardápio era uma cerveja *stout* inglesa. Tommy estava parado na calçada às 11h59 e viu a sombra de Dave cada vez mais próxima e nítida atrás do vidro escuro da porta. Quando a fechadura fez um clique, Tommy deu um passo à frente.

— Com licença — disse Tommy. — Posso falar com você um minutinho?

Dave olhou Tommy de cima a baixo, surpreso por ter sido abordado tão cedo.

— Você não está vendendo nada, né? — foi a resposta.

— Só eu mesmo — disse Tommy com um sorriso. Então, percebendo o que parecia, corou. "Ótimo começo", pensou ele. — Queria falar com você sobre isto — completou ele apontando para o aviso de CONTRATA-SE ao lado da porta.

Dave levou Tommy para dentro.

Sete minutos depois, Tommy saiu do The Hole pensando em seu primeiro turno mais tarde naquela noite e imaginando se teria conseguido influenciar o que aconteceu com ele ao entregar o cartaz a Dave quando se demitiu. Queria ter perguntado por que estavam procurando funcionários. Estava bem intrigado com a narrativa que havia substituído a memória dele durante a noite.

Dave Saunders observou o novo funcionário sair. Ele tinha sorte de encontrar alguém tão rápido, só um dia depois de imprimir e colar a placa. O bar tinha cada vez mais clientes, pensou, apesar do que seu filho achava. A contratação de um novo lavador talvez lembrasse a Josh quem estava realmente no comando. Além disso, Renee ficaria feliz por passar mais tempo no salão, e não presa na cozinha, e Dave ficaria feliz por ela não viver o importunando. Sim, às 12h07, Dave Saunders estava muito satisfeito consigo mesmo. Ele havia acabado com duas rebeliões — a de Josh e a de Renee — e nem por um segundo suspeitara ter sido enganado pelo universo e por Tommy Llewellyn.

Tommy estava apostando em sua teoria de que algumas pessoas eram destinadas a serem amigas. Josh Saunders conheceu Tommy pela primeira vez naquela noite na cozinha do The Hole, apenas 24 horas depois de ter estado parado no mesmo lugar, furioso com a traição de Tommy. Tommy havia se preocupado muito em como lidar com Josh. Ele esperava — não, acreditava — que a amizade deles fosse meio como uma pepita de ouro enterrada no subsolo, uma massa sólida imutável enquanto a terra se movia ao redor, apenas esperando para ser descoberta. O vínculo entre eles havia começado no hospital, se reacendido quando trabalharam juntos no The Hole e era forte. Forte o suficiente para convencer Tommy de que eles conseguiriam reconstruir a amizade em um ou dois meses.

Mas até Tommy ficou surpreso com a rapidez com que Josh descobriu a pepita; em menos de quinze dias, os dois estavam sentados em um pub no dia de folga, empoleirados em banquetas de bar em uma mesa alta. Josh não falava muito. Em vez disso, passara a maior parte do tempo ouvindo Tommy falar, mordendo a parte interna da bochecha enquanto parecia estar lutando com alguma coisa. Como se estivesse decidindo se poderia confiar em Tommy.

— Posso falar uma coisa pra você? — disse por fim. — E tem que ficar no cofre.

Tommy assentiu com a cabeça.

— Acho que talvez eu tenha que sair do The Hole.

— Quê? — questionou Tommy.

— Pois é, e você acabou de começar. Não é por sua causa, juro. — Josh sorriu brevemente e depois ficou sério. — É o meu pai. Você sabe que Dave é meu pai, né?

Tommy assentiu novamente com a cabeça.

— Certo. Bem, eu não devia estar contando isso, mas... ele está meio que arruinando o lugar. Não está dando lucro e ele simplesmente não me *ouve*. Eu tenho ideias, sabe? Ideias que poderiam manter todos nós empregados. Inclusive ele.

Tommy pareceu surpreso, mas a única surpresa real era Josh estar sendo tão aberto com ele depois de apenas algumas semanas. Pepita de ouro mesmo.

— Você não acha que, se começássemos a servir almoço, tipo refeições adequadas, as pessoas ficariam ali o dia inteiro? Elas só sairiam à meia-noite. A gente faria uma fortuna. E eu também tive umas outras ideias...

Tommy sorriu quando Josh começou a listar as ideias que o próprio Tommy havia apresentado a Josh antes da Reinicialização.

Duas horas se passaram no que pareceram minutos, e Tommy teve que se lembrar de que, até onde Josh sabia, eles tinham acabado de se conhecer. Não parecia. Para nenhum dos dois, aliás. Finalmente, ele propôs o mesmo acordo que eles já haviam feito um ano antes.

— Economizamos nosso dinheiro e assumimos o The Hole ou saímos para trabalhar por conta própria.

Josh concordou, e Tommy teve uma sensação de *déjà vu*. Uma pequena parte dele se perguntava se poderia realmente ser considerado *déjà vu* quando ele havia deliberadamente recriado o momento do passado, plantando as sementes para que acontecesse. Mas realmente não importava. A única coisa que importava era que ele havia conseguido — tinha dado um jeito de recuperar seu emprego, seu melhor amigo e agora eles estavam planejando novamente o futuro.

Isso estimulou Tommy e, mais para frente naquele ano, quando outras pessoas poderiam ter começado a procurar um apartamento — um pequeno apartamento de um dormitório em um prédio ou um apartamento compartilhado com dois estudantes universitários, com contas divididas e duas prateleiras para cada um na geladeira —, Tommy optou por ficar no Sunrise Backpackers. Ele havia sido criado compartilhando instalações com várias pessoas e gostava muito de conhecer os recém-chegados do mundo todo. Além disso, tinha uma rotina lá e sabia exatamente a que horas tinha que sair em todas as condições climáticas para chegar exatamente dez minutos antes do seu turno. Acima de tudo, porém, não podia contestar o custo, e sua prioridade era aumentar a pilha de dinheiro no fundo de seu armário.

Mas logo a pilha cresceu tanto, que Tommy deu mais um *check* no que começou a considerar como sua lista de Vida Comum. (A vida de Tommy não era comum, o que tornava a lista ao mesmo tempo nova e desafiadora.) Quando estava no balcão do banco, sentiu as palmas das mãos úmidas. A caixa — uma mulher de trinta e poucos anos que usava óculos com armação de tartaruga que a envelheciam prematuramente — estava olhando com atenção para a carteira de motorista dele. Tommy prendeu a respiração enquanto ela se virava para fazer uma cópia da identidade e, em seguida, já havia terminado e estava deslizando a carteira de volta para ele. Tommy entregou três envelopes de dinheiro — isso mal a fez levantar uma sobrancelha — e, quando deu por si, já havia recebido um cartão do banco (outra forma de identificação; Tommy se sentiu quase comum, e isso o deixou exultante) e um recibo do depósito.

O saldo de sua conta continuou a crescer, já que Tommy fazia uma visita semanal ao banco para depositar os salários que Dave teimosamente insistia em pagar em dinheiro. Tommy sabia que o dinheiro estava mais seguro em sua conta do que no Sunrise Backpackers durante a maior parte do ano, mas, em 4 de janeiro, estava esperando impacientemente na frente do banco quando ele abriu. A caixa (diferente desta vez, com óculos que combinavam com sua idade) olhou para Tommy com o nariz empinado.

— Tudo? — ela repetiu.

— Tudo. Em notas de cem, por favor. Ou cinquenta.

Qualquer coisa menor e seriam notas demais para caber em sua cueca. Ela continuou olhando fixamente, e Tommy se recusou a piscar, como se, ao desviar o olhar, mesmo que por um breve momento, fosse perder seu próprio dinheiro, que ficaria nas entranhas do banco para sempre (ou pelo menos até desaparecer ou ser transferido para outra pessoa naquela noite). Finalmente, ela desviou o olhar e Tommy silenciosamente declarou vitória.

O resto do dia seguiu o roteiro que ele havia escrito no ano anterior. O primeiro ato foi altamente dramático: sua demissão do The Hole e a força total da mágoa de Josh. O segundo ato o viu envolto em camadas de roupas com dinheiro enfiado em todos os bolsos antes que o terceiro ato trouxesse uma espécie de redenção: seu retorno ao bar, embora como um estranho, implorando por um emprego que já era dele. Todos os atores desempenharam seus papéis com perfeição.

Uma semana depois, Tommy Llewellyn estava novamente trabalhando no The Hole e Josh era novamente seu melhor amigo e sócio — e, com o dinheiro acumulado por Tommy, eles quase tinham a quantia de que precisavam para dar o próximo passo. Ao erguerem seus copos, brindando ao futuro, nenhum deles tinha a menor suspeita de que a mudança aconteceria para eles.

15

Duzentos e cinquenta dólares parecia muito dinheiro para Tommy. E *era* muito dinheiro; até mais do que ele havia gastado com sua carteira de motorista. Mas Josh havia lhe dado uma lista de motivos pelos quais ele precisava comprar um celular.

— Você não quer que uma garota ligue para você naquele lugar. — *Aquele lugar* era o Sunrise Backpackers. — Se você der um telefone fixo, elas vão achar que sua mãe vai atender.

Tommy não achou esse motivo muito convincente. Ele nunca tinha dado seu telefone para ninguém no bar; na verdade, não conhecia muitas garotas enquanto lavava copos.

Josh tentou outra vez.

— Você pode usar para enviar mensagens pros seus amigos, tipo seus colegas da escola. O que eles fazem agora, escrevem cartas para você?

Tommy não respondeu a essa pergunta. Josh provavelmente não teria acreditado nele. "Ninguém da escola me escreve cartas porque não se lembram de mim."

— Bem, e se seu turno for cancelado? Ou você precisar chegar mais cedo? — Os olhos de Josh se iluminaram. Ele sabia que havia encontrado a solução. — Trabalho extra, amigo. Vai se pagar sozinho.

E, com isso, Tommy foi forçado a entregar uma quantia obscena de dinheiro por algo que ele mal usava. A única pessoa que lhe mandava mensagens era Josh.

Cerveja hoje à noite?

Claro.

Tudo bem ficar aí atrás até a hora de fechar?

Claro.

Almoço?

Só se for barato.

Ele decidiu que o celular era um desperdício de dinheiro e jurou nunca mais deixar que Josh o convencesse a comprar algo. Mas aí, do nada, chegou uma mensagem que fez o celular valer cada centavo gasto.

Tommy estava deitado em sua cama lendo; uma garota no beliche acima havia deixado um romance para trás, então ele pegou um travesseiro extra e se acomodou para passar a tarde lendo. Só entraria no trabalho dali a algumas horas.

A princípio, ignorou a vibração de seu bolso. Josh poderia esperar até o final do capítulo.

Outra vibração.

Tommy suspirou e pegou o celular.

A primeira mensagem de Josh era enigmática. *Sósia demais, pô!*

A segunda não ajudou em nada. *Sério. Isso é bizarro.*

Tommy começou a escrever uma resposta. *Do que você está falando? Estou...*

Uma foto apareceu na tela. Era granulada, tirada na meia-luz do The Hole. Mostrava um grupo de homens e algumas mulheres sentados ao redor de uma mesa, alguns com a boca aberta, outros piscando, todos em meio a uma conversa. A foto havia sido tirada do outro lado do salão e estava ligeiramente desfocada, como se o fotógrafo estivesse tentando esconder o que estava fazendo.

Outra mensagem. *E aí??? O que você acha???*

Tommy deu um zoom na foto, tentando ver do que Josh estava falando. Ele apertou os olhos, passando de um rosto borrado para o outro.

Então, ele o viu.

Mesmo com os *pixels* borrados, era como olhar no espelho — mas um espelho que acrescentava décadas ao reflexo. O homem de camisa social branca e gravata azul-escura combinava perfeitamente com todos os outros na mesa. Mas o cabelo desse homem era o mesmo desgrenhado cor de areia em que Tommy passava as mãos todas as manhãs. O homem tinha quase o mesmo nariz de Tommy, embora o dele fosse muito mais reto por não ter sido quebrado ao ser atropelado por um carro. Ele tinha, pensou Tommy, a mesma boca. E, se pudesse ter aumentado ainda mais o zoom, Tommy teria apostado tudo o que tinha que o homem de meia-idade na foto também tinha os olhos iguais aos dele.

Tommy parou de respirar.

A foto estava embaçada, distante, escura.

Mas ele soube, sem a menor dúvida, que estava olhando para seu pai.

— Eles só vieram tomar um drinque — disse Josh e deu de ombros. — Parecia que iam ficar mais, mas todos saíram uns dois minutos depois que mandei a mensagem para você. Era disso que eu estava falando! Se a gente servisse almoço, eles teriam ficado.

Tommy estava respirando com dificuldade; havia corrido a distância entre o Sunrise Backpackers e o The Hole a uma velocidade que não alcançava desde os quinze anos, correndo de volta para a piscina em Upper Reach com a barriga cheia de Johnnie Walker.

— Eles fizeram reserva? — ele conseguiu falar.

Josh balançou a cabeça.

— Não, amigo. Simplesmente apareceram, uns oito ou nove deles. Se tivéssemos um cardápio de almoço adequado, teríamos ganhado uns duzentos dólares, fácil. Em vez disso, quanto foi? — Ele tirou um recibo da caixa registradora. — Sessenta e nove dólares, mais uma gorjeta.

Tommy apontou para a nota.

— Eles pagaram com cartão de crédito?

Josh olhou para ele, curioso.

— Claro que sim. Despesa de negócios, né?

Tommy pegou o pedaço de papel e o examinou atentamente.

— Viu o que quero dizer? É a empresa que está pagando. Então, se estivéssemos vendendo algo diferente de azeitonas... Ei, aonde você vai?

Tommy Llewellyn já havia saído pela porta, ainda segurando a nota.

O celular de Tommy recebia mensagens, fazia ligações e era só. Para qualquer outra coisa, ele precisava do computador na sala de convivência. Mas, pela primeira vez, a sorte estava do seu lado e a sala estava vazia, com os dois computadores disponíveis.

Seu coração estava batendo em um ritmo furioso, alimentado em partes iguais pela corrida e pela expectativa. Ele digitou o nome da empresa no mecanismo de busca, que exibiu um site elegante e de aparência profissional de uma empresa de contabilidade. CONHEÇA NOSSA EQUIPE!, oferecia o menu, e Tommy clicou na guia imaginando se a equipe incluía o homem que ele tinha visto na foto granulada. Ele não sabia o que faria se não incluísse.

Foto após foto após foto, todas tiradas em preto e branco com estilo. Ele percorreu os rostos, ignorando os nomes.

"Ali". Seu cabelo havia crescido desde que a foto fora tirada, mas definitivamente era ele. Chefe de Auditoria, Interna e Comercial: Leonard Palmer.

Leonard Palmer.

"Meu Deus", pensou Tommy. "O nome do meu pai é Leonard Palmer. Eu deveria ser Tommy Palmer."

Parecia estranho para ele, o nome de um desconhecido.

De repente, ele quis que alguém entrasse na sala, se sentasse no sofá e perguntasse o que ele estava fazendo. Ele queria contar a alguém: "Encontrei meu pai!". Queria ligar para Josh e contar a ele. Correr para a tia Michelle, para Carey. Compartilhar o momento com alguém, qualquer um — Tommy Llewellyn, o garoto que todos esqueceram, havia encontrado seu pai. Certamente ficariam felizes por ele.

Mas o sofá estava vazio e ninguém entrou pela porta. Tia Michelle estava na Leiteria, sem saber da existência de Tommy. Carey não o conhecia, e ele não sabia onde ela estava. Ele poderia pegar o telefone e ligar para

Josh, mas o que iria dizer? "Meu pai se esqueceu de mim, mas não tem problema, porque eu o encontrei e agora vou fazer com que ele se lembre de mim"?

Não. Josh não entenderia. Mas talvez ele estivesse olhando para a pessoa que entenderia. Uma imagem em preto e branco do homem que devia ter estado lá quando tudo começou. Alguém tinha que ter sido o primeiro a esquecer Tommy, e agora ele teria a chance de perguntar por quê.

Uma senhora elegante, de cabelos grisalhos e brincos de diamante que refletiam o sol, estreitou os olhos desconfiados para Tommy ao passar de carro. Ela o havia avistado pela primeira vez quase uma hora antes, da janela do andar de cima, vagando pela rua abaixo, observando as casas. Esperando por alguma coisa.

"Se ele ainda estiver lá quando eu voltar das compras, vou chamar a polícia", ela decidiu e o encarou com seu olhar mais intimidador.

Tommy não a viu. Mas, por outro lado, não estava olhando para o carro nem mesmo para a casa *dela*. Ele estava em frente ao imóvel pertencente a um sr. L. Palmer, um endereço que ele havia encontrado na lista telefônica. Havia catorze L. Palmer, mas, depois de ligar para Luke Palmer, Lincoln Palmer e Lou Palmer, ele teve sorte.

— Alô, Leo falando.

Tommy ficou paralisado.

— Alô? — repetiu o homem. — Tem alguém aí?

Tommy começou a dizer alguma coisa — ele ainda não tinha certeza do que era —, mas saiu como um som estrangulado e gorgolejante.

— Alô? — Leo disse novamente e, aí, desligou.

Tommy só esperava que, quando de fato conhecesse Leonard (ou Leo, como agora pensava nele), ele fosse um pouco mais eloquente. Ou, pelo menos, que dissesse palavras reais.

Mas, primeiro, precisava reunir coragem para atravessar a rua e se aproximar da casa: metade de um duplex, com uma entrada de carros pavimentada e um caminho suave até a porta da frente, cercada de cada lado por uma cerca viva em miniatura aparada até ficar bem pontuda. A grama era limpa e uniforme, brilhando com os resquícios do orvalho da manhã, e as janelas da frente (tanto no andar de cima como no de baixo) estavam bem abertas, emolduradas por persianas pintadas de um branco limpo e nítido. Tommy poderia descrever todas as características da casa e do jardim imaculados; ele já estava olhando para ela havia muito tempo, querendo simplesmente ir até lá e bater na porta.

Mas não podia. Estava simplesmente apavorado com o que Leo poderia dizer. Afinal, Tommy estava apenas *presumindo* que Leonard Palmer o havia esquecido em algum momento, antes mesmo que Tommy pudesse se lembrar. Mas e se estivesse errado? E se Leo soubesse exatamente quem ele era e eles o tivessem abandonado quando bebê? E se o tivessem entregado para adoção porque não tinham condições de mantê-lo? Ou, pior, porque havia algo de *errado* com ele? Por não poderem amá-lo?

De repente, Tommy se viu subindo a entrada da casa, como se seu próprio corpo tivesse se cansado de esperar e precisasse descobrir.

O toque da campainha ecoou pela casa, e Tommy achou que fosse vomitar nas hortênsias próximas à porta. Queria se virar e correr, mas suas pernas o seguraram lá.

Em seguida, passos e um ruído de farfalhar, e a porta se abriu.

Um homem alto estava à porta, com cabelos cor de areia grossos e grisalhos e amáveis olhos cor de avelã. Era Leonard Palmer — o homem do The Hole, o homem do site. Leo olhou para Tommy e, naquele instante, Tommy soube que seus instintos estavam certos. Aquele era seu pai.

Os olhos de Leo se arregalaram, e, por um breve e notável momento, a esperança nasceu em Tommy. Seus joelhos pareciam prestes a ceder e ele colocou uma mão no batente da porta para se firmar.

— Eu... eu conheço você? — perguntou Leo. Ele parecia inseguro. Até mesmo abalado.

— Eu, hum... eu acho que você... — Tommy gaguejou e parou. As palavras que ele esperava que viessem quando precisasse delas não estavam em lugar nenhum.

Leo franziu a sobrancelha.

— Isto é uma piada? — Seus olhos passaram por Tommy, subiram e desceram a rua, como se procurassem uma equipe de filmagem ou uma festa surpresa, alguém para aparecer e dizer *peguei você!*

Tommy negou com a cabeça.

— Não, eu...

"Vamos lá, Tommy!", ele se repreendeu. "Se recompõe!"

— Se não é uma piada, então... — A carranca confusa foi substituída por um pequeno sorriso quando o choque de Leo diminuiu. — Que coisa bizarra. Você se parece comigo. Ou comigo há uns trinta anos. — Ele balançou a cabeça em descrença. — Enfim, como posso ajudar você?

Seu tom era amigável, mas profissional. A maneira como um homem bem-educado falaria com um vendedor na porta de sua casa.

A maneira como ele falaria com um estranho.

A esperança se esvaiu de Tommy como um balão que se esvazia. No fim das contas, Leo não o conhecia.

— Você está bem? — Leo perguntou.

Tommy acenou que sim com a cabeça tristemente.

— Desculpa por incomodar. Acho... acho que me enganei. Casa errada.

Não havia nada a ganhar numa conversa com um homem que não se lembrava dele. Ele não saberia *por que* havia se esquecido de Tommy se nem mesmo sabia que isso tinha acontecido.

Sem respostas, apenas mais mágoa.

— Tudo bem — respondeu Leo, perplexo. — Bom fim de semana.

Tommy foi saindo de ombros curvados.

Leo o observou andando, mas não fechou a porta. Algo o impedia. Não era um sentimento de reconhecimento, algum tipo de vínculo tácito ou algo do gênero. Não tinha ideia de quem era aquele jovem; esse conhecimento havia sido apagado havia duas décadas.

Não, foi outra coisa que fez Leo Palmer esperar na porta aberta. Havia algo derrotado e triste demais no andar do rapaz.

— Ei — ele chamou.

Tommy se virou.

— Eu ia fazer uma xícara de chá. Quer uma?

Foi o cheiro que abalou Tommy primeiro. Era fresco e limpo e, ao mesmo tempo, estranhamente familiar. Era como se a sensação de vida e aconchego da sala de estar, com suas prateleiras cheias de livros e dois sofás macios e desgastados, tivesse entrado em contato com uma memória subconsciente de como era o cheiro da casa da família de Tommy em seu primeiro ano de vida. Leo e Elise Palmer podiam ter se mudado para uma casa maior e melhor, mas algumas coisas permaneciam iguais. O cheiro daquela sala poderia muito bem ter sido engarrafado e trazido com eles da sala de estar em Ingleby.

— Qual é o seu nome? — perguntou Leo.

— Tommy.

— Eu sou o Leo. — O pai de Tommy estendeu a mão, e Tommy sentiu um arrepio ao apertá-la. Era *seu* pai, apertando *sua* mão. — Vamos lá na cozinha — disse ele, conduzindo Tommy por um corredor.

Por uma porta aberta, Tommy vislumbrou um quarto: uma única cama desfeita, roupas espalhadas pelo chão e uma cômoda abarrotada de modelos de aviões, pelo menos uma dúzia deles, reunidos em um semicírculo protetor em torno de uma *Millennium Falcon* de Lego. Um quarto de menino. Tommy espiou pela porta ao lado, aberta apenas alguns centímetros. A cama ali estava feita. Um apanhador de sonhos de tecido trançado pendia do teto acima e, no canto, havia uma escrivaninha cheia de livros didáticos. Um troféu dourado estava triunfante no topo; Tommy não conseguia ver de quê. Três pares de sapatos estavam alinhados ao lado da escrivaninha. Eram escolares: sapatos boneca brilhantes ao lado de dois pares de tênis.

Dois filhos, pensou Tommy. Uma menina e um menino.

"Meu Deus, eu tenho um irmão e uma irmã."

— O que você faz, Tommy? — perguntou Leo enquanto enchia a chaleira.

Eles estavam na cozinha agora; um espaço aberto e iluminado com um banco largo e uma grande mesa de jantar com quatro cadeiras espaçadas uniformemente ao redor. Parecia uma cena de revista: um vaso de flores rosa-claro e creme estava ao lado de uma fruteira cheia. Mas o cômodo também era confortável. As cadeiras estavam desgastadas e uma pilha torta de livros se encostava na parede perto da mesa, como se quem estivesse lendo simplesmente jogasse o livro em cima assim que terminasse e começasse a ler o próximo. Ao lado da pilha (e correndo o risco de ser esmagado caso ela tombasse), havia um gato grande e malhado dormindo sob a luz do sol que entrava pela porta, com apenas um movimento ocasional da orelha confirmando que ele estava, de fato, vivo.

— Eu trabalho em um bar no centro da cidade — respondeu Tommy.

— Ah, é mesmo? — disse Leo. Seu interesse parecia genuíno. — Eu também trabalho no centro. Em qual bar? Não é bem a minha praia, sou um pouco velho para isso, mas talvez eu já tenha passado por ele.

— The Hole — respondeu Tommy. — Na rua Hunt.

O rosto de Leo se iluminou.

— Eu fui lá ontem! — Aí ele ficou em silêncio, e Tommy se perguntou se estava fazendo uma conexão entre a visita ao bar e a chegada de Tommy à sua casa. Mas, se estava, não disse nada. O único barulho era o da chaleira borbulhando preguiçosamente e um chapinhar de água que parecia vir de fora.

Leo fez um gesto para o quintal visível por uma porta aberta (mais grama limpa) e sorriu.

— Aquele é o Ethan. Não sei como você era quando criança, Tommy, mas ele praticamente vive na piscina. Açúcar?

Tommy assentiu com a cabeça.

— Quantos anos tem o Ethan? — perguntou ele.

— Doze — respondeu Leo. — E Katie tem catorze anos. Minha esposa levou ela para o jogo de hóquei hoje. Katie faz parte da equipe regional — acrescentou orgulhoso.

"Isso explica o troféu", pensou Tommy.

— Você pratica algum esporte, Tommy?

Tommy balançou a cabeça.

— É, nem eu. Não sei a quem Katie puxou. Também não foi à mãe dela. Elise, minha esposa, sempre escolheria um livro em vez de uma corrida. Que pena que você não vai ter a chance de conhecê-la.

Era mentira. Leo amava muito Elise, e ela o amava de volta de todo o coração. No entanto, ele não tinha ideia do que ela diria se entrasse e visse um jovem que era a cara do marido dela sentado à mesa de jantar com uma xícara de chá. Leo não tinha nada a esconder: ele não tinha nem flertado com outra mulher desde o dia em que Elise o beijou pela primeira vez. Mas *certamente* sua fidelidade seria questionada com as evidências que estavam ali. Até *ele* tinha questionado por um momento ao ver o rapaz parado à sua porta.

Ele colocou açúcar nas duas xícaras de chá e entregou uma a Tommy. O chá era doce e leitoso; fez Tommy se lembrar da tia Michelle.

Os dois estavam sentados um em frente ao outro à mesa e, enquanto Leo examinava o jovem, os olhos de Tommy percorriam o cômodo, parando em uma fotografia emoldurada na parede. Era o tipo de retrato de família feito por um fotógrafo pago em um estúdio, mas a foto parecia ter sido tirada alguns segundos depois da foto formal — não havia sorrisos forçados nem costas rígidas. Em vez disso, Leo, Elise e Katie estavam todos olhando para Ethan e rindo, com a boca bem aberta e os olhos brilhando. Claramente, Ethan havia dito ou feito alguma coisa, e aquele instante de puro deleite foi a foto escolhida. Tommy não conseguia parar de olhar para ela. Ele piscou, parte dele esperando que, quando abrisse os olhos, as quatro pessoas no retrato tivessem se tornado cinco.

Leo tomou um gole de chá e observou enquanto Tommy olhava para a foto da família. Ele suspirou.

— Tommy, por que você veio aqui hoje?

Tommy desviou o olhar da foto para encarar Leo, com os olhos arregalados, com dificuldade de responder. Ele não conseguia pensar em nada que soasse crível. Sem mais nada a que recorrer, Tommy escolheu algo próximo da verdade.

— Eu vi uma foto sua no The Hole. — Leo esperou por mais. — E achei que você poderia ser meu pai.

Leo Palmer sorriu, um sorriso gentil e amável, completamente desprovido de escárnio.

— Sim. Consigo entender por quê.

Ele colocou o chá sobre a mesa, bem quando Tommy pegou o seu. Tommy precisava de algo em que se concentrar, algo para segurar, para olhar. Algo atrás do que se esconder.

— Sinto muito, amigo, mas não sei o que dizer. Não sou eu.

— Você tem... tem certeza? Não pode ter havido, sei lá, *alguma coisa?* Vinte anos atrás? — Tommy perguntou desesperadamente.

Ele não sabia o que esperava que Leo dissesse — que ele confessasse um caso, ou que ele e Elise tivessem entregado um bebê que não podiam sustentar, ou que ele de repente desse um tapa no joelho e falasse: "Ah, sim. A gente tinha outro filho. Esqueci completamente. O que será que aconteceu com ele?".

Leo olhou para Tommy. O jovem estava procurando por algo que ele não podia dar.

— Tenho certeza — falou ele suavemente.

Queria acrescentar que era impossível; ele só havia dormido com a esposa e o primeiro bebê que eles conceberam era Katie. Haviam seguido O Plano. Mas uma olhada em Tommy lhe disse que o silêncio era a melhor opção.

Passou-se um minuto, depois dois. Tommy olhou para a foto na parede, para o sorriso atrevido no rosto de Ethan e para a alegria nos olhos dos outros.

— Tommy, posso dizer uma coisa pra você? — Leo não esperou pela resposta. — Quando eu era criança, sofremos um acidente de carro, um acidente grave, eu, minha mãe e meu pai. Um caminhão bateu no nosso carro. Meu pai ficou bem, eu quebrei o braço, mas mamãe morreu.

— Ah — disse Tommy simplesmente. — Eu... eu sinto muito.

Leo fez um gesto como que afastando aquilo.

— Foi há muito tempo. Fiquei com o braço engessado por meses. Mas coloquei na cabeça que, quando o gesso finalmente saísse, meu braço ficaria bom e tudo voltaria ao normal. Por alguma razão, pensei que minha mãe também voltaria.

Ele balançou a cabeça, como se não conseguisse acreditar que tinha sido tão idiota.

Outro chapinhar do lado de fora.

— Aí, quando tiraram o gesso, meu braço não cicatrizou direito; este dedo ainda não se estica direito, está vendo? Mas, além disso, mamãe continuava morta. Obviamente. Meu Deus, eu fiquei tão irritado. Com o médico, com o cara que dirigia o caminhão... A culpa não era dele, na verdade; os semáforos não tinham funcionado direito e todos estavam com o sinal verde. Eu fiquei com raiva até do meu pai. Eu sentia saudade da mamãe de um jeito que você não acreditaria. O problema é que nunca me ocorreu que meu pai também sentia. Que tonto, né?

Os olhos de Leo adquiriram um ar ligeiramente distante. Estavam secos — ele não chorava mais pela mãe —, mas era como se não estivesse realmente na sala. Expirou.

De repente, havia um garoto na porta dos fundos. Seu cabelo estava grudado na cabeça, e as gotas de seus calções de banho se acumulavam em torno dos pés.

— Ei, pai, você prometeu que ia nadar comigo — disse Ethan.

Leo sorriu para Tommy, pedindo desculpas.

— Ethan, amigão. Tenha modos. Este é o Tommy. Tommy, este é o Ethan.

— Oi, Ethan — disse Tommy. "Sou seu irmão mais velho", acrescentou em silêncio.

— Oi — falou Ethan, mal olhando para Tommy. — Pai, você prometeu!

Leo sorriu com tristeza.

— Prometi mesmo. Me dá cinco minutos.

— Está bem. Você acha que a Katie vai nadar também quando voltar? — perguntou Ethan.

— Não sei, amigão. Talvez não. — Katie andava *muito* insegura ultimamente. Eles foram à praia no verão e ela entrara na água com um braço apoiado de forma protetora na frente do peito. Leo quis dizer que ela era perfeita e não precisava se esconder, mas sabia que ela ficaria envergonhada. Pelo menos ela ainda nadava um pouco na piscina. Talvez se sentisse mais segura ali. — De qualquer forma, em cinco minutos eu vou com você.

Ethan desapareceu e, alguns segundos depois, eles ouviram um enorme *splash*.

— Desculpa — disse Leo. — Pelo jeito, eu tinha um compromisso. Mas, enfim, Tommy, eu *estava* chegando a algum lugar com essa história, garanto. O fato é que passei muito tempo desejando algo que não teria de volta. Acho que papai tentou me dizer isso, mas vai dizer a um garoto que sente saudade da mãe que ele precisa seguir em frente. E acho que ele estava se esforçando tanto para segurar as pontas, que...

— Paaaaaa-aaaaaaai — Ethan chamou do quintal.

— Definitivamente, não foram cinco minutos — murmurou Leo. — Desculpa, Tommy, mas acho que vou ter que ir lá.

Tommy se levantou.

— Obrigado pelo seu tempo, Leo — disse ele. Parecia estranho chamá-lo assim.

— Desculpa se me alonguei um pouco — falou Leo, com um leve rubor nas bochechas. — E eu não queria dar um sermão.

Tommy balançou a cabeça.

— Não deu. De forma alguma.

— Ótimo. Vem, eu acompanho você até a porta.

Tommy e Leo saíram da cozinha, aquele espaço aberto, amplo e brilhante, cheio de vislumbres de uma vida que poderia ter sido a de Tommy. Passaram pelos quartos das crianças, cada um com a imagem de uma infância que ele não teve.

Mas, quando Tommy se virou para apertar a mão de Leo outra vez, na soleira da sala de estar cheia de livros, com um cheiro que o fazia sentir como se estivesse em casa, ele percebeu que não estava de fato com inveja de Ethan ou Katie. Ele não tinha inveja de seus quartos cheios de brinquedos e roupas que não desapareciam no aniversário; não era mais criança, e aquela era a casa *deles*, a vida *deles*. Agora que a havia encontrado, não poderia simplesmente voltar para lá. Em 5 de janeiro, Leo Palmer esqueceria tudo sobre a visita que recebera, e Ethan não se lembraria do estranho que ele ignorara, sentado à mesa tomando chá.

Não, concluiu — o que ele tinha era inveja de *Leo*, do que ele havia construído. Do santuário que havia criado, no qual o mundo exterior parecia um pouco menos importante e um pouco mais distante. Talvez Leo tivesse feito isso por causa da mãe, porque era o que desejava quando criança. Na verdade, não importava. Aquele lugar — aquela vida — estava fechado para Tommy.

Mas ele poderia criar o dele.

Talvez ele tivesse sido tolo de ir à casa de Leo em busca de respostas; não havia nenhum guia onisciente para ajudá-lo, apenas um pai que havia se esquecido do filho. Mas, em vez disso, o que ele encontrou foi uma ideia — uma sensação, na verdade — de que poderia construir o mesmo tipo de santuário, um casulo, para si mesmo. E talvez, dentro desse casulo, as coisas pudessem ser diferentes.

Talvez ele pudesse ser lembrado.

Leo observou quando Tommy saiu do caminho entre as cercas vivas e começou a descer a rua. Ele poderia jurar que o jovem parecia um pouco mais alto do que ao chegar.

— Ei, Tommy — ele chamou. — Você vai pegar o ônibus? — Tommy acenou que sim. — Pegue o 415 na East Road. A esta hora do dia, vai ser quinze minutos mais rápido.

— Obrigado — disse Tommy.

— Mas é melhor você correr — acrescentou Leo. — Ele sai em dois minutos.

O jovem concordou com a cabeça e começou a correr.

Quando Tommy desapareceu na esquina, Leo teve a curiosa sensação de que acabara de conhecer alguém especial.

Em uma vida diferente, ele não se importaria nem um pouco de ter um filho como Tommy.

16

O MOVIMENTO ERA SEMPRE mais tranquilo no final dos meses de inverno. E não só no The Hole — na rua Hunt, cafeterias e restaurantes não conseguiam reunir clientes suficientes nem para encher os assentos internos, aconchegantes e protegidos das intempéries, quanto mais as mesas externas, que eram atacadas todas as tardes por um vento amargo que soprava por toda a rua. Nessa época, todos os anos, os ânimos no The Hole pareciam se exaltar, talvez alimentados pelo clima, mas mais provavelmente pela preocupação com o fato de o caixa estar um pouco vazio demais. Não ajudava o fato de que, a cada ano, parecia estar um pouco mais vazio.

Tommy havia levado todos esses fatores em consideração ao pensar nos acontecimentos de 18 de agosto e concluíra que eles provavelmente haviam contribuído. Mas, por outro lado, às vezes os relacionamentos apenas acabam. Infelizmente, por vezes isso acontece de forma pública e, às vezes, violenta. Naquele caso, as duas coisas.

O The Hole estava com uma equipe mínima de três pessoas — Dave havia tirado o pó mais de uma vez de todas as garrafas nas prateleiras, Renee estava limpando mesas que nem estavam sujas e Tommy estava confinado à cozinha. Mas havia uma sensação de desconforto no ar. Até Tommy — que já tinha infinitamente mais conhecimento da vida do que quando tropeçara pela primeira vez no degrau do bar, mas ainda era ingênuo em comparação com outros caras da sua idade — via que Renee estava chateada. Seu delineador e rímel estavam borrados e seus olhos estavam vidrados.

— Você está bem? — Tommy havia perguntado a ela ao chegar e, quase involuntariamente, os olhos vidrados se voltaram para o bar.

Tommy olhou na mesma direção, para o local onde Dave havia se abaixado no balcão.

— Vocês brigaram? — perguntou sem rodeios.

Os lábios de Renee se contraíram.

— Hoje de manhã — respondeu ela. — E foi sério. Eu realmente não queria estar aqui agora, mas não é como se eu pudesse pedir demissão, né?

Dave se levantou e olhou para os dois. Renee ficou em silêncio; Tommy entendeu a dica e se retirou para a cozinha. À medida que a tarde passava sem ninguém com quem conversar além de uma pia cheia de água, ele se perguntou por que Dave e Renee teriam brigado. Na verdade, não sabia de verdade por que qualquer pessoa em um relacionamento brigava. Dinheiro? Sexo? Filhos? Tommy se lembrou mais uma vez de como era inexperiente com as mulheres. Ele jogou um copo na pia e o viu desaparecer sob a superfície gordurosa com um *glub*. Lá se ia sua ideia de criar seu próprio casulo.

Sua busca regular por Carey Price na internet não havia dado frutos até o momento. Ela poderia muito bem ter desaparecido, pois era invisível on-line e certamente não estava na lista telefônica guardada embaixo do balcão do The Hole. Poderia estar em qualquer lugar do mundo, pensou com tristeza, e ele não fazia ideia de como encontrá-la. (A verdade era que, naquele exato momento, Carey estava sentada a uma mesa a cerca de oitocentos metros de distância dele. Mas Tommy não tinha como saber disso. Ainda.)

Sozinho na cozinha, seu trabalho não estava oferecendo nenhuma distração. A hora do rush depois do horário comercial mal era digna de ser descrita. No ápice, ele havia contado apenas doze pessoas espalhadas por três mesas. Às seis e meia, restava apenas uma mesa: dois homens na faixa dos trinta anos tomando devagar um copo de uísque cada um. Quase às sete, Tommy ouviu um barulho de vidro quebrando no salão. Pegou a vassoura, empurrou a porta da cozinha e parou.

O bar estava em silêncio total.

Os dois tomadores de uísque continuavam sentados em sua mesa, a meio caminho entre a cozinha e a saída. Ambos estavam com os olhos arregalados olhando para o balcão.

Dave estava em seu lugar habitual atrás do balcão, com o rosto vermelho de raiva. Encostada do outro lado do balcão, entre as banquetas normalmente ocupadas pelos clientes, estava Renee. Seus longos cabelos loiros haviam caído para a frente, cobrindo o rosto, mas Tommy via a mão dela na madeira polida com sangue escorrendo do punho fechado, com o qual ela ainda segurava os restos de um copo de uísque quebrado.

— Meu Deus! Renee! Você está bem? — Tommy gritou.

Ela não respondeu. Nem Dave. Eles ficaram ali parados, com os olhos de Renee fixos no balcão entre eles e Dave respirando pesado.

O pânico tomou conta de Tommy quando imaginou os cacos de vidro sendo cravados no rosto de alguém ou cortando alguma outra pele exposta. Ele correu para o lado de Renee e colocou um braço em volta dela; ao mesmo tempo, pegou um pano normalmente usado para limpar cerveja derramada e gelo derretido. Com gentileza, levantou a mão de Renee do balcão e sentiu seu estômago revirar quando metade do copo de uísque, profundamente incrustado na pele macia da palma da mão dela, veio junto.

— Volta para a cozinha, Tommy — disse Dave em voz baixa. — Estamos bem.

Tommy olhou para Dave. Ficou chocado com a intensidade fria do olhar do homem.

— Ela vai precisar de uma ambulância, eu acho.

— Ela está bem — respondeu Dave, ainda assustadoramente calmo. — Foi só um acidente.

— Nem fodendo — disse uma voz atrás de Tommy. Era um dos clientes. — Você disse algo que deixou ela perturbada. Eu vi. — Ele tirou um celular do bolso da calça jeans. — Eu chamo a ambulância se você não chamar.

Agora Dave olhava fixamente para o cliente, que o ignorou e segurou o celular no ouvido. Enquanto Tommy conduzia uma Renee trêmula até uma mesa na parte de trás do The Hole, algo mudou no comportamento de Dave. Todos os músculos que estavam tensos relaxaram de repente, e, por um momento, Tommy pensou que Dave fosse desmaiar. Mas ele não desmaiou nem tentou seguir Tommy e Renee. Em vez disso, começou a reorganizar uma das geladeiras abaixo do balcão como se nada tivesse acontecido.

— Você está bem, Renee? O que aconteceu? — Tommy perguntou enquanto pressionava a toalha na mão dela que sangrava, evitando o caco de vidro que ainda se projetava da palma.

— Nada — ela respondeu com uma voz triste, quase cansada. Também já não conseguia mais lutar. — Eu só perdi o controle. Queria acertar o rosto dele com o copo, mas, em vez disso, bati com ele no balcão. Não era para acontecer *isto*. — Ela levantou levemente a mão machucada e estremeceu.

Tommy sentiu a mão de alguém em seu ombro. Era o cliente que tomava uísque informando que uma ambulância estava a caminho e que ele e o amigo iriam embora porque tudo aquilo estava um pouco intenso. Tommy olhou para Dave, ainda ocupado atrás do balcão, e assentiu.

Renee agora estava chorando baixinho.

— Ele encontrou umas mensagens no meu celular. Não era nada, eu juro, só um amigo. A gente estudou junto na escola. Aí, hoje de manhã, estávamos nos arrumando para o trabalho e, do nada, Dave disse que eu traí ele. E eu *não* traí.

Ela pegou um guardanapo da mesa com a mão boa e enxugou os olhos. O rímel borrado se transformou em uma mancha.

— Ele passou a tarde inteira remoendo. Depois falou que queria terminar comigo porque não vai namorar uma vagabunda. — Ela fez uma pausa. — Puta que pariu, que vontade de matar ele.

Parecia uma constatação, e as lágrimas voltaram a cair.

Tommy ficou sentado com Renee até a chegada dos paramédicos e, após uma rápida inspeção do ferimento — "Sim, é profundo. Talvez tenha atingido o tendão. Você vai precisar de cirurgia" —, eles a ajudaram a ir para a ambulância que a aguardava. Tommy conseguiu ouvir Renee descrevendo como tropeçou ao carregar uma bandeja de copos. Então ela se foi, e Tommy ficou sozinho com Dave.

O bar estava impecável, exceto pela poça vermelha pegajosa onde Renee havia batido o copo. Tommy pegou um pano.

— Estamos bem, Tommy? — Dave perguntou casualmente do outro lado do bar.

— O que você quer dizer com isso? — Tommy respondeu.

— Sei que pareceu bem ruim, mas todos os casais têm suas brigas. Só lamento você ter presenciado.

Tommy esfregou com força; parte do sangue já havia secado no balcão de madeira. Ele tinha acabado de ouvir Renee mentir para os paramédicos sobre o que acontecera; talvez ela não quisesse que ninguém soubesse. Ele engoliu de forma audível. Não queria piorar a situação para ela, mas não poderia deixar Dave continuar como se tudo estivesse bem. Não estava.

— Não me pareceu uma briga normal, Dave. Brigas normais não terminam com sua namorada indo para o hospital.

— Que caralho você sabe? — Dave esbravejou. — Você *já teve* namorada?

Tommy ficou em silêncio.

— Olha, vamos deixar para lá. De todo jeito, a Renee e eu já terminamos.

Dave estava contando o dinheiro no caixa, cada moeda fazendo um estalo agudo quando ele a colocava em uma sacola.

— Ela estava saindo com outra pessoa — ele acrescentou, quase como uma explicação.

Tlim, tlim, tlim.

— Tem certeza? — perguntou Tommy.

— Ah, tenho. Não tem dúvida sobre isso. Eu vi as mensagens; um cara com quem ela estudou.

Tlim, tlim, tlim.

— Sei lá, Dave — disse Tommy. — Ela parecia muito chateada. A mão dela ficou ferrada de verdade.

Silêncio.

Tommy levantou os olhos. Dave estava olhando para ele.

— Ouça, Tommy, ela fez isso com ela mesma. Todo mundo viu. Não é minha culpa se ela perdeu a cabeça e cortou a porcaria da mão.

Tommy retornou o olhar, sem pestanejar.

— Vou fechar mais cedo — disse Dave. — Se manda.

Tommy saiu sem dizer mais nada.

No caminho de volta, ligou para Josh e contou tudo.

— Puta que pariu. Foi igual com a minha mãe. Que merda. Coitada da Renee.

— Como assim? — perguntou Tommy.

— É, meu pai tem uns problemas de ciúme. Ele era assim com a minha mãe antes de se separarem, mesmo que fosse *ele* quem estivesse traindo. — Ele suspirou. — Vou lá ver a Renee agora. Obrigado por me avisar, cara. Sinto muito você ter tido que lidar com isso. Com *ele*, quer dizer.

Depois disso, Renee não voltou mais a trabalhar no The Hole. Depois de quatro horas de microcirurgia para reparar os nervos da mão (e mais ou menos o mesmo tempo passado por Josh ao telefone com a companhia de seguros), o ferimento foi suturado e as despesas médicas, cobertas. Ela nunca mais viu Dave, embora tenha visto o filho dele, que a apresentou a um amigo que, por acaso, estava procurando uma garçonete. Josh achou que era o mínimo que ele poderia fazer.

Quando o inverno finalmente chegou ao fim, a galera que bebia na hora do almoço e os clientes que chegavam depois do horário comercial começaram a voltar. Mas ainda havia um clima frio no The Hole, emanando inteiramente do gerente. Dave Saunders não havia dito mais do que uma dúzia de palavras a Tommy desde o incidente, e Tommy meio que esperava que cada turno fosse o último. Josh tentou falar com o pai sobre o que aconteceu, mas Dave nem quis saber. Pensou em demitir o filho na hora, mas percebeu que, se punisse Josh e o intrometido que lavava os copos, estaria praticamente sozinho. "Fodam-se esses dois", pensou ele. Mas ainda precisava deles.

— Você já viu ele assim tão mal? — perguntou Tommy em uma tarde de segunda-feira; o bar estava fechado e ele estava sentado com Josh em um pub.

Dave, agora solteiro, estava dando em cima das clientes — pouquíssimas delas tinham interesse em um barman desprezível que parecia achar que era 25 anos mais jovem do que sua idade real.

— Não — admitiu Josh, bebendo sua cerveja. — Ele sempre foi meio pervertido, mas, sério, isto é um outro nível.

Ele esvaziou o copo e se recostou. Josh tinha um limite de um drinque e, mesmo assim, era cerveja light — afinal, estava usando o fígado de outra pessoa e tinha recebido páginas e páginas de recomendações sobre como cuidar dele.

— Você viu ele com aquela garota no sábado?

Tommy balançou a cabeça.

— Ficou olhando para os peitos dela durante o tempo todo que a serviu. Depois ofereceu a bebida de graça. Meu Deus do céu, foi simplesmente constrangedor. E dava para ver que ela também odiou.

— O que a gente pode fazer? — perguntou Tommy.

— Cara, não sei. Vou tentar falar com ele de novo, dizer para segurar a onda. Quer apostar que ele vai tentar me demitir?

— Sim, com certeza você estará fora — concordou Tommy. — Ei, Josh... chegou a hora de falar com os proprietários?

Josh suspirou.

— Talvez. Vamos fazer o seguinte: vou visitar meu pai em casa neste fim de semana para ver se ele me escuta. Se ele se recusar ou se me mandar embora, a gente fala com os proprietários. E, se *isso* também não der certo, bem, aí parece que é com a gente.

Tommy sabia exatamente quanto havia agora em sua conta bancária — sua dieta barata (ele achava até que Bridget pararia de abastecer a cozinha do hostel com biscoitos, de tanto ele ignorar a placa que impunha um limite de dois por dia) podia ser bem tediosa, mas era um bom plano financeiro. Juntos, ele e Josh quase podiam se dar o luxo de ir trabalhar por conta própria.

Não que fosse chegar a isso. Dave estava em uma espiral descendente e se estrepou com força antes mesmo de Josh ter a chance de falar com ele. Quinta-feira era a noite universitária, que havia se tornado a noite favorita de Dave Saunders e a menos favorita dos funcionários, que tinham de testemunhar seu comportamento. Tommy estremeceu ao ver Dave colando um aviso na porta da frente do The Hole anunciando margaritas a dez dólares. Era como um predador atraindo a presa.

— Vou ficar de olho nele — disse Josh, e Tommy, que agora passava mais tempo no salão principal do bar na ausência de Renee, ofereceu-se para ajudar.

Depois, os dois conseguiriam identificar o momento exato em que tudo degringolou. Apesar da música pulsante e do burburinho de dezenas de conversas, uma voz estridente se fez ouvir.

— Você pôs *sim*, caralho — gritou uma mulher. — Eu vi!

A cabeça de Josh se voltou para a voz, e Tommy congelou com o braço cheio de copos perto dos fliperamas. Ambos esperavam que a fonte do problema não fosse Dave. A mesma sensação nojenta e ameaçadora lhes dizia que seria.

Duas garotas, ambas na faixa dos vinte e poucos anos, estavam no balcão. Uma delas estava apontando para Dave com os olhos arregalados.

Dave estava nos estágios finais do preparo das margaritas. Duas taças geladas estavam lado a lado no bar pegajoso, mas apenas uma estava cheia.

— Você colocou alguma coisa na minha taça. Que *porra* é essa? — disse a garota.

A música ainda tocava, mas a multidão agora estava em silêncio.

— Não, não, você está errada — disse Dave. Ele parecia atordoado.

— Eu vi você colocar algo aí dentro — insistiu a garota. — Alguém olha o copo — disse ela sem tirar os olhos do homem atrás do bar. — Era uma merda de um comprimido ou algo assim. Alguém olha!

Mesmo do fundo da sala, Tommy podia ver gotas de suor na testa de Dave.

— Sim, querida — falou ele, tentando parecer casual. — Era sal.

— Nem fodendo — disse a garota.

— Escuta, eu preparo um novo para você, por conta da casa.

Dave rapidamente derramou o conteúdo das taças na pia atrás dele.

— Foda-se essa merda — disse ela. — Vou chamar a polícia.

Josh apareceu ao lado dela.

— Senhoritas, posso falar com vocês lá fora por um momento? — perguntou ele em uma voz mal audível por causa da música. — Tem muito barulho aqui dentro.

— Esse cara tentou batizar nossas bebidas! Eu *vi*, caralho! — disse a garota com veemência.

— Está bem, está bem — falou Josh, levantando as mãos. — Vamos conversar sobre isso lá fora.

— De jeito nenhum. Você vai ficar do lado dele. Prefiro deixar a polícia resolver.

Atrás do bar, Dave revirou os olhos.

— Fica calminha, querida. Eu não fiz nada. — Sua insolência estava voltando.

— Dave, cala a boca — ordenou Josh.

Dave recuou como se tivesse levado um tapa do filho. Havia algo na maneira como Josh havia pronunciado seu nome: ele estava no comando agora.

— Vai esperar na cozinha.

Sem dizer mais nada, Dave se esgueirou pela porta da cozinha.

— Tommy, cuida do bar — mandou Josh, e levou as duas moças para fora.

Em poucos instantes, o volume no interior do bar voltou ao normal, com grupos de clientes discutindo animadamente o que tinham visto e logo passando para outras coisas, pois o álcool já estava entorpecendo suas lembranças.

Pela porta, Tommy podia ver uma conversa animada na calçada em frente. A garota que havia acusado Dave estava agitando os braços, com o celular em uma das mãos. Sua amiga havia se juntado à discussão, mais ousada agora que não estavam mais sob os holofotes. Tommy ficou maravilhado com a forma como Josh lidou com a dupla furiosa — tudo em sua postura, sua linguagem corporal, até mesmo a expressão em seu rosto era desarmante, não ameaçador. Cinco minutos depois, as garotas desapareceram na rua e Josh voltou.

— Cacete, foi por pouco — ele sussurrou para Tommy. — Elas não vão chamar a polícia, mas meu pai tem que sair.

— Quando?

— Agora.

"Ótimo", pensou Tommy. Se a garota tivesse razão — e ele não duvidava que tivesse —, Dave havia cruzado a linha de um comportamento babaca, malicioso, feio, para algo muito, muito pior. Mas qualquer evidência havia sido jogada na pia, o que parecia muito suspeito para Tommy. Ele estremeceu ao pensar no que poderia ter acontecido se as duas garotas não estivessem observando atentamente. Elas estavam certas em exigir que Dave perdesse o emprego. Dave Saunders tinha sorte de não estar no banco de trás de uma viatura a caminho de uma cela.

Josh acabou se reunindo com os proprietários do The Hole dois dias depois. Os três homens estavam na casa dos sessenta anos, mas seus guarda-roupas tinham parado no tempo desde o dia em que abriram o bar, mais de duas décadas antes. Um deles usava uma camiseta do Guns N' Roses por baixo de um paletó, outro ostentava uma camisa polo de gola aberta com um tufo de pelos grisalhos no peito aparecendo na parte de cima e o terceiro havia se espremido em uma camisa social preta que provavelmente já estava apertada quando ele a comprara dez quilos atrás. O trio sentou-se em uma das cabines ao longo da parede, parecendo uma antiga banda planejando uma turnê de reencontro.

Josh se juntou a eles, e Tommy observou de sua nova posição atrás do balcão sabendo que o amigo contaria a conversa na íntegra mais tarde, mas mesmo assim desejando saber leitura labial.

— Ele tem que ir, certo? Todos concordamos com isso? — disse um deles, e os outros dois assentiram com a cabeça.

— Eu gosto do Dave — disse outro —, mas ele é um risco.

— Sim, boa palavra: risco — repetiu o terceiro homem, e todos murmuraram solenemente.

Juntos, eles ungiram Josh como sucessor de Dave.

— Não sei como você conseguiu manter este lugar fora dos jornais — comentou o primeiro. — Teria sido um completo desastre. Quando eu tinha a sua idade, não saberia como... Ei, quantos anos você tem? — Ele balançou a cabeça. — Na verdade, não quero saber. Só mantenha o bar funcionando, tá?

— Obrigado — respondeu Josh. — Na verdade, tenho algumas ideias de melhorias que poderíamos fazer. Eu e Tommy temos uma listinha.

Ele fez um gesto na direção do bar.

O homem de camisa preta justa disse:

— Cara, faz o que precisar. Acho que já fizemos negócios suficientes hoje, né, pessoal? Que tal umas cervejas?

Afinal de contas, esse era o motivo pelo qual eles haviam aberto um bar.

Tommy ficou exultante. Com Josh agora no comando, Tommy foi promovido a barman. Ele certamente não ligou quando um dos primeiros atos de Josh como gerente foi proibir qualquer tipo de confraternização entre funcionários e clientes. ("É tudo uma questão de reputação, Tommy", explicara Josh. "Lamento que o meu pai tenha estragado tudo para todo mundo.")

Não, Tommy não ligava nem um pouco.

Claro, ele talvez tivesse protestado um pouco se soubesse que Carey Price estava a apenas alguns quarteirões de distância. Embora, naquele momento, visitar bares fosse a última das preocupações dela.

17

Tommy tentou encontrar Carey; tentou mesmo. Inúmeras buscas on-line o deixaram de mão abanando várias vezes, e ele não podia colocar um anúncio em um jornal ou um cartaz em uma parede. (alguém viu esta garota? ela não me conhece, mas eu gostaria de encontrá-la.) Não ajudava o fato de ele não saber absolutamente nada sobre a vida dela nos anos após a Leiteria, e, um dia, com um sobressalto, ele se deu conta: talvez o nome dela não fosse mais Carey Price.

Talvez ela tivesse se casado.

Detestava a ideia e quase preferia que ela tivesse se mudado. Mas ele continuou procurando e, todos os dias, indo e vindo do trabalho, sonhava em ver o cabelo cor de mel dela balançando na calçada à sua frente, mesmo sem saber o que diria.

Não era que Carey não quisesse ser encontrada. Ela só não sabia que alguém a estava procurando. E, embora a busca de Tommy pudesse ter sido infrutífera, pelo menos seu instinto estava correto. Carey Price não era mais Carey Price porque, de fato, havia adotado o nome do marido.

Na mesma manhã em que Tommy percebeu que talvez tivesse perdido Carey para outra pessoa, Carey Gallagher estava se olhando no espelho e se perguntando se fraudes um dia sempre eram descobertas. "Tem que fingir até conseguir", sua melhor amiga Rachael a havia aconselhado —

mas e se ela fosse pega antes? Para Rachael, era muito fácil ser simplista assim. Ela nunca precisara fingir; era uma daquelas garotas para quem as oportunidades parecem ser criadas sem nenhum esforço de sua parte. Não exatamente um berço de ouro, mas algo bem próximo. Existe algo como um berço semiprecioso, por exemplo, de cobre ou algo assim? Carey balançou a cabeça. "Concentre-se", disse a si mesma. "Saia pela porta. Não se atrase."

Ela se arrastou de volta até o quarto. Seu lado da cama mal havia sido tocado; o lado de Aaron era outra história. Ele ainda estava lá em algum lugar, enterrado sob uma montanha de lençóis e cobertores. Carey foi retirando as camadas até encontrá-lo, ainda dormindo profundamente, com um fio de saliva ligando a boca ao travesseiro. Ela o sacudiu gentilmente pelo ombro, e os olhos dele se abriram, sem brilho e sem foco.

— Estou indo. Te amo — disse ela baixinho.

Ele grunhiu e rolou para o lado, puxando a colcha sobre a cabeça.

— Você não vai me desejar sorte? — perguntou ela, com a voz mais alta.

— Com o quê? — foi a resposta abafada.

— Meu primeiro dia, né?

— Aff — Aaron grunhiu de novo. — Boa sorte.

Carey esperou mais um pouco, achando que ele talvez se sentasse para lhe dar um beijo de despedida. Mas nada, apenas a respiração constante e rítmica que indicava que Aaron havia voltado a dormir.

Enquanto Carey descia apressada os degraus do pequeno apartamento no terceiro andar, sentia a mágoa fervendo como uma panela no fogão; às vezes, ela borbulhava até a borda e ameaçava transbordar. O esforço do dia (ou a falta dele) poderia ser atribuído ao torpor do sono. Mas ela sabia que não era isso. Sendo quem melhor conhecia Aaron, ela havia chegado à infeliz conclusão de que ele não era, na verdade, uma pessoa muito legal.

Carey podia estar atrasada, mas o ônibus também estava, e ela chegou ao ponto coberto assim que as portas se abriram. Deu um suspiro de alívio. Não podia se dar o luxo de se atrasar — especialmente naquele dia —, mas também não tinha dinheiro para pagar um táxi se perdesse o ônibus. Uma das desvantagens de morar tão longe do centro da cidade era que, às vezes, parecia que ela estava na metade do caminho de volta para Upper Reach.

"Merda", pensou. "Upper Reach. O aniversário da tia Michelle. É hoje?" Carey procurou sua agenda na bolsa. "Merda. Semana passada. Merda." Ela fez uma anotação mental para comprar um cartão na volta para casa à noite, anotação essa que foi prontamente esquecida quando o ônibus fez uma curva em alta velocidade.

Carey sabia que devia a tia Michelle muito mais do que um cartão por ano em seu aniversário. Sem ela, Carey nunca teria conhecido o sr. e a sra. Henderson, nunca teria conseguido um emprego ou um diploma e nunca teria chegado até ali: trancando a porta de seu *próprio* apartamento, correndo em direção ao seu primeiro dia naquele que — sem querer ser clichê — poderia muito bem ser o cargo com o qual ela sempre sonhara.

Eli e Olive Henderson tinham sido gentis com Carey, abrindo as portas para ela depois de apenas um telefonema de Michelle Chaplin. Eles tinham dois quartos vagos no sobrado geminado que ficava espremido entre outros do mesmo tipo. Um deles era uma cápsula do tempo, pronta para quando a filha voltasse para casa. Mas Angie tinha seguido o desejo de ir para o exterior, em uma viagem que começou com um ano, virou dois, depois três, e então Eli e Olive começaram a suspeitar que ela não voltaria. Fazia vinte anos, e, como Olive às vezes lamentava, eles só tinham visto Angie três vezes desde então — um castigo por um crime que eles nem sabiam que haviam cometido.

Nunca ficou claro para Carey como eles conheciam a tia Michelle, mas, no fim das contas, não importava. Eles cobravam uma ninharia por moradia e alimentação desde que Carey ajudasse a lavar, dobrar roupas e limpar o banheiro. O acordo era excelente para ela. Carey preenchia uma lacuna na vida dos Henderson e eles lhe davam tudo de que ela precisava para encontrar seu caminho na vida. Inclusive, Eli Henderson tinha sido o primeiro a se sentar com Carey e planejar como ela poderia subir os degraus até chegar à faculdade de direito.

Primeiro degrau: trabalhar duro no emprego que a tia Michelle havia arrumado.

— *Eu* comecei como assistente administrativo, sabe — disse Eli, sorrindo. — Pode acreditar em mim: os assistentes administrativos sabem de todos os segredos.

Segundo degrau: estudar à noite para se formar no ensino médio. Essa parte era relativamente fácil. Carey sempre fora inteligente — muito inteligente — e, sem as meninas da escola a atormentando, ela se saía bem.

Terceiro degrau: entrar na faculdade de direito. Essa parte parecia mais difícil, porque *era* mais difícil. Mas, por semanas a fio, Eli e Carey ficaram acordados até tarde, com a sala da frente do terraço iluminada até as primeiras horas da manhã. Ele a questionava sobre contratos, delitos e sentenças, muito mais do que ela precisava para *entrar* no curso de direito. Ela passou facilmente no vestibular. Poderia ter se formado ali mesmo.

Carey estava no último ano do curso quando percebeu que algo estava mudando; algo sutil que — se ela não estivesse morando com Eli e Olive por tanto tempo — poderia ter passado despercebido. Eli Henderson, que já estava com setenta e poucos anos, gastava cerca de trinta minutos todas as manhãs para se arrumar — um ritual elaborado de fazer a barba, depois passar óleo no cabelo, cortar as unhas e fazer a barba outra vez. ("Pelo é uma coisa peculiar", explicara ele a Carey. "Ele pode se esconder da lâmina de barbear uma, duas, até três vezes. Mas, se você voltar alguns minutos depois, pode pegá-lo de surpresa." Carey não achava que isso fosse verdade, mas também não iria questionar.) Olive suportava essa rotina com bom humor todos os dias desde que os dois haviam se casado e confidenciou a Carey que nunca vira o marido com a barba por fazer.

— Barba é para quem tem algo a esconder — explicou ela em uma imitação rouca de Eli que foi suavizada por um sorriso.

No dia em que as coisas mudaram, Carey e Olive estavam na cozinha quando o cheiro do óleo de cabelo anunciou a chegada iminente de Eli. Quando ele se sentou à mesa, Olive se levantou para pegar o café da manhã do marido.

— Bom dia, Eli — cumprimentou Carey.

No início, ela o chamava de sr. Henderson, mas ele disse que era formal demais. Carey achava errado chamar um senhor cinquenta anos mais velho do que ela pelo primeiro nome, mas ele insistia.

— Bom dia, querida — Eli respondeu alegremente, como sempre.

Ele se virou para a esposa e, enquanto falava, Carey o observou atentamente. Algo não parecia certo, mas ela não conseguia identificar o quê. Foi só quando Eli se inclinou para trás para rir de algo que Olive falou que Carey percebeu. O queixo de Eli foi atingido por um raio de sol que entrava pela janela da cozinha, iluminando uma fina mancha de pelos curtos brancos como a neve.

— Eli! Você não fez a barba! — Carey gritou fingindo indignação.

Eli olhou para Carey, depois para a esposa, e seu sorriso desapareceu do rosto, substituído por um breve lampejo de confusão. Ele levou a mão ao queixo, e Carey conseguiu ouvir a pele fina raspar contra a barba por fazer.

— Ah — disse ele. — Peço desculpas, senhoras. Volto em alguns minutos.

Carey saiu para uma aula e logo esqueceu completamente o descuido de Eli Henderson com a barba. Mas, quando voltou para casa no fim daquela tarde, ficou claro que Olive Henderson não havia se esquecido. Ela tinha perguntado ao marido sobre o assunto na hora do almoço, e ele desprezou com um aceno de mão. Isso a preocupara.

— Cinquenta e três anos em maio, e ele nunca esqueceu — disse Olive calmamente enquanto Carey ajudava a descascar cenouras, com os longos fios alaranjados se enrolando na pia da cozinha. E, quando ela disse isso, Carey concordou — era muito incomum.

O que as duas estavam testemunhando, claro, era o primeiro sinal externo de demência. Mas, agora que estavam alertas, outros sinais apareceram quase que imediatamente.

Eli nunca mais se esqueceu de fazer a barba — depois de ter sua atenção chamada para isso, era a principal preocupação dele a cada manhã —, mas, na semana seguinte, quando ele e Olive saíram para caminhar até o mercado, Eli virou à esquerda; o mercado ficava, e sempre havia ficado, à direita.

— Por aqui, Eli — disse Olive.

— Eu sei, amor — respondeu ele. — Eu só estava... — Procurou uma desculpa, mas não encontrou nada.

Passaram-se três meses até que Olive conseguisse convencer o marido, o impecavelmente vestido e bem-educado Eli Henderson, a ir ao médico, que confirmou o que Olive e Carey temiam.

Passaram-se mais seis meses até que aquele mesmo cavalheiro elegante e educado parasse perto de Carey no corredor em frente à cozinha e ela visse os olhos dele passearem até onde a saia dela terminava, um pouco acima do joelho. Em seguida, ele passou por ela e nunca mais mencionou o assunto, como se tivesse esquecido que aquilo havia acontecido.

Foi um olhar breve e luxurioso, completamente diferente do estranho olhar cheio de ódio de seu padrasto, mas, por um momento, Carey se sentiu de novo com dezesseis anos. Desta vez, porém, em vez de lamentar a perda da mãe, ela estava lamentando o homem que a havia acolhido e sido tão, tão gentil. Lamentando a perda do verdadeiro Eli.

Na mesma semana, Carey perguntou se Rachael gostaria de dividir um apartamento. Ela ocultou o verdadeiro motivo da sugestão; de alguma forma, parecia desrespeitoso com Eli Henderson pintá-lo como um cafajeste, sendo que uma doença estava se infiltrando em sua mente, roubando-lhe a natureza doce e gentil que havia definido cada minuto de sua vida. Depois de uma conversa difícil com Olive Henderson (que se sentia como se estivesse perdendo outra filha), Carey se mudou com sua melhor amiga da faculdade de direito para um apartamento alugado pequeno em uma periferia da cidade.

O ônibus fez outra curva muito rápida, e Carey se agarrou ao assento da frente para não escorregar para o corredor.

"Meu Deus do céu", pensou ela. "Por que mesmo eu me mudei para Ingleby?"

Ela havia se mudado para Ingleby porque Rachael arrumou um namorado. As duas estavam trabalhando — Rachael em um pequeno escritório de advocacia, Carey no departamento jurídico da mesma seguradora em que havia sido assistente administrativa (Eli tinha razão — ela *sabia* todos os segredos) —, e uma série de namorados havia passado por seu pequeno apartamento. E, aí, um ficou.

— O Daniel vai vir morar aqui — anunciou Rachael. — Fica tranquila, vamos dividir o aluguel em três. Na verdade, você vai *economizar*.

Ela havia apresentado a proposta como um bom negócio para Carey, mas as duas sabiam que era meio cilada. Depois de vários meses sendo vela em sua própria sala, Carey decidiu que era hora de comprar sua casa. Olhando para o mapa, cada centímetro de distância do centro da cidade era um passo mais perto de ser acessível, até que enfim ela se estabeleceu em um bairro distante do qual nunca tinha ouvido falar.

Ingleby não impressionava muito, mas era um começo. O apartamento de um quarto vinha com um cadeado pesado na porta, e, embora ficasse no terceiro andar, as janelas tinham telas de segurança que só poderiam ser cortadas com uma rebarbadora. Ela se sentiu segura — e ainda mais segura quando conheceu Aaron.

Aaron era amigo do namorado de Rachael, Daniel, e, como relacionamento é uma coisa quase contagiosa, assim que Rachael entrou em um, achou que Carey também precisava.

— Vocês dois fariam bebês lindos — disse Rachael, cutucando Carey com um cotovelo como quem dizia: "Vai lá, o que você tem a perder?".

E não eram só o maxilar forte e os ombros largos — ele tinha um senso de humor ousado e um magnetismo que atraía as pessoas. Carey se apaixonou por ele: primeiro, nas noites em que saíam com Rachael e Daniel e, depois, nas noites em que ele passava no pequeno apartamento dela no bairro maltrapilho de Ingleby.

Foi só depois que se mudou que ele parou de se esforçar, como se o trabalho necessário para encantar estranhos lá fora fosse excessivo quando estavam apenas os dois, dia após dia. Ainda assim, Carey se sentia *segura* quando ele estava. Não importava que Aaron não demonstrasse muito afeto. Ou que sorrisse quando discordava dela de uma forma que era ao mesmo tempo desdenhosa e depreciativa. Em seu íntimo, ela ainda se sentia *segura*, o que era uma traição chocante vinda do próprio instinto de Carey.

A primeira vez que ele a agrediu foi sem aviso.

— Pensei em sairmos às seis para encontrar todo mundo no restaurante às sete — disse ela. — Você vem, né?

— Não, hoje não — respondeu ele e voltou para a geladeira, procurando alguma coisa. Provavelmente uma cerveja.

— Ah, vamos. Vai ser divertido. É aquele lugar que eu mostrei pra você na outra semana. — Carey agarrou o braço dele e tentou virá-lo para si. — O restaurante fica junto de uma destilaria, então eles fazem a própria bebida...

"Provavelmente foi um acidente, e não um golpe *de fato*", disse Carey a si mesma mais tarde. Aaron deu de ombros e seu cotovelo acertou em cheio a lateral da cabeça dela, logo acima da orelha esquerda. Havia bastante cabelo para cobrir o hematoma. Carey também não foi ao jantar naquela noite.

Talvez o aspecto mais sinistro de todo o episódio tenha sido o fato de Aaron não ter mencionado nada depois. Não houve nenhum pedido de desculpas, nenhuma declaração de amor, nem mesmo uma tentativa de culpar Carey pelo que ela o havia obrigado a fazer. Se não fosse pela dor latejante em sua cabeça, ela talvez tivesse questionado se tinha mesmo acontecido. Mas tinha. E aconteceu de novo.

Carey teria largado Aaron se sua menstruação não tivesse atrasado. A ideia de que ela, Carey Price, teria um bebê a aterrorizava por três motivos: não tinha ideia do que fazer com uma criança; *não queria* ter um filho com um homem que estava longe de ser tão perfeito quanto o prometido; e, por fim, sua carreira estava começando a engrenar.

— Sabe, você tem outras opções — disse Rachael delicadamente quando Carey perguntou o que ela deveria fazer. (Mas, claro, Rachael não sabia sobre o lado violento de Aaron Gallagher, e Carey não lhe contou.) — Eu iria com você à consulta. Pensa nisso, tá?

Mas a opção que Carey escolheu não foi a que Rachael havia sugerido, e, de repente, Rachael e Daniel estavam testemunhando o casamento no cartório de Aaron e Carey, que se tornou Carey Gallagher, esposa de um marido relutante e decididamente terrível.

Duas semanas depois, Aaron sacudiu Carey para acordá-la.

— Que merda, Carey. Você se mijou? — Aaron era sempre mais desagradável quando seu sono era interrompido.

No escuro, Carey tateou os lençóis: estavam encharcados.

— Eu... acho que sim — disse ela, chocada. — Deve ter sido. Desculpa, Aaron.

Mas a umidade em seus dedos tinha um cheiro acobreado — cheiro de sangue. Ela chorou com Rachael por horas naquele dia; não apenas pela perda (que sentiu mais intensamente do que esperava), mas pela aliança que agora usava em seu dedo como uma algema.

A aliança e seu novo nome. (Que a escondia de Tommy, que a procurava, mas nunca encontrava.)

Os nervos de Carey estavam à flor da pele quando o ônibus diminuiu a velocidade e o tráfego ficou mais pesado ao redor. Eles estavam se aproximando da cidade agora e, meu Deus, como ela estava nervosa. Começar um novo emprego já era assustador, mas começar um emprego para o qual ela se sentia completamente desqualificada? Bem, era algo totalmente diferente. Não importava que tivesse sido aprovada em um processo seletivo de dois dias. Aaron riu quando ela se candidatou, mas os recrutadores viram que Carey Price, agora Carey Gallagher, era infinitamente mais capaz do que seu marido queria que ela acreditasse.

Carey esperou na recepção do 18º andar por seu novo chefe, lutando contra um desejo quase irresistível de voltar para o elevador, pegar um ônibus e voltar para seu pequeno apartamento, onde Aaron provavelmente ainda estava dormindo. Mas, à medida que os minutos passavam, ficava menos entusiasmada com essa ideia, e não só por causa da despedida sem graça que recebera de manhã. Na verdade, ela se pegou quase torcendo para que Aaron não estivesse lá quando ela voltasse, que o trabalho temporário dele como empreiteiro tivesse voltado e o levado para longe. O pensamento aliviou seu nervosismo e, quando a supervisora de Carey se materializou na sua frente, ela ainda estava com um meio sorriso.

— Carey, bom dia — disse Rose. — Que ótimo ver você de novo.

Dos três advogados que haviam feito parte das entrevistas, Carey gostara mais de Rose. Ela tinha um ar de autoridade e confiança que era suavizado (mas de forma alguma enfraquecido) por algo ligeiramente maternal. Lembrava um pouco a tia Michelle.

Carey se levantou e ajeitou a saia.

— Oi, Rose — falou, esperando parecer menos vacilante do que se sentia.

Rose deu com Carey um tour pelos 18º e 19º andares, durante o qual ela ouviu muitos nomes, mas se lembrou de poucos. Por outro lado, quase todos que a tinham conhecido lembraram-se dela, incluindo vários homens que cutucavam seus colegas e murmuravam entre si. (Um deles recebeu uma suspensão de duas semanas do departamento de Recursos Humanos. Felizmente, Carey não ficou sabendo.)

A primeira semana de Carey passou muito rápido e se transformou em um mês, depois em dois. De repente, outra associada júnior começou a trabalhar na empresa e, de repente, Carey não era mais a garota nova, mas apenas Carey. As jornadas eram longas, e Carey já havia perdido a conta do número de vezes em que foi uma das poucas pessoas no ônibus noturno, com a chave da porta da frente apertada entre os nós dos dedos.

— O que você vai fazer com isso, amor? — perguntou-lhe uma mulher mais velha, uma noite, do outro lado do corredor.

Carey deu de ombros.

— Não sei — admitiu.

Ela não sabia se teria coragem de enfiar a chave no olho, na bochecha ou em qualquer outro lugar de um agressor, mas segurá-la lhe dava algum conforto. Tentava não dar muita importância ao fato de que, quando se imaginava usando a chave, o bandido sempre tinha o queixo e os cabelos curtos e loiros de Aaron.

Mas, no final das contas, a chave nunca foi usada para autodefesa. Na verdade, a única vez que Carey pensou que poderia precisar dela foi na noite em que chegou em casa e encontrou seu apartamento vazio. Assim que girou a maçaneta da porta, sentiu que algo estava diferente. "Merda", pensou, "fui roubada", e tirou a chave da fechadura e a apertou entre os dedos. Mas, quando olhou em volta da sala de estar, a realidade se impôs. Ladrões não costumam ter uma chave que passam por baixo da porta quando vão embora.

Carey pegou o celular e ligou para a melhor amiga.

— Ele foi embora, Rach — disse Carey.

— Como assim, foi embora? — perguntou Rachael.

— Ele me largou. Deve ter sido em algum momento de hoje... Ele estava aqui de manhã.

— Ah. — Rachael ficou em silêncio por um momento. — Tem certeza? Talvez tenha sido chamado para um trabalho.

— Ele levou a TV. E... — Carey fez uma pausa, vendo algo na bancada da cozinha — deixou a aliança de casamento.

— Ah — disse Rachael outra vez. — Bem, então está bem claro, né? Como você está se sentindo?

Carey considerou a pergunta. Pensou em Aaron e na maneira como ele a olhava cheio de desejo no início do relacionamento. Pensou em como era viver com ele. Ser ferida por ele.

— Bem, eu acho. Desculpa, Rach, eu sei que ele é amigo do Daniel, mas é... hum... é uma coisa boa.

Na verdade, Aaron saiu minutos depois de Carey ter ido trabalhar naquela manhã. Ele estava deitado na cama, esperando ouvir a porta se fechar, e, assim que isso aconteceu, ele já levantou e se vestiu. A maior parte de suas roupas já estava no carro, e ele deu uma olhada no apartamento, vendo o que mais poderia pegar.

— Foda-se — disse a si mesmo, e desconectou a televisão. — Só eu assisto mesmo.

E a carregou até seu carro. Voltou apenas para tirar a aliança e colocá-la sobre a mesa, depois trancou a porta e passou a chave de volta por baixo dela. O trajeto até seu novo apartamento levava meia hora, e lá estava a garota com quem ele havia começado a sair seis semanas antes.

Se Rachael estava preocupada com o fato de que Carey iria sofrer pelo fim do casamento, rapidamente percebeu que estava errada — no que dizia respeito a Carey, o casamento era tóxico desde o início e estava clinicamente morto havia algum tempo. A saída de Aaron do apartamento era apenas a cremação do corpo. O luto dela já havia terminado, e o divórcio seria uma simples formalidade. Na verdade, ela estava mais chateada com a TV.

Mas, ainda assim, Rachael sentiu que deveria dar apoio, porque era isso que as melhores amigas faziam, certo? Na tarde da sexta-feira seguinte, às cinco e meia, o celular de Carey tocou. Ela ainda estava no trabalho (naturalmente), e o toque ecoou alto na sala ampla, circulando pelos cubículos reservados para os associados. Viu algumas outras cabeças se levantarem com a interrupção. Carey não era a única trabalhando até mais tarde.

— Alô?

— Até que horas você vai ficar no trabalho? — Era Rachael.

— Não muito tarde... talvez mais uma ou duas horas. Quero terminar umas coisas antes do fim de semana.

— Certo. Estarei em frente ao seu prédio em quinze minutos. Se você não estiver lá embaixo, vou sem você.

Rachael desligou e Carey sorriu.

Quinze minutos depois, Carey estava em frente à torre comercial. Era uma noite quente de fim de janeiro, e a calçada havia retido o calor do dia.

— Sortuda. Eu realmente teria ido sem você — disse Rachael atrás dela.

Carey abraçou a amiga com força. Elas saíram pela rua, sem nenhum destino específico em mente, mas em direção ao centro da vida noturna da cidade. Enquanto caminhavam, conversavam, e Carey teve a sensação de que estava sendo avaliada para ver os danos e o quanto seria necessário de primeiros socorros emocionais após o término do casamento.

— Sério, Rach, estou bem — insistiu ela. — Eu diria se não estivesse. A verdade é que Aaron não era... bem, ele não era uma pessoa muito legal. E agora pode ser problema de outra pessoa. O mais importante é que ainda tenho meu apartamento. Era meu antes de a gente se conhecer e, se ele tentar reivindicar, boa sorte para ele.

Isso fez Rachael sorrir. Não gostaria de enfrentar a amiga em uma batalha legal.

— É uma separação tranquila. Aaron não existe mais. E, aliás, chega de homens por um tempo — acrescentou Carey.

Elas dobraram uma esquina e subiram uma rua repleta de cafés e restaurantes.

— Vamos tomar um drinque antes do jantar, que tal? — Rachael sugeriu, apontando para um lugar do outro lado da rua.

Carey assentiu e elas atravessaram a rua para entrar no fim de uma fila. A fila andava rápido, e, à medida que avançavam, Carey e Rachael se atualizavam sobre as novidades uma da outra.

— Daniel está concorrendo a uma promoção. Mas olha isso: ele precisa fazer três rodadas de entrevistas primeiro. Três! Para uma promoção interna! — Rachael estava dizendo quando chegaram à frente da fila e entraram.

O lugar estava lotado, e Carey examinou o salão mal iluminado em busca de um lugar para se sentar.

— Você disse que não quer mais saber de homem? — Rachael perguntou enquanto elas abriam caminho em meio à multidão, com os lábios perto do ouvido de Carey para se fazer ouvir por cima da música e da conversa.

Carey assentiu com veemência.

— Que pena — disse Rachael. — Porque aquele ali não para de olhar pra você desde que a gente entrou.

Carey se virou para onde Rachael estava gesticulando e viu o barman, um homem alto e em forma, de vinte e poucos anos, atrás do balcão. Ele tinha cabelos grossos cor de areia e um nariz torto, e estava ligeiramente boquiaberto enquanto Carey o olhava de cima a baixo.

Tommy não havia encontrado Carey. Ela é que o havia achado.

18

Antes de Carey entrar no The Hole naquela noite de verão, a única coisa digna de nota era a mesmice. Tommy Llewellyn e Josh Saunders haviam se tornado uma máquina bem lubrificada, embora as peças tivessem de ser reapresentadas no dia 5 de janeiro de cada ano. Mas, após aperfeiçoar sua rotina de se candidatar a um emprego que ele mesmo criara (ele não pensava mais em termos de *enganar* a Reinicialização; era mais um caso de *lidar* com ela), Tommy descobriu que conseguia se encaixar sem problemas em seu papel de barman-chefe, e ele e Josh retomavam sua amizade praticamente de onde haviam parado. Josh nunca teve uma sensação de *déjà vu*, nunca achou que conhecia Tommy de algum lugar, mas ele se perguntava como tinha a sorte de encontrar alguém que complementasse tão bem suas próprias habilidades e personalidade. Nos anos que se seguiram à partida de Dave, a dupla trabalhou, trabalhou e trabalhou, implementando as mudanças que pretendiam fazer havia tanto tempo. (Às vezes, Dave se arrependia de não ter dado ouvidos ao filho. Isso geralmente acontecia por volta das três da manhã, na metade de seu turno servindo cerveja para viajantes cansados em um bar do aeroporto.) O resultado era a fila em que Rachael e Carey haviam entrado.

  Tommy, que tinha aprendido sozinho nos livros a consertar móveis e a pintar uma casa, havia transformado grande parte dos assentos do bar, conseguindo de alguma forma aumentar a capacidade sem perder o charme. Josh reformulou a carta de vinhos e o cardápio de drinques, e convenceu a chef de um restaurante próximo a pular do barco e reinventar a cozinha do The Hole. Essa chef levou sua melhor garçonete, uma espécie de volta ao lar para Renee.

E, sim, eles começaram a servir almoço.

Os três velhos donos do The Hole ficaram entusiasmados — fila na porta todas as sextas e sábados à noite, e lotação total nos outros dias. Em apenas alguns anos, o bar havia se tornado um dos locais mais badalados da cidade. Certamente havia um burburinho em torno dele.

E foi nesse burburinho que Carey e Rachael entraram, sem ter noção alguma de que o mundo de Tommy havia mudado em um piscar de olhos. Por sorte, elas passaram pela multidão e um jovem casal se levantou de uma pequena mesa no fundo da sala, percebendo (tarde demais) que o filme que iriam ver tinha começado fazia cinco minutos. Rachael viu a mesa e correu para lá, acenando para chamar a atenção de Carey. Carey ainda estava olhando para o homem atrás do balcão.

— Carey! — Rachael chamou. — Aqui!

Carey se virou, viu a amiga acenando para ela e se juntou a Rachael na mesa.

— Que tal? — perguntou Rachael.

— A mesa? Adorei.

Rachael revirou os olhos.

— Você entendeu. Que tal o cara? — Ela acenou com a cabeça para Tommy.

Carey olhou de novo, bem a tempo de ver Tommy finalmente desviar o olhar, seu foco puxado de volta com relutância para as três fileiras de clientes que aguardavam no bar.

— Rach, é sério, vou dar uma pausa por um tempo. Ei, esqueci de contar pra você: Aaron tentou me ligar durante a semana.

E, distraída, Rachael se inclinou para ouvir o resto da história.

Atrás do bar, o coração de Tommy batia como se ele tivesse acabado de fazer uma corrida. Ele olhou duas vezes, depois três, com a incredulidade se instalando. Era um rosto que ele havia imaginado centenas de vezes, *milhares* de vezes, imaginando repetidamente o que aconteceria se ela entrasse pela porta. E agora ela havia entrado.

"Meu Deus do céu. Ela está aqui."

Todo o resto — os clientes, as risadas, a música, a poça de cerveja a seus pés — havia desaparecido.

"Ela está aqui mesmo."

Então, ela passou pelo bar e se sentou a uma mesa com a amiga. Ele a encarou, incapaz de desviar o olhar. A última vez que vira Carey, ela estava doente: punhos ossudos, pernas finas que nem palito, clavículas salientes. "Agora", pensou Tommy, "ela parecia... *mais saudável*." Desejou que isso não fosse ofensivo.

— Oi? — disse um homem batendo seu cartão de crédito com impaciência no balcão. — Eu sei que está cheio, mas estou esperando há um tempão, e eu...

— Ah, claro. Desculpa — disse Tommy, balançando a cabeça como se estivesse acordando.

Ele começou a preparar as bebidas do homem, um pedido simples que, mesmo assim, conseguiu errar duas vezes. Isso definiu o cenário da próxima meia hora, enquanto pensava no que dizer a Carey, se é que deveria dizer alguma coisa, e o que faria se ela fosse embora do bar e da vida dele antes de Tommy tomar uma decisão.

Josh apareceu ao seu lado.

— Cara, você está bem? — Josh perguntou. — Acabei de ver você servindo um gim-tônica com limonada. Prefiro não ter que dar tanta bebida de graça.

— Ah, desculpa. Não vai se repetir — disse Tommy.

— Tem alguma coisa rolando. O que foi? Más notícias?

— Não exatamente — respondeu Tommy, e seus olhos se voltaram para a mesa onde Carey e Rachael estavam conversando focadas.

Josh sorriu.

— A garota do canto? — perguntou.

Tommy confirmou com a cabeça, sem graça.

— Ei, não está na hora do seu intervalo? — falou Josh. Tommy olhou para ele, confuso. Deveria trabalhar até o fim do turno. — Que tal eu assumir o bar por uns minutos para você fazer uma pausa rápida?

Josh deu uma piscadela para Tommy.

A proibição de confraternizar com os clientes havia sido claramente suspensa.

Tommy limpou as mãos e passou por Josh e outros dois garçons. Se antes seu coração estava acelerado, agora explodia no peito conforme se aproximava da mesa onde sua primeira (e única) paixão estava sentada, ainda sem ideia do que dizer quando chegasse lá. Rachael o viu chegando, deu uma cotovelada em Carey e desapareceu no banheiro feminino.

De repente, a multidão se separou e Tommy estava lá, parado em frente à mesa de Carey. Ele se sentiu como se tivesse entrado no palco, com milhares de olhos fixos nele sob um holofote quente e brilhante.

— Oi — disse, e gemeu internamente.

Todo esse tempo, e o melhor que ele conseguia dizer era *Oi*.

— Oi — respondeu Carey.

Aí, ela sorriu. Era, sem dúvida, a coisa mais linda que Tommy já vira na vida.

— Posso me sentar rapidinho? — perguntou.

Carey assentiu com a cabeça.

Ele se perguntou se conseguia ver uma ponta de reconhecimento em seus olhos. Não havia, é claro, mas o que ele viu o encorajou — um olhar ligeiramente indulgente e curioso que sugeria que ela o ouviria.

— Olha, eu não costumo fazer isso — Tommy começou, e Carey soltou uma risada. — Não, sério, não faço mesmo! É proibido — insistiu ele, com a voz aguda de indignação. Ele pigarreou e continuou. — Meu nome é Tommy. Tommy Llewellyn. Queria saber se posso pagar um drinque pra você.

Até então, naquela noite, Carey havia declarado duas vezes que não queria mais saber de homens. Mas havia algo de desarmante em Tommy, algo meio... indefeso. Então, em vez de dispensá-lo, como pretendia, Carey se viu cedendo.

— Tudo bem — disse ela, e Tommy fez um gesto para Josh (que estava observando com toda a sutileza que conseguia reunir, ou seja, nenhuma).

— Carey Gallagher — apresentou-se ela, estendendo a mão, e Tommy ficou sem fôlego. "Ela é casada", percebeu ele, e sentiu que sua euforia começava a se desfazer. Mas Carey tomou uma decisão rápida. — Na verdade, Carey Price. Longa história.

Era uma história que Tommy queria ouvir, mas a mensagem era simples. Ele olhou para a mão dela. Não havia aliança.

Josh pegou o copo vazio de Carey e o substituiu por um cheio.

— Sei que você acabou de conhecer ele, mas este aqui é um partidão — disse.

Carey revirou os olhos, mas deu uma risadinha.

— Então, o que você faz, Carey? — perguntou Tommy. Ele tinha tantas perguntas.

— Sou advogada. Só associada, na verdade. Na Peters & Peters.

Tommy não fazia ideia do que era Peters & Peters ou o que um associado fazia, mas não estava nem aí. Ela era advogada. "Ela tinha conseguido." Era difícil não dizer o quanto estava orgulhoso. Não só teria parecido bizarro como também teria levantado uma série de questões difíceis que não sabia como responder. Em vez disso, Tommy olhou para o relógio.

— Preciso voltar ao trabalho. Não sei quais são seus planos, mas, se vocês forem ficar por aqui, eu saio às onze. Senão... — Ele hesitou. — Talvez eu possa dar meu número para a gente se ver de novo algum dia.

Ele prendeu a respiração enquanto aguardava a resposta dela.

— Vamos ver — disse ela despreocupada, e ele expirou, desanimado. — Foi um prazer conhecer você, Tommy — completou Carey, e Tommy voltou para o bar enquanto Rachael deslizava de volta para seu assento.

Tommy sentiu que as duas o estavam observando enquanto ele se afastava, e suas bochechas ficaram coradas — o velho rubor familiar que ele não sentia havia alguns anos.

Tommy mal conseguia passar um minuto sem olhar a mesa no canto do fundo, perto das máquinas de pinball. O *Twilight Zone* já havia desaparecido fazia muito tempo (as palhetas haviam caído e o técnico orçou em mil dólares para consertar), mas *Indiana Jones* havia tomado seu lugar, e o som de um chicote estalando e algumas notas da música-tema ocasionalmente saíam do alto-falante de som metálico. À medida que a noite avançava, Tommy tinha esperanças de que Carey e a amiga ainda estivessem lá quando seu turno terminasse para ele poder continuar de onde havia parado, tentando se conectar com uma garota que ele amava *in absentia* desde criança.

Quinze minutos antes do horário da saída dele, Tommy ouviu o estalo do chicote de Indy e levantou os olhos. Seu coração ficou apertado. Rachael havia tomado uma garrafa de champanhe quase sozinha e demorou um momento para se firmar enquanto elas se levantavam e, em seguida, com a bolsa no ombro, abriram caminho entre a multidão até a porta. Tommy as perdeu de vista e sentiu vontade de chorar. Não apenas porque elas tinham ido embora — ele tinha certeza de que conseguiria encontrá-la novamente, agora que sabia seu nome de casada e onde ela trabalhava —, mas porque ela tinha ido embora sem falar nada para ele. Se essa era a maneira de Carey enviar um sinal de que não queria ser procurada, Tommy o havia recebido e entendido muito bem.

Mas a rejeição parecia tão injusta. Para Carey, era só uma forma de repelir os avanços de um barman desajeitado, um homem que ela nunca tinha visto antes e provavelmente nunca mais veria. Para Tommy, era a execução sumária de uma esperança que ele mantivera viva por metade de sua vida.

Tommy fez sem vontade o que precisava até terminar seu turno. A correria havia acabado, os dois outros funcionários atrás do bar eram mais do que capazes de lidar com o que restava, e Tommy se viu ansioso para sair do The Hole. Exatamente às onze (Tommy não era de ficar olhando o relógio, mas, naquela noite, não estava nem aí), ele serviu seu último drinque e limpou as mãos na frente da camisa social preta, o uniforme que ele e Josh haviam introduzido quatro Reinicializações antes. Despediu-se de Josh, que olhou para ele meio perplexo e o chamou.

— Você sabe que eu saio às onze, né? — disse Tommy.

— Sim, lógico — respondeu Josh. — Só não sei por que você está indo para casa. Está perdendo uma oportunidade, se quer minha opinião; ela parecia bem interessada.

Agora era Tommy quem parecia confuso.

— Josh, ela foi embora faz quinze minutos — explicou ele. — Eu não perdi a oportunidade. Ela não quis.

— Ah — disse Josh com um sorriso. Ele estava se divertindo. — Deve ser a gêmea dela, então.

— Como assim? — perguntou Tommy.

Josh apontou para a mesa onde Carey e Rachael tinham se sentado juntas. Carey agora estava sozinha, de pernas cruzadas, olhando distraída as fotos em seu celular enquanto esperava.

Esperava por Tommy.

Três horas depois, Tommy e Carey ainda estavam na mesinha nos fundos do The Hole, com as luzes piscantes e a música distorcida das máquinas de pinball mal os distraindo enquanto conversavam e riam. Carey explicou como tinha colocado a amiga em um táxi e a mandado para casa, tendo passado a maior parte da noite avaliando os prós e os contras de ficar para um encontro de última hora. Os prós haviam vencido, e aqui estava ela.

— Que bom que você ficou — disse Tommy, tímido, e Carey sorriu.

Ela lhe contou sobre sua vida, a parte que ele já sabia e a parte que desconhecia. Ele ouviu sobre o doce casal de idosos que a acolheu e a tristeza dela com a recente morte de Eli Henderson. Só falou algumas frases sobre o futuro ex-marido e dedicou mais tempo à sua alegria em trabalhar na área jurídica, rindo ao descrever seu inexplicável amor por contratos.

— Não sei o que é. Talvez eu só goste de encontrar brechas e fechá-las. Será que eu sou muito estranha?

Tommy também pulou algumas partes, começando sua história no dia em que chegou à cidade. Carey achou difícil acreditar que ele ainda estava morando em um hostel de mochileiros, e, quando tentou justificar explicando que estava economizando para uma coisa, ele soube qual seria a próxima pergunta. Carey observou quando Tommy começou a falar sobre o negócio; hesitante no início, mas, assim que a barreira se rompeu, ele não conseguiu mais esconder nada. Apontou as mudanças para as quais havia contribuído: as coisas que ela conseguia ver no salão e as que não conseguia. Se Carey estivesse completamente sóbria, talvez tivesse percebido que Tommy estava descrevendo melhorias feitas ao longo de anos, não apenas no mês em que estava oficialmente trabalhando no The Hole.

Ele concluiu com um sussurro conspiratório sobre seu plano final de comprar o The Hole com Josh, o primeiro passo para fazer fortuna.

Eles conversaram, beberam e comeram, e o tempo pareceu passar para Tommy em uma série de imagens instantâneas. Lá estava ele, sentado com Carey no canto mais escuro do bar, depois Josh estava na mesa deles lembrando-os de que os últimos clientes haviam saído vinte minutos antes. A próxima imagem era os dois em um táxi indo para oeste e, em seguida, Tommy pegando a mão de Carey enquanto subiam as escadas para o apartamento dela.

Pela primeira vez desde que se mudara para a cidade havia uma década, Tommy não retornou ao seu beliche no Sunrise Backpackers.

Tommy e Carey passaram a maior parte do dia seguinte juntos; o turno dele no The Hole só começava no final da tarde, então não tinha desculpa para sair correndo. Não que ele quisesse. Acordou na cama ao lado da mulher com quem sonhara por tantos anos; Tommy não conseguia se lembrar de um momento em sua vida em que tivesse estado mais feliz. Mas, por mais satisfeito que estivesse, algo o incomodava de leve, lá no fundo de sua mente. Toda vez que Carey sorria para ele ou soltava uma risada suave e doce, ele ouvia. Tommy fazia o possível para ignorar aquilo, deixando de lado enquanto tomavam banho e se vestiam. Ele descartou aquilo outra vez enquanto tomavam um café da manhã tardio, lado a lado na bancada da cozinha do apartamento de Carey. Rejeitou categoricamente quando voltaram para a cama no início da tarde, e foi só depois que Tommy deu um beijo de despedida em Carey e estava sentado em um táxi, voltando para o centro para trabalhar, que ele deu espaço para aquela sensação.

Era mais um pressentimento do que um pensamento totalmente formado, mas, quando o táxi parou em frente ao hostel, havia se transformado em uma ameaça muito real e tangível à felicidade que ele acabara de encontrar. Embora o dia 5 de janeiro estivesse a quase um ano de distância, a Reinicialização pairava sobre ele como uma lâmina de guilhotina, brilhando com um lembrete constante de que tudo em sua vida era temporário. E agora ele tinha muito mais a perder.

Quando chegou ao The Hole, poucos minutos antes das cinco, Josh já estava lá. Ele olhou para Tommy com expectativa, esperando por algo — confirmação, negação, detalhes.

Tommy sorriu para ele, e Josh deu um tapinha nas costas do amigo.

— Muito bem, Tommy — disse ele. — Mas, por favor, me fala que você não levou a garota para o hostel; ela merece coisa melhor do que aquela espelunca!

Tommy contou a Josh que eles tinham ido à casa de Carey e passado o dia juntos. Ele não incluiu os detalhes (embora soubesse que Josh estava querendo), mas acrescentou que tinham combinado de se encontrar outra vez na manhã seguinte.

— Caramba, meio intenso, não? — Josh perguntou e logo se arrependeu quando viu a expressão de Tommy. Claramente, o amigo não achava que aquilo era um casinho de uma noite só.

Do outro lado da cidade, uma conversa quase idêntica estava acontecendo ao telefone. Carey havia ignorado meia dúzia de mensagens de Rachael enquanto Tommy estava em seu apartamento, e, quando enfim ligou para a amiga, Rachael suspirou com um falso alívio.

— Eu meio que presumi que ele tinha matado você e cortado seu corpo em pedacinhos. Não seria fora do comum para Ingleby, na verdade — brincou ela antes de Carey contar tudo o que havia acontecido desde que ela colocara Rachael em um táxi na noite anterior. — Amanhã? Tem certeza de que é uma boa ideia? — perguntou Rachael. — Não faz nem quinze dias que Aaron foi embora. Parece meio precipi...

— Não, Rach — interrompeu Carey. — Não é. Minha relação com Aaron terminou há muito tempo. Ele era... sei lá, tipo um colega de apartamento. E bem merda. Eu gosto muito do Tommy. Ele é... ele é legal.

Era o mesmo motivo pelo qual Tommy havia se apaixonado por ela na Leiteria.

— Bem, nem adianta achar que eu vou até Ingleby se ele começar a cortar você em pedaços. Quando eu chegar, ele já vai ter terminado.

Tommy e Carey provaram que os amigos estavam errados. Eles se encontraram no dia seguinte, e na noite seguinte, e ambos descobriram que, quando não estavam juntos, não conseguiam tirar o outro da cabeça. Isso não era novidade para Tommy, que, ao longo dos anos, passara um tempo excessivo pensando em Carey, no que ela estava fazendo e se ele a veria novamente. Em alguns dos momentos mais tranquilos que compartilhavam, Tommy se perguntava se Carey sentia algo incomum — se, ao se deitarem juntos na cama, ou tomarem café da manhã, ou mesmo apenas rirem das piadas idiotas um do outro, ela sentia uma conexão mais profunda e anterior à noite em que se conheceram no The Hole, algo que remontasse aos dias que passaram juntos na Leiteria. Mas, se ela sentia isso, nunca mencionava para Tommy.

Na verdade, ela não estava escondendo nada — durante todo o tempo que ficaram juntos, Carey nunca teria um daqueles momentos hollywoodianos em que o feitiço se quebra e as lembranças voltam à tona. Qualquer lembrança de Tommy quando criança em Upper Reach tinha sido apagada havia muito tempo pela Reinicialização e, mesmo que Tommy *entendesse* o mistério por trás disso, não havia como recuperar o que já desaparecera. Mas sabia o que havia sentido na casa do pai, naquele lugar feliz e confortável que tinha cheiro de lar. Ele não tinha um manual de instruções que lhe dissesse o que fazer, mas a sensação daquele dia havia sido quase irresistível: a sensação de que ele também poderia criar um lugar como aquele, um lugar onde poderia estar a salvo da Reinicialização. Não dava para recuperar o que já estava perdido, mas, no fundo, tinha um pouco de esperança no futuro.

Isso deixava Tommy em um dilema. Será que deveria revelar que havia conhecido Carey antes, que eles eram amigos, que havia salvado a vida dela e que a amava desde então? Ele ficava com a consciência pesada. Esconder dela parecia desonesto, mas não sabia como explicar sem que Carey se sentisse manipulada ou quisesse interná-lo enquanto trocava as fechaduras e o número de celular.

Após semanas de encontros à noite e aos finais de semana, Tommy e Carey se cansaram de ficar indo e vindo. Mas, em vez de se separarem, decidiram morar juntos, o que preocupou Josh e Rachael, mas não os surpreendeu. Tommy sugeriu, em tom de brincadeira, que Carey fosse morar em seu quarto no Sunrise Backpackers. Em vez disso, ela lhe entregou uma chave.

Tommy deu uma última olhada no quarto enquanto arrumava suas roupas. Havia escolhido um bom dia para se mudar; a chuva martelava contra a janelinha que ele havia consertado anos atrás. Pelo menos, quando a chuva parasse, o próximo ocupante de seu beliche poderia abrir a janela novamente. Ele olhou para o beliche e se perguntou quem seria. Um viajante solitário, talvez: com saudades de casa, ou doente, ou talvez as duas coisas, com uma febre que o deixava quente e infeliz, desejando nunca ter feito aquela viagem idiota. Imaginou a pessoa acordando de manhã, com a febre tendo passado durante a noite e o arrependimento e a solidão sendo varridos pela brisa fresca e perfumada que chegava. Sorriu. Aquela janela era a coisa mais próxima que ele tinha de entalhar TOMMY ESTEVE AQUI embaixo do beliche. Alguns dos outros residentes tinham feito isso.

Ele preferia sua janela.

Bridget, a mulher que havia feito o check-in de Tommy no primeiro dia em que chegou à cidade, estava trabalhando, como sempre. O piercing no nariz havia sumido, mas as pulseiras que tilintavam em seu punho permaneciam e, com o zumbido constante do ventilador de teto sobrecarregado em seu dormitório, elas tinham se tornado parte da trilha sonora daquele período da vida de Tommy.

— Quero fazer check-out, Bridget — anunciou Tommy, e ela puxou a pasta antiga com os detalhes de seus hóspedes.

Em outras circunstâncias, talvez houvesse mais alarde com a partida de alguém que havia se hospedado ali por anos, mas, até onde Bridget sabia, Tommy havia feito check-in em 5 de janeiro para ficar três meses e agora estava saindo uma semana antes.

— Sem reembolso, sinto muito — disse ela.

O residente mais antigo do hostel não pareceu se importar ao acenar para Bridget e sair pela porta com todos os seus pertences em uma mala emprestada. Pegou o ônibus para Ingleby — pareceu demorar uma eternidade, mas talvez ele estivesse apenas impaciente — e, pela primeira vez, entrou no apartamento com a chave que Carey lhe dera, deu um beijo para cumprimentá-la e colocou a mala no quarto que agora dividiam.

19

Tommy não via muito sentido em entrar nas redes sociais. Afinal, teria que entrar novamente a cada ano. Além disso, elas sempre pareciam causar problemas.

— Dá uma olhada neste aqui — Josh disse uma tarde, quando estava examinando os formulários dos candidatos a uma vaga.

Ele havia pesquisado o nome do candidato no Facebook e estava percorrendo fotos antigas com um sorriso.

— Isso aí é uma foto do...? — perguntou Tommy.

— Sim, e ele postou essa foto há... hum, sete anos — respondeu Josh. — Nossa. Aposto que ele nunca achou que fosse se voltar contra ele.

A candidatura foi para a lixeira. Tommy sentiu um pouco de pena do cara, que provavelmente nem sabia que a foto ainda o estava assombrando on-line. Ele provavelmente desejava poder apenas apagar seu passado. Tommy teria trocado de lugar com ele de bom grado.

Por isso, Tommy não se dava o trabalho de entrar; não parecia valer o incômodo. Carey, por sua vez, foi convencida após anos de pressão de Rachael. Ela percorria as atualizações em seu celular, contando alegremente a Tommy as últimas notícias sobre pessoas que ele não conhecia e talvez nunca viesse a conhecer. Pulava as fotos de Aaron sorrindo em imagens postadas por amigos em comum. Tommy tinha ouvido o suficiente para saber que ele havia magoado Carey, e a ideia o enchia de uma fúria que nunca havia sentido antes. Mas Carey passou rápido pelos cabelos loiros, os olhos verdes e as mãos que a machucaram, determinada a deixar tudo para trás.

— Ei, você já conhece minha amiga Sophie? Olha o que ela postou.

Tommy não conhecia Sophie e não estava muito interessado na foto do cachorrinho dela. Mas ele não ligava; só gostava de estar com Carey e ouvir a voz dela. Poderia estar lendo a lista telefônica para ele, que ficaria feliz.

Era notável a rapidez com que Tommy Llewellyn e Carey Price entraram em uma rotina confortável juntos. Para alguns, pareceria entediante, mas, para eles, era perfeito. Todo o tempo livre que tinham era passado juntos no apartamento, conversando, assistindo a filmes ou lendo (Tommy havia se apoderado de duas prateleiras inteiras da estante de Carey). Carey estava tentando ensinar Tommy a cozinhar em uma dessas noites tranquilas e aconchegantes no final de abril (dia de folga de Tommy) quando seu *feed* trouxe más notícias, dadas da maneira fria e impessoal que só a tecnologia consegue.

— Ah — disse ela simplesmente e levou a mão à boca. A cor de seu rosto se esvaiu.

— O que aconteceu? — perguntou Tommy, largando a faca que estava usando para cortar legumes em cubos. Uma cebola rolou da bancada para o chão. Ele nem tentou pegar.

Carey examinou a mensagem que havia recebido, com a mão ainda cobrindo a boca, em choque. Por fim, largou o celular e olhou para Tommy. Seus olhos estavam molhados de lágrimas.

— Uma amiga minha morreu — disse ela em uma voz pouco mais alta que um sussurro.

Tommy colocou um braço em volta dela e a apertou com força.

— Ela era... bem, assistente social, acho. Dirigiu o lugar onde morei por um tempo quando era criança — continuou Carey. — Mas ela era mais do que isso. Era tipo a mãe de todo mundo.

Uma lágrima escorreu por sua bochecha.

A constatação atingiu Tommy como um soco no estômago.

— Como ela se chamava? — ele perguntou, embora já soubesse a resposta.

Carey engoliu em seco.

— A gente a chamava de tia Michelle.

Nas horas seguintes, Carey reuniu mais informações com os outros ex-moradores da Leiteria. Tia Michelle havia morrido naquela manhã no hospital em Mortlake. Apenas duas semanas antes, tinha ido ao médico sozinha para fazer um check-up. Suspeitava que estivesse estressada por administrar uma instituição para crianças 24 horas por dia, sete dias por semana, com apenas uma pequena pausa por ano para ver a irmã. O médico não concordou com seu autodiagnóstico e pediu alguns exames. Os resultados foram conclusivos: Michelle Chaplin tinha leucemia aguda e provavelmente morreria em poucas semanas. Bizarra e incrivelmente, ela continuou a trabalhar e explicou seus sintomas aos residentes e à equipe da Casa Milkwood como sendo apenas um efeito colateral da idade. As crianças menores acreditaram, mas as maiores e os colegas dela, não; tia Michelle — a funcionária de fala mansa, a mais antiga da Leiteria — sempre parecera mais em forma e saudável do que quem tinha metade da sua idade. A farsa durou apenas alguns dias, e, quando ela desmaiou durante o café da manhã no refeitório no andar de baixo, uma ambulância foi chamada e a verdade veio à tona. Tia Michelle implorou a seus colegas e às crianças que não espalhassem a notícia; não queria que seus últimos dias fossem uma enxurrada de despedidas enlutadas. Relutantemente, eles concordaram, e a morte de tia Michelle foi tão tranquila e despretensiosa quanto sua vida.

Carey chorou abertamente quando soube, e depois, a cada atualização, chorava um pouco mais. Mas, mesmo em meio à sua própria dor, ela notou a estranha reação de Tommy; para alguém que nunca havia conhecido tia Michelle, que nunca soubera o quanto ela era paciente, gentil e bonita, estava bem abalado pela morte dela.

Por dentro, Tommy estava preso em um lugar terrível. Ele não conseguia explicar a Carey, mas era como se ela tivesse acabado de lhe dizer que sua própria mãe havia morrido. Tia Michelle o criara — ela o ensinara a falar, a andar e a se alimentar sozinho; lera para ele, brincara com ele e o acolhera repetidas vezes quando o universo o cuspia como um recém-nascido todos os anos. Ela o pegou no hospital sem nem o conhecer e o levou de volta ao único lugar que ele já havia chamado de lar. Tommy Llewellyn estava em meio a um turbilhão de choque, tristeza e sigilo, e não sabia o que fazer.

O funeral seria realizado em Upper Reach no início da semana seguinte.

— Eu levo você — ofereceu Tommy imediatamente.

— Não precisa fazer isso — respondeu Carey. — Você não conhecia ela; não precisa ir ao funeral.

"Conhecia, sim, e preciso, sim", pensou Tommy. Então, insistindo que queria apoiá-la, ele acompanhou Carey de volta a Upper Reach.

Na manhã do funeral, Tommy e Carey chegaram à estação de trem bem cedo e observaram ansiosamente o relógio enquanto contavam os minutos até a chegada do trem. Separadamente, ambos achavam surreal o fato de estarem voltando para Upper Reach, em especial em circunstâncias tão trágicas. Enquanto o trem balançava e chacoalhava para sair da cidade e chegar às colinas, Tommy colocou a mão sobre a de Carey.

— Você está bem? — perguntou, e ela assentiu com a cabeça.

Ela começou a dizer algo, mas se segurou.

— Pode falar — Tommy a incentivou.

— Eu queria... queria poder ter me despedido dela. Tia Michelle me ajudou de uma maneira que ninguém esperaria que ela ajudasse, sabe?

Tommy sabia.

— E, agora que ela se foi, não posso dizer obrigada, nem adeus, nem nada. Simplesmente... não parece justo — ela murmurou e ficou olhando pela janela.

Do lado de fora, as árvores passavam em um borrão verde manchado que se tornou subitamente preto como tinta quando o trem entrou em um túnel. Carey se viu olhando para seu próprio reflexo.

— Nunca contei isso pra você — disse ela em voz baixa —, mas, quando eu morava com ela, estava em uma situação muito ruim. Parece tão bobo agora, mas eu era jovem e tudo parecia muito maior. Muito pior. — Ela parou por um momento, reunindo seus pensamentos. — Eu me mudei para Upper Reach quando fiz dezessete anos. Vou falar, Tommy, *não é* uma boa idade para começar em uma nova escola. Acho que já contei pra você que chamávamos o lugar onde morávamos de Leiteria, né? Bem, a galera da escola também chamava. Mas eu era a garota nova e, não sei por que, todo mundo lá me odiava. Todas as meninas, quero dizer. E algumas delas começaram a mugir para mim.

Ela riu. Tommy ficou sentado com a mão sobre a dela.

— Parece tão idiota falando agora — continuou. — Mas eu já tinha alguns... problemas. Minha mãe tinha acabado de morrer, e meu padrasto estava... — Carey suspirou. — E a última coisa de que uma garota precisa quando está se sentindo... você sabe, envergonhada, é alguém mugindo para ela. Elas provavelmente nem se lembram de ter feito isso.

Provavelmente não, e Tommy as odiava por isso.

— Eu parei de comer. Você tinha que ter me visto, foi assustador. — Carey deu um sorriso forçado. — E depois tive minhas provas, e não conseguia me concentrar, e... enfim. Tinha um garoto, Richie, e ele veio e me encontrou. Impediu que eu fizesse alguma besteira. — Tommy fez uma careta. Não era assim que tinha acontecido. — Depois disso, achei que estava apaixonada por ele, mas esqueci que ele existia assim que saí de Upper Reach. E aí teve a tia Michelle. Sem ela, eu definitivamente não teria conseguido um emprego, nem conhecido os Henderson, nem estudado direito. Eu... eu enviava um cartão de aniversário para ela todo ano, mas até isso parei de fazer. — Ela balançou a cabeça. — Eu queria ter voltado para visitar só para agradecer.

"Eu também", pensou Tommy, "mas tia Michelle não saberia por que eu estava agradecendo."

Os dois ficaram sentados em silêncio, de mãos dadas, e o trem saiu do túnel para a luz brilhante do início da manhã.

Eles pegaram um dos dois únicos táxis em Upper Reach até a igreja católica. Michelle Chaplin não havia sido católica praticante durante a maior parte da vida, mas, quando lhe disseram que poderia contar suas semanas restantes em uma só mão, ela reacendeu sua fé.

Tommy e Carey se juntaram aos enlutados que entravam na igreja e encontraram espaço em um banco nos fundos. Dali, ambos podiam ver o caixão de tia Michelle no altar, decorado com flores. Ao lado dele havia uma fotografia em um cavalete, e a visão dela sorrindo feliz atingiu Tommy em cheio. A foto parecia ter sido tirada na época da partida dele, e tia Michelle estava exatamente da forma como ele se lembrava. Tommy sentiu um nó na garganta.

Carey o cutucou.

— Acho que esse é Declan Driscoll, o dono da Leiteria — disse ela.

Um senhor idoso estava se arrastando pelo corredor com a ajuda de uma bengala, sua postura antes perfeita agora estava curvada e retorcida pela idade. O senhor se sentou perto da frente, atrás de um trio de mulheres; Tommy presumiu que fossem a irmã e as sobrinhas de tia Michelle, a única família que ele já a tinha ouvido mencionar.

Tommy olhou ao redor em busca de rostos conhecidos. Avistou Maxy e Maisie e, então, com prazer, viu Sean, seu colega desbocado que havia roubado o carro de tia Michelle para ir à piscina antes de Tommy ser atropelado na rua. Ele estava bem mais esguio.

Carey também o viu.

— Está vendo aquele cara? — Ela apontou. — É o Sean. Uma das pessoas mais engraçadas que você vai conhecer na vida. Vai ser bom conversar com ele de novo.

A um sinal invisível do padre, o organista começou a tocar com notas suaves que se espalharam pela multidão reunida enquanto os últimos a chegar tomavam seus lugares. Um deles se sentou sozinho, duas fileiras atrás de Tommy e Carey, seu terno escuro sob medida sendo uma declaração de sucesso para a cidade em que ele fora criado.

Richie Sharpe olhou para a foto no cavalete e se perguntou novamente por que tinha se dado o trabalho de vir.

Após a liturgia, o carro fúnebre levou tia Michelle, e suas parentes a seguiram até o cemitério nos arredores de Upper Reach. O restante dos enlutados seguiu na direção oposta, uma fila de carros serpenteando até o velório na Casa Milkwood, onde Michelle havia passado tantos anos.

Tommy e Carey foram com Sean e a esposa dele. Carey apresentou Tommy e Sean em frente à igreja (uma apresentação de que apenas um deles precisava), e Tommy lembrou-se do motivo pelo qual eles ficavam amigos todos os anos durante o tempo que passaram juntos na Leiteria. Sean passou a primeira parte do trajeto contando a Carey sobre sua vida desde a última vez que se viram; havia comprado a concessionária de carros em que trabalhava e estava prestes a abrir outra. Sua natureza afável e descontraída havia se traduzido em sucesso. Mas ele era modesto quanto a isso e, quando a procissão de carros deixou a cidade e a velocidade aumentou, Sean direcionou a conversa para seu assunto preferido: fofocas sobre os residentes de sua *alma mater*.

— Adivinha quem eu vi na igreja, Carey? — perguntou ele, levantando uma sobrancelha para ela pelo espelho retrovisor, e respondeu imediatamente à sua própria pergunta. — Richie Sharpe, o merdinha em pessoa, sentado perto do fundo.

— Ele não é um merdinha! — retrucou Carey. (Secretamente, Tommy estava do lado de Sean.) — Ele foi bom para mim. Um pouco estranho, mas não tem nada de desagradável nele.

Sean bufou.

— Vamos repassar tudo, que tal? Ele é um arrogante presunçoso que não saía do quarto, não falava com ninguém e depois foi embora sem se despedir. — Sean olhou para a estrada e seus olhos encontraram os de Tommy no espelho. — Espera só até conhecer o cara, Tommy. Se ele se dignar a reconhecer qualquer um de nós, é claro. O Richie e sua namorada tiveram um casinho!

Carey deu um tapinha de brincadeira no ombro de Sean, que fingiu desviar da estrada.

— Não foi um caso! — Carey insistiu. — Tá, talvez tenha sido alguma coisa. Mas tudo ficou meio estranho.

— É, estranho que nem o Richie — respondeu Sean.

Todos riram, mas a cabeça de Tommy estava em outro lugar. Ele estava pensando sobre encontrar Richie e, de repente, voltou a ser adolescente, fazendo parte de um semicírculo estranho em frente à Leiteria enquanto Carey se despedia. Ele podia vê-la abraçando Richie com força, beijando-o na bochecha, enquanto o garoto mal-humorado de cabelos escuros encaracolados permanecia rígido, parecendo repelir o toque dela. Um bicho do mato quietão, colocado no lugar de Tommy na vida de Carey pela Reinicialização.

Quando viraram na entrada da Casa Milkwood, Tommy esticou o pescoço para dar uma olhada na velha construção. Ele observou os canteiros do jardim — um pouco infestados de ervas daninhas, mas ainda cheios da vegetação que ele havia plantado — e a pintura das paredes, que, embora um pouco suja ainda não havia descascado como as camadas antigas que ele tinha removido. Tommy Llewellyn sentiu orgulho ao ver seu trabalho manual, um legado que ele poderia reivindicar, mesmo que não pudesse compartilhá-lo com ninguém.

Pegou a mão de Carey enquanto desciam do carro de Sean e subiam os degraus da frente. Tommy não esperava voltar para lá, e seus pensamentos foram expressos por Carey.

— Achei que nunca mais voltaria — ela sussurrou. — Principalmente sem a tia Michelle.

Tommy apertou a mão dela e foram atrás dos outros convidados em direção ao refeitório, de onde haviam sido tiradas todas as mesas antigas para abrir espaço para o encontro. Tommy foi atingido por uma onda avassaladora de familiaridade, como se fosse a manhã seguinte à Reinicialização e ele tivesse acabado de sair daquele quarto com um 3 na porta. Não era só por estar de volta à Leiteria, mas por ser reapresentado às pessoas com as quais havia crescido, como quando era criança. A única diferença desta vez era que Carey o estava apresentando como seu namorado.

Em um momento de silêncio, Tommy se voltou para ela.

— Como você está? — perguntou gentilmente.

— Melhor do que eu imaginava — respondeu ela. — Na verdade, é muito bom ver todo mundo de novo. Eu só queria ter voltado enquanto a tia Michelle estava aqui. — Ela olhou por cima do ombro dele e disse: — Ah. Oi.

Ela parecia desconfortável, e Tommy soube imediatamente quem ela estava cumprimentando. Ele se virou. Mais de uma década havia se passado desde a última vez que o vira, mas não havia como confundir Richie Sharpe.

— Richie, este é meu namorado, Tommy Llewellyn — apresentou Carey. — Tommy, este é Richie Sharpe.

Tommy estendeu a mão e Richie a apertou. Seu aperto era frio e firme, e seus olhos azuis profundos pareciam atravessar Tommy. O cabelo de Richie estava mais curto e havia algo no penteado, juntamente com o corte de seu terno e o vislumbre de um relógio elegante sob a manga, que sugeria dinheiro, certamente mais do que o dinheiro que todos tinham na infância. Tommy e Carey sentiram: Richie Sharpe tinha um ar de arrogância. Era como se ele estivesse ali para provar que havia superado Upper Reach, a Casa Milkwood e as pessoas que haviam sido sua família. Superado tia Michelle.

— Prazer em conhecer, Richie — disse Tommy, voltando ao seu discurso habitual.

Richie ficou olhando para ele, e Tommy queria saber o que ele estava pensando. Afinal de contas, Carey havia se jogado em cima dele antes de sair da Leiteria e depois se esquecido dele. Agora ela estava ali com outra pessoa. Mas Richie nunca gostara de Carey. Ele e Carey podem ter acreditado nisso, mas não foi realmente ele quem a salvou no galpão.

— Idem. Como você tem andado, Carey? Ainda trabalhando como assistente na seguradora? — ele perguntou, desviando a atenção de Tommy.

— Não, já faz muito tempo — respondeu Carey, e Tommy percebeu que ela estava perturbada. — Agora sou advogada. Na Peters & Peters.

Se Richie ficou impressionado, escondeu bem.

— Direito ambiental, né? Nunca imaginei que você fosse uma ecochata — disse ele.

Carey corou.

— E não sou. Mas é um trabalho interessante. E você? O que está fazendo?

— Mercado financeiro — falou ele com um sorriso presunçoso, depois parou, claramente esperando que lhe pedissem mais detalhes.

Carey mordeu a isca.

— Que descritivo, hein, Richie. Dá pra ser mais específico?

— *Private equity*. Na maioria das vezes, compramos e vendemos empresas. Compramos empresas em dificuldades, as melhoramos e vendemos por um preço maior do que pagamos.

Ele citou alguns nomes, empresas das quais Tommy e Carey já tinham ouvido falar.

— Uau — disse Carey, sem conseguir esconder que estava impressionada. — Tommy também tem um negócio, sabe.

— Ah, é? — respondeu Richie, e Tommy desejou que Carey não tivesse dito nada. Ele a amava por tentar se gabar dele, mas, na verdade, era uma competição que ele estava feliz em deixar Richie vencer.

— Não é nada, na verdade. Eu e um amigo administramos um bar na cidade — explicou ele.

— O The Hole é muito bem-sucedido — acrescentou Carey, leal. — Tem fila para entrar toda noite.

— É mesmo? Que bom pra você, Tommy — disse Richie, carregando cada palavra com sua habitual mistura de sarcasmo e desdém. Por alguma razão, ele estava tentando machucar.

Tommy sentiu que estava ficando irritado. Carey deve ter percebido, pois disse apressadamente:

— Foi bom ver você outra vez, Richie. Quem sabe a gente se encontra na cidade um dia desses.

Richie assentiu com a cabeça e, naqueles olhos azuis e frios, Tommy pensou ter visto um brilho de algo cruel. Era como se o ressentimento que ele tinha quando criança tivesse se transformado em algo ainda mais afiado.

Se o universo — ou o que quer que fosse responsável pela Reinicialização — fizesse barulho, Tommy poderia muito bem tê-lo ouvido naquele momento, batendo e rangendo.

Encaixando suas peças.

Carey pegou Tommy pelo braço e o levou pelos degraus até a velha árvore ainda alta na frente da casa.

— Você está bem? — ela perguntou. — Não deixa o Richie incomodar você. Como eu disse no carro, ele só é um pouco estranho. Sempre foi assim.

Tommy não respondeu. Ele estava fervendo; sua antipatia por Richie, havia muito enterrada, uma antipatia que sentia desde antes de conseguir se lembrar, ainda estava ameaçando explodir. E, se isso acontecesse, outras coisas também viriam à tona, todas as coisas que ele mantinha escondidas. Queria contar a Carey que a conhecia havia anos e que odiava Richie fazia mais tempo ainda. Queria que soubesse que ele também havia morado na casa atrás deles. Queria apontar para o canteiro do jardim e gritar: "Eu plantei isso aí!". Queria que todos ouvissem. Queria que alguém se lembrasse dele. Abriu a boca, mas as palavras ficaram presas na garganta; se ele começasse a falar, não pararia mais.

Carey estava olhando para ele, esperando. Quando ele não disse nada, ela murmurou:

— Vamos para casa, Tommy. Para mim já chega.

Um táxi parou na entrada de carros, trazendo as parentes de Michelle que tinham vindo do cemitério, e saiu levando Tommy Llewellyn e Carey Price. Ao chegarem ao final da entrada de cascalho, Tommy se virou. Era a última vez que ele veria a Casa Milkwood.

20

DURANTE O RESTO DAQUELA SEMANA e na seguinte, um sentimento incomodou Tommy. Não era especificamente o que Richie havia dito nem a maneira como havia dito. Não era o fato de Tommy ter sido apresentado por Carey a todos os seus velhos amigos nem mesmo de ter sido forçado a esconder sua tristeza pela morte da mulher que o criou. Ele estava, de certa forma, acostumado e passava por uma variação disso todos os anos desde o nascimento.

Não, a sensação que se instalou na boca de seu estômago era diferente, uma sensação pegajosa que o deixava inquieto, como se alguém estivesse observando. E talvez fosse isto: uma sensação de que ele estava sendo manipulado, de que sua estranha situação era só para o divertimento de outra pessoa, que o observava tropeçar às cegas na vida, com uma tela em branco a cada ano, pronto para outro episódio do *Show de Tommy Llewellyn*.

Mas Tommy era inteligente; inteligente o bastante para perceber que ele mesmo poderia ter criado esse sentimento para justificar o que queria fazer. Ele queria contar a Carey. Queria uma aliada. Mas, acima de tudo, queria mantê-la ao seu lado, construir aquele lugar seguro que poderia lhe oferecer abrigo. E isso significava que teria de contar a ela sua história bizarra, mas verdadeira, e correr o risco de assustá-la, ou precisaria encontrar uma maneira de carregá-la durante a Reinicialização, agora a apenas seis meses de distância, sem que ela soubesse.

Enquanto ele se debatia com isso, a vida seguia. Carey continuava a trabalhar na Peters & Peters, Tommy continuava a trabalhar no The Hole e cada um deles continuava a lamentar (separadamente) a morte de tia Michelle, sem saber que outra morte era iminente. Um homem mais velho, chamado Leslie Pritchard, faleceu durante o sono vítima de um ataque cardíaco. Quem conhecia Les não se surpreendeu; a única surpresa foi o fato de ele ter durado tanto. Les Pritchard gostava de cigarros, certas substâncias ilícitas e álcool. Essa última paixão era tão forte, que ele comprou um bar com dois amigos e o chamou de The Hole.

Quando Josh Saunders ouviu falar que um dos três proprietários havia morrido, soube imediatamente de quem se tratava. Também soube que era uma oportunidade e enviou uma mensagem a Tommy Llewellyn.

Você pode vir mais cedo? Almoço por minha conta. Precisamos conversar.

— Estão vendendo o The Hole — anunciou Josh momentos depois da chegada de Tommy.

Eles estavam na mesma lanchonete em que haviam almoçado anos antes, onde haviam fechado o primeiro acordo para se tornarem sócios um dia. Desde então, faziam um acordo semelhante todos os anos e, a cada vez, Josh se maravilhava com a sorte de encontrar alguém cujas ambições para o negócio fossem tão parecidas com as suas.

— Certo — disse Tommy, com a mente acelerada. Ele já havia encontrado os três proprietários muitas vezes e sabia que só havia um motivo para eles estarem vendendo. — Quem morreu?

— Les. Surpresa zero — respondeu Josh. Ele fez uma pausa por um momento, como se estivesse prestando suas homenagens, e depois foi direto ao assunto. — Nós vamos comprar — declarou. — Os donos sempre disseram que só iriam manter o bar enquanto os três fizessem parte dele. Então, agora é a nossa chance, Tommy. O problema é que o preço vai ser alto. Mas, bem, acho que a culpa disso é minha mesmo.

Tommy sorriu. Aquilo não era totalmente verdade — Tommy tinha certa dose de crédito, embora não pudesse reivindicá-lo.

— Quanto você acha que eles vão querer? — perguntou.

Tommy achava que sabia o valor do bar, mas, quando Josh lhe deu uma estimativa, ficou boquiaberto.

— Tanto assim? Caceta.

Eles talvez estivessem fora da disputa antes mesmo de fazer uma oferta.

— Sim, acho que vai ser mais ou menos isso. Quanto dinheiro você tem no banco? — Josh perguntou sem rodeios. Qualquer outra pessoa poderia ter se feito de tímida, mas Tommy lhe disse exatamente, até o último centavo.

Josh ergueu as sobrancelhas.

— Estamos pagando demais, é? — perguntou ele com um sorriso. — Tudo bem, vou falar o que eu acho que devemos fazer.

Josh tirou um bloco de notas da mochila e começou a escrever, mostrando a Tommy os números e corrigindo-os conforme Tommy sugeria mudanças. Uma hora depois, Josh saiu para fazer algumas ligações, determinado a agir rápido antes que outra pessoa farejasse a oportunidade.

Tommy ainda tinha algumas horas para matar antes de seu turno e passeou pelas ruas, afundado em pensamentos. Uma promessa de trabalhar juntos era uma coisa; uma parceria comercial adequada com grandes somas investidas, em que um dos sócios desaparecia a cada ano, era um pouco mais complicada. Ele caminhava sem um destino em mente e, quando enfim olhou para cima, percebeu que estava seguindo uma rota antiga. Uma placa acima dele mostrava um nascer do sol amarelo brilhante sobre o oceano: o Sunrise Backpackers. Ele não queria voltar para lá, sozinho, compartilhando um quarto com meia dúzia de viajantes sujos e sem roupas.

Era hora de pedir ajuda.

Quando Tommy decidiu contar seus segredos a Carey, ele se sentiu mais leve. Mas, assim que um fardo saiu, foi substituído por outro — como de fato contar a ela? Era tipo um pedido de casamento, pensou ele. O momento tinha de ser perfeito para provocar a reação certa. Mas qual seria o momento perfeito para um segredo como esse? Talvez não fosse como um pedido de casamento, afinal parecia mais uma confissão, um marido traidor falando a verdade à esposa. Era provável que acabasse mal, e a única coisa a fazer era suavizar o golpe e esperar pelo melhor.

A oportunidade não surgiu naquela noite. Quando ele chegou em casa do The Hole nas primeiras horas da madrugada, Carey estava dormindo, com o abajur ainda aceso e um livro de capa dura virado para baixo na página que ela estava lendo no momento em que pegou no sono. Tommy se deitou na cama e ficou olhando para o teto, imaginando se aquela seria a última noite que passaria ao lado de Carey Price.

Quando os primeiros raios de sol enfim penetraram na escuridão, Tommy ainda estava acordado, tendo passado horas planejando uma conversa que agora estava a apenas alguns minutos de distância. Ele saiu da cama e se vestiu. Carey se mexeu.

— O que foi, meu bem? — perguntou ela, sonolenta. — Você estava tão inquieto.

— Desculpa — respondeu Tommy. — Sei que é cedo. Mas a gente pode conversar?

Ele percebeu como as palavras soavam ameaçadoras. A preocupação nos olhos de Carey mostrava que ela também percebeu.

— Você vai terminar comigo? — questionou ela, agora bem acordada.

— Não! — exclamou Tommy. — Claro que não. Nunca.

Carey se sentou, com os cabelos ainda desgrenhados do sono, os olhos arregalados e cautelosos. Linda, doce e assustada. Dominado pelo medo de perdê-la, ele desejou poder voltar atrás em suas palavras. Se não dissesse nada, pelo menos teriam mais seis meses juntos.

— O que aconteceu? — ela perguntou, e Tommy voltou a se sentar na cama.

Todas as falas que ele havia ensaiado enquanto ela dormia desapareceram de sua mente e, quando ele tentou falar, nada saiu.

Finalmente, ele suspirou.

— Carey, eu te amo — disse ele suavemente.

Era a primeira vez que ele dizia isso a alguém. O medo abandonou os olhos dela, que começou a sorrir.

— É isso? Eu também te amo — disse ela e se inclinou para beijá-lo.

Ele a beijou de volta e depois se afastou.

— Mas tem mais uma coisa — disse ele, e o sorriso desapareceu. — Eu não... eu nem sei por onde começar. — Ele se sentia em um trampolim, bem acima da superfície, tão alto, que não conseguia saber se havia água embaixo. Uma vez que ele pulasse, não haveria como voltar. — Eu nunca falei sobre isso antes. Nunca mesmo.

— Me fala logo — exigiu Carey, mais uma vez cheia de desconfiança. Claramente, havia algo errado. Seriamente errado.

— Tá bom — disse ele. Respirou fundo: iria mergulhar de cabeça. — A gente já se conheceu antes.

Confusa, Carey enrugou a testa.

— Sério? — ela perguntou. — Quando? Por que você não me contou?

— Vai parecer... bom, vai parecer ridículo. Mas a gente se conheceu em Upper Reach, na Leiteria — disse ele, com os olhos fixos nos dela, antecipando sua reação. — Eu também morei lá, na mesma época que você.

— Não morou, não — respondeu Carey. — Eu conhecia todos os outros moradores. Eu me lembraria se você estivesse lá também. A menos que... você tenha estado lá por um fim de semana ou algo assim. Uma visita? É isso que você quer dizer? Quanto tempo você ficou?

— Dezessete anos — disse Tommy.

Carey balançou a cabeça.

— Não, não ficou — falou ela categoricamente. — A gente não tem tanta diferença de idade, nossa época teria coincidido. — Ela apertou os olhos. — O que é isso, Tommy? Uma piada ou algo do gênero? Porque acho que não estou entendendo.

Tommy começou a responder, mas ela o interrompeu, aumentando o volume da voz.

— E, se não for piada, tem alguma coisa errada com você ou... ou você está tentando me fazer achar que tem alguma coisa errada *comigo*. E eu *sei* que não tem.

— Não tem mesmo — Tommy a reassegurou. — Você tem razão: tem alguma coisa errada comigo. Mas é diferente. É... difícil de explicar.

— Tenta — disse Carey, e o gelo em seu tom foi como um tapa na cara.

— As pessoas me esquecem. Não estou falando só de algumas pessoas: *todo mundo* me esquece. Todo ano, no mesmo dia. É como se eu não existisse e tivesse que recomeçar. Um dia estou aqui e posso ser melhor amigo de alguém. No dia seguinte, eu continuo aqui e a pessoa também, mas ela não faz ideia de quem eu sou. Viro um estranho.

— Tommy? — falou Carey. Sua raiva tinha sumido tão rapidamente quanto chegara, substituída por uma preocupação sincera. — Aconteceu alguma coisa ontem à noite no trabalho? Você... sei lá, você tomou alguma coisa? Você está bem?

— Eu sei o que parece. — Tommy estendeu as mãos para Carey. — Mas é verdade, cada palavra.

— Prova — disse Carey.

— Como assim?

— Prova para mim.

— Como?

— Sei lá, Tommy. O jogo é seu, você que invente alguma coisa. Me fala algo que você só saberia se tivéssemos nos conhecido antes. Algo que eu não contei pra você.

Tommy ficou em silêncio. Só conseguia pensar em uma coisa que pudesse provar, mas não tinha desejo de revivê-la nem de fazer Carey a reviver.

— Por favor, Carey, você pode só confiar em mim? Eu estava lá quando você chegou à Leiteria e estava lá quando você foi embora, e eu vi tudo o que aconteceu no meio. Você só não se lembra de mim.

— Não, não lembro — respondeu ela, triste —, porque você não estava lá. Tommy, não posso ficar com alguém que faz joguinhos. De novo não. — Ela jogou as cobertas e balançou as pernas para fora da cama. — Vou tomar banho. Acho melhor você não estar aqui quando eu sair.

— Mas eu não estou fazendo...

— Tommy, por favor! Vai embora.

Carey atravessou rápido o quarto e abriu a porta do banheiro.

— Você ia beber o resto — falou Tommy baixinho. Carey ficou paralisada. — Naquela tarde no galpão. O veneno de ervas daninhas. Você tentou beber o resto.

Carey se virou devagar, pálida.

— Quê? — perguntou, com a voz pouco audível.

— Sinto muitíssimo, Carey. Mesmo. Mas eu estava lá. Não era o Richie. Fui eu que achei você. Eu vi sua mochila na porta. Fui eu que impedi. E o cheiro. Ainda lembro o cheiro. Me dá enjoo.

Carey escutou um zumbido forte nos ouvidos e agarrou a porta, balançando.

Tommy correu para o lado dela, mas ela o afastou sacudindo os ombros. Um minuto se passou enquanto ela respirava fundo, com a mente girando. Ela queria morrer naquele dia. Ela *iria* beber o resto.

Mas havia outra coisa no que Tommy dissera, algo que parecia verdade. Nos anos desde que acontecera, sempre tinha parecido estranho a Carey que Richie, o garoto que odiava todo mundo, tivesse ido ao seu socorro. Que tivesse sido o garoto sem compaixão a salvá-la.

E se não tivesse sido ele?

— Por que você está me contando isto? — perguntou ela, direta.

— Porque preciso da sua ajuda. Eu te amo e quero que você se lembre de mim depois de 5 de janeiro.

— Acho bem difícil eu não lembrar, Tommy — falou Carey.

— Da última vez, você não lembrou.

O sol já estava quase alto quando Tommy e Carey saíram do quarto. Tommy havia falado por horas, contando a Carey a história completa de sua vida, a primeira apresentação de uma narrativa que ninguém tinha ouvido antes. Na maior parte do tempo, Carey apenas ouviu, ocasionalmente fazendo perguntas, mas deixando Tommy falar. E, ao fazer isso, ele mudou. Houve uma liberação quase visível de tensão, o estresse acumulado de décadas de sigilo e isolamento saindo dele em ondas. Mais do que qualquer outra coisa, mais do que os detalhes que ele sabia ou as descrições que fazia, foi a mudança física nele que convenceu Carey de que sua história — que parecia tão improvável, tão completamente impossível — era realmente verdadeira.

Finalmente, Tommy chegou aos dias atuais e resumiu sua conversa com Josh sobre a compra do The Hole.

— E esse é o problema; um de muitos, acho — concluiu. — Eu simplesmente não sei como vou fazer. Todas as vezes, até agora, consegui usar a lábia para voltar ao meu emprego. Mas não consigo usar lábia para voltar a ter metade do negócio.

Carey mastigou pensativamente uma fatia de torrada com pasta de amendoim, olhando fixamente pela janela da cozinha para o prédio em frente. Nas últimas horas, tinham pedido que ela acreditasse em muita coisa. Ela tentou manter um distanciamento crítico e até pegar Tommy no pulo, mas ele tinha uma resposta para tudo. Ela sempre voltava a uma coisa: ele não tinha motivos para inventar aquilo.

— Eu me pergunto — disse ela, meio para si mesma — se não teria uma maneira de contornar isso. Só para as questões de negócios, certo? — Ela olhou para Tommy. — Você disse que o que quer que cause isso, o universo, ou o que quer que seja, analisa tudo o que você fez e apaga totalmente o seu envolvimento, altera o registro do que aconteceu ou substitui você por outra pessoa se for algo grande demais?

— É, é mais ou menos isso — concordou Tommy.

— Mas algumas coisas, as coisas nas bordas, um pouco distantes de você, conseguem evitar isso.

— Acho que sim. Bem, sim.

Ele havia lhe contado sobre o conto que escrevera e que continuara vivo no departamento de inglês da Mortlake High. Talvez tivesse escapado do expurgo porque ele não assinou, não havia caligrafia que o ligasse a ele e ele tinha se esquecido do texto depois de entregá-lo. Além disso, não era nem o original, só uma cópia desbotada — que ele nem sabia que existia até sua professora a distribuir em sala de aula. A única pessoa que poderia identificá-lo como pertencente a Tommy Llewellyn era, bem, Tommy.

— Por quê? — perguntou Carey.

Tommy deu de ombros.

— Não sei. O que quer que seja... vamos concordar que seja o universo... parece se concentrar diretamente em mim: as lembranças e as evidências físicas. As coisas ligadas a mim. Mas algumas das pequenas coisas que fiz nas bordas conseguem passar despercebidas. Sempre pensei nisso como uma brecha. Pequena.

— Bem, então deve ser — disse Carey com firmeza. — É assim que dá para contornar.

— Hein?

— Estou supondo que, se você levasse para a cama um documento dizendo que Josh era dono de metade do The Hole e você, da outra metade, não funcionaria, mesmo que você tivesse o documento, porque Josh teria esquecido que *tinha* um sócio. Seu nome seria apagado da cópia do contrato *dele*, ele acharia que é o único proprietário, e, se você tentasse reivindicar a propriedade, seria processado por fraude.

— Acho que é isso mesmo. Quando ele se esquecer de mim, vai esquecer que dividimos meio a meio. E, se meu nome estiver na cópia do contrato do Josh, com certeza absoluta o universo vai apagar. Josh fica com a minha metade, e eu fico com um pedaço de papel sem valor.

Tommy suspirou.

— Bem, e se você mesmo fizesse isso? — perguntou Carey.

— O quê?

— Se excluir da sociedade. Tornar sua propriedade do bar tão remota, tão obscura, que o universo não vai reconhecer a conexão ou simplesmente não vai se importar. — Carey largou a torrada, com o rosto iluminado por um sorriso malicioso enquanto esboçava sua ideia. — Você coloca sua metade do The Hole em uma empresa sem o seu nome. Essa empresa é de propriedade de outra empresa, que é de propriedade de outra empresa, depois outra e mais outra. A cada nova camada, o vínculo com você fica mais fraco e menos definido, mas, quando você for dormir no dia 4 de janeiro, leva junto a prova de propriedade dessa última empresa. Ela não tem nenhum significado, nenhum vínculo tangível com qualquer coisa que você tenha feito ou com qualquer pessoa que você tenha conhecido, então é apenas um pedaço de papel. Mas você acorda depois da Reinicialização, e nós seguimos a papelada até rastrear a sua participação no bar. As pessoas usam isso para se esquivar dos impostos o tempo todo; não vejo por que não funcionaria para se esquivar disso também.

Tommy não falou nada; em vez disso, inclinou-se e a beijou.

— Ei, não sei se vai funcionar — falou Carey. — Não existe exatamente um precedente para tentar enganar o universo ou o que quer que seja. Mas acho que nós deveríamos tentar.

Tommy gostou de como ela disse "nós".

Naquela tarde, Josh Saunders fez uma oferta inesperada e não solicitada aos dois proprietários sobreviventes do The Hole. Eles contra-atacaram (um movimento que Josh havia previsto), e Josh aumentou sua oferta de forma rápida e decisiva. Dois dias depois, na tarde anterior ao sepultamento de Leslie Pritchard, Josh, Tommy e dois homens de idade avançada fecharam um acordo que faria com que o The Hole mudasse de mãos pela primeira vez. Eles comemoraram com uma série de brindes: um a Les, outro ao bar e outro aos novos proprietários, que haviam conseguido garantir uma das propriedades mais badaladas da cidade sem que ninguém soubesse que ela estava no mercado.

Quando a venda foi tornada pública quinze dias depois, apareceu nos jornais não uma, mas duas vezes. A primeira notícia foi publicada nas colunas sociais, com um repórter especulando ansiosamente sobre as mudanças que os novos proprietários fariam em um bar que já era tão bem-sucedido. ("Espere e verá", Josh disse ao jornalista. Ele e Tommy tinham muitas coisas planejadas, mas iriam manter segredo.) A segunda menção foi na seção de negócios.

Não era comum que uma transação tão pequena fosse considerada digna de notícia em uma parte do jornal dedicada a empresas que valem bilhões, mas um aspecto incomum da venda gerou um frisson de empolgação na comunidade empresarial. Sabia-se que metade da sociedade por trás da compra era do gerente do bar, Josh Saunders, enquanto a outra metade era representada pelo barman-chefe, Tommy Llewellyn. Mas uma pesquisa do título de propriedade da empresa que apoiava Tommy revelou um emaranhado de conexões em uma elaborada estrutura corporativa. Isso gerou boatos de que um dos maiores hoteleiros do país havia comprado o The Hole. Esse homem negou as informações, o que só serviu para atiçar o fogo, e assim a reportagem (com uma foto de Josh e Tommy orgulhosamente atrás do balcão) foi amplamente divulgada.

— Ainda não entendi exatamente por que você fez isso — disse Josh a Tommy alguns dias depois que a reportagem foi publicada —, mas, cara, que bom. A gente não conseguiria esse tipo de publicidade nem pagando.

Tommy sorriu e pensou mais uma vez na sorte que tinha por ter Carey ao seu lado. Carey havia encontrado um novo propósito para sua paixão por contratos, vasculhando a interminável papelada envolvida no registro de uma árvore genealógica complicada de empresas: uma boneca russa corporativa com um pequeno Tommy Llewellyn escondido no meio. Ela estava ocupada e feliz. Assim como Tommy, que, entre as longas horas no The Hole e as curtas horas passadas com Carey, não conseguia se lembrar de um momento em que sua vida tivesse sido melhor.

Mas a lâmina da guilhotina ainda estava pendurada, pronta para separar Tommy de Carey e Tommy de seu sucesso. Eles não falavam muito do assunto. Ambos sabiam que estava por vir e, fora o trabalho que Carey havia empreendido para esconder o envolvimento de Tommy no negócio, não havia muito mais que pudessem fazer até que o momento realmente chegasse. Tommy tentou explicar a Carey a sensação que tivera na casa do pai. Mas ele vacilou, sem conseguir descrever a sensação de um santuário. Não parecia algo que ele pudesse fabricar naquele pequeno apartamento com apenas uma camada de tinta fresca, uma prateleira de livros e uma placa na porta que dizia *Casa de Tommy & Carey*. Isso dificilmente impediria a Reinicialização de passar por ali.

Em vez disso, eles se concentravam nos prazeres simples de ser um casal, de assistir a um filme juntos no sofá nas noites de folga de Tommy, de ler livros lado a lado enquanto comiam no banco da cozinha, de passar alguns dias em uma pousada no interior (na direção oposta a Upper Reach).

E, de repente, com toda a solenidade e o caráter definitivo da data de execução de um preso no corredor da morte, o dia chegou.

Aquele 4 de janeiro foi diferente de todos os outros para Tommy. Pela primeira vez desde que se mudara para a cidade, ele não pediu demissão de seu emprego no The Hole. Se o plano funcionasse, ele não precisaria forjar uma placa de CONTRATA-SE para voltar. Até faltou ao seu turno, dizendo a Josh que não estava bem. Josh reconhecia fingimento, mas não ligou — Tommy havia conquistado o direito de tirar uma noite de folga. Josh só ficava surpreso de ele não tirar mais; ele com certeza o faria se tivesse Carey o esperando em casa.

Tommy e Carey caminharam de mãos dadas para pegar comida para o jantar, voltando lentamente para casa enquanto o sol se punha sobre os prédios decrépitos do bairro.

— Se não der certo, o que vai acontecer pela manhã? — quis saber Carey, uma pergunta que ela havia segurado o dia todo.

— Vai funcionar — disse Tommy.

— Mas e se não funcionar? — insistiu ela, parando na entrada do prédio deles e virando-se para encarar Tommy.

— De verdade, não sei — admitiu Tommy. — Nunca estive com ninguém enquanto acontece. Mas acho que você vai acordar e achar um estranho na cama do seu lado. Ou você vai gritar e me bater, ou vai se perguntar o quanto bebeu no dia anterior. Espero que seja a segunda opção.

Carey lhe deu um soquinho de brincadeira.

— Mas vai funcionar, eu sei que vai — disse Tommy, soando bem mais confiante do que estava de verdade.

Depois do último jantar juntos (ambos tentando parecer otimistas), eles foram se deitar. Nos minutos finais antes de pegar no sono, Tommy colocou uma calça e pôs algumas coisas nos bolsos: sua identidade, seu celular e um envelope contendo prova de propriedade da empresa no centro da teia que Carey havia tecido. Outro envelope continha um maço pequeno de dinheiro — o pouco que lhe sobrara depois de comprar o The Hole e transferir a maior parte do saldo de sua conta bancária para Carey guardar.

Ele colocou uma camiseta, depois outra, e sorriu para Carey.

— É o costume — falou, mas ela não sorriu de volta.

— Então, se a gente mantiver contato a noite toda, a conexão vai ficar? — perguntou ela pela terceira vez naquela noite.

— Funciona para todo o resto — respondeu Tommy, também pela terceira vez. — Espero que funcione com você também.

Ele esperava isso mais do que tudo.

Tommy subiu de volta na cama, beijou Carey mais uma vez e a abraçou.

O sono veio mais rápido do que ele esperava e, em minutos, ele apagou.

21

TOMMY NÃO SONHOU NA NOITE da Reinicialização; ele nunca sonhava. Provavelmente era melhor assim. O conhecimento subconsciente de que o universo estava trabalhando para apagar sua existência provavelmente não resultaria em sonhos tranquilos. Isso significava que Tommy dormiu que nem pedra e só despertou quando o sol da manhã seguinte apareceu através das cortinas do quarto.

Ele acordou com um sobressalto e, instintivamente, colocou as mãos nos bolsos, identificando os formatos familiares do celular e da identidade, além dos envelopes que ele havia dobrado ao meio. Mas, na verdade, ele não ligava muito para essas coisas. O que importava era a pessoa deitada ao seu lado.

Carey estava virada para a parede, e Tommy a observava enquanto ela dormia, imaginando se ela acordaria com um estranho na cama com uma simples história de fundo concebida em sua mente durante a noite. Ele implorou ao universo que o deixasse vencer aquela. Só uma vez.

Por fim, Carey se remexeu. Sua respiração, tão tranquila e rítmica, mudou de leve, e então ela se virou. Seus olhos se abriram e ele sorriu para ela, esperançoso e aterrorizado.

Ela sorriu de volta.

— Bom dia — disse Tommy suavemente, com o coração batendo quase alto o suficiente para ser ouvido. Ele achou que a expectativa poderia matá-lo.

— Bom dia — ela respondeu.

— Deu certo? — ele perguntou.

Carey olhou para ele. Tommy tinha certeza de que ela estava tentando localizá-lo, procurando em sua mente onde eles haviam se conhecido na noite anterior.

Assim que ele se convenceu de que estava tudo acabado, Carey sorriu novamente e assentiu.

— Deu certo — disse ela, e Tommy quase explodiu de alegria.

Carey se lembrava dele. Ele queria gritar, sair correndo lá fora e dizer ao mundo que eles tinham conseguido.

"Funcionou."

Mas ele não explodiu nem gritou. Em vez disso, apenas a beijou.

Carey passara a maior parte da noite acordada e imóvel nos braços de Tommy, segurando a mão dele em um aperto que parecia um torno, temendo o que poderia acontecer se ela soltasse. O aperto era tão forte, que as mãos deles permaneceram unidas mesmo depois que ela enfim pegou no sono.

Quando foram para a cama, havia uma foto de Tommy e Carey sobre a cômoda: uma selfie que haviam tirado no fim de semana na pousada, sorrindo felizes enquanto tomavam uma garrafa de vinho em frente a um vale amplo e verde. A moldura ainda estava lá, mas Tommy, não. Havia sido substituído pela amiga de Carey, Rachael. O guarda-roupa havia sido despojado de suas roupas e seus sapatos.

Mas ele não estava nem aí.

Algumas horas depois, Carey saiu para comprar roupas novas para Tommy. Quando ela foi, Tommy pegou o celular e discou um número conhecido.

— Josh? Meu nome é Tommy Llewellyn. Sei que é inesperado, mas você está livre para se encontrar comigo ainda hoje? Tenho uma coisa para mostrar pra você... É, é meio importante.

Os clientes do The Hole naquela tarde não saberiam o que pensar da conversa no canto mais escuro do bar. Uma parte parecia esperançosa e cheia de energia nervosa, a outra estava abertamente fria enquanto olhava para o estranho que reivindicava metade de seu negócio.

Mas, à medida que Tommy explicava a Josh a papelada preparada com tanto cuidado por Carey, a estrutura empresarial que mostrava Tommy em seu núcleo, a oposição de Josh começou a enfraquecer.

— Tenho que admitir que faz sentido — reconheceu ele por fim. — Quando sua advogada me procurou no ano passado e disse que representava um fundo de investimento, imaginei que fosse alguém interessado em colocar as mãos neste lugar. Eu ia recusar. Mas, se eu não aceitasse o dinheiro, teria perdido tudo... E, desde então, todos os dias eu esperava que alguém cutucasse meu ombro e tentasse me expulsar. Sócios silenciosos não ficam em silêncio para sempre, sabe?

Tommy balançou a cabeça, admirado. Era tão simples, uma força invisível que o tirava da história, e, por um breve momento, ele se perguntou o que teria feito a alguém em outra vida para merecer isso. Mas o pensamento foi passageiro e, em vez disso, ele guardou na memória tudo o que acabara de dizer a Josh. Era o primeiro rascunho de um roteiro que ele pretendia usar muitas vezes. Se funcionou uma vez, funcionaria de novo.

— Bem, não tenho interesse em expulsar você — disse Tommy. — Eu só quero trabalhar.

O sorriso de Josh era quase mais largo do que seu rosto. Ele saiu da mesa e voltou um minuto depois com dois copos de shot.

— Não sou muito de beber, mas isso pede um brinde. — Josh tinha um bom pressentimento sobre esse cara. — Ao início de uma longa parceria.

"Bom, não é bem o início", pensou Tommy.

— Então, como você é atrás do bar? — perguntou Josh.

Foi a vez de Tommy sorrir.

Em maio daquele ano, Tommy Llewellyn e Josh Saunders fizeram sua segunda grande jogada profissional juntos. Depois de muita deliberação, eles entraram no banco (por coincidência do destino, a mesma agência em que Tommy havia aberto sua primeira conta) e corajosamente pediram meio milhão de dólares. Enquanto Josh deslizava o título de propriedade do The Hole pela mesa como garantia (uma ação tão rápida e simples para um ato de tamanha gravidade), Tommy enfiou as mãos nos bolsos para que ninguém as visse tremendo. Mas Josh não demonstrava nenhuma hesitação visível. Ele irradiava uma confiança tão inabalável, que era quase contagiosa.

— Puta que pariu! — Josh exclamou depois, nos degraus do lado de fora. — O céu é o limite agora, Tommy.

Doze semanas depois, o The Pit foi inaugurado no outro lado da cidade. Tommy sugeriu o nome — o local irmão do The Hole (afinal, este evocava um "buraco", e o outro, um "fosso") e outra pequena marca que ele poderia reivindicar como sua. Tommy e Josh fizeram tudo o que puderam para divulgar o novo local, mas, no final, ele se vendeu sozinho — dois caras jovens e bonitos abrindo seu segundo bar após o sucesso estrondoso do primeiro era uma história que novamente agraciou as colunas sociais dos jornais. E, embora não tenha sido mencionada na seção de negócios desta vez, a história ainda foi notada em um escritório composto principalmente por homens com ternos caros, não muito longe do Sunrise Backpackers. O fato de o jornal ter estado aberto na página que mostrava o sucesso de Tommy e Josh era apenas uma coincidência, embora acompanhada pelo barulho baixinho do universo movendo suas peças.

A inauguração foi um grande acontecimento, e Josh se certificou de que todo mundo que era importante na cidade recebesse um convite. Os dois ficaram surpresos com o comparecimento. Um grupo de fotógrafos estava do lado de fora, ansioso para fotografar as chegadas, que incluíam o prefeito da cidade e um ministro (que expulsou sua funcionária do táxi a um quarteirão de distância; sua esposa não precisava ver os dois juntos no jornal no dia seguinte), três apresentadores de rádio de estações concorrentes e um bando de participantes de reality shows. (O evento foi tão badalado, que Josh recebeu um monte ligações de assessores pedindo convites para seus clientes.) E ainda havia os outros: os camaradas de Josh, os amigos de Carey (e um ou dois colegas de trabalho, especialmente os que ajudavam a tomar decisões sobre promoções para os associados) e um grupo de pessoas do setor de restaurantes e hotéis, felizes com a chance de examinar a concorrência de perto. De fato, a única pessoa da lista de convidados que não compareceu foi o pai de Josh, Dave. O ex-gerente do The Hole estava sofrendo de um caso crônico de inveja profissional, e os sintomas pareciam se agravar com a idade. Mas sua ausência certamente não foi sentida (mal foi notada por Josh), e o consenso era de que foi uma festa e tanto. A cobertura da mídia nos dias seguintes foi melhor do que eles poderiam esperar.

Mas, quando a festa acabou, foi Tommy quem permaneceu no local, ajustando e adaptando, determinado a transformar o lançamento em algo de longo prazo. Foi só em uma noite muito depois da inauguração que Tommy finalmente sentiu que poderia relaxar. Ele olhou para o bar lotado, muito mais iluminado que o The Hole, e se maravilhou com o barulho. Havia um rumor constante de conversas, mas o som dominante eram as risadas dos pequenos grupos, de dois, três, quatro e cinco, e um de catorze pessoas comemorando o noivado de Scott e Emily, quem quer que fossem esses dois. Tommy soltou a respiração que estava prendendo desde que ele e Josh entraram no banco em maio.

— Vocês são uma boa equipe — disse Carey a ele no final daquela noite. — Josh é brilhante, sem dúvida. Mas, juntos, vocês *fazem* as coisas. — Ela fez uma pausa. — Estou muito orgulhosa de você, sabe. Passar pelo que você passou e estar onde você está agora é... bem, é muito especial.

Tommy deitou a cabeça no travesseiro e olhou para Carey. Ele ainda tinha momentos em que vê-la tornava difícil pensar em qualquer outra coisa; o cabelo dela preso em um rabo de cavalo que parecia uma cachoeira de mel, sua pele tão macia e impecável. Mas era a maneira como ela olhava para ele que silenciava todo o resto; não havia nada em seus largos olhos castanhos além de confiança e adoração.

— Vamos casar — disse ele, e agora aqueles olhos castanhos arregalados registraram surpresa. Tommy engoliu em seco ao perceber o que havia dito. — Carey, eu amo você desde que era criança. Minha vida mudou ao meu redor a cada ano, mas você... bom, você é a única coisa que permaneceu igual. Quer dizer, não você, exatamente, mas o que sinto por você, sabe? Eu não tenho um anel, mas posso comprar. Você pode ajudar a escolher se quiser. E não precisamos esperar; podemos fazer isso imediatamente. O casamento, estou falando, não o anel.

Ele estava falando rápido, as palavras saindo aos tropeços, quando percebeu que Carey não havia respondido.

— E então? — ele perguntou.

Carey sorriu com tristeza, e o coração de Tommy se afundou.

— Por que não? — balbuciou ele.

Carey pegou sua mão.

— Eu te amo, Tommy. Você sabe disso — disse ela. — Mas não sei. Isso tudo não parece meio... temporário para você?

— Temporário? — Tommy repetiu. Ele largou a mão dela. — Tudo tem sido temporário para mim desde que nasci. Você não vê o que estou tentando fazer, Carey? Estou tentando criar algo que dure. Eu só...

— Tommy — Carey interrompeu, mas ele continuou:

— ... quero o que todos os outros têm, o que eles têm sem nem saber. Eu tentei fazer a diferença. Pequenas coisas que deixei para trás. Coisas que passam despercebidas. O jardim na Leiteria. Mudanças no trabalho. Coisas que eu nem sabia que tinha deixado, tipo aquele conto idiota que escrevi na escola. Mas isso não é suficiente. Não mais. — Tommy ficou surpreso ao perceber que estava chorando. — Nós já sabemos que podemos superar a Reinicialização juntos, você e eu. Não é perfeito, mas funciona. Com você, sinto que... sinto que talvez eu possa finalmente criar uma vida que seja um pouco mais permanente. E acho que casar vai nos ajudar a fazer isso. Casa comigo. Por favor.

Carey desviou o olhar, encarando a parede pelo que pareceu uma eternidade. Por fim, seus olhos encontraram os de Tommy novamente.

— Você sabe que eu também te amo — falou ela —, e é claro que quero me casar com você. Mas, Tommy, essa ideia de que você pode criar um lugar seguro, uma espécie de casulo ou seja lá o que for, você está baseando tudo em uma *sensação*. Tommy, não posso dedicar toda a minha vida a isso. Você está exigindo demais de mim.

— Não é só uma... — Tommy começou, mas Carey ainda não havia terminado.

— E se não funcionar? E se algo acontecer na próxima Reinicialização? Digamos que você me solte durante a noite e a gente acorde como estranhos em uma cama. O que acontece depois? Como vou explicar minha aliança? Quando as lacunas onde você estava forem preenchidas durante a noite, será que vou descobrir que sou casada com outra pessoa e a estou traindo com você? Ou, sei lá, que eu era casada antes e meu marido morreu em um acidente horrível e ainda estou usando a aliança? Presa à dor de perder alguém que nem conheci, dor que me foi empurrada goela abaixo pelo universo para explicar uma aliança que na verdade veio de *você*? Quando você passa pela Reinicialização, não é o único que perde, Tommy. É que o resto de nós também perdemos... bem, nós só não percebemos na hora.

Tommy não sabia o que dizer. A resposta de Carey o deixou arrasado, e a centelha de otimismo que ele sempre sentira ao lado dela, a sensação de que as coisas dariam certo, começou a diminuir.

— Mas... — Carey continuou, e a centelha voltou: — Eu *quero* me casar com você. E você tem razão, já passamos pela Reinicialização juntos uma vez. Mas preciso saber que não foi só sorte. Então, vou fazer um acordo com você. Me pede de novo. Não agora, quero dizer, em outra ocasião, quando parecer certo, sabe? Quando parecer permanente. Como se estivéssemos destinados a ficar juntos. Se você me pedir de novo, e se eu ainda souber quem você é, vou aceitar. Aí, você vai ter que ficar comigo.

Tommy olhou para ela com os olhos brilhando.

— Jura? — ele perguntou.

Parecia uma criança assustada, mas, naquele momento, não se importava. Ele só se importava com a reação dela.

— Pela minha vida — respondeu Carey. — Até lá, vamos nos dar as mãos durante a Reinicialização. E, se você soltar, cuidado. Eu vou atrás de você.

Tommy Llewellyn era bom com números — um presente do papai — e muito habilidoso com palavras também — graças à mamãe. Mas ele também fora abençoado com um terceiro dom, como que para compensar a monstruosa desvantagem que lhe foi dada na vida: Tommy tinha uma memória muito boa. Não era nada extraordinário — certamente não era fotográfica —, mas o ajudou quando criança, quando tinha que se reapresentar a todos na manhã seguinte à sua Reinicialização. Ele havia decorado as falas que usava com tia Michelle, as falas que a faziam sair correndo atrás de funcionários públicos e assistentes sociais e que, por fim, o levavam a ser aceito como residente permanente da Leiteria.

Agora, cerca de vinte anos depois, ele se via contando com isso novamente ao acordar após uma, duas, três e quatro Reinicializações. A cada vez, ele via os olhos de Carey se abrirem e o cumprimentarem com o sorriso de reconhecimento que lhe dizia que a noite tinha sido um sucesso. Então, exatamente às nove da manhã, ele ligava para Josh e pedia um encontro com ele, e as palavras lhe vinham à mente todos os anos, como um ator idoso reprisando um papel antigo. E, todas as vezes, Josh concordava em se encontrar com ele.

Nas três primeiras vezes, eles se encontraram no The Hole, cercados por pessoas que bebiam durante o dia e que ignoravam completamente a conversa em voz baixa e discreta. Tommy seguia o roteiro, e logo os dois estavam apertando as mãos, fechando uma parceria que já havia sido formada e esquecida muitas vezes.

Até que, na quarta ocasião, Josh sugeriu que eles se encontrassem em uma lanchonete no final da rua — a mesma onde eles haviam almoçado anos antes, onde Josh havia falado sem parar sobre seus planos para o futuro enquanto seu hambúrguer esfriava. A mesma onde Josh anunciara que eles iriam comprar o The Hole. Talvez devesse ter sido um aviso para Tommy: era um lugar onde grandes coisas aconteciam.

Clanc, clanc, clanc. O universo finalmente havia colocado suas peças em ordem.

Ao contrário dos encontros anteriores naquela lanchonete, desta vez era Tommy quem falava, tentando convencer Josh de que ele era sócio no negócio que haviam construído juntos. Seguindo o roteiro.

— E depois sou só eu, eu sou o dono lá no topo. É complicado mesmo. Mas minha advogada me disse que eu tinha que fazer isso por causa de algumas questões familiares complicadas. Mas quero que você saiba de uma coisa, Josh: não estou tentando expulsar você nem nada assim. Só quero que a gente trabalhe junto. Meio a meio, até o fim.

Tommy sorriu de forma tranquilizadora para Josh, esperando que ele processasse um argumento que já tinha ouvido várias vezes. Depois disso, Josh sorriria de volta.

Mas, desta vez, ele não sorriu.

Desta vez, Josh desviou do roteiro.

22

— Vai devagar, Tommy. Me explica direito — disse Carey.

Ela deveria estar em reunião com o chefe, mas tinha ido correndo para casa depois de uma ligação frenética de Tommy e o encontrado andando de lá para cá na sala. Era um apartamento minúsculo. Ela achava que ele já deveria ter feito bem umas 2 mil voltas antes de ela chegar.

— Foi o Richie.

— Não entendi — respondeu Carey.

— Bem, então somos dois — falou Tommy, e se virou para mais uma volta.

Carey se apoiou no braço do sofá. Tommy geralmente era tão calmo, tão estável; era preocupante vê-lo assim.

— Liguei para o Josh às nove da manhã, como sempre faço. Ele quis me encontrar na Carlo's, na mesma rua do The Hole, mas mais pra cima. Tá, por mim tudo bem. Mas agora acho que ele só queria me manter longe dos clientes. Mas ainda ter testemunhas, sabe?

Outra volta.

Carey balançou a cabeça.

— Por que Josh precisaria de testemunhas?

Tommy se virou.

— Ele acha que estou tentando roubá-lo.

Carey arregalou os olhos.

— Quê?

Tommy completou outra volta.

— O Richie pegou, Carey.

— Pegou o quê? — Carey perguntou, embora seu coração estivesse pesado, antecipando a resposta dele.

— Minha metade. Não sei como, mas Josh estava convencido. Meu Deus do céu, até *eu* estava convencido! Carey, eu vi a cópia do contrato do Josh. Tinha o nome de Richie por toda parte. Da empresa dele. E…

Ele balançou a cabeça. Deu mais uma volta.

— E a data — continuou. — Era de quatro anos atrás, Carey. Da época em que montamos tudo, quando tinha reportagens sobre nós nos jornais. Você tinha que ouvir como Josh falou dele. De Richie. Como se eles fossem sócios desde sempre. Como se fosse a única coisa que Josh já conheceu.

— Desculpa, Tommy. A culpa é minha. Devo ter deixado passar alguma coisa.

— Não, acho que é o contrário. Acho que você fez um trabalho tão bom, que o universo levou quatro anos para descobrir como fazer isso, para descobrir a ligação. Sei lá, Carey. Parece que eu deveria ter previsto isso desde que vimos Richie no funeral. É como se… é como se ele tivesse voltado para nossa vida, voltado a nos orbitar. Era só uma questão de tempo até ele ser usado de novo, assim que a Reinicialização descobrisse como.

Ele se virou para dar outra volta, mas Carey parou na frente dele. Ela o pegou em seus braços e o abraçou.

Carey não voltou ao trabalho naquele dia; achou que Tommy precisava dela em casa.

E ela tinha razão. Tommy sentou-se no sofá em silêncio, olhando para o nada. Ele não conseguia tirar da cabeça as últimas palavras de Josh para ele.

— Eu não quero chamar a polícia — disse. — Então não vou chamar. Mas não se aproxime mais de mim.

Depois Josh se levantou e foi embora, e Tommy viu tudo pelo que havia trabalhado, tudo o que haviam construído juntos, ir embora. As horas, os dias, os anos que dedicou ao negócio dos dois. Tudo foi apagado.

Josh estava furioso. Não era como a traição ardente que Tommy tinha testemunhado nas noites em que se demitia apenas para ser recontratado no dia seguinte. Era uma fúria mais fria e calma: Josh Saunders, empresário, protegendo seu sucesso de um estranho que tentava reivindicá-lo.

Ver seu melhor amigo ir embora era doloroso, mas, quando a dor inicial passou, Tommy soube que poderia reacender a amizade em um ano. A próxima Reinicialização apagaria da memória de Josh os acontecimentos daquela manhã, e Tommy esperava que fosse possível desenterrar e polir a pepita de ouro mais uma vez. Mas, de agora em diante, eles só poderiam ser amigos do tipo que se encontram no bar para tomar alguma coisa. A parceria havia desaparecido para sempre. A Reinicialização havia substituído Tommy por um novo sócio, que não seria esquecido em 5 de janeiro.

"E Richie nem merece isso", pensou Tommy com amargura. "Ele é só..." Ele procurou a palavra certa. "Ele é só o fantoche do universo."

Ao perceber isso, sua raiva — seu ódio profundo e puro por Richie — diminuiu um pouco, quase contra sua vontade. Tommy não queria que ela diminuísse, não queria desculpar Richie. Ele queria continuar odiando-o — aquilo tudo era culpa *dele*.

"Mas ele é um fantoche."

Tommy ficou sentado por um longo tempo, sem dizer nada. Revirando tudo em sua mente.

— Não sei... — disse por fim, respondendo a uma pergunta que havia feito a si mesmo. — Não acho que ele seja de fato responsável pelo que está fazendo, mesmo que esteja se beneficiando disso. É só aquele que é colocado no espaço que eu deixo vazio. — Tommy fez uma pausa. — Meu Senhor, o que isso diz sobre ele?

— Tommy, você está sentindo *pena* do Richie? — Carey perguntou incrédula.

— Talvez. Provavelmente não. É, talvez. — Suspirou. — Pense assim: os últimos quatro anos da minha vida foram esquecidos. Mas não por mim e não por você, certo? Então, *nós* sabemos o que eu fiz. Mas Richie... ele acha que passou os últimos quatro anos como sócio proprietário de um bar. Ele não viveu essa vida. Só acha que viveu. Carey, *é tudo inventado*. Que maneira triste de viver. E a pior parte é que ele nunca vai saber.

— Então, e agora? — quis saber Carey. — Vale a pena falar com Josh de novo?

Tommy balançou a cabeça.

— No ano que vem. Vou descobrir um jeito de ficar amigo dele de novo. Ele não vai se livrar de mim. Pelo menos, não para sempre.

Carey sorriu.

— Tá. Então, o que a gente faz?

— Hoje? Nada. Amanhã, vou conseguir um emprego. — Ele viu a expressão de Carey. — Não, não em um bar; ainda é meio cedo para isso. Ainda não sei. Mas vou dar um jeito.

Tommy dormiu até tarde na manhã seguinte, e, quando finalmente se levantou, o lado de Carey da cama estava frio e vazio. Ela já estava em sua mesa no centro da cidade, embora sua cabeça com certeza não estivesse na papelada à sua frente. Tommy Llewellyn, ela concluiu, era uma anomalia — não só no sentido óbvio. Qualquer outro teria ficado destruído com o que lhe acontecera — perder tudo pelo que tinha trabalhado tanto. Se acontecesse com ela... Carey balançou a cabeça. De onde Tommy tirava sua resiliência, ela não sabia; ele só parecia ter um poço interno de otimismo que ficava sempre se preenchendo outra vez, não importava o quanto fosse drenado.

Carey simplesmente estava embasbacada com ele.

Ela não tinha como saber que Tommy não tinha tirado a bunda do sofá, nem tomado banho, nem feito a barba, nem se sentia muito inspirado. Ele não tinha nenhum lugar particular para onde tivesse que ir — Richie e a Reinicialização tinham cuidado disso. Tommy deu um sorriso meio amargo. "Richie e a Reinicialização." Parecia uma banda dos anos 1950, com cabelo penteado para trás com gel e paletós combinando.

O celular vibrou ao seu lado, arrancando-o do devaneio.

— Como vai a busca por emprego? — Carey estava falando no cochicho que reservava para conversas à sua mesa, que podiam ser ouvidas com facilidade por colegas que fingiam não estar prestando atenção.

— Bem — mentiu Tommy. — Eu... hum...

— Você está no sofá, né? — disse ela, e riu.

— É — admitiu ele. — Mas estou prestes a começar a busca.

— Sabe, Tommy, você pode tirar uns dias, só para se recompor. Você passou por muita coisa. Veja um pouco de tv. Leia uns livros sem interrupções.

Ele olhou a estante.

— É. Pode ser.

— Ótimo. Só não se acostume *demais* com a folga.

Tommy sabia que Carey estava sorrindo ao desligar.

A cerca de dois quarteirões do apartamento, havia uma pequena galeria com lojas de cada lado da rua — a versão de Ingleby de um polo comercial —, e foi para lá que Tommy se dirigiu, procurando algum lugar que vendesse livros. (Ele já tinha lido tudo nas prateleiras do apartamento deles. Encontrou um periódico da Sociedade de Direito na mesa de cabeceira de Carey, mas só aguentara duas páginas.) Havia um hortifruti, com o interior escuro e úmido, com montes de laranjas, maçãs e melões empilhados em cestas de madeira perto da porta. Ao lado, ficava uma tabacaria, depois uma lavanderia, um cabeleireiro e outro hortifruti (que Tommy achava esquisito, mas a competição mantinha os preços baixos). Uma barbearia, uma lanchonete de kebab, uma imobiliária.

Sem pausar, Tommy passou pela farmácia onde, mais de trinta anos antes, Leo Palmer havia comprado remédio para o filho bebê voltando do trabalho para casa. De repente, na loja seguinte, ele parou de supetão. Na vitrine, havia um cartaz escrito à mão: PRECISA-SE DE VOLUNTÁRIOS. ENTRE!

Então, ele entrou.

Tommy começou no brechó na manhã seguinte. Nos fundos da loja, descobriu uma arca do tesouro: prateleiras e mais prateleiras de livros com as páginas dobradas em orelhas. Em outras partes, havia bacias de sapatos e cintos, bancos empilhados com pratos, canecas e copos (bem poucos chegando a formar um conjunto), cabides de roupas — muitas das quais deveriam ter sido jogadas no lixo em vez de doadas — e um balcão com uma caixa registradora que só funcionava de vez em quando.

Atrás do balcão, ficava uma grega de sessenta e poucos anos, com pedaços de couro cabeludo levemente visíveis através do cabelo castanho afinando e vincos amigáveis de sorrir que agora tinham virado rugas permanentes. Di pisava com sapatos macios no carpete puído e mal fazia som enquanto se movia pela loja, ajudando clientes que faziam compras lá por necessidade, não desejo.

Podia ser meio embolorado, mas tinha algo na simplicidade tranquila do lugar que, para Tommy, era reconfortante. Talvez fosse o ato repetitivo de separar doações e limpar as prateleiras, ou as conversas com compradores que vasculhavam as roupas, ou talvez fosse o fato de que Di o lembrava tanto de tia Michelle, que ele às vezes esquecia onde estava. Fosse pelo motivo que fosse, no fim da primeira semana, ele se viu pensando menos no The Hole e ainda menos em Richie. No fim de seu primeiro mês, eles mal entravam em seus pensamentos. Ainda sentia saudade de Josh, mas sabia que não seria para sempre.

Também ajudava estar cercado de livros, dezenas dos quais acabavam indo para casa com ele e sendo devolvidos quando terminava a leitura. Aquilo lhe deu uma ideia, e, certa manhã, chegou cedo e entrou com a chave que Di tinha lhe dado. Quando ela chegou, ele já havia tirado da vitrine os manequins com vestidos desleixados. No lugar, havia um mostruário novo: uma mesa de livros em pilhas altas, com os títulos à mostra para os passantes.

— É *isso* que as pessoas querem aqui, Di — disse ele a ela, e tinha razão.

Naquele dia, a loja tinha mais clientes do que antes, atraídos pelas capas coloridas, muitos saindo com livros que não viam desde criança. Di sacudiu a cabeça maravilhada. Tommy só estava lá havia seis semanas e já tinha deixado sua marca na lojinha modesta.

E nela também. Pouco depois de Tommy começar seu trabalho voluntário, Di havia considerado apresentá-lo à filha. Claudia, pensou ela, era um par perfeito para o jovem inteligente que tinha entrado do nada para trabalhar sem receber. Mas, de repente, ele tinha começado a falar de Carey. Falava dela como um devoto idolatra uma divindade. Eram um amor e uma admiração tão puros, que Di concluiu que essa tal Carey era mesmo uma garota de sorte. Então, Tommy mostrou-lhe uma foto de Carey, e Di concluiu que Tommy também era um homem de sorte — embora Carey fosse bem mais do que um rostinho bonito.

— Adivinha, Di? — disse Tommy, com a animação emanando dele em ondas.

Era meio de março; nesse ponto, Tommy estava abrindo a loja quase todas as manhãs e, naquela ocasião, estava esperando impacientemente pela chegada de Di.

— O quê, Tommy?

Di sorriu na expectativa. O humor era meio contagiante.

— Carey foi promovida! Ela não é mais associada. Nossa, ela se esforçou muito por isso. Eu... bom, estou bem orgulhoso dela.

— Que maravilha, Tommy — respondeu Di, e com sinceridade, embora não entendesse direito a diferença entre um associado e o que quer que Carey fosse agora. — Ela é muito boa. Não vá deixar essa menina fugir.

— Não vou — prometeu Tommy.

Ele ainda estava com um sorrisão ao começar a selecionar itens de uma caixa de bens doados. E, enquanto separava o joio do trigo (pendendo fortemente para o joio), ele percebeu uma coisa.

Era hora.

Apesar das aulas de Carey, Tommy não saberia cozinhar nem se sua vida dependesse disso. Mas, o que faltava em habilidade, ele compensava com esforço (uma equação que soava boa na teoria, mas ainda resultava em refeições quase incomíveis). Toda noite desde a Reinicialização, ele tinha garantido que o jantar estivesse pronto quando Carey entrava pela porta; uma contribuição pequena para a casa, considerando que seu trabalho para Di adicionava exatamente zero dólar ao caixa. Carey tinha tentado dar indiretas para ele usar a gaveta cheia de cardápios de delivery, mas, embora fosse um homem inteligente, Tommy não havia se tocado e continuava a guerrear com o forno toda noite.

Então, quando Carey chegou em casa naquela noite e achou três sacolas de comida chinesa na mesa de jantar, soube que tinha alguma coisa rolando. E ela mal havia soltado a bolsa antes de descobrir o que era.

— Eu percebi uma coisa hoje, Carey — Tommy lhe disse.

— Oi — falou ela, beijando-o.

— Ah. Oi — respondeu ele, envergonhado.

— O que você percebeu? — perguntou Carey.

Tommy respirou fundo.

— Eu não perdi você.

Carey pareceu confusa.

— Como assim? Claro que você não me perdeu.

— Estou falando de quando perdi todo o resto. Quando Richie pegou o negócio e eu perdi a amizade de Josh, eu não perdi você.

— Eu sei, Tommy. Mas você não iria me perder; você amarrou nossas mãos com um cachecol! — Carey riu.

— Não é disso que eu estou falando. Bem, acho que é, mas eu nunca achei que você fosse a lugar nenhum. Nunca senti que você estivesse em risco. Perdi todo o resto, mas mantive você.

Carey ficou em silêncio.

— Esquece o resto. O The Hole. Richie, tudo isso — continuou Tommy — e pensa só na gente. Parece que agora a gente já entendeu esse lance, não? Como se tudo estivesse mais fácil. Você falou que se casaria comigo quando parecesse permanente. Bem, talvez nunca seja permanente para nós, mas fácil já chega bem perto, né?

Carey ficou olhando para ele, repassando a conversa que haviam tido alguns anos antes. Aquela em que ela prometera que, quando as coisas parecessem diferentes, aceitaria.

E parecia diferente, sim. Mais fácil, como Tommy falou. Talvez fácil fosse o melhor que eles podiam esperar.

Então, ela falou.

— Aceito.

***

O planejamento começou na manhã seguinte. Seria uma cerimônia pequena, só algumas testemunhas e talvez uma lua de mel em uma ilha. Era uma ideia exótica para duas pessoas que nunca tinham saído do país.

Mas, por trás de toda a animação, Carey sentia uma pontadinha de desconfiança — um reconhecimento de que, apesar do sentimento dos dois, a sombra de impermanência pairava sobre eles. Ela *queria* se casar com Tommy. Queria acreditar no sonho dele de construir uma vida juntos, algo inteiramente deles — uma pequena bolha que talvez resistisse à Reinicialização. Mas Tommy não tinha provas de que iria funcionar. Era só uma ideia, um palpite não testado.

Carey não duvidava que, se sua mão escorregasse da de Tommy na noite da Reinicialização, eles acordariam como estranhos. Então, sim, embora estivessem atravessando tudo aquilo de forma agora um pouco *mais fácil*, aquela noção continuava à espreita — uma sensação de que era tudo temporário. Por muito tempo isso fora um filtro através do qual ela tomava decisões e fazia planos.

Em nenhum momento havia um bebê nesses planos. Mas alguns acidentes são simplesmente predestinados.

E as consequências também.

23

Carey estremeceu quando o gel frio foi espremido em sua barriga, e a técnica sorriu em sinal de desculpas.

— Desculpa — disse ela. — Eu sempre me esqueço de avisar as pessoas.

Mas Carey não estava ouvindo; ela estava olhando maravilhada para o bebê deles na tela do ultrassom. Deu uma olhada em Tommy, meio que esperando ver pânico estampado no rosto dele. Em vez disso, ele estava com um sorriso bobo, como se nunca tivesse visto nada mais emocionante na vida (o que, para ser sincero, não tinha mesmo).

— E vocês querem saber se é menino ou menina? — perguntou a técnica, e os futuros pais balançaram a cabeça em negativa.

— Queremos que seja surpresa — disse Tommy, ainda sorrindo.

A mulher assentiu com a cabeça.

— Bem, todo o resto parece estar bem. Sua data prevista é... — Ela fez um cálculo rápido. — Olha só! Um bebê do Ano-Novo. Bom, quase.

"É claro que é", pensou Tommy, e a preocupação que o atormentava desde que Carey lhe deu a notícia se cristalizou mais uma vez. O bebê deles chegaria pouco antes da Reinicialização. Como eles iriam navegar por isso com um bebê a tiracolo? Como se seus pensamentos estivessem ligados, Carey olhou para ele e Tommy apertou a mão dela com força. Nem a ideia da Reinicialização conseguiu tirar o sorriso de seu rosto. Ele iria ser pai. E com Carey Price, a garota por quem era apaixonado desde os catorze anos.

Se Di, no brechó, achava que Tommy havia ficado animado com a promoção de Carey, ela ainda não tinha visto nada. Carey deu permissão depois do exame, e ele irrompeu pela porta da loja com os cabelos cor de areia esvoaçando, a notícia já saindo de sua boca antes mesmo de ele recuperar o fôlego.

Di ofegou e envolveu Tommy em um abração. Estava quase tão emocionada com a notícia quanto ele.

Daquele momento em diante, ela começou a colecionar coisas de bebê — doações que nunca chegaram a ser expostas na loja. Um carrinho de bebê com acessórios de latão que ficariam lindos polidos, brinquedos usados, sacos e mais sacos de roupas de bebê: azuis *e* rosas para cobrir as duas possibilidades. Ela guardou tudo no depósito nos fundos, um esconderijo que Tommy percebeu em cerca de cinco minutos. É claro que ele fingiu não ver, embora soubesse que, se ela não desse os presentes antes de o bebê nascer, haveria uma chance razoável de ainda estarem lá quando a Reinicialização chegasse. Di entraria na manhã seguinte e se perguntaria por que eles não estavam na loja, e eles seriam expostos com uma etiqueta de preço laranja antes da hora do almoço. No entanto, não iriam para a vitrine; aquele espaço continuaria reservado para a exposição de livros que Tommy havia montado. Era uma iniciativa tão inteligente, que Di quase se esquecera de uma época em que a vitrine *não* estava cheia de livros. Depois da Reinicialização, ela presumiria que sempre havia sido assim.

Mesmo assim, Tommy agradeceu o que quer que o tivesse feito entrar na lojinha no dia seguinte à perda de seu bar e de seu melhor amigo. No que agora parecia ser um universo paralelo e distante, esse mesmo melhor amigo estava se preparando para abrir um terceiro local com seu sócio. (O relacionamento era estritamente profissional; Richie Sharpe não fazia muitos amigos e, nos cerca de cinco anos em que ele achava que eles haviam trabalhado juntos, Josh nunca tentara forçar a barra. Richie era ligado nas coisas, mas também era meio *estranho*.) Tommy sabia que o império em crescimento deveria ter sido dele também, mas já não era tão doloroso como antes. Era mais uma dor surda, que ele podia deixar de lado com relativa facilidade — especialmente agora que sua atenção estava sendo atraída para outra direção. Essa distração era tão significativa, que até o casamento havia sido esquecido por enquanto.

— Precisamos conversar sobre o que fazer no dia 5 — disse Carey a ele certa noite, mexendo-se desconfortavelmente no sofá enquanto sua barriga esgarçava o algodão fino do pijama.

Tommy levantou os olhos do livro em seu colo e fez uma careta de empatia. Carey parecia que poderia explodir a qualquer momento.

— Não tem necessidade — disse ele. — Eu tenho um plano.

— É claro que tem. — Carey sorriu. — Bem, pelo menos me conta o que é.

— Tá bom. O parto vai ser no dia 30 de dezembro, certo? Vamos voltar do hospital no máximo até o dia 3 de janeiro. Na noite da Reinicialização, a gente dorme em turnos: você dorme, eu seguro você e o bebê. Quando eu dormir, você segura o bebê e eu. E, desde que a gente continue se tocando, vai ficar tudo bem. *Você* não precisa estar dormindo para acontecer, só eu.

Carey pensou no assunto.

— Você acha mesmo que vai funcionar?

— Acho, sim. Estamos seguindo as regras, sem arriscar nada.

Carey relaxou um pouco.

— Mas — disse Tommy, apertando-se para passar por ela e chegar até a cozinha —, só por precaução, vou levar tudo para o hospital. Identidade, dinheiro, o de sempre. Caso ainda estejamos lá no dia 5. E, aí, fazemos a mesma coisa numa cama de hospital. Mesmo resultado final. E se a gente...

Ele soltou um palavrão ao bater o dedão num berço apoiado contra a parede da sala.

— Você não vai poder fazer isso quando o bebê chegar — advertiu Carey em tom de brincadeira.

— O que, quebrar o dedo? — disse ele entre dentes. — Vou me esforçar.

— Você entendeu. Nós dois vamos ter que tomar cuidado com o que falamos.

— Vai ser mais fácil quando estiver num quarto, não acha? Uns cômodos extras, quem sabe também um pouco de grama, um lugar para as crianças brincarem — disse ele.

— Crianças? Tipo mais de uma?

— Aconteceu uma vez, pode acontecer de novo. Só quero estar pronto, só isso.

E, assim, Tommy Llewellyn tinha criado sua própria versão d'O Plano. Seu pai teria amado.

Nada na vida havia sido particularmente fácil para Tommy — nem para Carey, aliás. Portanto, era lógico que o nascimento do bebê deles também seria difícil. Um dia depois que os fogos de artifício ecoaram por toda a cidade para marcar o Ano-Novo, os dois ainda estavam esperando em casa, com o coração de Tommy disparando cada vez que Carey se mexia, falava ou grunhia de desconforto. Mas, finalmente, chegou a hora de partir, e as malas que Tommy havia arrumado e deixado na porta quase seis semanas antes (só por precaução) foram jogadas no banco de trás de um táxi em marcha lenta.

À medida que se aproximavam do hospital, Tommy olhava para os quadradinhos de luz que marcavam as muitas alas e salas dentro das paredes de concreto sem graça. Em um desses quartos, ele mantivera seu nome pela primeira vez na Reinicialização, quando era um adolescente magrelo recuperando-se de uma cirurgia. Em um desses quartos, ele conhecera Josh, o amigo que refez tantas vezes desde então. E seria em um desses quartos — em algum lugar dentro daquele prédio comum — que ele conheceria seu filho ou filha.

Eles a batizaram de Florence.

Ou, mais precisamente, Carey a batizou de Florence. Tommy estava ocupado demais olhando para aquela criatura minúscula com pele rosa úmida e os dedos mais delicados que se poderia imaginar.

— Lindo — disse a obstetra. — É um nome de família?

— Mais ou menos. Um segundo nome, pelo menos.

— Lindo — ela repetiu. Então, sua expressão mudou. — Você precisa descansar um pouco. Foi um trabalho de parto longo e você perdeu bastante sangue.

— Mmmm — murmurou Carey.

No momento, ela só queria segurar a bebê.

— O papai pode segurar — disse a obstetra, apontando para Tommy. — Você precisa dormir.

Com relutância, Carey entregou Florence a Tommy, e a obstetra saiu.

— Só fecha os olhos — falou Tommy em voz baixa. — Vamos estar aqui quando você acordar, prometo.

Carey acenou com a cabeça, sonolenta.

— Ei, eu não sabia que tinha uma Florence na sua família. Quem era? Do lado da sua mãe?

Carey franziu a testa para ele.

— Você está brincando, né?

Ele negou com a cabeça.

— Florence era o segundo nome da tia Michelle. Você sabia disso, não?

Tommy sorriu. Ele não sabia. Mas não importava. Para ele, o nome era perfeito.

Carey dormiu em instantes, e Tommy sentou-se em uma cadeira de plástico ao lado da cama dela, segurando a filha nos braços.

Florence também dormiu, como fazem os bebês, e Tommy observou incrédulo aqueles dedinhos se enrolarem em seu polegar. Era um aperto tão suave e fraco, mas ela ficou assim por uma hora, depois duas e finalmente acordou chorando, com fome, e Tommy a passou para Carey. Ele havia se apaixonado de novo.

Bem lá no fundo, Tommy tinha consciência de que a Reinicialização estava se aproximando. No entanto, tinha um plano e, desde que o seguisse à risca, eles conseguiriam passar por isso juntos. Mas sua pequena família tinha problemas mais imediatos. Carey ainda não se sentia bem, estava exausta; Tommy não via olheiras como aquelas desde os dias agitados na Leiteria, dias que quase terminaram em um galpão empoeirado que cheirava a herbicida e vômito. Desta vez era diferente, ele se tranquilizou. Agora, só precisava descansar.

Uma das enfermeiras recolheu Florence, levando-a pelo corredor até um berçário noturno, e a trouxe de volta minutos depois, quando seu choro acordou os outros bebês que dormiam ali. A pequena Florence, ao que parecia, só dormia no colo — e ela havia escolhido o de Tommy.

E assim eles entraram em uma espécie de rotina: Carey dormia e depois acordava para amamentar a bebê. Assim que Florence estava saciada, Carey a passava de volta para Tommy, sentado na cadeira de plástico moldado destinada apenas a visitas de curto prazo. Suas costas doíam, seus pés estavam dormentes e ele estava cansado — muito cansado —, mas, no momento em que aqueles dedos delicados envolviam seu polegar e Florence fechava os olhos, todo o desconforto parecia desaparecer.

— Vou com ela no corredor — Tommy sussurrou para Carey.

Carey não o ouviu; seu peito já estava subindo e descendo nas profundezas do sono. Florence murmurava e fungava suavemente nos braços de Tommy, com a barriga cheia de leite, mas ainda não pronta para se acomodar. Tommy andava de um lado para o outro do corredor, balbuciando baixinho para a filha, sem dizer nada de especial. Uma enfermeira passou e sorriu para si mesma.

No final da décima volta, Tommy voltou e viu que o caminho estava bloqueado por um carrinho de limpeza. Sem querer quebrar seu ritmo, ele entrou por uma porta que saía da maternidade. Ali estava mais movimentado, mas ele continuou conversando com Florence enquanto caminhava.

— Ei, Flossie — ele murmurou. — Acho que sei onde estamos.

À sua frente, Tommy viu uma porta que dava para o lado externo. Ele a abriu com o ombro e entrou em um pátio, cercado em todos os quatro lados pelas altas paredes de concreto do hospital. No alto, uma tela para sombreamento, cinza pelo líquen e pela idade, mantinha o sol do final da tarde longe deles, e Tommy sorriu.

— Vem ver só isso — disse ele baixinho e parou perto dos vasos de plantas ao longo de uma parede. Elas estavam cheias de folhas verdes brilhantes e florezinhas brancas, com grandes manchas de rosa, roxo e laranja que se espalhavam pelas laterais. Então, em um canto, ele o viu.

Um cacto, baixo e sem graça, mas ainda lá. Teimoso.

— Foi o papai que plantou esse, Flossie — ele sussurrou. — Com seu tio Josh.

Florence estava dormindo, com a mãozinha enrolada em seu polegar. Tommy suspirou de felicidade.

Ele ficou no pátio por meia hora, balançando suavemente de um lado para o outro enquanto a filha dormia. Olhando para o canteiro do jardim, ele viu a si mesmo — uma versão mais jovem, machucada, mas curada — curvando-se gentilmente para ajudar uma criança menor a pressionar a terra ao redor de uma planta. Viu Josh ao lado dele, os dois rindo de uma piada que nenhuma das crianças entendia, e viu uma enfermeira — será que era Amy, a garota bonita com sotaque irlandês?

O que ele não conseguia ver eram as outras pessoas que haviam estado exatamente onde ele estava agora nos anos entre as visitas de Tommy Llewellyn. As mães e os pais, chorando sozinhos no pátio para que as crianças não os vissem. As enfermeiras que também faziam isso. Durante muito tempo, Amy foi uma visitante regular do jardim, onde se sentava e olhava para as marias-sem-vergonha laranja brilhantes e as margaridinhas alegres. Ignorava o cacto atarracado no canto; não havia nada de calmante em sua pele seca e em seus pequenos espinhos cruéis. Ela se lembrava vagamente de um grupo de crianças reunidas em torno do canteiro vazio, algumas mais doentes do que outras, revezando-se para cavar buracos e plantar as mudas. Mas, por mais que tentasse, ela não conseguia se lembrar de quem havia plantado o cacto. "Alguém deve ter plantado, porque lá está ele."

Amy tinha voltado ao pátio em seu pior momento, quando só o que conseguia ver quando piscava era seu paciente: um menino pálido com respiração superficial e peito afundado. Ela conseguira chegar ao jardim antes que as lágrimas viessem, mas as margaridas e as marias-sem-vergonha não tinham ajudado em nada a retardá-las.

Até que ela avistou o cacto.

A flor era de um rosa desbotado com um coração amarelo brilhante e parecia tão perfeita, que, por um momento, ela achou que alguém a tivesse prendido em uma das hastes. Mas havia outro botão ao lado dela, e outro. No dia seguinte, Amy levou seu jovem paciente para ver as flores, e, pela primeira vez em semanas, ambos sorriram.

Enquanto Tommy embalava sua filha bebê nos braços, ele se lembrou da voz de Amy e se perguntou se ela ainda trabalhava no hospital.

Trabalhava, mas não mais na ala infantil. Tinha sido transferida para outro lugar do prédio, cuidando de adultos, que a faziam chorar menos. Mas ela sempre pensava nas crianças de quem havia cuidado.

Amy nunca pensava em Tommy porque não se lembrava dele.

Mas pensava naquele cacto.

— Vai ficar meio apertado — comentou Carey, contorcendo-se em um lado da cama do hospital enquanto amamentava Florence.

A cor havia começado a voltar ao seu rosto, e o médico dissera que ela receberia alta do hospital no final da semana. Não era onde Tommy queria passar a Reinicialização, mas eles ainda sabiam o que fazer.

— Vamos dar um jeito — disse Tommy a ela. — Não precisamos ficar confortáveis, lembra: é só um de nós que vai dormir de cada vez.

Observando a pele ainda pálida e o cabelo desgrenhado dela, Tommy ficou impressionado outra vez (como quase todos os dias) com o quanto ela era incrivelmente bonita. Então bocejou.

— Tommy, você tá caindo de sono. Você ficou com esta bonitinha no colo três noites seguidas. Vai tomar um café ou algo assim.

Tommy começou a protestar.

— Não, sério. Você precisa estar pronto para hoje à noite. Tome um pouco de ar fresco. A gente vai ficar bem. — Ela o cutucou com o pé. — E traz um para mim.

— Tem certeza?

Eles já haviam recebido um sermão sobre cafeína e leite materno.

— Não me julgue — ordenou Carey. — Só traz.

Eles riram e, depois, com um olhar demorado para as duas, Tommy fez o que lhe foi pedido.

Lutou contra a vontade de fechar os olhos enquanto estava na fila da lanchonete do hospital.

— Você está com cara de quem precisa de um café — disse uma voz atrás dele. Era um jovem vestido com uma roupa de enfermagem.

Tommy assentiu com a cabeça.

— É para isso que estou aqui.

— Então desista deste lugar; o café tem gosto de terra. — O enfermeiro fez uma careta. — Tem uma cafeteria ótima a algumas ruas daqui. É uma caminhadinha, mas vale a pena.

Se Tommy estivesse um pouco mais alerta, ele talvez tivesse se lembrado das instruções com mais clareza. Mas virou para a direita quando deveria ter virado para a esquerda e, em seguida, não fez outra curva, e passeou pelas ruas por quase uma hora antes de, enfim, encontrar a cafeteria. O enfermeiro tinha razão — o café era bom. Certamente melhor do que terra. Ele se virou de volta para o hospital, imaginando como levaria o copo para viagem de Carey para o quarto sem que uma obstetra visse.

Talvez se ele *estivesse* mais alerta, tivesse uma noção do que estava prestes a acontecer. Mas ele estava cansado e pensando em copos de café, em obstetras e na Reinicialização. Tommy estava planejando tudo para aquela noite, para conseguir manter sua pequena família unida enquanto a Reinicialização fazia seu trabalho.

Em nenhum momento de sua caminhada de volta, percebeu que estava prestes a perturbar as peças enquanto elas se colocavam em posição.

Tommy seguiu uma senhora idosa ao longo da calçada em frente ao hospital, o ar carregado de fumaça de escapamento enquanto o tráfego da tarde passava. A mulher estava claramente a caminho de visitar alguém — um filho, talvez, ou até um neto — e carregava um pacote de presente: celofane azul embrulhando uma revista, uma barra de chocolate e um Tupperware com biscoitos caseiros. Tommy estava tentando ler a capa da revista de cabeça para baixo quando viu de relance alguém andando do outro lado da rua. Ele não deu importância ao fato, mas, em seu íntimo, um alarme soou urgente e alto.

O alarme fez um barulho estranho na cabeça de Tommy.

Clanc, clanc, clanc.

Ele parou.

Havia uma multidão reunida do outro lado da rua esperando que os semáforos parassem o fluxo constante de carros e ônibus para poderem atravessar. A princípio, Tommy não conseguia ver quem ou o que o havia feito levantar os olhos. Algumas dezenas de pessoas estavam impacientes — enfermeiras, um médico, uma mãe com uma criança pequena, um casal de idosos com bengalas iguais, um grupo de mulheres olhando para o celular sem falar nada. Então, ali: escondido atrás do grupo, estava um homem alto e largo, talvez alguns anos mais velho que Tommy, observando o tráfego passar. Ele estava bem-vestido, com uma camisa de gola aberta e um crachá preso em um cordão no pescoço.

Tommy já o tinha visto antes, de passagem.

Ele reconheceu o cabelo loiro curto e os olhos verdes. Carey havia passado rapidamente pelas fotos, mas mesmo assim Tommy tinha registrado aqueles olhos, o cabelo, o maxilar. O rosto do homem que a havia machucado.

A xícara de café que Tommy carregava para Carey caiu no chão e o conteúdo respingou em seus pés.

Uma mulher ao lado dele deu um pulo para trás.

— Ei! — disse ela com raiva, mas Tommy nem notou.

Aaron Gallagher estava ali.

Aaron, o ex-marido de Carey, estava no mesmo hospital que Carey. No mesmo hospital que a bebê deles.

"Isso não é uma coincidência", ele percebeu com absoluta certeza. "Ele foi trazido de volta para me substituir. Hoje à noite."

Tommy sentiu a raiva crescer dentro dele.

"Assim como Richie, é a vez de Aaron ser usado. Atraído de volta para a órbita de Carey. Pronto para entrar no espaço vazio. Pronto para ser o pai de Flossie."

O trânsito parou e a multidão atravessou a rua. Parado na entrada do hospital, Tommy o observou entrar. Não tinha nenhum plano, apenas instinto. E raiva.

O punho de Tommy colidiu com a boca de Aaron e o sangue explodiu do lábio do outro homem. Atrás deles, alguém gritou, e outra pessoa chamou o segurança. Tommy não ouviu ninguém.

— Que porra é essa?

Aaron levou a mão à boca e depois olhou para o sangue que escorria por seus dedos. Ele olhou para Tommy, e aqueles olhos verdes brilharam. Naquela fração de segundo, Tommy se perguntou se era isso que Carey tinha visto antes de Aaron machucá-la. Então, o homem maior agarrou a camisa de Tommy e lhe deu um, dois socos, ambos diretos no nariz já torto. O sangue jorrou e a boca de Tommy se encheu de um gosto amargo e acobreado.

Em seguida, ele estava no chão, e Aaron estava em cima dele, com os joelhos em seu peito.

— Alguém chama a polícia, rápido — Aaron gritou para os espectadores. — Esse cara acabou de me atacar.

Tommy estava deitado no concreto, cambaleando. Ele nunca havia machucado outra pessoa antes. Mas queria se levantar e continuar socando e socando e socando até que o rosto de Aaron estivesse quebrado e retorcido, e Carey e Florence estivessem a salvo.

— Sai de cima de mim — grunhiu.

— A polícia está vindo — gritou uma mulher de uma distância segura.

Tommy estava sofrendo sob o peso do outro homem.

Aaron o encarou e depois chegou mais perto.

— Quem é você, cacete? — Sua voz era grave e rouca.

Tommy ignorou a pergunta.

— Por que você veio aqui?

Ele ofegou. Seu rosto doía, mas seu peito doía ainda mais no ponto onde Aaron o havia prendido no chão.

— Como assim? — Aaron perguntou, confuso.

— Por que você está aqui? — Tommy conseguiu falar. Ele moveu ligeiramente a cabeça em direção ao hospital.

— Caramba! — Aaron exclamou. — Estou trabalhando!

Tommy olhou para o cordão que estava pendurado no pescoço de Aaron. Ele tinha sua foto com a palavra EMPREITEIRO impressa embaixo, agora manchada com sangue vermelho fresco.

— Por que você me bateu, seu merda?
— Como você sabia que ela estava aqui? — Tommy insistiu.
— Que porra é essa? Quem é *ela*?
Aaron estava balançando a cabeça.
— Carey — respondeu Tommy. Seu peito ardia com o esforço de falar. — Carey Price.
Os olhos de Aaron se arregalaram.
— Carey? — Ele pareceu surpreso. — Ela está aqui?
Ele olhou para o hospital.
Uma sirene ecoou pela rua, ricocheteando nos prédios, ficando mais alta a cada segundo. A polícia estava se aproximando.

Naquele instante, Tommy viu tudo à sua frente. Aaron havia sido guiado para um emprego no hospital, o universo se certificando de que seu mais novo lacaio estaria por perto naquela noite. E agora Tommy corria o risco de ser levado pela polícia. Longe do hospital, longe de Carey, longe de sua filha. E se ele não estivesse lá para a Reinicialização... não lhe restaria mais nada.

E Carey ficaria com Aaron: charmoso, cruel e violento.

Tommy tinha que fugir.

Com um grunhido, ele rolou ligeiramente para um lado, e Aaron balançou, desequilibrado pelo movimento repentino. Tommy rolou de volta para o outro lado e empurrou o homem mais forte. Em seguida, estava de pé, e Aaron também estava se levantando.

— Pega ele! — gritou a mulher que estava por perto, e Aaron se lançou sobre Tommy.

Mas Tommy estava possuído por uma urgência nascida do terror e, quando uma mão pousou em seu ombro, ele se chacoalhou com força e se afastou. Aaron cambaleou para trás, quase caindo na rua. Mas ele parou e se apoiou no meio-fio.

Assim como Richie Sharpe, o papel involuntário de Aaron na Reinicialização dependia de ele estar no lugar certo na hora certa. Era só isso que ele precisava fazer para entrar na brecha deixada para trás quando a história de Tommy fosse reescrita. Mas, naquela ocasião — possivelmente a mais crucial de todas —, ele estava no lugar errado. Apenas um pouco, por uns três ou quatro centímetros, no máximo, mas era o que bastava.

O crânio de Aaron quebrou quando o retrovisor lateral do ônibus bateu na parte de trás de sua cabeça, um baque suave e silencioso demais para ser ouvido por cima do barulho do motor. O ônibus seguiu em frente, sem que o motorista percebesse — ele estava três minutos atrasado em seu trajeto. Um ou dois passageiros perceberam o impacto, e a última coisa que Aaron viu ao cair no chão foi uma menina de uniforme escolar olhando para ele da janela do ônibus, com a boca aberta em um "O" silencioso e horrorizado.

Aqueles olhos verdes brilharam mais uma vez e se fecharam.

Depois, o caos.

— Preciso voltar para o hospital — Tommy implorou.

O sargento no balcão de entrada da delegacia de polícia negou com a cabeça.

— Agora não. Ainda não, pelo menos. Talvez mais tarde, amigo.

Era um policial diferente daquele que havia agarrado Tommy enquanto esperava o elevador para voltar à maternidade. Em retrospecto, Tommy percebeu que deveria ter fugido. Deveria ter se escondido em algum lugar seguro e retornado ao hospital mais tarde. Mas seu único pensamento tinha sido voltar para Carey, Florence e sua pequena bolha de felicidade.

Ele só esperava que não fosse o pior erro que já havia cometido.

Tommy não era responsável pela morte de Aaron. Claro, eles brigaram, mas Tommy não o matou — foi apenas um caso terminal de má sorte. Mas a mulher que chamou a polícia apontou na direção do saguão do hospital, dizendo aos policiais que o homem que havia batido no pobre coitado que estava deitado na calçada tinha fugido lá para dentro.

Enquanto Tommy saía pela porta do hospital, Aaron estava sendo levado de cadeira de rodas. Tommy achou que ele parecia morto. E estava. Agora a polícia estava tentando decidir se Tommy deveria ser acusado de alguma coisa. O sargento, que parecia jovem demais para ser sargento e quase magro demais para ser policial, estava atrás de um balcão preenchendo a papelada. Anotou os dados de Tommy e pediu que ele entregasse o conteúdo de seus bolsos. Seu telefone celular, sua carteira, um pequeno maço de dinheiro e uma nova aquisição — a certidão de nascimento de Florence — foram colocados em uma sacola transparente, e Tommy ficou com um recibo. Um recibo em troca de tudo de que ele precisava para passar pela Reinicialização.

— Você pode pegar de volta quando for liberado, a menos que sejam apreendidos como prova — disse o sargento a Tommy.

Tommy sabia que o policial magricela estava lendo um roteiro, mas isso soou muito ameaçador para ele. Teve permissão de fazer uma ligação e discou com a mão trêmula enquanto o choque se instalava.

— Carey, eu fui preso — disse ele assim que ela atendeu.

— Quê?

— É uma longa história. — Tommy fez uma pausa. — Foi o Aaron.

— Aaron? — Carey perguntou. — O meu ex? O que ele fez? Onde...

— Não importa — Tommy interrompeu. — Tenho quase certeza de que ele está morto.

Carey ficou em silêncio.

— A gente brigou. — O sargento ficou de orelha em pé. — Eu estava tentando me afastar dele e ele... Carey, ele foi atropelado por um ônibus. — Tommy soltou um suspiro fundo e irregular. — Vou sair daqui o mais rápido possível. Tenho certeza de que eles vão me soltar hoje à noite.

— Deveriam. Se foi um ônibus que matou Aaron, então você não fez nada de errado — disse Carey.

— Eu sei. Mas por via das dúvidas... sabe, caso eles me mantenham aqui, vou ficar acordado. A noite toda. Para não acontecer.

— Meu Deus, Tommy, a Reinicialização. Se você não conseguir...

— Eu vou, juro.

Tommy nunca seria liberado da custódia naquela noite, e ele e Carey sabiam disso. Essa parte não era o universo conspirando contra eles; era o simples fato de que um homem estava morto e Tommy estava envolvido.

Ele seria interrogado na manhã seguinte. Recebeu a notícia com uma espécie de triste inevitabilidade.

Pensou em Carey e Florence. Era realmente o maior tempo que ele passava longe da filha, e se perguntou se ela conseguiria dormir sem ele lá. Sem o polegar dele para segurar com seus dedinhos macios. Esperava que sim, para o bem tanto de Carey como da bebê.

Sua própria exaustão se abateu sobre ele quando olhou para sua casa durante a noite, uma pequena cela com cerca de metade do tamanho do quarto no hospital. Ao longo de uma parede havia uma cama — um estrado de metal sem bordas afiadas e com um colchão de cerca de cinco centímetros de espessura. Ela ficava ao lado de um vaso sanitário, também feito de um metal fosco com cantos arredondados e sem juntas visíveis. E era só isso. Fora da cela, do outro lado da sala, havia um recipiente com seus sapatos. Foi obrigado a tirá-los (presumivelmente para não se enforcar com os cadarços; ele estava usando botas sem cadarços, mas regras são regras) e também foi instruído a abrir os bolsos. O recibo de seus pertences caiu no chão e foi jogado na bacia ao lado das botas.

Precisava ficar acordado até poder voltar para Carey e Florence. Queria tanto voltar para lá que chegava a doer. Nas últimas três noites, só havia cochilado por uma ou duas horas aqui e ali, e as olheiras já estavam escuras e arroxeadas, mas ele precisava ficar acordado.

A Reinicialização não estava necessariamente ligada ao relógio; ele sabia disso por causa de sua experiência quando criança e de seus turnos no The Hole. Não, se ele estivesse acordado à meia-noite, então o universo simplesmente esperaria até ele ficar inconsciente — menos peças móveis, menos problemas. Portanto, só precisava ficar acordado, ereto, em movimento até ser entrevistado pela manhã e ter permissão para ir embora. Quando estivesse de volta com Carey e Florence, o universo poderia fazer o que bem entendesse, pensou. Mas não antes. Por favor, não antes.

"Fique acordado", disse a si mesmo.

O mantra passou por sua cabeça dezenas de vezes antes da meia-noite; essa era a parte mais fácil enquanto a adrenalina do dia se dissolvia gradualmente em seu sistema. Tommy estava mais preocupado com as primeiras horas da madrugada, quando tudo estaria silencioso, tudo estaria parado e a maioria das pessoas — inclusive ele — normalmente estaria dormindo.

"Fique acordado."

Se ele encostasse o rosto na porta da cela — não havia grades, apenas uma tela de acrílico reforçado para os policiais poderem ficar de olho nele —, conseguia espiar o relógio na parede mais adiante no corredor. Era uma e quinze da manhã. Sentia o cansaço se abatendo sobre ele em ondas. Estava tudo quieto demais. Tranquilo demais. Mas não podia dormir. Por Carey, por Florence.

"Fique acordado."

Tommy estava sozinho na cela. Não tinha ninguém com quem falar e nenhuma maneira de passar o tempo. Sem livros, sem TV, sem revistas. Os prisioneiros geralmente dormiam.

"Fique acordado."

À medida que o relógio se aproximava das três da manhã, ele repetia a frase várias vezes, tanto em silêncio como em voz alta. "Fique acordado, fique acordado, fique acordado, fique acordado." Recitou a tabuada, cantando-a como fazia na escola, e depois listou todos os países que conseguia nomear. Fez isso novamente em ordem alfabética e, depois, se concentrou nas cidades que sediaram as Olimpíadas, de trás para frente, parando quando ficou preso na de 1952. Cantava todas as músicas em que conseguia pensar, a voz ecoando desafinada pelo centro de detenção provisória vazio enquanto ele andava por sua cela.

"Fique acordado."

Tinha que ficar acordado — por Carey. Por Florence.

Às quatro e cinco da manhã — apenas quinze minutos desde a última olhada —, Tommy queria chorar de exaustão. Suas pernas doíam. Ele só precisava se sentar e descansar por um momento. Não queria dormir. Seus olhos pareciam estar cheios de pó; esfregá-los era como moer areia em uma ferida aberta. Ah, o que ele não daria pela chance de fechá-los só por um momento.

Ele se sentou brevemente na beirada do colchão e depois pulou de novo, batendo nas próprias bochechas com tapas fortes, forçando a adrenalina a entrar em seu corpo. Mas em minutos ela desapareceu e ele se viu encostado na parede, com a cabeça levemente apoiada no concreto exposto. Ele se endireitou, andou duas vezes pela cela e, sem pensar, sentou-se novamente no colchão de plástico rígido.

Caiu de lado devagar, como uma árvore tombada.

E fechou os olhos.

— O que você está fazendo aí? — perguntou uma voz desconhecida, e Tommy se endireitou num sobressalto. Ele piscou, assustado com o barulho repentino na sala silenciosa. Havia uma policial em frente à sua cela olhando confusa para ele.

Tommy não disse nada, mas deu dois passos à frente e pressionou o rosto contra a parede transparente. Eram quatro e quinze da manhã. Um pavor gelado se espalhou lentamente por ele. Havia fechado os olhos por alguns minutos, no máximo; certamente não tinha adormecido.

— Quem é você? — quis saber a policial.

— Ah, Tommy Llewellyn — disse ele, esperando desesperadamente que a confusão da policial fosse apenas por causa de uma mudança de turno.

A policial — sargento Bennett, de acordo com seu crachá — olhou para um quadro do seu lado da cela e balançou a cabeça.

— Volto em um minuto — anunciou ela. — Não vá a lugar nenhum.

Ela sorriu de sua própria piada, mas Tommy não sorriu de volta. Seu pânico estava crescendo, um buraco negro aberto que ameaçava consumi-lo. Ela deveria saber quem ele era; era o único prisioneiro dentro de uma cela.

A sargento voltou.

— Bebeu um pouco, não foi?

— Oi? — perguntou Tommy.

— Você não está no sistema, então deve estar aqui para ficar sóbrio, certo? — Depois, disse mais para si mesma do que para Tommy: — Isso tem que ser registrado.

— Ah, sim — respondeu Tommy, mas ele não estava mais ouvindo. O buraco negro o estava sugando.

Tinha acontecido. A Reinicialização.

Pouco tempo depois, Tommy estava sozinho na rua do lado de fora. A sargento Bennett o havia considerado sóbrio o suficiente para ir para casa e o liberado. Quando ela destrancou a cela, Tommy perguntou sobre os pertences que havia sido forçado a entregar. É claro que ela queria ver o recibo dele — que, assim como os sapatos, estava em uma bacia do outro lado da sala. A bacia estava vazia, pois a Reinicialização havia levado o conteúdo embora.

Tommy parecia tão derrotado que a sargento ficou com pena dele e foi até o depósito procurar. Voltou de mãos abanando. Seu celular, dinheiro, até mesmo a certidão de nascimento da filha: tudo havia desaparecido.

Parado nas sombras de antes do amanhecer, longe das luzes brilhantes da frente da delegacia, Tommy Llewellyn parecia um homem derrotado e se sentia assim. Sentindo a calçada dura contra os pés descalços, ele começou a caminhar.

Estava indo na direção do hospital. Ainda tinha que tentar.

Não havia sangue na calçada. Tommy não sabia o que esperava ver; imaginou que o local onde Aaron havia morrido estaria marcado de alguma forma, mas não estava. Havia sido tão bem limpo, que era como se Aaron nunca tivesse estado ali. Mais ou menos como Tommy.

O sol nascente entrava por uma fresta entre os prédios e Tommy projetou uma longa sombra nas portas da frente do hospital. Parou por um momento. O que diria a Carey? Como explicaria quem era? O calor da luz do início da manhã em suas costas lhe deu um pouco de esperança. Ele não sabia de quê. De que algo seria diferente, talvez. De que talvez, desta vez, houvesse um lampejo de reconhecimento nos olhos de Carey.

Um médico que passava pelo saguão olhou Tommy de cima a baixo; seus pés descalços estavam pretos de sujeira das calçadas da cidade, havia manchas de sangue seco em seu rosto e parecia que ele não dormia fazia dias. Mas o médico estava ocupado e continuou andando, e Tommy também. Ele apertou o botão do elevador uma vez, duas e mais uma, desesperado para chegar à maternidade.

O elevador soou suavemente e então Tommy começou a subir para o sétimo andar. Sentia as palmas das mãos suando e o coração acelerado com partes iguais de desejo e terror, acelerando à medida que o elevador subia.

Aí, ele chegou.

Uma mulher atrás da recepção levantou os olhos e franziu a testa quando as portas se abriram. Era a obstetra que havia feito o parto de Florence.

— Posso ajudar?

Ela não o reconheceu. A ponta de esperança à qual ele estava se agarrando ficou ainda menor.

"Estou aqui para ver minha bebê", ele queria dizer. Mas não disse.

— Ah... Estou aqui para ver a Carey. Carey Price?

A obstetra olhou para ele com desconfiança.

— E você é...? — ela perguntou. O homem estava um caos, e era bem antes do horário de visitas.

— Eu sou o... — Tommy procurou a coisa certa a dizer.

Parceiro dela? Noivo? De repente, estava de volta a Upper Reach, de volta à Leiteria, em frente à porta do seu quarto, conversando com tia Michelle. Procurando as palavras de que precisava para voltar a uma vida da qual havia sido apagado. Qualquer coisa que o ajudasse a superar aquilo.

— Sou o irmão dela.

A expressão da obstetra se tranquilizou.

— Ótimo — disse ela. — Tenho certeza de que ela vai ficar feliz de ver você. Pega leve com ela, está bem? A bebê não está dormindo muito bem.

Tommy assentiu em silêncio.

Ele ficou parado na porta do quarto de Carey pelo que pareceram horas. Sentiu-se como se estivesse novamente do outro lado da rua, em frente à casa de Leo Palmer, observando aquela casinha bem arrumada enquanto tentava reunir coragem para bater na porta e falar com o pai. Ele havia ficado parado por muito tempo com medo de atravessar a rua. Por que tivera tanto medo naquela época? Parecia quase trivial agora. Afinal de contas, estava entrando na casa de um estranho, alguém que o tinha esquecido havia muito tempo.

O medo que o dominava na porta do quarto de Carey — o quarto de sua família — era totalmente diferente e muito maior.

As pernas de Tommy pareciam pesadas quando ele atravessou a soleira da porta e entrou no único lugar do universo que importava para ele.

As cortinas estavam fechadas e levou um momento para que seus olhos se ajustassem à meia-luz do quarto. Ouviu um leve gemido — seria Florence? — e viu Carey na cama, desmaiada de cansaço.

Um aroma suave e leitoso pairava no ar, misturado com — Tommy farejou — talvez talco de bebê. E havia algo mais que ele não conseguia identificar. Um cheiro limpo e reconfortante. Um cheiro seguro. As roupas recém-lavadas que eles haviam trazido de casa; as páginas velhas e secas dos livros que ele havia colocado na mala para ajudar Carey a passar o tempo. Os pedaços da vida dos dois que ele havia trazido para o lugar onde se tornaram uma família.

Era como estar na sala da casa de Leo Palmer. Semelhante, mas diferente. Aquela não era a vida de Leo. Era a dele.

Ele olhou para Carey: o cabelo cor de mel dela caía sobre uma bochecha, e sua pele — ainda pálida — parecia macia e suave. Ele a amava por completo e, embora quisesse que ela dormisse, parte dele desejava que ela acordasse e o visse.

Assim, ele teria certeza.

Ouviu o gemido outra vez. Vinha do outro lado do quarto, e Tommy foi na ponta dos pés até a cama de Carey. O peso morto de sua própria exaustão e o medo que o havia paralisado na porta estavam derretendo. O corredor do lado de fora, o resto do hospital e o resto da cidade: tudo parecia estar a quilômetros de distância, a horas de distância, em um lugar completamente diferente.

Aquele era o casulo dele.

Florence estava deitada em um berço, emitindo um som de fungar enquanto seus braços se agitavam em pequenos movimentos bruscos, com os olhos bem fechados. Tommy olhou para sua bebê, para a pele aveludada e para o fino cabelo claro que cobria a cabeça dela. Acariciou a bochecha dela gentilmente e uma lágrima escorreu pela dele.

Os olhos de Florence se abriram e ela os estreitou, sem conseguir focar o borrão sombreado acima. Por um momento, Tommy achou que ela estivesse prestes a chorar, um grito agudo que acordaria Carey, faria uma enfermeira vir correndo e estouraria a bolha que parecia ter se fechado em torno dos três.

Mas ela não chorou.

Em vez disso, quando ele a pegou e a aconchegou, Florence fechou os dedos no polegar dele e pegou no sono.

Tommy ninou a filha que dormia em paz em seus braços.

Atrás dele, Carey abriu os olhos.

E sorriu.

Epílogo

— Está nervoso?
— Não — respondeu Tommy, e Carey apertou a mão dele, que suava frio.
— Mentiroso.
Tommy sorriu.
— Não sei por que estou. Eu fazia isso sempre quando era criança.
— Mas agora é diferente — falou Carey enquanto atravessavam os portões. — Tem mais coisa em jogo.
Uma pequena multidão já se reunia no gramado, em grupos de três ou quatro batendo papo com bebidas na mão. Em frente à sala, alguém tinha pendurado um cordão de luzinhas de Natal, que se curvava e se retorcia pelas floreiras que ladeavam as beiradas do gramado. "Belo toque", pensou Tommy.
— Pai! *Anda*!
— Vai na frente — falou Carey baixinho. — A gente alcança você.
Tommy concordou com a cabeça, a boca apertada.
— Ei, Tommy? — adicionou Carey. — Relaxa. Ela sabe o que fazer.
Ele assentiu outra vez e deu uma corridinha até onde Florence estava, com as mãos na cintura de uma forma que garotas de dez anos parecem dominar quase instintivamente.

— Desculpa, Floss — falou Tommy. — Estou pronto.

Ela o levou para o gramado, desviando de grupos de adultos e um punhado de crianças. Procurando alguém.

— Argh. Sua mão está suada — cochichou ela enquanto analisava os rostos. Então, sorriu. — Ali! Vem comigo.

Tommy queria lembrar que ela o estava segurando forte e ele não tinha escolha a não ser segui-la, mas Florence já tinha disparado.

— Oi, sra. Harding — disse a menina, e a professora sorriu para ela.

— Florence! Como foi seu Natal? — A mulher mudou seu foco da criança para o adulto. — E quem é esse?

— Sra. Harding, este é meu pai.

— Tommy Llewellyn — apresentou-se Tommy.

— Ele trabalha em outro país — continuou Florence. — Ficou lá por séculos, mas agora voltou.

"Acertou palavra por palavra", pensou Tommy, e sentiu uma pequena onda de orgulho. "Quase lá, Flossie. Só falta a última parte, e pronto."

Os olhos de Florence foram para os do pai com um brilho de travessura quase imperceptível.

— Ele estuda pinguins. Na Antártica.

A sra. Harding arregalou os olhos, e Tommy não conseguiu deixar de rir. Sacudiu a cabeça para Florence.

— Quase. Eu era contador de uma mineradora na América do Sul. Mas pinguins seriam *bem* mais legais.

A sra. Harding riu.

— Bem, que ótimo que você conseguiu vir hoje. Prazer em conhecê-lo pessoalmente, já ouvi falar muito de você — disse ela, embora tivesse certeza de que Florence nunca mencionara o pai antes. — É uma boa chance de conhecer alguns dos outros pais antes do início do novo ano letivo.

Outra mulher acenou para ela do outro lado da multidão.

— Tipo a Tracey, ali. Ela já deve estar querendo colocá-lo no Comitê de Jardinagem. Vive atrás de pais que possam ajudar. Tem sido um longo processo melhorar Ingleby.

— Eu adoraria dar uma mãozinha — respondeu Tommy.

"Quem você acha que plantou estas floreiras?"

— Pinguins, Floss? — perguntou ele quando a sra. Harding desapareceu, envolvida em outra conversa. — E o roteiro?

— Foi mal, pai — disse a filha sorrindo. — Ano passado foi um *tédio*. Achei que podíamos pelo menos dar um emprego bacana pra você desta vez.

— É, mas e se eles me perguntarem sobre pinguins? Eu não sei nada disso! Pelo menos, se me perguntarem sobre ser contador, consigo dar uma inventada.

Florence revirou os olhos.

— Tá bom — disse, e depois deu um guincho: — Ivy!

Uma garota mais ou menos da idade de Florence foi ao encontro dela e as duas se abraçaram. Meia dúzia de passos atrás, estavam os pais de Ivy.

— Oi — disse Tommy. — Tommy, pai da Florence.

— Ele ficou no exterior muito tempo — contou Florence. — Tinha um trabalho muito chato. Mas agora está de volta.

— Oi, Tommy — respondeu o pai de Ivy. — Paul.

"Eu sei", pensou Tommy. "Você foi jantar na nossa casa há seis semanas. Fizemos churrasco, tomamos vinho e as crianças assistiram a um filme e adormeceram no sofá."

— Prazer em conhecê-lo, Paul.

— Então você estava trabalhando no exterior? — perguntou Paul.

— É. Mas agora voltei de vez. Mudança de carreira, acho. Acabei de comprar uma loja, fica umas três quadras para lá. — Ele apontou.

Era uma meia-verdade. Carey havia comprado a loja no nome dela — "Vamos simplificar a coisa", disse — e, na verdade, tinha sido quando Florence ainda era pequena, logo depois de eles se casarem. Di mal conseguia acreditar em sua sorte. O jovem adorável, com uma esposa linda e uma garotinha fofa — Flossie era um nome tão bonito —, tinha acabado de começar a trabalhar como voluntário na loja. Num minuto, Di mencionou que estava pensando em se mudar para o interior para ficar mais perto da filha Claudia e, no minuto seguinte, eles estavam lhe entregando um cheque de cerca de cinco mil dólares a mais do que ela estava pedindo. Eram os livros na vitrine, ela explicou a Claudia. Aquele lindo casal tinha adorado a ideia de abrir uma livraria em Ingleby, e o jovem até disse que queria continuar vendendo livros de segunda mão também. Algo nele parecia quase *em casa* ali, entre as coisas perdidas, doadas e abandonadas. Essas coisas são engraçadas, pensou Di. Ela não conseguia se lembrar de quando havia decidido levar os livros para a vitrine da loja, mas que bom que tinha feito isso.

— Bem, acho que vamos nos ver um pouco este ano, Tommy — disse Paul. — As meninas são meio que inseparáveis. Pega meu telefone.

Tommy já tinha o número, mas fingiu adicioná-lo ao seu celular mesmo assim.

Quando Paul se afastou, Tommy expirou. "Não sei por que fico tão nervoso. Está tudo bem."

— Vamos lá, Floss. Tem mais alguém que você quer que eu conheça?

Ela pegou a mão dele novamente e, em um instante, ele estava de volta ao primeiro aniversário dela. Tinha segurado a mão dela com muita força a noite toda, enquanto Carey segurava a outra. Nenhum deles havia dormido, ambos apenas se olhavam com o rosto pálido e apavorados com a possibilidade de que o que quer que existisse em Tommy, o que quer que tivesse feito seus pais o esquecerem quando ele completou um ano, também existisse em Florence. Mas o casal de idosos do apartamento de baixo havia batido à porta enquanto Tommy estava preparando o café da manhã segurando um unicórnio de pelúcia com uma crina de arco-íris brilhante. Um presente para uma garotinha que havia completado um ano. Uma garotinha cujo aniversário eles haviam anotado em seu calendário e lembrado.

Enquanto Tommy examinava a multidão, procurando rostos conhecidos, ele se perguntou se aquele gentil casal de idosos ainda estaria morando embaixo do antigo apartamento de Carey. Ficava a apenas duas ruas de distância da nova casa deles, e ele pensou que talvez, depois que a festa acabasse, eles pudessem passar por lá e ver se o prédio tinha sido reformado. Todo o resto parecia ter recebido uma camada de tinta. Até sua loja tinha novos vizinhos — dois cafés, um restaurante, um salão de beleza ao qual Carey levava Florence todos os anos no aniversário dela. Ingleby, pelo jeito, estava mudando.

Dedinhos puxaram a perna de sua calça. Ele olhou para baixo.

— Colo, papai — exigiu Hamish, e Tommy fez o que lhe foi pedido.

— Você vai estudar aqui em alguns anos, cara — disse Tommy. — Você gostaria disso?

Hamish confirmou com a cabeça. Tommy notou que as bochechas dele estavam começando a perder a aparência rechonchuda de bebê. Ele estava se tornando um garotinho.

— Tudo bem? — Carey perguntou baixinho atrás deles.

— Tudo — ele respondeu. — Você tinha razão. Não tem motivo para preocupação.

Tommy segurou Hamish por um braço enquanto Florence o puxava em meio à multidão, com Carey vindo atrás.

Apesar do calor da noite, ele sentiu um arrepio percorrê-lo, impressionado novamente com o que poderia ter sido. Pensava nisso com frequência, da mesma forma que um motorista podia repetir várias vezes o instante em que um caminhão se desviou para sua pista e apenas uma reviravolta do destino — talvez o volante que puxava ligeiramente para a esquerda — o salvou de perder tudo. Para Tommy, esse momento foi no hospital, quando Florence tinha apenas alguns dias de vida; a reviravolta do destino foi uma bebê faminta que se recusava a se acalmar. Carey havia segurado Flossie por horas naquela noite, mas apenas uma fração desse tempo realmente importava. Ela estava com a filha no colo no segundo em que Tommy adormeceu na cela da polícia. No segundo em que a Reinicialização chegou.

A pequena Florence era, aparentemente, a representante de Tommy no hospital naquela noite. Mas ele não gostava de pensar nela dessa forma. Ela tinha o DNA dele, mas era mais do que isso: era simplesmente parte dele. Assim como Hamish. Eles se lembravam dele e eram o seu santuário, compartilhando o fardo de atravessar a Reinicialização simplesmente por serem dele. Se qualquer um dos três estivesse em contato com Carey durante a Reinicialização, ela se lembraria de Tommy.

— Papai, olha! É a Gem! — Florence gritou novamente, como se tivessem se passado anos desde a última vez que ela vira seus amigos, e não apenas algumas semanas na época de Natal. — Vamos lá!

Ela arrastou Tommy pela grama em direção a Gem e sua mãe, quando Carey foi encurralada por Tracey, do Comitê de Jardinagem.

— Fiona. Mas pode me chamar de Fi — apresentou-se a mãe de Gem.

Tommy já a chamava de Fi havia cinco anos, mas assentiu com a cabeça e sorriu.

Florence seguiu o roteiro: o papai trabalhava no exterior, voltou agora, comprou uma loja.

— Ah, você tem que conhecer meu companheiro! — exclamou Fi para Tommy. — Ele é... bem, ele também é bem novo por aqui. Talvez vocês dois possam tomar uma cerveja juntos ou sei lá o que vocês fazem quando não estão trabalhando.

Ela agarrou o braço de um homem que estava de costas para ela, conversando educadamente com outro casal, e o girou.

— Josh, este é... desculpa, mas já esqueci seu nome.
— Tommy. Tommy Llewellyn.
— Oi, Tommy. Josh Saunders. Prazer. E quem é esse carinha?

Enquanto Josh tinha uma conversa unilateral com Hamish, Tommy procurou os olhos de Carey na multidão.

— Você sabia? — ele disse, mas sem fazer som.

Ela balançou a cabeça em negativa.

Tommy deu de ombros. Pelo jeito, a pepita de ouro estava recebendo uma ajudinha este ano.

Até o final daquela tarde, Tommy havia conhecido dezenas de pessoas. Pais e mães com os quais ele tinha ficado ao lado do campo vendo Florence jogar futebol com os filhos deles. Com os quais ele havia sido voluntário na cantina da escola. Professores que haviam entrado em sua loja e o conheciam como Tommy Llewellyn, pai de Florence e Hamish e marido de Carey.

Ao saírem da escola, Tommy suspirou.

— Você está bem? — perguntou Carey.
— Estou — respondeu ele. — É que cansa, sabe? Eu gosto quando estamos só nós, em casa. Só nós e as crianças, e eu não preciso fingir.

Carey o abraçou.

— Eu também gosto. Mas você não está passando por isso sozinho. Estamos juntos nessa, lembra?

Tommy sorriu.
Sim, ele lembrava.

Agradecimentos

UMA GRANDE PARTE DO PROCESSO de escrever um romance parece ocorrer a sós, com a porta fechada e, pelo menos no meu caso, em completo silêncio. Mas isso é apenas uma parte do processo, e é o que acontece *do lado de fora* da porta que permite que um documento do Word excessivamente longo e um pouco confuso se torne um livro de verdade.

Para minha incrível agente, Catherine Drayton, e seus colegas da InkWell Management: obrigado por verem algo em meu trabalho e por se arriscarem comigo. Sem sua orientação em todos os momentos, nada disso teria acontecido.

À equipe da Sourcebooks: um grande obrigado a Deb Werksman, por reconhecer o potencial de Tommy desde o início, e a M.J. Johnston, pela percepção, pela paixão e pela paciência para me ajudar a desenvolver esse potencial. A Sourcebooks tem um grupo extraordinário de pessoas fazendo um trabalho incrível.

À equipe da Allen & Unwin: Annette Barlow, que fez todas as perguntas certas e tornou este livro melhor; Tom Bailey-Smith, que manteve tudo em ordem; e Ali Lavau, cuja capacidade de edição e de identificar repetições de palavras com cerca de quarenta páginas de diferença deveria ser registrada como um superpoder.

À minha mãe e ao meu pai (Sue e Chris) e aos meus irmãos (Sarah e Andy): obrigado não só pelo apoio e pelo entusiasmo, mas também por manterem esses níveis de apoio e entusiasmo durante muito, muito tempo. Da mesma forma, obrigado a Maj e Tim, que também estavam de plantão para minhas dúvidas médicas.

Obrigado às minhas primeiras leitoras — minha mãe e minha esposa, Sian. O incentivo de vocês foi fundamental. Obrigado por serem sinceras sobre as partes que precisavam ser melhoradas, por serem entusiastas das partes de que gostaram e por entenderem que, quando eu dizia que não havia pressa, na verdade significava que eu precisava de um feedback imediato e detalhado.

E para Sian em particular: obrigado por me aturar quando eu desaparecia para escrever, por cuidar das crianças, por me apoiar em todas as reviravoltas, por me ouvir divagar sem parar sobre o assunto e por declarar apenas em uma ocasião que achava bom que o livro vendesse. Sem você, e sem Henry e Maeve, eu não teria conseguido escrevê-lo. Muito obrigado.

Este livro, composto na fonte Fairfield,
foi impresso em papel Lux cream 60 g/m², na gráfica Grafilar.
São Paulo, janeiro de 2024.